「十四五」国家重点图书出版规划项目

国家社会科学基金重大项目『中国近代日记文献叙录、整理与研究』（项目编号：18ZDA259）阶段性研究成果

中国近现代稀见史料丛刊 【第十辑】

张剑 徐雁平 彭国忠 主编

本辑执行主编 张剑

左霑日记

（清）左霑 著

梁基永 整理

凤凰出版社

图书在版编目（CIP）数据

左霈日记 /（清）左霈著 ； 梁基永整理. -- 南京 ：
凤凰出版社，2023.10
（中国近现代稀见史料丛刊. 第十辑）
ISBN 978-7-5506-3997-3

Ⅰ. ①左… Ⅱ. ①左… ②梁… Ⅲ. ①日记－作品集
－中国－清代 Ⅳ. ①I264.9

中国国家版本馆CIP数据核字(2023)第182680号

书　　　　名	左霈日记
著　　　　者	（清）左　霈　著　梁基永　整理
责 任 编 辑	孙思贤
特 约 编 辑	蔡谷涛
装 帧 设 计	姜　嵩
责 任 监 制	程明娇
出 版 发 行	凤凰出版社(原江苏古籍出版社)
	发行部电话025-83223462
出版社地址	江苏省南京市中央路165号,邮编:210009
照　　　排	南京凯建文化发展有限公司
印　　　刷	江苏凤凰通达印刷有限公司
	江苏省南京市六合区冶山镇,邮编:211523
开　　　本	880毫米×1230毫米　1/32
印　　　张	15.125
字　　　数	393千字
版　　　次	2023年10月第1版
印　　　次	2023年10月第1次印刷
标 准 书 号	ISBN 978-7-5506-3997-3
定　　　价	108.00元

(本书凡印装错误可向承印厂调换,电话:025-57572508)

存史鑒今

袁行霈題

袁行霈先生題辭

「音实难知，知实难逢，逢其知音，千载其一乎！」（《文心雕龙·知音》）今读新编稀见史料丛刊，真有当年知音之感矣。

傅璇琮谨书

二〇一三年

傅璇琮先生题辞

殚精竭虑旁搜远绍

重新打造中华文史资

料库

王水照 二〇二三年一月

王水照先生题辞

《中国近现代稀见史料丛刊》总序

在世界所有的文明中,中华文明也许可说是"唯一从古代存留至今的文明"(罗素《中国问题》)。她绵延不绝、永葆生机的秘诀何在?袁行霈先生做过很好的总结:"和平、和谐、包容、开明、革新、开放,就是回顾中华文明史所得到的主要启示。凡是大体上处于这种状况的时候,文明就繁荣发展,而当与之背离的时候,文明就会减慢发展的速度甚至停滞不前。"(《中华文明的历史启示》,《北京大学学报》2007年第1期)

但我们也要清醒看到,数千年的中华文明带给我们的并不全是积极遗产,其长时段积累而成的生活方式与价值观具有强大的稳定性,使她在应对挑战时所做的必要革新与转变,相比他者往往显得迟缓和沉重。即使是面对佛教这种柔性的文化进入,也是历经数百年之久才使之彻底完成中国化,成为中华文明的一部分;更不用说遭逢"数千年来未有之变局""数千年未有之强敌"(李鸿章《筹议海防折》),"数千年未有之巨劫奇变"(陈寅恪《王观堂先生挽词序》)的中国近现代。晚清至今虽历一百六十余年,但是,足以应对当今世界全方位挑战的新型中华文明还没能最终形成,变动和融合仍在进行。1998年6月17日,美国三位前总统(布什、卡特、福特)和二十四位前国务卿、前财政部长、前国防部长、前国家安全顾问致信国会称:"中国注定要在21世纪中成为一个伟大的经济和政治强国。"(徐中约《中国近代史》上册第六版英文版序,香港中文大学2002年版)即便如此,我们也不能盲目乐观,认为中华文明已经转型成功,相反,中华文明今天面对的挑战更为复杂和严峻。新型的中华文明到底会怎样呈现，又怎样具体表现或作用于政治、经济、文化等层面，人们还在不断探索。这个问题，我们这一代恐怕无法给出答案。但我们坚信，在历史上曾经灿烂辉煌的中华文明必将凤凰浴火，涅槃重生。这既是数千年已经存在的中华文明发展史告诉我们的经验事实，也是所有为中国文化所化之人应有的信念和责任。

不过，对于近现代这一涉及当代中国合法性的重要历史阶段，我们了解得还过于粗线条。她所遗存下来的史料范围广阔，内容复杂，且有数量庞大且富有价值的稀见史料未被发掘和利用，这不仅会影响到我们对这段历史的全面了解和规律性认识，也会影响到今天中国新型文明和现代化建设对其的科学借鉴。有一则印度谚语如是说："骑在树枝上锯树枝的时候，千万不要锯自己骑着的那一根。"那么，就让我们用自己的专业知识与能力，为承载和养育我们的中华文明做一点有益的事情——这是我们编纂这套《中国近现代稀见史料丛刊》的初衷。

书名中的"近现代"，主要指 1840—1949 年这一时段，但上限并非以一标志性的事件一刀切割，可以适当向前延展，然与所指较为宽泛的包含整个清朝的"近代中国""晚期中华帝国"又有所区分。将近现代连为一体，并有意淡化起始的界限，是想表达一种历史的整体观。我们观看社会发展变革的波澜，当然要回看波澜如何生，风从何处来；也要看波澜如何扩散，或为涟漪，或为浪涛。个人的生活记录，与大历史相比，更多地显现出生活的连续。变局中的个体，经历的可能是渐变。《丛刊》期望通过整合多种稀见史料，以个体陈述的方式，从生活、文化、风习、人情等多个层面，重现具有连续性的近现代中国社会。

书名中的"稀见"，只是相对而言。因为随着时代与科技的进步，越来越多的珍本秘籍经影印或数字化方式处理后，真身虽仍"稀见"，化身却成为"可见"。但是，高昂的定价、难辨的字迹、未经标点的文本，仍使其处于专业研究的小众阅读状态。况且尚有大量未被影印或数字化的文献,或流传较少,或未被整合,也造成阅读和利用的不便。因此,《丛刊》侧重选择未被纳入电子数据库的文献,尤欢迎整理那些辨识困难、断句费力、裒合不易或是其他具有难度和挑战性的文献,也欢迎整理那些确有价值但被人们习见思维与眼光所遮蔽的文献,在我们看来,这些文献都可属于"稀见"。

书名中的"史料",不局限于严格意义上的历史学范畴,举凡日记、书信、奏牍、笔记、诗文集、诗话、词话乃至序跋汇编等,只要是某方面能够反映时代政治、经济、文化特色以及人物生平、思想、性情的文献,都在考虑之列。我们的目的,是想以切实的工作,促进处于秘藏、边缘、零散等状态的史料转化为新型的文献,通过一辑、二辑、三辑……这样的累积性整理,自然地呈现出一种规模与气象,与其他已经整理出版的文献相互关联,形成一个丰茂的文献群,从而揭示在宏大的中国近现代叙事背后,还有很多未被打量过的局部、日常与细节;在主流周边或更远处,还有富于变化的细小溪流;甚至在主流中,还有漩涡,在边缘,还有静止之水。近现代中国是大变革、大痛苦的时代,身处变局中的个体接物处事的伸屈、所思所想的起落,借纸墨得以留存,这是一个时代的个人记录。此中有文学、文化、生活;也时有动乱、战争、革命。我们整理史料,是提供一种俯首细看的方式,或者一种贴近近现代社会和文化的文本。当然,对这些个人印记明显的史料,也要客观地看待其价值,需要与其他史料联系和比照阅读,减少因个人视角、立场或叙述体裁带来的偏差。

知识皆有其价值和魅力,知识分子也应具有价值关怀和理想追求。清人舒位诗云"名士十年无赖贼"(《金谷园故址》),我们警惕袖手空谈,傲慢指点江山;鲁迅先生诗云"我以我血荐轩辕"(《自题小像》),我们愿意埋头苦干,逐步趋近理想。我们没有奢望这套《丛刊》产生宏大的效果,只是盼望所做的一切,能融合于前贤时彦所做的贡献之中,共同为中华文明的成功转型,适当"缩短和减轻分娩的痛苦"(马克思《资本论》第一卷第一版序言)。

　　《丛刊》的编纂，得到了诸多前辈、时贤和出版社的大力扶植。袁行霈先生、傅璇琮先生、王水照先生题辞勖勉，周勋初先生来信鼓励，凤凰出版社姜小青总编辑赋予信任，刘跃进先生还慷慨同意将其列入"中华文学史史料学会"重大规划项目，学界其他友好也多有不同形式的帮助……这些，都增添了我们做好这套《丛刊》的信心。必须一提的是，《丛刊》原拟主编四人（张剑、张晖、徐雁平、彭国忠），每位主编负责一辑，周而复始，滚动发展，原计划由张晖负责第四辑，但他尚未正式投入工作即于 2013 年 3 月 15 日赍志而殁，令人抱恨终天，我们将以兢兢业业的工作表达对他的怀念。

　　《丛刊》的基本整理方式为简体横排和标点（鼓励必要的校释），以期更广泛地传播知识、更好地服务社会。希望我们的工作，得到更多朋友的理解和支持。

2013 年 4 月 15 日

目　录

前　言

　　左霈(1875—1937)是晚清最后期的进士之一,科名较高,虽然在官场上地位并不显赫,也较少参与重要的历史事件。然而他却留下了纪年超过三十年的日记,涵盖了1902—1936年间的大部分历史记录。本文试略述其中有关晚清民国广东生活场景部分的价值。

　　晚清科举最后两科,即光绪二十九年(1903)癸卯科与光绪三十年(1904)甲辰恩科,这两科的进士,很多在民国初年政坛上仍然发挥重要作用,也培养了不少近代历史与文化名人,其中癸卯科的榜眼左霈,虽然事迹不甚显眼,他却留下了一部详细的日记,记录了接近三十年的生活痕迹。

一　《左霈日记》与广州驻防汉军

　　左霈(1875—1937)[①]字雨荃,广州正黄旗汉军籍,这个籍贯有点复杂。汉军是清初最早跟随清兵南下征战的一群东北汉人,由于归顺早,满人将其当作"自己人"看待,也分为八旗。在清代,杭州与广州的驻防汉军最为有名,甚至在这两个城市中形成了独特的满族聚落,驻粤八旗今日在广州只剩下不到两千人的群体,基本已经汉化,不再使用满语,只有极少数人还坚持满族生活习俗(如祭祀),但在清代,驻粤八旗曾经诞生不少知名历史人物,其中尤以科举高第著称。

　　驻粤八旗的科举,一直以来缺少学者关注,光绪初年,长善曾编有《驻粤八旗志》,收录很多这个族群的史料。而这个群体中,在《驻

---

　　① 　目前所有文献均记载其卒年为1936,实误,见下文笔者考证。

粤八旗志》成书之后,还出现了一位榜眼(左霈)、两位探花(刘世安、商衍鎏),翰林数量也不少,这在其他城市汉军中极为罕见。

驻粤汉军从清初已经居住在城内,其语言、生活习惯完全与广州城内原居民无二。左霈属正黄旗,即上三旗之首,在晚清,旗人地位已远不如前,尤其在广州这种高度商业化的城市,但是依仗着满人雄厚的历史家底,他的出身并非穷困。左霈曾祖父左逢春,祖父左璋,父亲左秉桓,都是读书人,左氏家族乾隆三十年从杭州调防广州西门并落籍①。

现存《左霈日记》(以下简称日记)存光绪二十八年壬辰(1902)至癸卯(1903)年底,宣统元年(1909)六月至1936年底,中间缺失1904—1909年初共五年日记。又缺1934年全年。但基本能总结其一生的轨迹,殊为可贵。

广东历史人物日记,留存下来非常稀少。迄今所知见,只有嘉庆道光间谢兰生《常惺惺斋日记》,此后就是黄培芳有少量《北行日记》,光绪间张荫桓日记保留了几年,此后大概就数左霈的这部日记。

清代翰林官由丁接受国史馆的教育,写日记是一种常态,但广东籍翰林留下的日记,实如凤毛麟角。笔者所见,除谢兰生日记外,只有伍铨萃有《北行日记》一册,陈伯陶家藏有《扈随日记》等数册,还有粤图所藏丁仁长日记等,不论从存世数量还是时间跨度看,都逊于左霈留下的日记。

幸运的是,左霈似乎较有记录自己生活的习惯,他早在中进士之前(光绪壬寅,1902年)已经开始写日记,这个习惯一直保持到晚年,虽然记述比较简略,其中包含的历史信息仍然丰富。左霈在香港过世后,遗物由女儿保管,三女左士琛信奉天主教,皈依圣嘉诺撒会,并将日记交由教会保管,现保存于天主教香港教区档案处②。由于日

---

①　据柯木林博客《左秉隆后裔访谈录》。

②　据左霈孙左振回忆,日记捐赠日期为2006年。

记的知名度不高,学术界对此关注较少,笔者所知,只有夏其龙神父写有介绍文章,另左霈孙左振曾经将日记中诗作辑出,发表在报刊上。

日记以毛笔楷书写于红色竹纸本,不同时期纸店名号各异,早年如广州的"文宝楼"、北京时期的"松古斋",晚年如香港的"荣庆纸店"等。每年一册,封面写有该年年号或干支,以农历纪年,但晚年个别月份写有公历对应日月,这与他在香港工作的需要有关。

左霈尽管拥有榜眼的科名,也曾短暂担任清华学校的教职,在近代历史上,他却是一个几乎被遗忘的人物,甚至研究晚清广东人物的学界,对他也鲜有关注,这与他一生行事的低调与平凡不无关系。迄今为止,唯一对《日记》和左霈写过介绍文字的,只有天主教香港教区夏其龙神父,在他的《〈蒙藏报〉编辑左霈的生平》[①],对于左霈有如下评价:

> 左霈是大时代中有名气的小人物。他拥有才华却生不逢时,最终没有机会成就大事业。他能赶在废科举前在二十八岁考得功名,算没有白费了窗前苦读的时光,反而添加了末代前科举榜眼的稀珍名衔,终生使人另眼相看。左霈在出版及教育方面没有出色的贡献,却仍是有功于民族间的文化沟通与培育人才,也不枉费他一生研读的功夫。他一面教学,一面修读法律及英文,算是不倦于进取的学者,为他准备了后来进入香港这洋化社会求职的能力。他能在名气甚高的圣士提反学校任教,与他的勤奋及清朝科举获得的名气肯定有关。

有趣的是,夏氏在这篇文章的题目中,将左霈定位为"编辑",说明在他心目中,左霈的最高成就,乃是一张今日不见经传报纸的编

---

① 夏其龙《〈蒙藏报〉编辑左霈的生平》,见其个人作品网站。

辑。左霈的一生,确实如夏氏所说,没有著述行世,也不如同科进士温肃等协助逊帝,清史留名,不过这部跨度三十多年的日记,仍然有其深厚的历史价值。尤其是这部日记跨越了科考的全过程,对于研究晚清最后期的科举,是极为珍贵的史料。

二　早年科甲

日记现存最早的是光绪二十八(1902)年初一开始的记录,当时左霈还是一个广州城内的普通举人,他像往年一样,到各处亲友家拜年,然后又到各学官、各地方官处拜年,"俱挡驾",就是吃了闭门羹,晚清规矩礼节多,这种年节会面都是放下拜帖到门房而已。年初二,他就去拜会自己的老师,其中包括著名学者吴道镕(1852—1936)。新年过后,他每日忙于准备科考,功课是熟读《通鉴辑览》,写柳体楷书,还有看时务报纸。

当时他交往的圈子,可以看出多数是居住在广州城内的汉军文士,例如壬寅正月二十三日,他在七叔家与黄浩(?—1936,字宣廷,光绪二十四年翰林)、商衍瀛(与左霈同科翰林)等一起打牌并吃晚饭。广州城墙内大部分是满人的地盘,所以他的交往圈也以城内汉军士子为主,前述吴道镕所居住的也在城内。

满人占据广州城后,将城墙内繁华地段划归满人所有,左霈家族因此在城内有不少物业可以收租,看得出这是他家族的一笔可观收入,经常看到有关他负责收租的记载:

> 二月初十日,往各处收租……
> 三月初七日,早起,抄时务书,饭后收租毕,写小楷。(以上均 1902 年)

这一年对他而言,显得充实而忙碌,外家潘氏的老祖母过世,他要负责帮忙白事,年初长子出生,对他而言又是一个意外惊喜。迄今仍未考证出左霈夫人潘氏属于哪个大家族,不过由于汉军无潘姓,而晚清广东潘氏多富户,到晚清时满汉通婚也非常普遍,笔者推测左霈夫人为广府本地人。

晚清科举改革后,士子应试除了要考四书,还加上了时务策,因此他还经常要抄时务书,并且参加广州有名的应元书院的课试。

壬寅腊月二十三日,左霈从广州出发,搭乘轮船北上应试,船上的电灯光明如昼,给他很深印象,次日先经过香港,过关时搜查"洋烟"(即鸦片)甚严,在香港停留一天半后,继续北上,由于这次会试原先的地点顺天贡院被庚子战乱所毁,是借河南省贡院考试,因此沿途非常迂回,先坐船到汉口,再转陆路到河南。武汉经过张之洞多年经营,已蔚然成为工业重镇,织布厂的规模宏大,产品精良,左霈深为赞美。离开武汉,继续北上,这一段改乘刚开通不久的火车,从孝感到信阳,然后再改驴车。颠簸多日,才到达目的地开封,然而当地接待力有限,一下子来了这么多各省考生,很是混乱,小旅馆房租蹿升,好不容易在两广会馆找到房子住下,这里居住条件非常简陋,小屋一间,中间一道竹帘,商衍瀛、商衍鎏兄弟住一侧,左霈住另一侧,中间留一个空位给访客放张凳子:这个小小空间就这样住了一位榜眼、一位探花、一位翰林。

癸卯(1903)三月十二日开考会试,开考当日,风沙蔽目,不适应北方空气的南方人非常苦恼,尽管如此,十六号出场,左霈感觉非常好,不等会试发榜,他直接与商氏兄弟一起往京师出发,准备迎接殿试。

四月初四,左霈生平第一次到达京师,十四日,早上先是收到广东同乡赖际熙中会试的消息,心里按捺不住焦急,晚上终于等到了电报:

北京广东提塘:潘、霈、瀛均中。

他知道已中贡士，清代规矩，殿试无落选者，他肯定已是进士无疑了。获得喜信，他告诉座师徐琪（花农，1851—1918），并请教俞陛云等前辈考试要领。五月二十四日，他终于随着一众贡士进入皇宫，参加殿试。当日试题为：一问建官，二问定律，三问理财，四问通商。

这次考试已经是中国历史上倒数第二次科举殿试，由于两宫回銮不久，慈禧也看到战争的灾难后果，有意进行改革，从这次殿试的出题，可以看到科举改革的大刀阔斧，不见了经义题目，而全为时事与通商法制。左需自己感觉良好：

> 十一点半钟，全得振起精神写去。至六点半钟交卷。回寓后，已上灯矣。写作俱惬意，并无错漏。

三天之后，天将黎明时，他又跟随一众进士到乾清门听传胪，首名王寿彭，次名就是他的名字，"知已得榜眼，欢喜异常"。回到会馆中，他马上拜访广东同乡前辈、探花陈伯陶（1855—1930）处，请教高中之后的事宜。

值得注意的是，高中榜眼之后，左需按清代惯例应授翰林院编修，并且进入翰林院与新科庶吉士一体进修，然而日记所载，左需中榜眼的癸卯年八月初一日，他忙完了应酬之后，即收拾行装，南下回广东。

关于新科进士是否马上进入翰林院学习，史料记载较少。清制庶吉士学习期为三年，但由于科考间隔并不一定以三年为限（中间有恩科或特科，清制，庶吉士遇恩科则提前散馆），因此所谓三年，只是一个约数，有点像守制的三年，总计只是二十月以内光景。古代交通不发达，从北京回乡，来回快则半月，慢则可能半年以上不等，在清代早期到中期，不可能有假期让新科庶吉士回乡。然而左需的回广东，并非特例,例如获馆选的温肃(1879—1939),也在该年十月归顺德①。

　　清末庶吉士制度松弛,翰林院的进修,往往徒具虚文,并且北京的翰林院在庚子时已为战火严重毁坏,这次科考刚好是庚子后第一次恢复殿试,新科庶吉士的回乡,究属特殊情况还是晚清的新制度,尚待考索。该科与其后的甲辰科(最后一次科举)进士,后来进入新开设的"进士馆"学习,其中甲辰科的庶吉士又获派送日本学习法政速成班。即最后两科的翰林庶吉士均不再入翰林院进修,由于进士馆的开馆日期为光绪三十年甲辰(即癸卯科的后一年),所以癸卯科的庶吉回乡,也可能为等待开学的权宜之计。

　　日记到癸卯年的八月二十四日为止,以后缺失,当天他已经南下回到杭州。按照笔者所见,他在癸卯年的冬天曾经在香港为富商李炳(瑞琴)写书法条幅,因此他回到广东的时间,应该在该年冬季。

　　日记从宣统元年己酉(1909)六月十七日起接续,中间六年缺失。此六年中左霈的行止待考,其中1904年开始应在进士馆进修。按照《清代官员履历全编》左霈这段时期的履历为:

　　　　殿试一甲二名,授职翰林院编修,三十年(按即1904年)署协办院事,充额外协办院事,三十三年二月,进士馆毕业,考列最优等,奉旨记名遇缺题奏。五月,由学部奏派赴东洋考察法政,十一月充功臣馆纂修,十二月,充国史馆协修,三十四年六月,充协办院事,九月,补授翰林院秘书郎,十二月,充文渊阁协理,宣统元年三月,充武英殿协修。本年(按即1909年)京察一等,四月经吏部带领引见奉朱笔圈出,四月十六日履带引见。

宣统元年六月,他在京师接到云南知府的任命,出发之前,受到

---

　　① 据《檗庵年谱》癸卯年条目,《温文节公集》第四页,香港学海书楼,2001年。

了摄政王的接见。

左霈是孝子，带着母亲到云南上任，他到云南的路程，也很有时代气息，先经陆路到天津，经水路到上海，辗转到达香港和广州，稍作休息之后，从广州再经香港到达法国租借地广州湾，从广州湾到达法属安南，在路上他的夫人小产，只能在河内休息数日，然后从安南乘坐新开通的滇越铁路入云南，在火车上，他对新开通的这条险峻的铁路感到非常震撼。到云南不久，母亲得病过世，他伤心不已，随即扶柩回广东守丧，辛亥年(1911)新年前辗转回到广州。这次因属扶柩回乡，不能选择经过法属安南的来时路，他只好花费巨资，选择了云南到广东的传统道路，即经历贵州入广西，再从西江水路坐船回粤，路上的艰难辛苦，历历可见。

辛亥年的广州，与光绪三十年时已经大不相同，西关堤岸一片繁华，左霈在新式的西餐厅太平馆宴请朋友。城外的小北门一带，经营墓碑生意的店铺经常出现他的身影，他在为母亲筹备下葬事宜。这一年广州政局动荡，三月初十，广州将军孚琦在东较场回府路上遇刺，他评曰"洵可悯也"。三月二十九日，他在岳父家吃饭，突然听到枪炮声大作，他看到八旗兵拉炮登上城墙，不知发生何事，所幸满人地界尚属平安，有旗兵在街上守护，不让外人进入，后来才知道是革命党起义，攻打总督府(即黄花岗起义)，总督仓皇出逃。这次起义善后情形在日记中有不少记录。

辛亥七月，左霈离开广州北上京师，途经香港住了一天，路上他听说四川民众因铁路事宜抗争，省城大乱。到京不久，他在翰林李翘燊家中闲坐，听说革命党在武昌起义，很快京城市面一片恐慌。左霈只是一个低级官僚，他在历史大潮中，仔细记录了自己每天的所见所闻，当时信息不通，每日传闻各异，他也做了多种准备，或是回粤，或又改变主意暂留京师。十月初二日，他在温肃家中见到广东逃难北上的梁鼎芬(1859—1919)，梁告诉他目睹广东独立的全过程，该年腊月底，清室宣布共和立宪政体，由袁世凯为全权大臣。左霈并没有像梁鼎芬、温肃那样呼天怆地，只是平静地在那年的日记最后一天写道：

> 光阴易逝，百感环生。际此时局，能与家人聚首，亦幸事耳。

三 晚年香港生涯

左霈从辛亥后，担任《蒙藏报》主编，为了应付一家庞大的开支，他还兼任北京两三家中学校的教职，这段时期，他过着简朴的生活，偶尔去一下老朋友家，居京的广州同乡，如商衍瀛、商衍鎏兄弟、温肃等都是常客，二十世纪第一个十年间的大事，他也记录在日记中，例如袁世凯出殡的队伍、丁巳复辟的京城等。

1925 年起，他出任清华学校的教职。可惜好景不长，因为不属于留学派系（尽管他一直很努力学英语），终于被罗家伦解聘，1927年他遭遇了丧子之痛，独子左新的病逝，更使其北京生活蒙上阴影。1928 年底，他靠着老朋友、同科进士陈念典的帮助，从北京直接移居香港，在圣士提反学校担任中文总教习。这次南旋，他甚至没有经停广州老家，直接从上海经汕头到香港登岸。老朋友赖际熙（1865—1937），区大典、区大原兄弟给他接风洗尘。

到达香港后，左霈先后拜会了陈伯陶、李景康（1890—1960）等旧友，曾打算在九龙租房，最后选定般含道精致台，房租每月六十元，在当时算中等房。般含道一带，当时住了不少像他一样的遗民，例如区大典、区大原兄弟所住的英华台就在附近，赖际熙所经营的学海书楼近在咫尺，丁仁长曾住在兴汉道，据笔者向区大原幼子采访所得，选住西环的原因，除了这里租金较便宜、小区成熟，还因为靠近半山一带富商住宅区，方便富商子弟来家上学。

清末香港与广州一样，华人富贵之家不会将孩子送到学校，而喜欢找名师上私塾，以显示高贵[①]。左霈也在家中开设了“泽均学塾”，为了显示新式，还兼收男女生。1929 年元宵过后，家塾正式开学，学生招了两个，都是男生。圣士提反的课在上午，下午教家塾，这成了左霈的日常。

看来左霈很快就习惯了香港的生活，到大马路(晚清市民对皇后大道的俗称)买各种日用品，到中环中央邮局寄信给朋友，去银行收各地汇款，都是他的日常活动。因为他的榜眼光环，上海京津各地都有不少笔庄代收书法单。1929 年三月初五，他记录了“到荷里活道印润单”，此前一年，他已经开始学画画，还开始买一些小古董和书画。除了教学校和私塾，他给陈念典家两个小孩做上门的家教，陈念典的祖父陈荣秋，少年已在港经商，是早期开埠的富户之一。陈念典与左霈同科进士，辛亥后一直在香港料理家族生意。

不上课的时间，他享受香港的美食，喜欢去中环的“兰室”西餐厅。偶尔带着女儿们到公园，到“大世界”看一场电影，或是带夫人渡海去九龙城游玩。假期或清明节，他会带着家人坐船回省城广州祭祖，看望亲戚。除了卖字之外，他在香港还学会了很具特色的投资渠道：买卖股票。1932 年十月十五日：

> 早到协德洋行……承代购中华百货公司股份一百股，共壹仟圆。……

“中华”是香港四大百货公司之一，当年刚刚上市，左霈找关系买到了原始股，他的收入，以卖字、教书为主要来源，要养育六个子女，开销比较大，因此他一直不停地谋求更多教学收入，甚至不顾自己已经五十多岁，还多找了一份官立夜师范(今日已不存)的教职。为补

---

① 很多清遗民到香港后都开设此类私塾，例如朱汝珍南归后，就先创办隘园学院，也是私塾，后期才创办孔教学院。

贴家用，他索性将自己在云南得到的一套珍贵的大理石挂屏出售，换得六十元（1929 年闰六月二十八日）。

步入晚年，左霈身体渐不如前，经常要到西营盘国家医院（今日已不存，即玛丽医院前身）看病，但仍然坚持每天教学上课，也仍然写字点主帮补收入。对于时事也不无关心，1930 年十一月，他参加了香港的"抗日青年会"还发表演讲，1931 年春，他在日记中记录"闻日本攻上海闸北，被十九路军击败"。晚年他日记越发简单，有很多天仅记录日期，交往的朋友圈也逐渐缩窄，除了赖际熙、区大原等老朋友外，新认识而偶有来往的有黄荫普（1900—1986）①和年轻的学者柳存仁（1917—2009）。黄荫普是广州城内的汉军人，与左是同乡。柳存仁也是祖籍广州，当年还不到二十岁，与左常有通信。据柳存仁晚年口述，他称呼左霈为"舅公"，日记中多次出现的"柳小川"，即柳存仁的父亲。

1936 年，圣士提反学校与左霈解约，据圣士提反学校的档案记载，从 1929 年 1 月 23 日签约起，至 1936 年 12 月解任，左霈前后在校七年，接任中文教习的是翻译家林疑今。

日记最后记录至 1936 年农历除夕为止，该年值得一提的事件，则有十月十九日中午光绪癸卯甲辰两科进士在港聚会，留下了学海书楼十位老人的著名合照，这次聚会，笔者考证是为了庆祝十人中最高寿的周廷干（1852—1937，顺德人，癸卯翰林）重宴鹿鸣而由赖际熙专门召集②。

左霈的卒年，目前所有的公开记录（包括天主教香港教区网站）均为 1936 年，实误。因为现存左霈日记已经记录到 1936 年的农历

---

① 黄荫普（1900—1986），藏书家。字雨亭，一名黄少衡。广东番禺人。1922 年毕业于清华大学，后留学英、美等国。1927 年回国后历任中山大学教授、广州商务印书馆经理广东省政协委员、暨南大学校董等职，富于藏书。

② 见广州博物馆藏区大原致温肃信札原件，邓又同先生捐赠。

十二月,即已进入 1937 年,事实上,他活到了 1937 年底,笔者所查到准确的卒年记录,是 1937 年 12 月 28 日《华字日报》:

> 左雨荃在港逝世:左雨荃太史近患心弱症,经于本月九日,病逝港寓,暂厝跑马地坟场。查左氏现年六十五岁,前清癸卯科榜眼,充翰林院撰文,国史馆及武英殿协修。民国以来,历任北平清华大学教授,本港圣士提反学校汉文总教员,为人和蔼可亲,博学善诱,今一旦去世,闻者惜之云。

根据笔者向天主教香港嘉诺撒会的詹秀莲修女(左士琛生前教友)采访所得,左霈的女儿左士琛皈依天主教,并成为修女,左霈晚年也信奉了天主教,并得以与潘夫人一起下葬香港跑马地天主教坟场。但在 2009 年左右,由于左士琛年纪已高,左氏后人将左霈伉俪骨骸移葬广州,其墓碑则由教会作为文物保管。左霈的信教,在日记中并无任何记录,没有提及曾经往教堂礼拜等,但值得一提的是,在现存日记中,每年的正月初一,他都有"祭祖"一项固定的活动,而 1936 年的初一,他不再祭祖,应该与其晚年信奉天主有关。

四　左氏日记的价值

左霈在晚清进士群体中,是一个较为低调的人,既不谋求高官爵位,也不参与改朝换代;既不像温肃那样为逊帝效劳,也不像吴道镕、张学华那样以遗民自居,他只是一个老实本分的读书人,一个尽责的父亲。他的才华并不高,科考的功名是他一生最高的成就,从日记中简单记录的不到十首诗看来,他的文学才华也只是昙花一现。

日记的史料价值,则在于记录了光绪末年到 1936 年中国社会的侧面,包括光绪末年广东省城的日常生活、红白事的完整过程记录、辛亥前后广州城的形势等。北京时代则包括整个北洋时期一个普通教师眼中的生活记录(包括丁巳复辟、袁世凯篡国等)。

至于 1928 年之后,他移居香港,这八年间的见闻,也包含了大量的战前香港生活缩影,如省港间的交通来往、读书人日常购物消闲等,他也经常主持一些传统的仪式,像学童的开笔礼和白事的"点主"等,都可窥见当时香港社会仍然保存古代礼制的影子。

左霈虽然没有了不起的功业,他却是一个勤恳的读书人,早在光绪末年,他就已经敏锐地开始学英文,在日记中,他偶尔会用英文单字写在天头空白处,他学英语的习惯,几乎贯穿了 1920 年之前的岁月,甚至用背英文字典(所用的是邝其照所编的《华英字典》)的刻苦方法去帮助记忆。即使他获得榜眼的功名之后,他仍然没有放弃自学英语,这在晚清进士之中,极为罕见。据笔者考证,他应该是晚清广东正途翰林之中,少数能使用英语的一位①。他的英语知识,无疑也使得他在晚年居港时期,能够顺利谋到教职,对于研究晚清士人对西方世界的认识,这也是一个难得的个案。

日记还提供了很多晚清名人的生活细节,包括左霈的老师辈如徐琪(1849—1918)、吴道镕、陈伯陶、戴鸿慈;他的同科和晚辈王寿彭(?—1927)、商衍鎏兄弟,居港的遗民如赖际熙、温肃、岑光樾、区大典兄弟更是经常出现在日记中。笔者正是依靠日记,考索出黄诰、周廷干等几位翰林的卒年。而一些近代人物的生卒年,也可以由日记得到更正,例如曾任学部侍郎和京师大学监督(即校长)的李家驹,是光绪二十年(1894)翰林,李家驹是广州驻防汉军,与左霈是同乡,在通行的工具书和各种网站中,李家驹的卒年均标为 1938,而左霈日记在 1931 年七月十二日则记录:

> 讲书,寄李柳溪唁函,并祭幛一幅。

---

① 另一位值得一提的则是左的同乡和好友商衍鎏(1875—1963),他在旅居德国时期还学会了德语。

柳溪即李家驹的号，在左霈日记中多次出现，由此可知李家驹在此年过世。其余不少近代人物也多能从日记中找到线索。

特别应指出的是，现存晚清科举人物日记中，左霈是唯一从举人阶段即有日记保存的人物，这对于研究晚清科举史而言其意义是不言而喻的。

此日记的整理，得到黎志添教授、沈思博士的指导，梁引章小姐为誊录全文，黄启深博士、詹秀莲修女、欧柏青先生与圣士提反学校校史馆提供珍贵资料，朱兆虎、张剑先生为此书出版策划提供了意见与方便，谨此致以谢忱。

光绪二十八年(1902)壬寅日记①

　　正月初一日　元旦寅时,注香毕,巳刻出行,往各亲友家拜年。饭后往广协郑润惠霖总戎、臬司吴福茨廉访、学台文叔平侍郎、广府施子谦太守等处拜年,俱挡驾。未刻,在亲友家遇一客,自言曾往暹罗游历,该处华人约数十万,以闽省人最多,粤省次之,其政权俱归英、法两国管理,由香港起程,七日便可到。华人在彼处佣工,每月工金约三四十元云。

　　初二日　晨兴,再往亲友家拜年。随到潘外舅家吃饭,并谒梁缉䃳、吴玉臣两师。缉䃳师癸巳甲午曾从游两年,获益较多,遂于甲午得叨乡荐。玉臣乃应元书院肄业师也,因公出未晤,知省城中学堂已定议在广府学宫,早筹有的款。各教习亦经拟定,大约三四月间便可开考,此全由绅倡,不过请官立案随时管照而已。

　　初三日　早起看《通鉴辑览御》批,饭后临严字四十个,夜读《过秦论》。

　　初四日　早起,择抄时务书。饭后偕弟侄辈出街一游,夜看《历代史论》。

　　初五日　看《通鉴辑览御批》,临严帖。

　　初六日　择抄时务书。

　　初七日　看《通鉴辑览御批》。

　　初八日　早看时务书,饭后偕弟辈到渡头看戏,夜看《清史揽要》。

　　初九日　看《通鉴辑览御批》,临严帖。

---

① 分年目录为整理者添加,下同。

初十日　择抄时务书,夜看《历代史论》。

十一日　看《通鉴辑览御批》,临严帖,兼临虞帖,夜读《过秦论》。

十二日　早随四哥往拜祖山,一点钟回看《通鉴御批》,夜读《原道》。

十三日　择抄时务书,临严帖,夜看《清史揽要》,到潘家拜岳母寿。

十四日　早起,择抄时务书,饭后临柳帖,看《通鉴辑览御批》。

十五日　择抄时务书,摹《玄秘塔碑》四十字,夜读《过秦论》,看《清史揽要》。

十六日　看《御批通鉴辑览》,临《玄秘塔碑》,夜看《清史揽要》。

十七日　看《御批通鉴辑览》。

十八日　择抄时务书,看《御批通鉴》,临柳帖,夜读《东莱博议》。

十九日　择抄时务书,看《御批通鉴》,摹柳帖,夜到双门底买什物。

二十日　早起,到双门底买什物。饭后,代四哥略捡什物,晚看《清史揽要》。

二十一日　早起,送四哥入京引见。同船者约有十余人,皆引见验看者,可谓盛矣。晚访黄梅峤、孔秋宾,均未遇,后到潘岳丈家一坐。

二十二日　早起,看时务书,饭后摹柳字,看《御批通鉴》,夜看《清史揽要》。

二十三日　早择抄时务书,饭后在七叔处,与黄宣廷、商云廷、高少石斗牌并吃饭。

二十四日　看时务书,临柳字五十个,看《御批通鉴辑览》,夜看《清史揽要》。

二十五日　与上同。

二十六日　抄时务书,摹柳字,看《御批通鉴辑览》。

二十七日　早到潘岳丈家一坐,饭后往各处收租,夜读《东莱博议》。

二十八日　看时务书数篇,饭后与七叔、益三斗牌,并收租二份,夜看《清史揽要》。

二十九日　早起,内人觉腹痛甚急,恐是将生,遂略备诸物,移时稍定。饭后与高明轩暨家侄道纯到双门底收租二份。

三十日　早抄时务书,饭后到潘岳丈家一谈,夜看《清史揽要》。

二月初一日　早看时务书,饭后临柳字,看《御批通鉴辑览》。

初二日　往收租银。

初三日　七叔生日,到新同升吃饭,四点钟回。夜读《清史揽要》。

初四日　择抄时务书,看《御批通鉴辑览》。

初五日　看时务书,饭后临柳字,看《御批通鉴辑览》,晚间内人又觉腹痛,彻夜未睡。

初六日　内人腹痛益急,二点钟,得举一男,余心甚喜。母亲暨家中嫂辈俱甚欢喜,胞衣稍迟方下。

初七日　早起写信复四哥,复往德宣街,与巧玉铺客理论租项,饭后去买鸭蛋、黄酒等物。

初九日　新儿三朝,答礼毕,饭后看《御批通鉴辑览》。

初十日　往各处收租,晚闻继祖母姜氏病亟,因往商备后事。

十一日　在七叔处写买什物,午刻继祖母仙游。

十二日　在七叔处料理事件。

十三日　在七叔处料理事件。

十四日　同上。

十五日　早起在七叔处帮忙,饭后看《通鉴》。

十六日　应元甄别,共出六题。予作两艺:一"通商惠工论",一"问用机器鼓铸银元能通行无阻否"。是日戌刻交卷,共一千五百余字,不甚得意。

十七日　为继祖母慈头七,在七叔处还礼,兼料理一切。

十八日　在七叔处写派讣闻。

十九日　偕镠、铖两弟上山拜先祖。

二十日　择抄时务书，饭后收租。

二十一日　择抄时务书，饭后看《御批通鉴辑览》。

二十二日　早接四哥京电，寻笔帖照，予与母亲四嫂遍寻不获，晚复信。

二十三日　早起，再寻失照。饭后到七叔处还礼，夜再寻照。

二十四日　早起，电知四哥照无。饭后到潘外舅家一坐，回写柳字五十个。

二十五日　早起，看时务书，饭后收租，并到七叔处。夜看《清史揽要》。

二十六日　早起，抄时务书。饭后在七叔处，答各亲友礼。

二十七日　早起抄时务书。

二十八日　到七叔处料理一切。

二十九日　早到七叔处，饭后收租。午刻接四哥信，知十六到京。

初一日　早起，往应元填刺，并到潘岳丈家一坐，饭后，在七叔处答礼。

初二日　应元投考题，系"祸福无不自己求之者""义王景略论"，两艺全作，戌刻交卷，约一千言。

初三日　到七叔处答礼，饭后，拟到能仁寺，因潘太岳母明日安葬也，既而大雨，遂未果行。

初四日　七叔处开吊，料理一切。

初五日　往能仁寺，途中两次遇雨，路其滑，然犹愈于烈日当空，天时亢燥也。晚四点钟回，夜看《通鉴论》。

初六日　出东门拜祖山，晚五点半钟始回。入小北门，已上灯矣。

初七日　早起，抄时务书，饭后收租毕，写小楷。

初八日　早阅《后汉书》郑康成、许叔重传。饭后出街,回写小楷。

初九日　卯刻,先往邮政总局寄笔帖照,再顾船往靖海门打电报,因笔贴照昨晚已经寻得,系在二嫂柜内。曾经觅过,再催细寻,竟在,可见寻物宜再三子细,不可着急如此。饭后往七叔处,盖四七也。

初十日　早起,抄时务书,饭后收租。

十一日　八点钟出城,补拜外曾祖母杨安人山,并到能仁寺,看修潘太岳母山,四点钟进城。

十二日　早起,写信寄四哥,饭后收租,回看《御批通鉴辑览》。

十三日　早起,抄时务书,饭后写小楷,看《御批通鉴辑览》。

十四日　早读《东莱博议》,抄时务书。

十五日　到七叔处看诵经。

十六日　祖母五七,到七叔处吃饭,晚看《清史揽要》。

十七日　早读《东莱博议》,饭后出街一行,回看《御批通鉴辑览》。

十八日　早看《东莱博议》,饭后收租。

十九日　早起抄时务书,饭后写小楷,并到潘外舅家一坐。

二十日　早起写石甲大字,饭后收租,阅《御批通鉴辑览》。

二十一日　早起,看司马温公《通鉴论》,饭后写小楷。

二十二日　早起,到潘外舅家,并到西门买油,饭后写小楷。

二十三日　早起,读《东莱博议》,饭后写小楷。

二十四日　早起看《东莱博议》,饭后收租,写小楷。

二十五日　早起,到七叔处看念经,饭后收租,回写小楷,是晚得大雨。

二十六日　早看《东莱博议》,饭后到七叔处看诵经。

二十七日　早出山监工,四点钟回。

二十八日　祖母尾七,到七叔处吃饭,并往双门底。

二十九日　早访杨耀卿、朱德昭,并到潘外舅家一坐。饭后写信覆四哥,遂买些什物。

三十日　早起看《经世文编》,饭后写小楷。

四月初一日　早起,读《东莱博议》,饭后收租,写小楷。

初二日　应元课期,题系"以欲从人则可以人从欲鲜济义""秦穆公复霸西戎论",戌刻交卷。

初三日　早起收租一份,往潘岳丈家一坐,饭后读《左传》,写小楷。

初四日　到小北门外狮球山监工。

初五日　再往狮球山监工。

初六日　早抄时务书,饭后到潘外舅家一坐,回写小楷。

初七日　早抄时务书,饭后收租,回阅《御批通鉴辑览》。初八日作应元古学题,系"政如农功论"。

初九日　前题再作一篇。

初十日　早起,读古文,抄时务书,饭后收租,回到七叔处写请帖。

十一日　四可寿辰,拜神毕,读《东莱博议》,饭后写小楷并收租。

十二日　早起,抄时务书,饭后看《御批通鉴》。

十三日　早起,抄时务书,饭后收租,回看初九日所作论,稍加删润,是夜到七叔处一谈。

十四日　抄时务书,饭后阅《御批通鉴》。

十五日　抄应元古学课卷。

十六日　应元课期,作经义一篇,题系"尧舜之知而不遍,物急先务也"义。

十七日　作史论,题系"姚崇可谓救时之相论"。

十八日　抄应元课卷,并往永安买布。

十九日　写信覆四哥,并寄贺节各函。

二十日　到七叔处看念经,并往大南门买醋。

二十一日　到七叔处料理出殡各事。

二十二日　继祖母作夜,到七叔处帮忙。

二十三日　继祖母姜太夫人发引回灵,后到双门底,遇大雨。

二十四日　早起,看时务书,饭后收租,夜到七叔处一坐。

二十五日　早起,抄时务书,饭后收租,夜与上同。

二十六日　早起,抄时务书,饭后写信,覆徐花农师、张子颐观察。

二十七日　丑时四哥妾氏产一子,喜极,予家今年添二丁,诚幸事也,饭后往狮球监工。

二十八日　早起,抄时务书,饭后往双门底略买些什物,以备月中应用,并收租。

二十九日　早起,抄时务书,饭后写小楷。

五月初一日朔　早抄时务书,饭后收租,回写小楷。

初二日　应元课期,题出"苟日新"三句,讲义"天行"解作"全",戌时交卷,首艺六百余字,次艺三百余字。

初三日　早到湖洞公馆收租,饭后到双门底买纸,回写小楷。

初四日　早起抄时务书,饭后在七叔处,与宣庭、藻亭等聚谈。

初五日　端节,早起往各处贺节毕,饭后看《历代史论》。

初六日　早起抄时务书,饭后到靖海门外客栈,探问上海船何时可抵省,盖家人盼四哥回故也。据客栈说鲤门船约初十一二可来,大约四哥搭此船多,回看《历代史论》。

初七日　早起抄时务书,饭后写小楷,阅《御批通鉴》。

初八日　作应元古学课题,系"足食足兵说",约八百余字。

初九日　抄时务书,饭后阅《御批通鉴》。

初十日　早起,到双门底。饭后,拟往靖海门客栈,接四哥,因礼拜未果,阅《曾惠敏公奏疏》。

十一日　早起,写应元古学课题卷,饭后与道纯同往接四哥不遇,闻鲤门船明日到省,想必搭此船也,因同往沙矶一游。

十二日　早起，接四哥由上海来函，知于初八日搭鲤门船南下。饭后，周植生表兄到坐，叙谈良久，阅《御批通鉴》。

十三日　早起，到七叔处拜继祖母，作百日也。饭后带挑夫到泰安栈，迎接四哥，一点钟抵家。

十四日　早起与家人坐谈，并看检送亲友什物，饭后收租。

十五日　代钰弟考府试首场，题系"与人恭而有礼义"。

十六日　应元师课作经义一篇，题系"舜好问至用其中于民"，申刻完卷。

十七日　代钰弟考府试二场，一《史论》，一《孝经论》，一《性理论》。

十八日　早起，写手本，饭后收租毕，代四哥写履历。

十九日　作函致张子颐观察，并到七叔处一坐。

二十日　到韶属坐省寄信，兼往大南门外买鸭旦，回写小楷。

二十一日　予生辰，早起拜神，与母亲叩贺毕，代四哥作禀与张道台。

二十二日　早起，往兴隆坊收租，并到潘外舅家一坐，饭后作函覆花农师谢送祭文与对联也。

二十三日　早起，抄时务书，饭后阅《御批通鉴》，夜看时务书。

二十四日　早起，抄时务书，饭后出城买布，回看《通鉴》，夜《史论》。

二十五日　早起，抄时务书，饭后再出城买布，回看《御批通鉴》。

二十六日　早起，抄时务书，饭后阅《御批通鉴》。

二十七日　早起，抄时务书，饭后到潘外舅家一坐，回看《御批通鉴》。

二十八日　早起，看时务书，饭后抄时务书。

二十九日　早起，看时务书，饭后抄时务书，阅《御批通鉴》。

六月朔　早起，看时务书，饭后收租，回看《御批通鉴》。

初二日　应元课期"作善降之百祥,作不善降之百殃""义洪皓论",两艺全作,酉刻完卷。

初三日　早起,到潘外舅家一座,饭后抄时务书。

初四日　早起,抄时务书,饭后到城隍庙内福来居完祭,回抄时务书。

初五日　早起,抄时务书,饭后阅《御批通鉴》。

初六日　抄时务书,阅《御批通鉴》并代友写折扇。

初七日　抄时务书,阅《御批通鉴》,临严帖。

初八日　抄时务书,阅《御批通鉴》。

初九日　作应元古学,课题系"仁近于乐义近于礼义"。

初十日　早抄时务书,饭后收租。

十一日　再作应元古学课,题目"汉书附兵制于刑法志论"。

十二日　作"泰西教育史书后"一篇,亦应元古学题也,连前两篇共作三艺。

十三日　抄古学卷,约一千五百余言。

十四日　早起,看时务书,并收租,饭后往归德门,回看《御批通鉴》。

十五日　抄时务书,饭后阅《御批通鉴》。

十六日　应元课期,题出"修辞立其诚所以居业也""义窦融李密论"两艺作全,戌刻交卷。

十七日　早起,收租,并到潘家一坐,饭后收租,回看《御批通鉴》。

十八日　早看《东莱博议》,抄时务书,午同刘君杏南,访府署蔡莲侪昌宸,共叙于咏春园,回到七叔处一坐。

十九日　早觉头微热,往拜文叔平宗师,未见,并觉两脚酸痛,头益热,竟日好睡。据医家言,暑湿也,近日时症,多患骨痛头热,以余所闻者屡矣,余之骨痛得无类是,人以为食荔所致,此西医所说,余食荔并不多也,此说难信。

二十日　昨夜得汗,早起脚减痛,头尚微热,仍服清暑去热之剂,母亲亦患头热身痛,服清暑药稍松。

二十一日　头热已退,惟口渴无味,胸间觉满,亦不甚苦。

二十二日　早食薄粥,晚食素饭,精神尚倦。

二十三日　饮食稍加,仍觉身乏,内人亦患头热之症,数日内,家人以次犯者,共十余人,传染之说,诚不诬矣,幸皆三四日即已全愈,无大碍也。

二十四日　早起,遍身仍有红点,闻近日患病新愈者,多有此。

二十五日　饮食如常,午往双门底一行,回阅时务书。

二十六日　早抄时务书,饭后看《御批通鉴》。

二十七日　早起,抄时务书,饭后身倦欲睡,头复热作呕,晚稍自然,查因食晕太早,胃不消化故也,服去食兼清热之剂,乃愈。

二十八日　早起如常,抄时务书,饭后同。

二十九日　抄时务书,阅《陆宣公奏议》。

三十日　母亲寿辰,早起叩贺毕,到清风桥一行,饭后抄时务书。

七月初一日　早觉身倦,午后觉头瘟,作呕,服健曲茶即愈。

初二日　作应元官课,题系"陶侃运甓论""其养民也惠义"两艺俱作,精神不佳,草率完卷。

初三日　抄时务书,阅《御批通鉴》。

初四日　早写方格,午后代人写白绫一幅,阅《御批通鉴》。

初五日　早到潘家一坐,午到双门底,代家人买果品,回到陈觐侯家拈香,晚稍歇。

初六日　早写字,午出门买什物,回阅《御批通鉴》。

初七日　身倦好睡,看时务书。

初八日　检点书籍,阅《御批通鉴》。

初九日　看时务书,饭后阅《御批通鉴》。

初十日　看时务书,饭后收租,回阅《御批通鉴》。

十一日　早到陈宅打祭,兼留饭,午阅《御批通鉴》。

十二日　作应元古学课,题系"问钱法源流"。

十三日　作信寄花农师,并代四哥作禀与曾钧和暨曾慕陶两京卿。晚三点钟,偕镠、钺两弟到十二甫陶陶居饮九龙泉茶,兼食唐餐,每位五角,菜颇精致。

十四日　早抄古学课卷,饭后到大北门外一行,随到潘家一坐,后到双门底,买纸张,归德门收租,回抄时务书。

十五日　抄古学卷毕,抄时务书。

十六日　应元课期,因新儿发热未作,请张翼如到看。

十七日　昨晚新儿热益甚,且作惊状,早延郭仁舟到诊,据云风热甚大,用完惊解热药,驱风去痰,亦有之也。

十八日　新儿热稍减,惊已完,午延郭先生到看。

十九日　新儿仍觉头热,腹泻,水其色黄,仍延郭先生到诊,盖内热犹未减尽也,是日补作应元经义,题系"不贰过义"。

二十日　新儿头尚微热,早同到郭先生医馆看脉,午作史论,系"宋太祖欲西迁据山河之胜以去冗兵论",亦应元课题也。

二十一日　新儿热未退,尽早带与郭先生看,回抄课卷,亲到应元交卷,便到潘家一坐。

二十二日　新儿已愈,阅《御批通鉴》。

二十三日　早于献之由京改派知县回来,谈甚久,将往陕西候补也,午写信寄花农师。

二十四日　早抄时务书,饭后阅《御批通鉴》,夜读古文。

二十五日　早看《经世文续编》,午阅《御批通鉴》,夜读古文。

二十六日　早看《经世文编》,午阅《御批通鉴》,抄时务书,夜同上。

二十七日　早同上,午潘岳丈来坐竟日,夜读古文。

二十八日　早看《经世文编》,饭后抄时务书,夜读古文。

二十九日　早作信,寄冯润田,饭后到潘外舅家,兼到梁缉嘏师处坐,随买什物,回临柳字。

八月朔　卯兴,读《留侯论》,看温公《通鉴论》,饭后看《左传》,临柳字帖,看《御批通鉴》。

初二日　应元课期作经义一篇题系"月之泛星则以风雨"也,酉刻交卷。

初三日　卯兴,读《报任安书》,看温公《通鉴论》,饭后临柳字帖,看《御批辑览》。

初四日　卯兴,读《治安策》,看《通鉴论》,饭后写字,阅《御批通鉴》,抄时务书,夜温读古文。

初五日　卯兴,读《治安策》,往永清门外,代内弟合婚,盖陈葵石馆所寓也,未遇。饭后到城隍庙一行,回看《御批通鉴辑览》。

初六日　卯兴,读《治安策》,看《通鉴》,饭后阅《御批通鉴》,抄时务书,夜读古文。

初七日　卯兴,读《治安策》,看《通鉴论》,饭后阅《御批通鉴》,写楷字,抄时务书。

初八日　同上。

初九日　同上。

初十日　卯兴,读《治安策》,看《通鉴论》,饭后收租,回写字。

十一日　卯兴,读《治安策》看《通鉴论》,饭后阅《御批通鉴辑览》。

十二日　卯兴,看《宋王旦传》,饭后作信,复张观察,兼收租。

十三日　作应元古学课题,系"宋王旦论"。

十四日　抄应元课卷,兼看《御批通鉴辑览》。

十五日　中秋节,命仆持名柬往各处到贺,读《治安策》,饭后作信,复花农师。

十六日　应元课期,早到书院抄题,兼领奖赏。饭后到双门底,买《天演论》,因题目出此,遂购一阅也。

十七日　卯兴,阅《天演论》,饭后作课题,系问:"今日学者欲为西人之政论,与为西人之科举,孰难孰易。论者又谓不通科举,则其政论亦不根,而天演消息之微,不能喻其说答何,试切究而详说之。"

十八日　早读《治安策》,访高保勋明轩、萧麟章玉书,饭后抄应元课卷,阅《御批通鉴辑览》。

十九日　早读《治安策》,看《通鉴论》,饭后阅《御批通鉴辑览》。

二十日　同上。

二十一日　功课同上。

二十二日　早读司马迁《报任安书》,看《通鉴论》,饭后访许璧臣兄,并晤郝丹阶同门,偕到光孝寺一行,回阅《御批通鉴辑览》。夜到潘外舅家坐。

二十三日　早代花农师写公呈,并抄时务书,饭后再写公呈。

二十四日　卯兴,读司马迁《报任安书》,饭后阅《御批通鉴辑览》。抄时务书,夜看《史论》。

二十五日　早读古文,看《通鉴论》,饭后阅《御批通鉴辑览》。抄时务书,夜看《史论》。

二十六日　早读古文,看《通鉴论》,饭后代四哥写履历,阅《御批通鉴辑览》。夜到潘岳丈家坐。

二十七日　早读古文,看《通鉴论》,饭后出西门买布,回抄时务书,夜看《史论》。

二十八日　早读古文,看《通鉴论》,饭后访臬署幕友芮君钟琦、端木君藩别驾、郝君凤楼大令,均未遇。回阅《御批通鉴辑览》。抄时务书,夜看《史论》。

二十九日　早读古文,看《通鉴论》,饭后阅《御批通鉴辑览》。抄时务书,夜看《史论》,郝大令凤楼回拜叙谈。

三十日　早读古文,看《通鉴论》已完,饭后到双门底,夜看《史论》。

(八)[九]月朔　早同内弟澄修,随岳丈到潘家祠行礼,盖祖丈于咸丰年殉难于三元里,后岳丈建祠于此,前欲到谒未果,今始到拜也。

午回阅《御批通鉴》,写大卷六行。

初二日　应元课期,题系"哀公门于有若曰年饥用不足全章义""齐桓晋文之霸,始于何事论"。戌刻交卷。

初三日　早起,读古文,看《历代史论》,饭后阅《御批通鉴辑览》。

初四日　早读古文,饭后到双门底,回阅《御批通鉴辑览》。抄时务书,夜看《正己录》。

初五日　早读古文,阅《历代史论》,饭后阅《御批通鉴辑览》。

初六日　早读古文,阅《历代史论》,饭后阅《御批通鉴》,抄时务书,夜看《正己录》。

初七日　早读古文,阅《历代史论》,饭后萧玉书携《南雪斋法帖》来,阅之竟日。其本尚好,颇酷爱之,惜价太昂,恐不易购也。

初八日　早到双门底,饭后到应元书院看帖堂,兼到萧玉书馆,并潘外舅处一坐。

初九日　重阳,早随母亲到狮球山拜继祖母,遂率溥侄到狮带拜先父,回看《御批通鉴辑览》。

初十日　早起,送商姓庚牒到潘家并吃饭,回作应元古学课,题系"拟课吏馆碑记"。

十一日　早读古文,阅《历代史论》,饭后临大卷数行,阅《御批通鉴辑览》。抄时务书。

十二日　早读古文,阅《历代史论》,饭后阅《御批通鉴辑览》。

十三日　同上,兼抄古学课卷。

十四日　早读古文,阅《唐文粹》,饭后到双门底,回抄时务书,夜看《正己录》。

十五日　阅《唐文粹》,抄时务书,饭后临大卷数行,阅《御批通鉴辑览》。

十六日　应元课期,作论一篇,题系"春秋微辞指博论"。

十七日　再作史论题"唐再失河朔论"。

十八日　抄卷,兼代七叔写山碑,并书联额一对。

十九日　随七叔、四哥往桔洞,拜曾祖讳逢春公,早出东门到太和市茶山,二点钟到桔洞村,上帽峰谒祖,回时已天色黄昏矣,是夜住桔洞村陈国成家,盖世交也。

二十日　九点钟作兜回程,四点钟到家。

二十一日　早读古文,阅《唐文粹》,饭后完作春联,往巧玉收租,并到潘外舅家一坐。

二十二日　早读古文,饭后阅《御批通鉴辑览》。抄时务书。

二十三日　早读古文,阅《唐文粹》,饭后到双门底买什物,回阅《御批通鉴辑览》。

二十四日　早读古文,阅《唐文粹》,饭后到卫边街三祝斋要寿联,送吴廉访福茨老太太,其文曰:"凤诰纪恩荣,令德微音永延堂北;乌台隆孝养,清风亮节远播天南。"回阅《御批通鉴》,临大卷四行。

二十五日　早读古文,阅《唐文粹》,饭后阅《御批通鉴辑览》。抄时务书。

二十六日　早读古文,阅《唐文粹》,饭后阅《御批通鉴辑览》。临大卷四行,抄时务书。

二十七日　早读古文,阅《唐文粹》,饭后出西门下九甫买布,回到应元书院,夜看《正己录》。

二十八日　早读古文,抄时务书,饭后收租,回写字,阅《御批通鉴辑览》,夜看《正己录》。

二十九日　早读古文,抄时务书,饭后到七叔处一坐,随往双门底买墨,兼收租,阅《李鸿章论》,夜看《正己录》。

十月初一日朔　早起,读古文,阅《李鸿章论》,饭后到大宅一谈,回看《御批通鉴辑览》。写字二百,临虞世南帖,夜看《史论》。

初二日　应元课期,题出"卫文公务材,训农通商,惠工厂,教劝学,授方任能论"。策题问"警察行于中国宜为何部署策"戌刻交卷已迟,院科不收,真无趣也。

初三日　早起读古文,到刘杏南家贺喜,饭后到潘家一坐,回看《御批通鉴辑览》。

初四日　早读古文,抄时务书,饭后临帖百字,阅《御批通鉴辑览》。夜到五哥家,已移居邻舍矣。

初五日　早读古文,抄时务书,饭后临帖百字,阅《御批通鉴辑览》。夜看《正己录》,自七月初旬得雨,至今始沛甘霖,久遭亢旱,忽得连夜小雨,人心稍定。

初六　早读古文,抄时务书,饭后到双门底购书,回阅《御批通鉴辑览》。

初七　早读《左传》,抄时务书,饭后临帖百字,阅《御批通鉴辑览》。

初八　早起同上,饭后阅《西洋史要》,代七叔作信二封,阅《御批通鉴》。

初九　早读《左传》,抄时务书,饭后阅《西洋史要》,临帖百字,看《御批通鉴辑览》。晚到太平馆一叙,盖番菜也。

初十　早读《左传》,抄时务书,饭后收租,回写字,阅《御批通鉴辑览》。夜代四哥作信与商眉生主事。

十一日　早读《左传》,抄时务书,饭后阅《西洋史要》,临帖百字,看《御批通鉴辑览》。

十二日　早同上,饭后写折扇二柄,看《御批通鉴辑览》。

十三日　早读古文,抄时务书,饭后阅《西洋史要》,临帖百字。

十四日　早读古文,抄时务书,饭后阅《西洋史要》兼收租。

十五日　早读古文,阅刘润生遗稿,饭后往周家贺喜。

十六日　早读《左传》,阅刘润生遗稿,饭后往周家,今日花轿。

十七日　早看润生遗稿,抄时务书,饭后往周家。

十八日　早读《左传》,阅刘润生稿,饭后临帖百字,到双门底,回看《御批通鉴辑览》。夜看《经世文编》。

十九日　早读《左传》,作书致张观察子颐,饭后写字,阅《御批通鉴辑览》。

　　二十日　早往大宅看道纯,病甚危,饭后收租,回看《御批通鉴辑览》。

　　二十一日　早写碑一块,饭后阅《御批通鉴辑览》。写字百个。

　　二十二日　家侄道纯病亟,未刻去世,往大宅料理一切。

　　二十三日　再往大宅料理事件。

　　二十四日　早往白帝庙,代大宅定法事,兼到潘家一坐。饭后代罗函石观察写履历二份,到归德门布店。

　　二十五日　早读古文,饭后阅《西洋史要》,临帖,抄时务书。

　　二十六日　早读古文,饭后阅《御批通鉴辑览》《西洋史要》。

　　二十七日　早读古文,饭后阅《御批通鉴辑览》。看到明达书斋议事。

　　二十八日　早往大宅帮忙,并吃饭。午饭后阅《御批通鉴辑览》。晚到陈受同家吃斋。

　　二十九日　早往陈宅送殡,饭后阅《御批通鉴辑览》,临帖百字。

　　三十日　早读《左传》,抄时务书,饭后阅《御批通鉴辑览》。到明达书斋一坐。

　　十一月朔　早读《治安策》,抄时务书,饭后复到明达书斋,兼到双门底买书。

　　初二日　应元课期,作两艺:一"修政论",一"集民团以御盗贼疏"也。

　　初三日　早抄时务书,饭后写字,阅《江南闱墨》。

　　初四日　早抄时务书,饭后作书与张观察之子尔常,并到双门底买书,兼访旧好蔡昌宸莲侪,夜看《正己录》。

　　初五日　早读古文,抄时务书,饭后阅《御批通鉴辑览》。

　　初六日　作应元古学课,题系"行印花税其利弊若何议"。

　　初七日　抄应元古学卷,共一千二百言也,阅《正己录》。

初八日　早读古文,抄时务书,饭后为新儿种洋痘,阅《御批通鉴辑览》。

初九日　早抄时务书,饭后阅《御批通鉴辑览》《西洋史要》。

初十日　早抄时务书,饭后作书与冯润田。

十一日　早闻张子颐观察下省,往谒尽欢,谓余明年会试必中,以近来容貌颇清润,定卜玉堂人物云云,予心甚喜,冀其言之中也。

十二日　往谒子颐观察,因彼此甚为投契,遂以师礼事之。

十三日　早到潘岳丈家一坐,饭后写字百个,阅《御批通鉴辑览》。

十四日　早抄时务书,饭后到子颐师处一谈,夜深始回。

十五日　早抄时务书,饭后临帖百字,阅《西洋史要》。

十六日　内弟澄修行文定礼,早到吃饭,午到应元书院交卷,兼拜监院梁居实诗五,未晓,遂到观音山一游,晚仍回潘家吃饭。

十七日　早同谢少农往五仙西,送张子颐师,畅谈半日回,阅《前汉书·盖宽饶传》。

十八日　早抄时务书,饭后阅《御批通鉴辑览》。写字百个。

十九日　早读古文,抄时务书,饭后同上。

二十日　补作应元课"拟盖宽饶答王生书",戌刻交卷。

二十一日　早抄时务书,饭后写白折,阅《御批通鉴辑览》。

二十二日　早代七叔誊卷,饭后写白折五板,夜看《正己录》。

二十三日　早抄时务书,饭后写大卷五板,夜看《正己录》。

二十四日　早代罗阅石观察写履历,饭后作信与张颐师,并寄大卷白折焉。

二十五日　早读古文,抄时务书,饭后到潘家一坐,兼收租,回阅浙江新科闱墨。

二十六日　早读古文,饭后回拜瀛,回代徐花师写信二封,阅闱墨。

二十七日　早读古文,饭后《御批通鉴辑览》《西洋史要》。

二十八日　早读古文,饭后写字,阅《御批通鉴辑览》《西洋史要》。

二十九日　早读古文,看《唐文粹》,饭后写字,阅《御批通鉴辑览》《西洋史要》。

三十日　早作信覆花农师,饭后写字,阅《御批通鉴辑览》《西洋史要》,到褚家借《万国政治艺学全书》一套。

十二月,朔　早起,读古文,饭后阅《御批通鉴辑览》,写字百个。

初二日　应元课期,经义题"黍稷非馨明德为馨义"。

初三日　早看闱墨,饭后写字,到双门底买书。

初四日　早看闱墨,饭后到臬署,访周颖孝翁,稍谈片刻,回看《御批通鉴辑览》。

初五日　早看闱墨,饭后收租,谒吴玉臣师,未见。回阅《御批通鉴辑览》。

初六日　早到潘外舅家,写信兼吃饭,午访臬署周君颖孝。晚七叔约吃饭,同席者除黄宣庭太史外,若黄益三、商藻廷皆会试启程在即,故邀同一叙也。

初七日　早访周颖孝翁,叙谈良久,饭后阅《御批通鉴辑览》《宪法精理》。

初八日　早看闱墨,饭后阅《御批通鉴辑览》。

初九日　早到大宅,饭后阅《御批通鉴辑览》,晚到萧宅吃喜酒。

初十日　早到大宅帮忙,饭后仍同。

十一日　送道纯殡,回看闱墨。

十二日　早看时务书,饭后阅《御批通鉴辑览》。

十三日　同上。

十四日　早读古文,饭后往双门底置办行装,因明年会试借闱河南,已定月底启程,同帮则黄君益三也。黄君本非极相得,但同行路远,不能无助,别位则启程略迟,故订同去也。

十五日　早读古文,饭后再买什物,夜看《中国商务志》。

十六日　早检衣箱,饭后仍买什物,夜看《中国商务志》。

十七日　同上。

十八日　早读古文,饭后检点书籍。

十九日　检书籍。

二十日　检衣服,兼出街辞行,闻臬台吴福茨廉访升新疆藩台。

二十一日　仍检什物,饭后再出街辞行。

二十三日　由广启程,赴河南省借闱会试,十一点钟出鸿安客栈送行,有七叔、四哥、曾表云序、与伯兼、仲美、叔武三弟也。在栈稍坐,下龙门船,同行则黄谦益三也。是夜四点钟开行,船上燃电灯,光明如昼。

二十四日　午一点钟,抵港,搜查洋烟极严,同船人皆恨其骚扰,而莫可如何。外洋售此毒物与中国,我中国人甘之如饴,遂成一大漏卮,国之贫弱,半由于此,有志之士,须当切戒也。

二十五日　船泊香港。

二十六日　五点钟,船由港开行,六点半钟出口。

二十七日　风浪俱平,海面如镜,早七点钟,过汕头口。晚三点钟,过厦门口。饮食坐卧恍如在平地,晚在船眺望,偶见一鸟飞翔于数百里之外,隐约可辨,想必不小,盖鹏鸟也。

二十八日　早遇雾,船行稍缓,午微有风浪,船稍颠簸,同船人多呕,予则静卧,饮食亦不能多矣。

二十九日　船仍摇动,晚抵吴淞口外,因有雾,停轮一夜。

三十日　早进吴淞口,旋停轮候西医察病,先由买办请搭客上船,面点过若干名,报知西医,该医士驾小轮来验,因已封关得免。闻前此来察时,不论男女,均须审视,倘偶失笑,遂被拉去并不问其真有病否,候保方释。此事始行于外洋,今则施之中国口岸,闻系前上海道蔡钧与洋人商设者,可见交涉不慎,贻累匪轻。午后抵上海,迁入长发栈,行李随后用渡船载,到已上灯矣。

光绪二十九年(1903)癸卯日记

癸卯年正月元旦日 早晤同乡门定鳌桂珊姻丈、商衍鎏藻亭同年、金宝权子才、邓善麟两生,同门各贺年毕,并承藻亭邀饮,尽欢而散,此间过年,不如省城热闹,各铺多张龙旗,以志喜庆。来往拜年,好用衣冠,虽步行亦穿衣冠,以装体面,盖其俗尚然也。

初二日 作家书,晚与友到江南村吃番菜,遂到茶楼一坐,夜访邓雨生。

初三日 作信与潘左阶岳丈,并进城到城隍庙一游。

初四日 作信与徐花农、张子颐两师,饭后出街买什物,夜同益三到春仙园听戏,十二点钟回。

初五日 早出街寄信,饭后再到法马路买布,此日上海谓之财神日,昨晚多鸣锣鼓,以接财神云。

初六日 早检点什物,饭后买书,回阅《扬子江流域现势论》,此书为日本法科学生林繁所著,中国汪国屏所译,特撮其所论上海之大略于下:上海在镇江下游二百三十里,系江苏松江府上海县属,其地当北纬三十一度十五分,东经百二十一度廿九分,城内外人口约八十余万,市中百货辐辏,极为繁盛,为中国各通商口岸之中心点,五十年前,不过一小市场,道光二十年辟作通商口岸,二十九年,外人居此者仅及百人,洋行仅二十五座,今则英人已有千余,其余各国多少不等,综计约有六千余人。租界分英美法三区,英占其中部,法界接近县城,在英界之南。美界距吴淞江而位于极北,就中以英界为最繁华,道路亦极齐整,租界中设有工部局,以为行政之机关,其职务多重土木,昔英美法各界中各立专部,近则英美二界已合为一法,仍独治其一隅。巡捕制度亦颇整严,以印度人头裹红巾,立于十字街口,以制止车马之冲突,行人之喧嚣。巡捕亦分三级,以欧人统印度人,复以印度人统华人焉,盖中国人居最下级也。租界中之司法制度,旅华外人之争讼,概归各国领事自行裁判,而华官无纠审之权。若与中国人关涉事件,则归会审衙管理之。中国造船所有四,一曰江南制船所,二曰董家造船所,三曰老船厂,四曰新船厂。著名工厂亦有四,一曰江南纺纱织布局,二曰纺缲新局,三曰华盛纺织厂,四曰裕源纺纱厂。又上海南境,有江南机器局,创始于同治四年,每年经费七十万两,局内工厂凡分为七,一机器厂,二船机制造所,三熟铁厂,四枪厂,五炼钢厂,六炮厂,七炮弹厂,大小役共凡三千余人,每日工作时刻,自上午七点钟起,至下午五点半钟止,每年制出之物,大炮在百尊以内,枪四五千杆,其余之制出额及利益工费,并无册记可凭查考。

初七日　号《三通考辑要书》,并买绒布,修眼镜,回阅山东闱墨。

初八日　新春。早阅《世界地理志》,饭后买书,阅山东闱墨。

初九日　早阅《欧洲财政史》,饭后号《钦定授时通考书》,出街一游,回看山东闱墨。

初十日　早阅《欧洲财政史》,饭后访门桂珊,看湖北闱墨。

十一日　早阅湖北闱墨,午到书坊检察新书。

十二日　阅《御批通鉴辑览》,并访门桂珊畅谈,以消旅寂。

十三日　阅《御批通鉴辑览》并往河旁一行,眺望临江胜地,到此已届半月,因同去会试黄、商、金三人往杭州未回,在此等候,颇觉寂寞,又不能独自起行,故往江干一行,以舒积闷,大约尚需二三日,方能前去也。

十四日　作家书,阅湖北闱墨。

十五日　元宵,阅顺天闱墨。

十六日　早检行李,饭后出街,买洋烛等物。

十七日　午搭德兴火船赴汉口,夜二点钟开船。

十八日　十二点钟过通州,四点钟过江阴,夜七点钟过泰兴,十二点钟到镇江。二点钟过仪征，五点钟过南京。

十九日　十一点半钟到芜湖，停船二点钟之久，前过各口，不过略停片刻，五点钟过荻港。

二十日　一点半钟过九江，四点钟过武穴，夜十一点过黄石港。

二十一日　早八点钟抵汉口，迁入名利客栈。行李用驳艇随后驶到，往拜同乡张清仲连。汉口古名夏口，今一名汉皋，又曰汉镇，得水运之便，当九省总汇之通衢，距上海六百里，当北纬三十度三十二分五十一秒，东经百十四度十九分五十五秒，人口凡八十万。湖北省城武昌府，在其西南，与之隔江相望。武昌城为总督驻扎之地，人口凡二十五万，又其西北与汉水相隔之对岸，为汉阳府，人口凡十五万，三区分峙，势若鼎并，最为长江上游之要隘，古以汉口及河南之朱仙、江西之景德、广东之佛山，分为天下之四大镇城，以形式之出于天然也。其商业大宗，以谷米、煤炭、茶、鸦片、药材、兽皮、棉布、海味、人参、樟脑等物为最。

二十二日　早检行李，饭后作艇过江，游湖北省城制麻局、织布局，规模宏大，所织洋纱、洋扣布，颇并与西洋相埒。近年抵制洋纱两种，虽未能贩运出洋，而内地销流亦不少云。阅毕复游黄鹤楼，只有石鼎一座，余均倒塌，现正修复，尚未完工。再游曾文正公祠，中兴元辅，庙食常新，令人向往不置。日落渡江，到张仲连家一叙，即作车到火车头，宿人和昌客栈。

二十三日　早五点钟起，搭火车，八点钟开路，经孝感、花园等处，约停车八九次，晚六点钟抵信阳州，路程约四百五十里，共行十点钟。

由汉口至信阳州路程共五百四十里：

大智门　滠口　祁家湾　三议埠　孝感县　萧家港　花园　王家店　广水　东篁店　新店　柳林　信阳州

由信阳州至汴路程共七百三十里。

二十四日　早五点钟起，换用骡车赴汴梁，午尖富阳店，夜宿明港驿。墙壁汗秽,尘羹土饭,到处皆然,只食切面、鸡旦、清菜而已。是日行九十里。

二十五日 夜三点钟起开车,尖新安店,宿霍山县,沿路尘土甚大,车亦簸荡,是日行九十里。

二十六日 夜三点钟起开车,尖驻马店,宿遂平县,是日行九十里。

二十七日 夜两点钟起开车,尖临颍县,即春秋郑国颍谷地,堰城县即春秋召陵地。宿西平县,行一百二十里。

二十八日 夜两点钟起开车,尖临颍县,即春秋颍谷地,宿许州,即汉许昌,行一百二十里。

二十九日 夜三点钟开车,尖小召,宿朱居,行九十里。

二月初一日 夜三点钟开车,尖尉氏县,宿朱仙镇,午后微雨,行九十里。

初二日 早六点钟开车,一点钟抵(四十里)汴梁,迁入南门土街北忠升店。

初三日 早寻小寓,价值极昂,每一大间,长二丈,宽四丈,俱作三间计。每间约需银三四十两,只可住两人而已。因屋价太昂,定议迁住两广会馆,在学院西街。

初四日 早迁会馆,候匠人表糊毕,会馆乃公地,先到先住,故先到住再表糊也。将行李各物检好,住正间,与益三同居。藻亭昆仲亦同住,而隔竹篱一幅,中间留一小客坐。余居东边,伊则居西边,声气尚可相闻也。

初五日 早阅《御批通鉴辑览》,饭后到北土街庆云楼。

初六日 早访刘辅臣,同往打首饰。饭后写字,覆阅《校邠庐抗议》,夜看顺天闱墨,拜吴方臣观察,坐谈稍久。

初七日 早阅《校邠庐抗议》,饭后写字,看《御批通鉴辑览》,夜看顺天闱墨。

　　初八日　早阅《校邠庐抗议》,饭后寄家书,写字,看《御批通鉴辑览》,夜看顺天闱墨。

　　初九日　早同上,午写字,看《御批通鉴辑览》,夜看浙江闱墨。

　　初十日　早看《劝学篇》,午写字,阅《御批通鉴辑览》,夜同上。

　　十一日　同上。

　　十二日　作堂课,题系"汉用三杰楚不用范增论",三点钟完卷,夜看江南闱墨。

　　十三日　早看《劝学篇》,午写字,阅《御批通鉴辑览》,夜看江南闱墨。

　　十四日　早同上,饭后出街买什物,夜看江南闱墨。

　　十五日　早拜文武二帝,看《庸盦文编》,午阅《御批通鉴辑览》。

　　十六日　作经义一篇,题系"所以动心忍性,增益其所不能"。

　　十七日　早阅《庸盦文编》,午看《御批通鉴辑览》,夜看浙江闱墨。

　　十八日　早阅《庸盦文编》,到南土街协诚玉买南阳绸缎,午往抚院投亲,赍回写字,夜看湖南闱墨。

　　十九日　早阅《庸盦文编》,午写字,阅《御批通鉴辑览》,夜看湖南闱墨。

　　二十日　早同上,午出街回,阅《御批通鉴辑览》,夜作家书。

　　二十一日　早看《史论》,午寄信,回写字,夜看江西闱墨。

　　二十二日　早看《史论》,午到礼部投文,回写字,夜看闱墨。

　　二十三日　早看《史论》,午写字,阅《御批通鉴辑览》,夜访吴方臣世叔一坐。

　　二十四日　早到礼部买卷,午填写卷面,阅《御批通鉴辑览》,夜看《史论》。

　　二十五日　雨,早看《史论》,午写字,阅《御批通鉴辑览》,夜看湖南闱墨。

　　二十六日　雨,早看《史论》,午出街,回阅《御批通鉴辑览》,夜看闱墨。

二十七日　同上。

二十八日　雨，早阅《御批通鉴辑览》，午同，写字三百，夜看江南闱墨。

二十九日　雨，早午俱阅《御批通鉴辑览》，夜看江南闱墨。

三十日　雨，早阅《御批通鉴辑览》，午许璧臣由粤到，畅谈良久。

三月朔，初一日朔　雨，早拜关帝毕，阅《御批通鉴辑览》，午写字，看《史论》，场期将届会试，来汴者纷纷趱到，以予所闻，信阳州滞留者仍不少，则因连日阴雨，路既难行且人多车少，价钱日增。有顾车须银五十两者，其余三四十两不等，俱因人争购车，故价值顿昂也。予来早不到一月，而所省极多云。

初二日　早看《史论》，饭后写字，阅江南闱墨。

初三日　同上，夜访王子凭一谈。

初四日　早检场内什物，午写字，许璧臣、金子才来坐，接花师信一封，选墨一套。

初五日　早看《史论》，饭后出街头杂物，是晚商云亭邀饮。

初六日　早检行李，午后迁辘轳湾汪宅，因地近贡院，租银尚廉也。此屋先因索租太昂致未租出，此时又恐无人租，故每屋一间，只须需银三两。场后稍息数日，即结帮晋京矣。

初七日　检试箱，是晚许璧臣来坐。

初八日　五更吃饭，天亮入场，坐东旗字拾贰号，是晚三更得题目。

初九日　早八点钟，作得首篇。一点钟，成次篇。六点钟，成三篇。十二点钟，得四五篇，复将各篇修饰，已至五鼓矣。稍睡一点钟。

初十日　六点钟眷写，至四点钟出场。

十一日　早八点钟，入场，坐东旗字捌号，是夜二鼓得题目。

十二日　六点钟，成首篇，十二点钟成次篇。五点钟成三篇。次夜十二点钟成四五篇。细看各篇一遍，稍加修改。

十三日　六点钟,誊写,值大风,尘沙蔽目,所写极苦,四点钟出场。

十四日　九点钟入场,坐东旗字五十一号,是夜二鼓,得题目。

十五日　十二点钟,三艺俱成,即写。晚八点钟完卷,是日微雨,点滴有声,夜里甚冷,不能酣睡,夜起誊草稿。

十六日　七点钟出场,稍睡片刻,饭后作家信。

十七日　早寄家书,饭后买绸缎。

十八日　往拜广东同乡,并取应元决科公车费。

十九日　买土产,晚在景福楼,饮龙威局。

二十日　约云亭,子才听戏。

二十一日　检行李,夜到王子凭寓一谈,并托打电报。

二十二日　检行装,薛同年维屏到坐。

二十三日　六点钟由汴起车晋京。十点钟到黄河边,行二十五里,因候船,四点钟始渡河。是晚宿新店三十五里。

由汴至正定路程共八百六十五里,详日所记。

二十四日　七点钟,起车,十点钟抵封丘县,行十五里,拜邑侯黄瀛桥庭芝。黄君系广东琼州人,蒙送席一筵,并顾车送至卫辉府。隆情厚意,佩感难名。一点钟由封丘行四十五里,宿延津县,蘧伯玉故里在焉。

二十五日　天亮起车,行三十五里,到龙王庙打尖。七十里,到卫辉府驻店。因车价太昂,托国太守代顾车至正定,价稍廉。

二十六日　七点钟起,车行五十里,到淇县打尖。六十五里,到石塔铺,遇雨,遂宿焉。

二十七日　七点钟起车,渡淇水,行四十三里,到宜沟县打尖。七十里,至汤阴县,谒岳忠武公庙。一百十二里,至安阳县宿店。

二十八日　夜三点钟起车,行四十里,至丰乐镇打尖,九十里至杜村铺宿店。

二十九日　四点钟开车,行四十五里,至邯郸县打尖。六十里至黄梁镇,谒庐生祠。一百里至褡裢店驻宿,到店后微雨。

四月初一日　四点钟,开车五十里,至顺德府邢台县,即古邢地,打尖。一百十里,至内丘县落店。

初二日　天明四点钟起车,六十五里,至柏乡县打尖。一百二十里,至赵州桥落店。

初三日　天明开车,四十五里,至栾城县打尖。一百零五里,至正定,宿火车头晋义客店。

初四日　四点钟,搭火车晋京。五点半钟,抵京师前门外,用挑工将行李挑至城门口,顾骡车迁入广元栈,往对门潘提塘府,见岳丈左阶。

初五日　早归,着行李,饭后拜徐花农师,谈甚久拜,唐椿卿师出门未见。

初六日　早同上,四点钟再谒唐师,聆教片刻,往徐师处吃饭。同席者五人,余则其婿与子也。二鼓散席始回。

初七日　往岳父处吃饭,顾车拜同乡商梅生、薛仪卿、叶子馨、莫子封、李柳溪,并其弟。叔、腾、商、薛诸公俱晤,惟李君外出未见。

初八日　早写大卷,午过岳父处谈并吃饭。

初九日　早写大卷,午同友进城,回写字。

初十日　早商梅生请吃饭,午后散席,回写字。

十一日　早写大卷,饭后同。

十二日　早写大卷,饭后到徐花农师处一谈。

十三日　早写大卷,饭后访商云亭。是晚柳溪请吃饭,闻会榜今日出,但相隔遥远,尚无确信。

十四日　早往岳父处一坐,闻广东赖君际熙已接电中起,心颇盼望。晚再到岳父处谈,回睡后忽得电信,知已与商云亭同中,欢喜过望。此电在河南时托世兄王子凭别驾打来者,电文只"北京广东提塘潘、霈、瀛均中",尚不知中若干名也。

十五日　早,转电家中,并写信,饭后拜座师唐椿卿,暨进学老师徐花农。

十六日　写卷折。

十七日　作家书,并致函张子颐师,兼检点行李。

十八日　迁潘雨村处,收拾物件。

十九日　写卷折,并拜俞阶青探花,请教一切。

二十日　承花师命,往谒寿子年师、朱桂卿师。

二十一日　早写字,饭后到西直门奉管佐领要图片,领催黄姓,住西直门南小街口内,丁家井北边路西。

二十二日　写卷折。

二十三日　同上,到琉璃厂买笔墨。

二十四日　早往花农师处拜寿,午回写大卷。

二十五日　写卷折。

二十六日　同上。

二十七日　同上。

二十八日　同上,晚雨村请致美斋吃饭。

二十九日　写大卷一本,连刷补共八点钟。

三十日　写卷折。

五月初一日　写大卷一本。

初二日　写卷折,午后到唐椿卿师处一谈。

初三日　写卷折。

初四日　往各师处预贺午节,兼送赆敬。

初五日　写卷折。

初六日　同上,午刻唐椿师请吃饭,借座嵩云草堂。

初七日　同上。

初八日　同上。

初九日　同上,到礼部写亲供,兼买覆试卷。

初十日 同上,晚到陶然亭吃饭,亦雨村请也。

十一日 写大卷,共覆试卷。

十二日 同上。

十三日 写大卷。

十四日 写大卷。

十五日 写大卷与覆试卷。

十六日 同上。

十七日 早写覆试卷,饭后检点场物。

十八日 覆试,夜两点钟起,坐车到东华门,步行进内,至中左门候点名。到时天尚未亮,六点钟,点名十人一放,进保和殿,将朝考箱撤开。未几而题纸已到,经义题"凡为天下国家有九经所以行之者,一也";义论题"以当民为本,以正学为基论"。十二点作讫,六点钟交卷,字无错漏,此场亦关紧要,颇极用神也。

十九日 阅邸,知覆试阅卷派出(协办大学士)徐郙、张百熙、李联芳、李昭炜、李绂藻、张英麟、刘永亨、熙瑛、陆润庠、杨佩璋、葛宝华、唐景崇。

二十日 写大卷,今日覆试揭晓,因在颐和园阅卷,尚未得知也。

二十一日 据报人来报,知覆试取列一等第四十九名,亦觉快畅,闻列一等者共八十名,此场取列一等便好,名次不在高低也。

二十二日 写大卷。

二十三日 早写大卷,午检场物,晚知殿试阅卷,派出张百熙、裕德、溥良、陆润庠、陈邦瑞、戴鸿慈、刘永亨、张仁黼。

二十四日 恭应殿试,夜两点钟坐车,到中左门听点,单左双右,分两边进去。先由读卷大臣率诸进士谢恩后,散给题纸。诸进士跪接毕,回本位。是日策题,一问建官,二问定律,三问理财,四问通商。接题后已八点余钟,赶紧作去。十一点半钟,全得振起精神写去。至六点半钟交卷。回寓后,已上灯矣。写作俱惬意,并无错漏。

二十五日 稍歇一天。

二十六日　写朝考卷。

二十七日　天将黎明,到乾清门听小传胪。新进士俱到齐,八点钟,皇上祭天坛回,升殿。办事读卷大臣进呈前十名,拆弥封后,由军机大臣在乾清门监视唱名,首唤王寿彭,次唤余名,知已得榜眼,欢喜异常。即上殿排班,俟唤毕十名,即刻引见,口奏履历,退下回寓,跑报早到,遂往陈子砺前辈家,请教一切。

二十八日　大传胪,夜三点钟,到午门听候。六点钟三刻,皇上升殿,奏乐,仪仗肃然。三鼎甲跪于丹墀阶下,读卷大臣、军机大臣由左边进,行三跪九叩礼。贝勒等由右边进,亦行三跪九叩。礼毕,由礼部堂官将榜进呈,宣读第一甲第一名某某,鸿胪寺赞引状元出班,进前数丈跪,再宣读第一甲第二名某某,鸿胪寺赞引榜眼出班,进前跪。探花均同跪,齐奏乐,行三跪九叩礼毕,将榜由礼部堂官捧出,鼎甲随后出至长安门,更衣换补服、挂珠、簪花、披红,到榜栅,顺天府三堂敬酒,遂上马。一路观者拥挤不堪,至顺天府署,三堂迎接,向北行三跪九叩礼,到大堂赴宴奏乐,宴毕,行一跪三叩礼,遂辞出三堂,送至堂下。治中通判送至二门上马,至前门关帝庙行礼,状元归第,榜探送榜眼归第,探花送余归粤东新馆。是日演戏一天,同乡京官俱到,请外省历科鼎甲,极一时之盛。

二十九日　七点钟,到礼部赴恩荣宴。读卷大臣、礼部堂官俱到齐,先朝北谢恩,后赴宴。礼部堂官敬酒,音乐齐奏,并有御史管宴,各官俱朝服将事,饭后见进学乡试各座师。

闰五月,朔　卯刻赴宫门谢恩,领表里,是日岳父出京。

初二日　朝考,四点钟到中左门,七点钟点进,题系"农而食之,虞而生之,工而成之,商而通之论""牧民揆官疏"。五点钟交卷,此场因得鼎甲,无关紧要,但亦不敢草率也。

初三日　往拜覆试各师,朝考知派出王中堂文韶、孙中堂、徐裕德、陆润庠、张百熙、戴鸿慈、李绂藻、荣庆、寿耆、唐景崇、张英麟。

初四日　朝考知取列一等第五十名,向来鼎甲朝考不列名次,自前科收卷官将卷杂入众卷,不能分别,故仍列等第。今科亦复如是,余与状元王君仍在一等,而探花杨君因抱恙,写作稍次,列入三等,颇不好看云。

初五日　到国子监行释褐礼,先谒圣,后拜国子监堂官,俱朝服,将事簪花,披红而出。

初六日　拜客。

初七日　同上。

初八日　同上。

初九日　同上。

初十日　同上。

十一日　同上。

十二日

十三日

十四日

十五日

十六日

十七日

十八日

十九日

二十日

二十一日　以上俱谒朝殿各师,暨拜同乡京官。

二十二日　写联扇。

二十三日

二十四日

二十五日

二十六日

二十七日

二十八日

二十九日

三十日

六月初一日

初二日　早七点钟,进衙门,资俸自此日始。

初三日

初四日

初五日

初六日

初七日

初八日

初九日

初十日

十一日

十二日

十三日

十四日

十五日

十六日

十七日

十八日

十九日

二十日

二十一日

二十二日

二十三日

二十四日

二十五日

二十六日

二十七日

二十八日

二十九日

三十日

七月初一日 以上或请同乡,或同乡请吃饭,除应酬外,俱代人写联扇。自得鼎甲后,各处求写者,有数百联扇之多,又不能推辞,实可厌也。

七月初二日 为翰林大拜帖日期,各新翰林俱齐集编书处,同拜老前辈。每处备晚生帖三分,到门投帖,并不谒见也。

初三日

初四日

初五日 共四天,俱是大拜,本人去一天,余三天俱是友去也。

初六日 写联扇。

初七日 同上。

初八日

初九日

初十日

十一日

十二日

十三日

十四日

十五日

十六日

十七日

十八日

十九日

二十日

二十一日

二十二日

二十三日

二十四日

二十五日　　以上俱笔墨应酬事多。

二十六日

二十七日

二十八日

二十九日　　以上备行装,兼到各位老师处辞行。

八月初一日　　到编书处行前辈答拜礼,科分最老者定日期,是时以铭安为最,年约八十余,精神尚好,步履稍为迟钝而已。

初二日　　搭晚车出京,六点半钟抵天津,寓佛照楼。

初三日　　拜客。

初四日　　拜客。

初五日

初六日

初七日

初八日　　下午,下新济船,赴上海。

初九日　　天明开船,出大沽口后,微有风浪。

初十日　　风浪颇大。

十一日　　风浪稍平。

十二日　　午一点钟,抵上海,往全安栈。

十三日　　拜客。

十四日　　买什物。

十五日　　中秋节,出街一游。

十六日　拜客。

十七日

十八日

十九日　下午四点钟,搭小轮进杭州。

二十日　夜十二点钟抵杭州。

二十一日　天明,顾小艇进城,拜崔盘石前辈。

二十二日　拜客。

二十三日

二十四日　二点钟到拱宸桥,搭小轮回申。

宣统元年(1909)己酉日记

六月十七日① 早阅《曾文正公奏议》,午后黎露苑同年由俄国专使随员,回京到候,正坐谈间,接报,知奉旨,补授云南府遗缺知府。客去后,到杨竹川同年家,托办谢恩事,随交折底并履历各一件。

十八日 早四点钟,入大内谢恩。七点半钟,监国摄政王到大内办事,八点钟,折已发下,奉旨召见(是日共召见五员)。随由带领者引至内奉事处,谨候宣召。第一起军机,第二起徐菊人尚书暨沈侍郎,充督帮办津浦铁路谢恩,第三起端午桥制军,调北洋大臣直隶总督请训。余在第四起,而第五起则同日简放奉天锦州府豫绍廷敬谢恩也。以次叫起,至余已十点钟矣。由内监领至养心殿,向御座前跪,用清语念"奴才某某叩谢皇上天恩",念毕、免冠、磕头、复戴冠起立,由内侍引入东暖阁,启帘后,行数武向监国摄政王肃立,复行至案前,左傍鹄立候对,监国择问履历数语,并云南地方与外国交界极为紧要,当即对以到任后认真办事等语,约十分,点久退出。随后到庆邸、世相、张南皮、鹿定兴各大军机宅禀见,俱未见,并往各师门谒见,亦多未见也。

十九日 往各师门谒见,并拜清秘堂各同事,晤文伯英前辈,辞八旗高等学堂教员一席,并荐范俊丞同年自代。

二十日 仍拜师,见唐椿卿、李实斋、朱桂卿、徐花农师。

二十一日 早见荣华卿师,随到会贤堂,文伯英、阿简臣两前辈所约也,午后再谒庆邸,仍未得晤。

---

① 按:1909年六月之前原缺。

二十二日　早清理笔墨事件，午后拜客。

二十三日　早检书籍，午后见庆邸、世相伯轩、鹿相芝轩。

二十四日　早写字，午后见张振卿、陈瑶圃两师。

二十五日　早检书籍，午后拜客。

二十六日　早三点钟，赴实录馆行开馆礼，是日监修、总裁、正总裁、副总裁、暨提调、总纂、纂协修各员均集行礼后，各提调等员向总裁一揖而退。

二十七日　早十点钟到会，贤齐堂、清秘堂同事公请也，散后拜客，晚赴朱世兄澄侯、剑侯昆仲之约。

二十八日　早写扇面全幅，午后拜客。

二十九日　早写字，午后拜客，见张振卿师、陈瑶圃师。

三十日　早检书籍，午后拜客，遂赴赖同年焕文约。

七月初一日　早到署辞别，午后见寿午卿将军并到领催黄德厚家，寓西直门南小街喇叭胡同，取图片以便画凭，晚赴伍叔葆约。

初二日　早写字，午后赴广东同乡同年黎露苑、温毅夫、周洛叔、赖焕文、商云亭、藻亭暨岑敏仲、李际唐之约。

初三日　早写大字，午后拜云南京官，三点钟到唐师椿卿宅吃饭，六点钟到嵩阳别墅，徐师花农所请也，晚十点钟回寓。

初四日　早作禀寄家叔子兴，午后拜客，并到杨竹川同年家中小楼一叙，为同年杨竹川、张远村、张中卿、王次篯、张槐卿、任紫溟、张心如、范俊丞、郭琴石所请也。

初五日　拜云南京官并同乡。

初六日　拜云南京官并同乡，晚赴徐季龙昆仲约。

初七日　早去乐善公园，因崔彬葵约在园内宴宾楼一叙，饭毕作钢丝小车，遍游一遭，是日天气清和，花香扑鼻，颇饶乐趣。甲午同年公请，未能分身，已早辞矣。

初八日　竟日写联对。

初九日　往各师门辞行。

初十日　早检拾书籍,午后出门辞行。

十一日　往东城拜客,兼辞行,晚六点钟,粤防同乡京官邀饮于太升堂。

十二日　检拾书籍,晚赴张卿五、王伯荃之约。

十三日　收拾行李,午后出门,晚赴张仲弼、胡冕襄、麦敬舆、曾式如之约。

十四日　张振卿、戴少怀师俱约十七日便饭,惟因明日出京,并恭辞矣。又学部图书局同年袁树五、杨次典、黎露苑、高淞荃、陈紫纶、朱星胎、胡莲洲、水渠翘十六日之约亦未能赴,心甚歉然。是晚胡葆森、熙辅臣俱约饮。

十五日　早收拾行李,两点钟搭火车赴津,六点半钟到天津,寓中和栈。

十六日　午后,下安平船赴沪。

十七日　天明船开,船中搭客甚多,颇觉拥挤。

十八日　略有风浪,入夜稍平。

十九日　天气晴和,船亦稳定。

二十日　午后两点钟到上海,因船不泊码头,顾艇上岸,兼有微雨,甚觉不便。初寓春安栈,嗣因房间太热,移居大安栈,而栈主颇不愿意,亦无可将就也。

二十一日　午赴上海道署请护照,以便入滇。

二十二日　买衣料物件。

二十三日　天气甚热,竟日未有出门,颇觉寂寞。

二十四日　出门购买笔墨书籍物件,午后下泰顺轮船,因明早开行,遂与内人小儿上岸看戏。

二十五日　天明船开,微有风浪。

二十六日　风浪已平,惟船载货太少,仍觉颠簸也。是午余偶感风寒,入夜热作,遂服万灵茶,得汗稍愈。

二十七日　感冒已好，而风浪较大，船颇震摇。

二十八日　两点钟，船进鲤鱼门口，三点钟泊岸，暂寓泰安栈，晤罗关石、阮荔村、招雨田、陈杏桥暨达隆店在事。是晚关石荔村并邀饮。

二十九日　早搭香山轮船回粤，两点一刻钟到省，抵家时拜谒母亲，康健如昔，余心甚慰焉。

八月初一日　往见潘外舅，遂留便饭，午后到本家一坐。

初二日　在家稍歇，而亲友来访者俱道阔别之情，甚殷殷也。

初三日　到各亲友家坐谭片刻，竟日无暇。

初四日　拜八旗协佐。

初五日　出西关，拜罗关石子珍、区靖涛、胡紫石等。

初六日　在家阅书半日，心目稍清，忙中得此休息，颇有乐趣。

初七日　再往各亲友家道候。

初八日　写字半日，并接晤亲友之来谭者。

初九日　率溥良侄往谒祖坟，礼毕回寓，惟外曾祖妣杨门邓氏山在塘帽冈，坐北向南一穴，遍觅未见，岂被人盗卖耶？遂告知安盛张耀南、福昌亚根代为寻查，倘能觅回，即酬重赏。

初十日　早区靖涛兄来谭，午后出门回候亲友。

十一日　在家，阅《左文襄公奏议》。

十二日　同上。

十三日　同上，午后，谒见将军暨左右都。

十四日　天明，早起，率侄溥良、侄孙康往桔洞拜曾祖山，初搭火车到江村，再作竹轿，十一点钟到太和市，两点十五分钟到桔洞，遂上帽峰，恭谒祖坟。忆自癸卯回省后，转瞬六年，再行拜谒，频年作客，祀典多疏，问心滋戚矣。

十五日　早由桔洞回，二点钟抵省。

十六日　在家稍为休息。

十七日　往谒制军、潘臬、学、运各宪暨广府两县。

十八日　早看《左文襄奏议》,午后出门拜客,并赴罗关石、子珍昆仲约。

十九日　阅《左文襄奏议》。

二十日　阅《左文襄奏议》,并书绢扇六持。

二十一日　早阅《左文襄奏议》,午出门,拜陈敦甫同年,并承南海县张桐轩、番禺县周厚堂两同年邀饮于三君祠之海天澄清阁。

二十二日　阅《左文襄奏议》。

二十三日　同上。

二十四日　书团扇两持。

二十五日　早搭河南船赴港,三点钟到岸,寓鸿安栈。

二十六日　晤陈杏桥、招建侯,并向海防来客询知,蒙自铁路已经修好,并迁往广万祥住。

二十七日　是日为孔圣生辰,港中各商店,俱悬国旗庆祝,以示崇重宗教之意。午后晤门桂珊姻丈,夜十点钟搭佛山船回省,惟仆人康升因回广万祥取伞,开船未回,颇为惦念。

二十八日　早七点钟回省,遂致书广万祥,托其查问康升下落。

二十九日　作禀谢京中各老师。

三十日　作书谢京中同事各友,并遣陈升到港查康升情形,遂接陈杏桥覆函,谓康升因饮酒过度,路中买生果嫌少,硬自强取,人即呼差捕之,复打差,以致被捕,定罚苦工监四礼拜,并因定案,无法释放等语,阅之甚为可恨,俟到港后,再与各港友商量设法能令其释放较安。

九月初一日　作书谢京中各同年。

初二日　同上。

初三日　偕瀛眷赴港,送行者共十四人,而潘海秋、曾伟丞、溥良侄并送至香港。

初四日　晤港友,托买船票,定搭域多利船赴海防。一等舱三十元，房舱六元，较太古公司收价减成，而招呼亦为周到云。

初五日 早送潘海秋、曾伟丞等回省，并到各港友处辞行。

初六日 域多利船原拟八点钟开行，惟因昨晚风极大，早起尚未息，遂与荔村商量定，议迟行。午后风益大，港中船舶俱逃至海峡以避之。

初七日 早大雨如注，稍晴，到普安公司，晤阮荔村，托问域多利船开行日期，知明早出口，遂回栈，饬家人收拾行李，晚六点钟搭小火轮下船。

初八日 早八点钟开船，风浪不大，惟出口后，母亲暨内子、仆婢俱呕吐，余心亦未能畅焉。

初九日 午十点半钟到海口，因货物不多，只停泊一小时，遂即开行。海口为琼州入口之路，是处沙滩迷漫，游客上岸，须附小艇行驶多时，始能登陆。间有风浪，小艇不敢出接与驳货物，而大船往往在此耽搁数日云。夜八点钟，船驶过龙州峡，颇震荡，家人又多呕吐焉。

初十日 早九点半钟，到海防口，出带水者导船使入。十点钟抵海防，法医官上船查验，搭客俱呈验护照，无护照者，须先期讨取人情纸，居时呈验。两官将各客姓名、年岁一一填写后即去。余与家眷十二点钟先上岸，海防商号广祥兴在事文乾甫兄到船迎接，并有如意楼客栈到船招呼，颇为周到。行李用小火轮驳入海关税厂，闻须两点钟始行验看。余到海防后，托文乾甫请一通法语者随同到关，取照与看，并说明系中国官员往云南赴任，路经此处，请免查验。该关吏遂即签字放行。

十一日 饬家人捆紧行李，拟休息两日，即乘车赴河内，并作信两封，告知家中暨禀潘丈。夜往候广恒栈陈泽南及和泰陈坤贞，惟公源胡显章，因赴河内未晤。

十二日 因内人又欲小产，请医生诊视，遂改日再启行，是晚广祥兴约饮本栈。

十三日　内人服药未见功效,遂即小产,精神尚好,然不能不休息多日矣。

十四日　同文乾甫游海防公园,园隔街市数里,结构不甚宽敞,惟花草禽兽尚觉可观。

十五日　早到广祥兴各铺辞行,午后六点钟,搭金安内河小轮赴河内,因行李太多,搭船较觉便当也。船开后,天已黑夜,幸月色明亮,途中风景隐隐可观,亦颇不寂寞耳。

十六日　早十点钟,到河内由广来客栈,饬伴到接,随坐小车一小时,到栈歇住。

十七日　早六时,乘车赴老街,行李取价甚昂,每一百纪鲁(又名纪罗迈,约中国一百六十斤)取费三元三角,因行李共五十七件,共收银五十三元八角九仙,可谓极贵矣。晚六点半钟到老街,寓顺安客栈。

十八日　往候字昌号车心源天保堂陈辅廷,并拜晤电报局委员李育荃大令与凌华普翁,托其请免验单焉,因星期未能过关签字,须明日始可办妥。

十九日　请店主到关签字,随时将行李搬运过河,以便明早上车。法人在河桥之南,设关一座,凡经过此桥带有物件者,无不征税,甚至一鸡一犬,亦须收银肆仙,始能通过,此次行李既多,到关时遍行开视,极为琐碎,以法为大国,而此关征税之苛至此,可想见其无微不至矣。

二十日　早六点钟,偕眷上车,而行李收银七十八元,较之河内尤贵矣。晚八点半钟到阿迷州,此路极为险阻,高山峻岭,直与云齐。车沿山边北行,下临深谷,下视殊为惴惴。午后经过山洞尤多,车斜行山顶,俯视一切。未几又复下山,为向来坐车所未见也,夜宿华丰栈。

二十一日　早八点钟再乘车,午十二点钟到婆兮寓典发客栈,闻说车路已至宜良县,惟大桥尚未筑成,且去此三十里之小团山洞因倒陷,现在修理,不能乘车。

二十二日 因车路不能通行,而此处夫马托人代顾,亦未觅齐,须至二十五始有轿夫上省,在此又要耽搁耳。

二十三日 早拜沙厘爷洋行黎启南兄,因有小雨,路甚滑,缓缓而行,十一时回寓。

二十四日 饬店主催夫头顾夫,仍未足数,闻已饬人到嶍州寻觅矣。

二十五日 沙厘爷洋行各伴托写联幅多件,惟纸笔墨皆不合手,聊以塞责而已。

二十六日 马已顾齐,每匹价银三元七角,夫尚未到,再严催之,闻明日准可启行,此次行李因顾夫马不易,遂留下二十六件交启南兄,遇有便车再行运省,似稍便当。

二十七日 马驮行李已行多里,而夫尚短二名,遂由轿夫强顾担工二人抬至通海,至十二时,始有轿夫七名由嶍州来,始得首途矣。至嶍州六十里,中隔大山数重,因启行太晚,天已昏黑,行至山顶,兼之雨后路滑,崎岖万状,途中点灯笼照行二十里,至三台寺,与家人借宿一夜,寺中只有倭床三铺,极属荒凉,属守寺人煮鸡子以充饥。

二十八日 天明启行,十点钟至嶍州,寓大兴官栈。

二十九日 天明,首途行三十里,至聂锁桥,夜宿海门桥,共六十里。

三十日 早启行二十五里,至江川县打尖,再行四十五里,至花萝村歇宿。

十月初一日 早启程,行二十里,至晋嶍州,再行五十里,至呈贡县。

初二日 天明再行,午十一点钟到省,寓大柳树巷春茂栈,遂差人到各衙门禀到,请假晤同乡梁韶春昱墀、杨敬敷宽暨来谒县令数员。

初三日　早拜首府刘鸿庵、同乡缪琴轩观察、郭次屏通守,请问到省一切情形。

初四日　拜杨敬敷、梁韶春两大令。

初五日　早谒护院沈方伯、布政使、叶学台、世臬台暨各道台。

初六日　上衙门,叶方伯、世廉访俱见。

初七日　上衙门,世廉访仍传见。午后叶方伯悬牌,委署楚雄府知府,再往各署禀谢。

初八日　往护院各衙门禀谢。是晚沈方伯约饮署内。

初九日　拜两粤同乡暨同寅。

初十日　同上并见客。

十一日　在栈休息一日,家母感冒服药后稍好,惟头痛尚未全愈。

十二日　家母患热稍减,而呕吐甚勤。据医家言,寒邪感于脾胃,亟用降逆温中除寒去湿之剂以治之。

十三日　家母吐已止,惟口渴思饮,余邪尚未尽也。

十四日　早往江南会馆,迎新任滇督李仲轩制军。家母仍服和解药,更觉渐愈。

十五日　早上衙门,午后拜客,家母病已全愈,余心慰甚。

十六日　早上衙门见李制军,午后回寓会客。

十七日　早上衙门,顺道拜客。

十八日　五点钟上衙门,八时回寓,饭后往督辕禀贺,申刻刘鸿庵首府邀饮。

十九日　谒督院李仲轩、藩司沈幼岚学司叶伯皋,并辞行。晚赴文星源寓所饮酒甚欢。家母精神略差,竟日好睡,问之则不觉辛苦也。

二十日　谒交涉司世益三粮道曾敬贻,闻孙中堂家鼐薨逝,甚为难受。孙师系癸卯会试座主,余卷系其所取中,在翰林供差时,颇承青睐,今一旦仙逝,知己之感,良难已也。午后遣孙顺杨润先往楚雄,预备到任各物件。家母口渴,面部稍满,服清润之剂稍安。

二十一日　谒运盐道载松泉巡警道杨霞生、劝业道刘,并辞行。家母竟日思睡,下午起身稍坐,精神颇倦。据医家言脾脉稍虚,余心甚为悬紧,服药后仍未大效。

二十二日　家母病似渐沈疴,改请李居之医生,云系冬瘟内困,仍以清解为主,并请姚医生,因出门至晚,夜二鼓始到,云家母病势紧要,亟宜固本生津,或有转机。余闻之心痛如割,不知所措,亟进药饵,望得愈焉。三鼓后家母肚腹连泻两次,昏迷不醒,余睹此情形,知事难有济,移时复醒。余安慰数语,神魂亦不知所在也。

二十三日　卯时,家慈弃养,恸哉!不孝侍奉无状,竟使微病以至不起,抢地呼天,百身莫赎,不孝之罪,上通天矣。

二十四日　巳时入殓,哀号曷极。棺木价银三百两,闻系开化府所产沙板,纹细而质坚,颇能耐久云。

二十五日　先慈三天祭奠后,同乡俱留食饭。

二十六日　梁韶春大令借银壹百两,以资使用。叶伯皋提学亲到祭奠,首府县俱道行礼。

二十七日　方宏纶、何乐中两观察来行礼。

二十八日　蒙自关道龚仙舟来行礼。

二十九日　先慈初虞之辰,购三牲一副,在灵前泣奠。同乡缪观察国钧、黄太守彝、暨梁韶春、郭星垣各大令等,俱在此食饭。孙顺等行至广通,接电折回,午后回至客寓。

三十日　黄太守彝代租三转湾公馆,并附押租银伍拾两。午后接家中覆电,询问先慈病状,遂即电覆矣。

十一月初一日　郭星垣大令借银壹佰两,由黄怡叔兄函知云贵协台,拟借昭忠祠停棺,最为妥当。

初二日　料理讣闻事件,请陈小圃提学为先慈成主。

初三日　作家书,详细告知一切,不觉泪频频下也。

初四日　周季贞、郎尔宜两太守到行礼。

初五日　定议借两粤会馆展奠,并请郭星垣兄代约支客,预备一切,坐省李应书定仪仗鼓乐。

初六日　系先慈次虞,于是日家祭,以妥先灵。

初七日　卯时,请先慈神主灵位到两粤会馆展奠。李制军、沈方伯、世廉访、叶学台俱赐奠。四司四道俱亲临行礼,武官则崔统制、关协戎亦亲到,此外同乡同寅到者甚多,亦可谓稍尽哀情者矣。

初八日　为先慈发引,同乡俱衣冠步送。十时到昭忠祠,停厝行礼后,客尽散,回寓迁往三转湾公馆。

初九日　早到昭忠祠,午后作家书,拟于月内先行扶柩回籍安葬再返滇。

初十日　到昭忠祠。

十一日　早到昭忠祠,午后函禀交涉司,请照会法领事,给护照运柩回粤。

十二日　到昭忠祠。

十三日　到昭忠祠,接交涉司回信,谓法领事出外游玩,俟回时询明,再行奉覆。是日系先慈三虞。

十四日　到昭忠祠,午后写信禀七叔,并寄讣闻。

十五日　到昭忠祠,午后写信,托商云亭、杨竹川、黎露苑、崔彬葵代送讣闻。

十六日　到昭忠祠。

十七日　同上。

十八日　同上。

十九日　因三转湾公馆地方太窄,不敷居住,再迁平正街,与周少然大使同居。

二十日　到昭忠祠,午后阅英文,是日系先慈四虞。

二十一日　同上。

二十二日　到昭忠祠,午后函禀交涉司,问前途是否照允运柩,以便启行。

二十三日　到昭忠祠,晤顾仰山、袁允升同年。

二十四日　到昭忠祠,回接交涉司回信,知运柩回粤,火车向无章程,不能动身。焦灼万分,若必行走内地,非绕越贵州、广西不可,无论所费既多,而路上周章,更形棘手,只好展迟再作计算。然灵榇一日未归,而余心一日未安也,每念及此,曷胜焦急。

二十五日　到昭忠祠,午后阅英文一段。

二十六日　同上。

二十七日　同上,是日系先慈五虞。

二十八日　同上。

二十九日　早到昭忠祠,回写家书。

十二月初一日　早阅英文,课莱儿读《孝经》,午到昭忠祠,缪琴轩观察借银二百元。

初二日　早课莱儿读书,午后到昭忠祠。

初三日　同上。

初四日　早习英文,并课子,午到昭忠祠。

初五日　系先慈六虞之辰,偕子到昭忠祠拜奠,午后写字。

初六日　早习英文,课子读经,午到昭忠祠。

初七日　同上。

初八日　同上。

初九日　早到昭忠祠,因郭星垣署南宁令,先设法筹还百金,以免拖欠。

初十日　早习英文,课莱儿读经毕,到昭忠祠。

十一日　为先慈明日七虞之辰,率内子往奠,回课莱儿读《孝经》。

十二日　早到昭忠祠,回课子读经。

十三日　同上。

十四日　同上。

十五日　同上。

十六日　早习英文,课子读经,午后到昭忠祠。

十七日　同上。

十八日　同上。

十九日　同上。

二十日　同上。

二十一日　早作家书,课子读经,午到昭忠祠回,阅英文一段。

二十二日　早课子读经毕,到昭忠祠,饭后习英文。

二十三日　同上。

二十四日　同上。

二十五日　同上。

二十六日　同上。

二十七日　同上。

二十八日　同上。

二十九日　同上。

三十日　早读英文,到昭忠祠祭奠,岁暮惨淡,倍增哀情。

宣统二年(1910)庚戌日记

庚戌年正月初一日　早起拜神毕,到昭忠祠行礼。梁韶春大令便衣到谈。

初二日　早阅英文,午到昭忠祠。

初三日　同上。

初四日　作家书,并函答海秋。午阅英文,到昭忠祠。

初五日　早训子读经,阅英文,饭后到昭忠祠。

初六日　作书禀七叔,午后到昭忠祠。

初七日　训子读经,习英文,午到昭忠祠。

初八日　同上。

初九日　同上。

初十日　同上。

十一日　同上。

十二日　同上。

十三日　同上,接杨竹川由京寄来覆信,知前书已接到矣。

十四日　训子读经,到昭忠祠,午后同莱儿到公园游览一周。园内陈设江南赛会,品四百余种,然系天然品居多,而制造品极少,工艺不甚发达,已可想见。又有教育成绩品,粗有可观。

十五日　训子读经,习英文,午到昭忠祠。

十六日　同上。

十七日　同上。

十八日　同上。

十九日　同上阅报知戴少怀师病逝,心颇怆然。

二十日　同上。

二十一日　同上。

二十二日　同上。

二十三日　早到昭忠祠祭奠,饭后训子读经。

二十四日　早训子读经,到昭忠祠。

二十五日　同上。

二十六日　早黄文炳、陈辅猷两贰尹来见,饭后训子读经,到昭忠祠,习英文一段。

二十七日　早训子读经,梁韶春大令来见,午后到昭忠祠,随同莱儿出街游玩,回习英文。

二十八日　早训子读经毕,到昭忠祠,午后习英文,夜到黄怡叔家一谈。

二十九日　早训子读经,饭后李羡士经历、黄典初世兄俱来见,偕儿到昭忠祠。

二月初一日　早课子读经,午到昭忠祠,遂到首府刘鸿庵处拜候,因公出未晤。

初二日　早上衙门见藩台沈幼岚、臬台秦幼衡、学台叶伯皋、粮道曾敬贻,惟制台今日不见客。交涉巡警劝业各司道公出未会,并到同乡处谢步。

初三日　早训子读经,午后出门到各处道谢,回寓到昭忠祠,夜习英文。

初四日　早训子读经,午后偕儿到南门外一行,夜访顾仰山同年,未遇。

初五日　早上衙门,见李制军世交涉司,饭后再出门道谢。

初六日　早训子读书,到昭忠祠,午后习英文。

初七日　同上。

初八日　早训子读书毕,到昭忠祠,午后李为璋经历来见。

初九日　早往谒学台，并拜首府，俱公出未晤。回课子，饭后到昭忠祠，顺到有芝庭同年家一坐。

初十日　早课子毕，到昭忠祠，饭后阅英文，习帖百字。

十一日　早课子读经习字，午后梁韶春大令、施汝钦、顾仰山两同年俱来，坐阅英文一段。

十二日　早训子读书，到昭忠祠。饭后见陈荣昌小圃前辈暨回拜江颖川直牧。

十三日　早教莱儿读四书，习字，饭后访李厚庵，有芝庭两同年，俱未晤。到图书馆阅北京《政治官报》。

十四日　早谒叶伯皋学使，并拜刘鸿庵首府。到文性泉家行礼，饭后训子读书，午后再到文宅食饭。

十五日　到文性泉家，陪客一日。

十六日　早训子读书，到昭忠祠，饭后阅习英文。

十七日　同上。梁韶春来见。

十八日　早训子读经，饭后到昭忠祠，并往图书馆阅报，晤孙光庭少然馆长，夜作家书。

十九日　早训子读经，访顾仰山同年，饭后到昭忠祠，回习英文。

二十日　早训子读经，饭后到昭忠祠，回作诗二章，一题《赵松雪画马图》，一题《莲洲上人小照》，为同年顾仰山作也，下午端木鸿钧大令来见。

二十一日　早训子读书习字，后到昭忠祠，饭后阅英文，明俊卿德来谈。

二十二日　早训子读书，饭后拜龚仙舟观察、黄怡叔、胡源初，夜访顾仰山一谈。

二十三日　早训子读经，龚仙舟观察暨胡源初俱拜晤，率子到昭忠祠行礼，饭后阅习英文。

二十四日　早训子读经毕，到昭忠祠，饭后回拜客，晚到明俊卿处吃饭。

二十五日　早训子读经,饭后率子到昭忠祠,并到图书馆阅报。

二十六日　早训子读经,饭后梁韶春大令来见,夜访吴石生太史,亥刻回寓。

二十七日　早训子读经,饭后阅习英文,夜访仰山未遇。

二十八日　早训子读经,饭后阅习英文,林开荣大令来见,夜顾仰山来谈良久。

二十九日　早训子读经,饭后阅习英文,往拜郭次屏通守,得阅古字画数轴。

三十日　早训子读经,饭后到东门外县华寺租地,以为先慈寄葬之所。回晤顾仰山商量一切,尚未定议也。

三月初一日　早训子读经,饭后阅习英文,拜魏梓叔,晚王耒耕木约饮。

初二日　早训子读经,午到昭忠祠,顺往图书馆阅报,唐尔锟省吾太守来访。

初三日　早训子读经,午后回拜唐尔锟太守,并到昭忠祠行礼。检阅约章《纂新海防云南府铁路货客搭载价》,内有载灵枢一条,每具每法里六十生丁,然则火车向无运枢章程之说,误人为不浅矣。既以交涉名官,而约章并不谙悉,亦可叹也。

初四日　早训子读经,午阅英文。

初五日　早训子读经,周沅李贞太守来谈,午赴顾仰山、吴石生之约,回寓到昭忠祠。

初六日　早训子读经,写大字百个,午后拜明德俊卿,并访唐省吾,细询运枢情形,因渠曾由广西运枢回黔,内地价目路程言之甚详也。

初七日　早训子读经毕,到昭忠祠,午习英文,石家铭、涂建章两守来访。

初八日　早训子毕,到昭忠祠,饭后拜魏家骅梅孙、刘庆镗嗣伯两观察,并回候石家铭太守、涂建章通守。

初九日　早课子毕,到昭忠祠,午阅《九国日记》暨英文小说。

初十日　早课莱儿读书,饭后到图书馆阅报,回习英文,并写字百个。

十一日　早课子念书,到昭忠祠,午阅英文,访顾仰山同年。

十二日　早课子,寄家书,并复仲美弟,饭后出门拜客。

十三日　早课子毕,到昭忠祠,午后阅习英文,晚赴陈善谋、梁朝玟、张鸿侊、李培璋公请。

十四日　早课子,作书覆贵州安义镇李宝书玉堂,午习英文,晚赴沈幼岚方伯燕。

十五日　早课子读书,饭后出门拜客。

十六日　同上。

十七日　早课子读书,到昭忠祠,午访明德俊卿,回接交涉使司札,委交涉公所总务科副科长。

十八日　早往各宪辕谢札,午访徐嘉钰太守前科长,未遇,晚赴袁嘉猷允升约。

十九日　到科长差,见世益三交涉宪,午后五点钟回寓。

二十日　八点钟到公所,阅旧案卷,午后散值,拜同事诸公。

二十一日　早到公所办事,与耿公达太守同阅滇缅界图。夜为叶学台邀饮署中。

二十二日　早到公所办事,午后五时回寓。

二十三日　早到昭忠祠,再到公所办事。

二十四日　早课子读书,到公所办事,夜交涉台世益三约饮。

二十五日　早课子毕,到公所办事,午后五时回寓,夜访顾仰山同年。

二十六日　早课子毕,到公所办事,午后回寓。

二十七日　同上。

二十八日　同上,夜曾敬贻观察约饮。

二十九日　早课子毕,到公所办事。午正回寓,晚接学宪札,委两级师范学堂监督,云南地连缅越,交涉日繁,而矿政路政大权,俱被人侵夺,办理一切,甚形棘手。今委学堂差使,较易着手也。

四月初一日　早谒学台属,午后到差,遂到各宪处谢札,谒交涉宪,仍属照旧到公所办事,俟接替有人,再营销差。午后到两级师范学堂,见前任监督徐旭茗樵,略询一切情形,随往堂中各处一览。学堂规模甚属宏敞,讲堂寝室,皆用西式建造。操场书楼、阅报室、会议室俱全。滇省学堂以此为最宏阔。学生共分三大部,一师范生,分两类,优级选科学生约有三百余人,初级完全科学生约二百余人,简易科学生亦有二百余人;二附属中学堂学生约二百余人;三附属小学堂学生约一百余人,以上学生总共约一千一百余人,职员分教务长、斋务长、庶务长共三人,监学官共七人,办事官二人,各科教习三十余员。是晚徐宝丞邀饮。

初二日　早到学堂,午后到公所办事,夜仍回学堂。

初三日　早到学堂,饭后见李仲仙制军,后到公所办事。

初四日　早到学堂,午后到公所办事。

初五日　同上。晚五点钟,学堂教员公请于新建会馆。

初六日　早到学堂,午后到公所办事。

初七日　早学堂管理员公请赴燕,午后到公所回寓后到昭忠祠。

初八日　早到学堂,午后到公所办事。是日女子职业学堂开学,到堂参观。

初九日　同上。

初十日　同上。夜吴仲明翻译约饮。

十一日　早到学堂,午后拜黄廙叔太守,到公所办事。

十二日　早到学堂,午后到公所。

十三日　早到学堂,午到公所,二点钟仍回学堂。四点钟开教育研究会,予演说开会大旨,复由管理员、教员各抒所见,以为改良地步,再由予斟酌其可行者实行之焉。

十四日　星期,早到公所,饭后到学堂,二点钟回寓写屏条对联数件,仰山同年到谈。

十五日　早到学堂,午后拜唐省吾太守,到禁烟局验照毕,到公所办公。

十六日　早到学堂,午后到公所。

十七日　同上。

十八日　同上。

十九日　早到学堂,是日销交涉公所总务科科长差。

二十日　早谒藩宪,并回拜客。午后到学堂,开第二次会议。

二十一日　星期,午后到学堂。

二十二日　早到学堂,夜九点钟回寓。

二十三日　同上。

二十四日　同上。

二十五日　早到学堂,午后谒学台,面陈事件,并回候同乡冯耀升宇平医官,请其来诊内人牙痛。

二十六日　早往各处拜客毕,到学堂。午同乡李培璋、陈善谋两大令来见,并晤顾仰山同年。

二十七日　早到学堂,午后会议。

二十八日　星期,早到昭忠祠,午到学堂。

二十九日　竟日在学堂,昭通府罗云碧莲渠来会。

五月初一日　同上。同乡吕鉴熙缉臣来候。还顾仰山同年借款佰元。

初二日　早回,候罗莲渠、吕缉臣,到学堂。

初三日　早到学堂,夜九点钟回寓,接学宪札,兼充工矿学堂监督,筹办一切。

初四日　早到学堂,午后饬人到各署贺节。

初五日　早到学堂吃饭,午正李制军之三公子到学堂参观。

初六日　早学台传见,午后到学堂。

初七日　早到学堂,夜九点钟回寓,黄尧辅翼之来见。

初八日　早到学堂,考选科毕业生算学。

初九日　早到学堂,腹作泻十余次,服利湿行气方。

初十日　腹泻稍缓,尚未尽愈,七点半钟到学堂。

十一日　腹泻仍未尽止,早到学堂,夜回寓。

十二日　早腹作泻一次,午谒学台,为学生顶名请示办法。本年所收选科学生顶名者,共有二十名之多,可见当日收学之不严矣。

十三日　星期,早拜客,饭后到学堂,腹泻已愈。

十四日　早到学堂,午后王耕木推事来会。

十五日　早到学堂,午正吴璈卿到寓开馆,往昭忠祠行礼,谒学台,为考顶名学生。

十六日　早到学堂,午后五点钟回寓,饭后仍回学堂。

十七日　到学堂考试顶名学生,亲自评阅,留堂者十三人,斥退者四人。

十八日　到学堂,午后到昭忠祠。

十九日　到学堂,午后会议。

二十日　星期,早到学堂,同知翟乐善来会。

二十一日　为余三十五岁生辰,回忆十岁少孤,先严见背,去冬先慈又复弃养,父母之恩,未获报于万一,言念及此,感怆曷胜。午后到昭忠祠。

二十二日　到学堂。

二十三日　早拜新劝业道袁观察,到学堂,午后两点钟,到学务公所会议例假事件,到昭忠祠。

二十四日　到学堂,同乡吕鉴熙缉臣到谈。

二十五日　到学堂。

二十六日　到学堂,午正谒学台,复到昭忠祠,午后回学堂会议。

二十七日　星期,早在寓写条对数件,饭后到昭忠祠,到学堂,午后拜客。

二十八日　到学堂。

二十九日　到学堂,饭后到昭忠祠,谒学宪,定期六月十二日举行学堂期考,初九日起停课,两日午后仍回学堂,还黄怡叔太守伍拾金。

三十日　早六点钟到学堂。

六月初一日　到学堂。

初二日　到学堂,饭后谒学宪,仍回学堂。

初三日　到学堂,午后会议,谒藩学两宪,晚莫鉴炯巡检约饮。

初四日　星期,饭后到学堂,两点钟出城,拜刘庆镗嗣伯,四时回寓。

初五日　到学堂。

初六日　到学堂,四时谒藩宪。

初七日　到学堂,午后二时意大利国马教习来堂参观。

初八日　到学堂。

初九日　到学堂,是日停课,午后到昭忠祠。

初十日　到学堂。

十一日　星期,午到学堂。

十二日　到学堂,监试学期考验。

十三日　同上,午后四点钟,到昭忠祠,晚学台传见。

十四日　到学堂,接京中旧好杨竹川、范俊臣、任子明、张槐卿、张远村、张中卿、商云亭唁函,又接唐椿卿师书,皆殷殷慰问,殊可感也。

十五日　到学堂。

十六日　到学堂监考英文。

十七日　到学堂,接京汇款百金,午后同监工委员相旧日师范生体操场地址,以便建筑土民学堂之用。

十八日　星期,到学堂,魏梅孙观察到堂参观。

十九日　到学堂监考理化。

二十日　到学堂,率偕诸生赴讲武堂,观运动会。

二十一日　到学堂。

二十二日　到学堂监考博物,到昭忠祠。

二十三日　到学堂监考。

二十四日　到学堂监考毕,到昭忠祠。

二十五日　星期,早到交涉司署祝寿,拜魏梅孙观察。午往城东鸣凤山,游金殿。殿用铜铸,四旁围廊用大理石砌成,铺地亦用白石,光滑可爱,查系明巡抚陈用宾所建云。

二十六日　到学堂,午后到昭忠祠。

二十七日　到学堂,午后谒学宪。

二十八日　到学堂。

二十九日　为先慈阴寿,率莱儿到昭忠祠行礼,午后到学堂,遂拜同乡谢军门有功,江大令有文,刘乾爻先来见,还梁昱墀韶春借款百金。

七月初一日　到学堂,华封祝晋三来见。

初二日　到学堂。

初三日　星期,到学堂,午拜客,晚为陈琦莆庭所约饮。

初四日　到学堂,本日学堂开课。

初五日　到学堂,吕缉臣直棘来会。

初六日　到学堂,午后到昭忠祠。

初七日　到学堂。

初八日　到学堂。

初九日　到学堂,午后学台来堂,阅工程,续开会研究教育,因学期考试曾暂停焉。

初十日　星期,早到学堂,饭后拜客。

十一日　到学堂,午后到昭忠祠。

十二日　到学堂,罗莲渠来会,午后谒学台。

十三日　到学堂,午后到昭忠祠,拜黄鄘鹿泉太守。

十四日　到学堂。

十五日　到学堂,本日放假一日,午后到昭忠祠,访黄怡叔,回拜温焕文州牧。

十六日　到学堂,午后会议毕,赴罗莲渠太守燕。

十七日　星期,饭后到学堂,午后偕小儿出街一游。

十八日　到学堂。

十九日　到学堂,饭后知县刘贻诠来见,午后谒学台,到昭忠祠,回学堂,全焕荣亮卿来会。

二十日　到学堂,午梁韶春来见。

二十一日　到学署贺喜,到学堂。

二十二日　到学堂。

二十三日　到学堂,晚赵继声、李辉沅、伍作楫约饮。

二十四日　星期,午到学堂,昭忠祠,并拜客。

二十五日　到学堂,与同乡公请夏军门文炳于常美居。

二十六日　到学堂,饭后谒学宪,到昭忠祠。

二十七日　到学堂。

二十八日　同上,九点钟高等工矿学堂开学,余兼充监督,经理一切,甚忙。

二十九日　同上。

三十日　到学堂,晚陈奎垣约饮。

八月初一日　星期,早到昭忠祠,饭后到学堂并拜客,晚秦幼衡法宪邀饮署中,见其二子瑜、瓒。

初二日　到学堂,九时赴法政学堂看行毕业礼,午谒学宪。

初三日　到学堂,学台、臬台俱到堂察视学生。

初四日　到学堂。

初五日　到学堂。

初六日　到学堂,饭后到新建高等审判厅游览并拜客,是日丁祭放假。

初七日　到学堂,午谒学宪,到昭忠祠,晚胡孝绰通守来见。

初八日　星期,饭后到学堂,率小儿出街一游。

初九日　到学堂,午后谒学宪,到昭忠祠。

初十日　到学堂,晚黄怡叔约吃便饭。

十一日　到学堂。

十二日　到学堂。

十三日　到学堂,晚到昭忠祠。

十四日　到学堂,午阳经历晖来见广西人。三点钟,学堂会议毕,回寓。

十五日　中秋节,早到昭忠祠祭奠,午后到学堂,与管教各员同酌,尽情而散,是日放假一日。

十六日　早饭后游黑龙潭,地在省城东北三十里,有古寺三所,一名黑龙宫,内供龙神,为地方官祈雨之所,门外有寒潭,周围约二三丈,水色极清。国初有昆明庠士薛尔望,讳大观,全家殉节于此。潭边其墓在焉,瞻拜之余,曷胜景仰。一名龙泉观,内分三层,俱祀佛相,然庙久失修颓坏,不堪入目。一名观音院,因门闭不得入焉。游览一周,不甚可乐,惟观内有古柏老梅,相传为唐宋时所植,亦古物之不多见也。

十七日　到学堂,午吕缉臣直刺来谈。

十八日　到学堂。

十九日　到学堂,饭后写条幅数件,接广东区靖涛兄借款伍百两。

二十日　到学堂,下午回拜阳经历晖,府中学堂监督董令嘉会来会。

二十一日　到学堂,午后会议毕,赴何锷剑吾之约。

二十二日　星期,早八点钟,偕内子顾小舟游大观楼,出小西门半里，下船。移时开驶，两岸树木野花，傍水丛生，风清日丽，景色湛然，颇有田家意趣。约行一时许，便到近华浦，即大观楼外之湖池也。登岸游览，后复登楼远望，风景甚佳。楼后有涌月阁，与内子等在此稍息，见有前人孙髯名作一联，谨为抄录于后，复命舟子游草海，即滇池也。水光一片，山色苍然，游驶至此，胸中俗氛为之尽涤矣。舟停泊村边，稚子环观，笑容可掬。移时回舟寻旧路，而反复到小村，有草茅数间，与内子等观田妇作工，饶有乐意。昔人谓田家自有乐，洵不虚也。看毕返棹抵家，时日已西落矣。孙髯翁联云："五百里滇池，奔来眼底，披襟岸帻，喜茫茫空阔无边，看东骧神骏，西翥灵仪，北走蜿蜒，南翔缟素，高人韵士，何妨选胜登临，趁蟹屿螺洲，梳裹就风鬟雾鬓，更天苇地，点缀些翠羽丹霞，莫辜负四围香稻，万倾晴沙，九夏芙蓉，三春杨柳；数千年往事，注到心头，把酒灵虚，叹滚滚英雄谁在。想汉习楼船，唐标铁柱，宋挥玉斧，元跨革囊，伟烈丰功，费尽移山心力，尽珠帘画栋卷，不及暮雨朝云，便断碣残碑，都付与苍烟落照，只赢得几杵疏钟，半江渔火，两行秋雁，一枕清霜。"

沈雄慷慨，大气包举，可称千古绝作。

二十三日　到学堂，午后曾敬贻观察来会。

二十四日　到学堂，午后到昭忠祠。

二十五日　到学堂。

二十六日　早访严寿南恭，未遇，到学堂。

二十七日　到学堂，行祝圣礼，午后到昭忠祠。

二十八日　早昆明县陆飞鸿少川来见，到学堂，饭后拜灵太守琨、董大令嘉会，午后会议，晚谒学宪。

二十九日　星期，偕内子等游西山，仍坐船，路经大观楼，再行一时三刻，抵山脚登岸。到一村，居民约数十户，村旁有石路，可按级上升，由山脚行至极高处，共行一时两刻之久，初经过观音殿、如意观，皆是破庙，藉可休息。再登高至张仙殿下，望滇池清碧无际，远山环列，松树成行，城市依稀可见，景致如一幅画图也。再上至三清境，石崖耸立,高阁雄飞。最有趣者,经过石洞,别有结构,有石房一间,系就崖石凿空其中,可容十余人,石凳石棹,皆原有丛石所雕成者,复行数武,再穿石洞,刻前人游览记于丛壁。因其地稍险,未尽细览而回。与小儿寻原路下山,遥望水际,舟小如豆,至一时半刻,始到船,游驶海上至五点钟,抵岸回寓。

九月初一日　到学堂,李为璋闵荷来见。

初二日　到学堂,黄彝叔来会,午后罗云碧、王朝珍、李勋来见,下午回拜李闵二君。

初三日　到学堂,回拜黄彝叔,托寄缪观察磁器箱两个、书箱一个。

初四日　到学堂,中协游万昆拜会。

初五日　到学堂,拜同乡林其椿通守,询问白色南宁路程,并拜游中镇、梁韶春暨昆明县陆少川。到昭忠祠行礼,午后刘嗣伯来会。

初六日　早到学堂,托梁韶春代寄缪观察书籍,午后会议学生分数事宜。

初七日　星期,饭后谒龚心舟、曾敬贻两观察,俱未会。谒沈幼岚方伯后回寓,晚谒学宪。

初八日　到学堂。

初九日　到学堂,与英文教习何剑吾谈及西人字典,以威白士得为最,又恩那白儿止亦称完备,特记之。又成语字典以邝、陈两君所编亦佳云。

初十日　早拜魏梅孙观察、石敬熙太守,俱未会,到学堂,饭后到昭忠祠。

十一日　早到学堂,吕缉臣、蒋省三来会。

十二日　早到学堂,午后学台来校。

十三日　到学堂。

十四日　星期,午后到昭忠祠,谒学宪,禀陈扶枢回籍,拟请销差,再四婉陈,未蒙允准。晚拜王耕木,叙述一切,请其代达焉。

十五日 到学堂。

十六日 早到学堂,王耕木来会,云已极力代说,仍未得准,心颇悬悬不自安焉。盖先慈灵柩停寄一年,尚未得归,每一念及,心胆皆碎。午后谒沈方伯,允为说项,或可得邀允诺也。

十七日 早到学堂,饭后学生赴展览会,放假二小时,童益藻仲华来见。

十八日 早到学堂,考试法官。何奏篯、萧之葆两主考同学宪到堂参观。

十九日 早到学堂谒学宪,再申前请。

二十日 早到学堂,考验招考高等小学生,午后会议。

二十一日 星期,饭后同赵翰池教员暨小儿买大理石屏两挂,大号八条二十六元,小号四条十元五角。

二十二日 早到学堂。

二十三日 到学堂,写联对数件。聂树楷尊吾来告知,学台给假五个月,回籍葬亲。

二十四日 到学堂写联对。

二十五日 到学堂,午到昭忠祠,晚何锷剑吾约吃西餐。

二十六日 到学堂,魏梅孙观察来会。

二十七日 到学堂,午后会议,晚学堂管理员教员饯饮于学山楼。

二十八日 到学堂。

二十九日 同上,饭后王朝珍席卿到学堂,同勘后操场地,以便建土司子弟学塾之用。

三十日 到学堂,检拾书籍物件,将堂中一切事宜交教务长代理。

十月初一日 早谒学宪、交涉宪、法宪,辞行。

初二日 到各处辞行。

初三日 早谒藩宪,饭后谒督宪,辞行。

初四日　早辞行,到昭忠祠,饭后赴李厚安、吴石生之约。

初五日　到昭忠祠扶先慈柩启行回籍。来送者,同乡黄怡叔、吕缉臣、梁韶春、邝国光、何剑吾、黄子中等。学堂周惺甫、赵鹤皋、秋南庄三长暨各监学办事官各教员等,又学生数百人,皆送至南城外三元宫。同乡送至十里铺,回时约同乡小叙,晚学堂各教员邀饮。

初六日　到各处谢步,午后回寓。

初七日　在家收拾物件,晚童仲华、陈奎垣约饮。

初八日　八时启程,同乡俱来送行,至城外始别。晚宿黄土坡四十五里,因轿夫误行多里,赶不到站,故宿此处。此行用夫十六名,价银一百四十元,马十五匹,银一百四十二元。扛夫十四名,银一百六十元。送至百色止,共二十三站。

初九日　七时启行,十时到七店,十五里。晚一时,宿汤池,有硫黄温泉,男女分房,沐浴其间,故名三十里。

初十日　八时启行,午前十二时,到宜良县,三十里,宿悦来栈,遂拜县令曹焕瀛,上省未晤。晚间曹君始回来见,约饮,因明日要行,遂婉辞焉。

十一日　六时启行,午后五时到天生关,七十里,此地多石山,似人物状。

十二日　六时启行,十二时到新肇,三十五里,五时二刻,到马街歇宿,四十五里,是日行八十里。

十三日　六时二刻行,晚九时,到师宗县。天已早黑,幸有月光照路,得不迷失。

十四日　因雨未行,拜师宗县令龚泽培。

十五日　仍有雨,再停留一日。

十六日　七时二刻行,一时三刻到偏山,四十里。

十七日　七时行,午后五时,到罗平州,六十里。

十八日　八时行,十二时到金鸡山,三十里。三时到板桥,二十五里,共行五十五里。宿客栈楼上。自省垣到此,所住客栈皆茅房泥屋俱多。惟此间地方稍觉洁净,楼外远对青山,精神为之一爽。

十九日　六时二刻行,九时到老雄城,二十里。晚六时,到新江底,因有旧江底,无处可宿。未渡江,天已昏黑,一路甚形狼狈。

二十日　六时行,午后四时,到黄草坝,即兴义县,宿宝兴栈。自渡江后,已是贵州境界,男女多用白巾裹头,如穿孝者,其风俗习尚然也。

二十一日　早拜兴义县令龙秉钧,午同小儿游穿心石洞。

二十二日　偕新儿出门一游,晚龙令约饮署内。黄草坝为粤西赴云贵两省之通衢,商务较盛,但自烟土禁后,亦不如前矣。由此到贵州省城,亦须十站云。

二十三日　七时行,十二时两刻,到鼎肇,四十五里。

二十四日　六时行,八时到正亭,二十里。十时两刻到塘房,二十五里。一时三刻到马边田,二十五里,共行七十里。

二十五日　七时行,一时到兴义府,五十里。拜安义镇李宝书玉堂军门,兴义府鲍太尊。

二十六日　七时行,十一时到梅子关,三十里,二时两刻到坡脚,六十里。有红河,过河即是广西界矣。

二十七日　七时沿河边行,二时三刻到板坝,五十五里,自云南启行,天气已凉,可穿绵衣。到汤池后改穿皮衣。惟逾梅子关,天气颇热,只能服夹衣而已。

二十八日　七时沿河边行,茅草极盛,几不辨路。闻此处本月十六尚有劫杀人物之案,行者皆有戒心,惟余有兵勇护送,可以不惧。二时两刻到板邦。

二十九日　六时沿河边行,十一时到八渡,顾船过河,即广西界。二时两刻到西隆州。

三十日　七时行,九时到石头岭,二十里。十时到色拉树,十里。二时到板桃,四十里。共行七十里。

十一月初一日　八时行,二时两刻到洛城五十里。

初二日　六时行,二时到罗里,七十里。

初三日　六时三十分行,一时到黄兰,七十里。

初四日　六时两刻行,约十里,闻前途有铳声连作,知有异,及止轿夫前行。嗣询知前面有匪劫烟帮,遂折回黄兰。闻匪徒众多,且有利器,急驰书百色罗里,添派兵役,前求护送。晚二更,又闻铳声,兵勇齐出,移时遂静,然家人已恐慌不小矣。

初五日　罗里蒙宗绪管带领兵十余名,到黄兰,再定意启行。三时两刻到下塘,七十五里。

初六日　七时行,路遇百色派来兵勇管带江如胜,亦广东人,二时两刻到百色,六十里。晚百色厅陈嵩澧绍春来会。

初七日　九时拜陈司马绍春,并拜宋安枢总镇。

初八日　早偕新儿出街,午后陈绍春司马来谭,商定顾货船东下,因洋船亦不便装枢也。

初九日　十时往迎先慈灵枢,十一时到白色,暂寄河干。晚泗色中学堂监督苏乾昌来会。

初十日　早看船,定议壹百玖拾圆,送至广东省城。午请灵毕先上船,晚陈绍春约饮署内。

十一日　早差片各处辞行。午后行李下船,晚成栈益昌谭其绍竹船约饮。

十二日　早八时登船。十时请厘局查验,十一时开行。午后五时,停泊大鹅滩头,六十里。

十三日　七时开船,一时到那坡停泊,购买食物,再开行。四时到奉议州,五十里。偕新儿上岸一行,晚新儿感冒,服万灵茶,汗出稍愈。

十四日　六时开船。新儿再服药,益愈,但热未退尽,仍宜调理。晚舟泊恩隆县,八十里,见陆子明、廖恩垣,皆自治员也。闻说前时此地劫案甚多,自添拨兵勇分段巡缉后,稍见安靖,惟自隆安县以下仍须小心云。

十五日　五时开船,天尚未亮。十时到上林县,四十里。午后二时到果化,三十里。新儿热盛好睡,再用清解剂以治之。

十六日　四时开船。午后二时到下岩,九十里。五时到隆安县,三十里。上岸拜县令周光宇,广东顺德人也。新儿热仍未退,拟用白虎汤加生姜治之。

十七日　七时开行。十一时到龙藏,四十里。午后四时到那峒,三十里停泊。新儿热颇盛,寒时手足微凉,用小柴胡汤加减治之。

十八日　新儿夜眠甚静,汗出后热已退,似渐全愈。六时开船,午后五时到那笼,九十里。

十九日　七时开船,午后七时到七铺,一百二十里。新儿午正仍先寒后热,汗出即解,仍用小柴胡汤。

二十日　六时开船,十时到南宁,三十里。船经关验后开往码头。与内子等上岸,暂住兴祥栈,午后小儿仍有寒热。

二十一日　八时,拜雷震南燮堂统领,商聚金丽生守备,并访医生陈沛霖雨丞,午正,小儿寒热仍作,用小柴胡汤加减治之。

二十二日　拜提督龙济光、道台纪堪谨、知府方培恺、知县杨诚恭。午前陈雨丞来诊,药似稍燥,并延李绪臣医生诊视,仍以和解为主。

二十三日　小儿疟疾未愈,陈李两医士来诊,陈方稍燥,李方稍平和,服李药后,寒热仍未清也。是早先饬孙顺等开船,拟在邕再住数日,改搭轮船赴梧,较为便捷,多费亦所不计耳。

二十四日　小儿疟疾似稍减,而寒热尚未尽除。陈医生药方已无燥品,因其大旨与李医士同,遂服陈药。是晚小儿大解后,颇喜说话,病似退矣。

二十五日　午后一时,寒热仍来,惟不如前之利害,精神亦如常时,可期渐愈。

二十六日　七时陈医生来诊,谓小儿疟疾虽小有发作,而脉早已平和,再为和解,便可截止。是晚果愈,疟疾不复作矣,遂差片往各处辞行。

二十七日　持帖向关道请护照。午饭后偕眷口登电马轮船。午后五时开行,七时停泊良庆,五十里。

二十八日　天明开船,一时到永淳县。一百五十里。五时两刻到南乡,九十里,停船,偕小儿上岸一行。

二十九日　五时开船,七时到横州,五十里。午后四时到贵县,二百里。六时半到东津停船,五十里。

三十日　五时开船,十一时到桂平,一百里。午后一时一刻到江口,五十里。三时到平南,三十五里,五时到白马,六十里。六时两刻到蒙江,三十里。

十二月初一日　六时开船,七时到藤县,三十里。午前十一时两刻到梧州,海关验船毕,搬入广泰来栈。

初二日　早饭后拜道府县,遂到广发公司,问拖轮价目情形。

初三日　拜陈树勋竹铭同年未晤,旋与新儿出门一游。

初四日　在栈无事。

初五日　梧州府志地山约饮署内,晚陈竹铭到谈。

初六日　灵枢行李两船已到定归,明日赴东。

初七日　午前十一时登船,午后二时半开行。四时半到风村,五十里。八时三刻到都城厘厂,一百里。

初八日　十一时开船。午后一时到肇庆黄江厂,四时开行。夜八时到三水分厂,验毕仍开船。

初九日　午十二时到后沥厂,验讫,二时开行。

初十日　午前十一时到乌乡沙嘴,因水浅不能驶过,候至午后三时始开船。

十一日　天明,到大沙嘴,火轮放拖,九时船泊靖海门,属内子等先登岸,家中弟侄辈暨亲友多来船致候。因明日忌辰,后日执事不能用,遂定十四早扶枢入城。

十二日　在船静候，午后上岸一行，晤陈子砺前辈，略谈数语而别。

十三日　仍在船住，颇闷，上岸散步，午后亲友到船谈，稍可排遣。

十四日　午前八时扶柩，由归德门入城，复出大北门，至环翠庵停厝，俟亲友行礼后回寓。

十五日　在家休息。

十六日　早到厝，往潘丈处一坐。

十七日　到各本家处，晚出门到谢。

十八日　拜罗子珍、吕缉臣，并到河南南武学校赴茶会。

十九日　拜周厚堂、张幼邃、丁伯厚、吴玉臣，晚仍出门到谢。

二十日　早到庄，午后禀云南学司辞学堂差，并致函王耕木、吴石生，唐省吾到谢。

二十一日

二十二日

二十三日　俱在家阅报。

二十四日　午前七时，到庄家奠，延僧诵经。

二十五日　午后拜同年区徽五、区桂海暨罗子珍、吕缉臣、何师屏珊等。

二十六日　午前七时，同吕筱园出小北门，买石碑，并到凤凰冈，由新墟乘东洋车回。

二十七日　午前阅报午后拜李筱岳、陈敦甫两同年，梁缉嘏、凌孟征两师。

二十八日　午前到环翠庵与潘丈处，留吃便饭，午后作信禀滇藩世益三，滇法使秦幼衡。

二十九日　早八时区桂海同年来会，午后为何师屏珊作《经义初阶》序一篇。

宣统三年(1911)辛亥日记

辛亥年,元月初一日 丑时拜神,午后检点旧日书籍,其无用者悉另置之。

初二日 阅政治官报。

初三日 午前八时,到环翠庄,顺往潘外舅、王三姐家一谈,午后陈敦甫同年来坐。

初四日 在家看书,饭后右都到拜会。

初五日 便衣拜左右都暨同年。

初六日

初七日 新春,早覆柳小川、潘小亭两函。饭后同海秋暨侄子等,到堤岸一游。

初八日

初九日

初十日 以上皆在家看书。

十一日 往西关堤岸一行,晚到李小岳同年家便饭。

十二日 拜祖山,并定买石碑等件,价银壹佰贰拾大元。

十三日 早周汝刚毅堂来谭,午后看书。

十四日 早到岳丈家拜寿,并吃饭。

十五日 午访李小岳同年未遇,遂到敦甫家一坐。

十六日 早课子侄,晚访张丽生。

十七日 早课读,午陈敦甫约饮于振兴舫,夜十一时始归。

十八日 早起阅报,午禀复滇省学司,仍辞监督差,并致函文伯英同年。

十九日　早到环翠禅院,同年周厚堂、张幼逵到行礼,饭后出小北门看碑。

二十日　早课读,午到敦甫家吃饭。

二十一日　早课读,午后出门拜客。

二十二日　到环翠庵,李小岳、陈敦甫、区徽五、区桂海诸同年来拈香,事毕与崔荫南、曾伟丞、潘海秋往茶寮一叙。

二十三日　早出门拜客。

二十四日　出门拜客兼谢步。

二十五日　早课读,午后写大字,潘岳丈来坐。

二十六日　早看书,饭后出小北门。

二十七日　早阅报、课读,午习字。

二十八日　早课读、饭后往堤岸一行。

二十九日　早阅报、课读,午后写字。

三十日　早课读,午偕内弟、莱儿去听戏,晚赴益生和吃饭。

二月初一日　在家课读,巫近仁子恕到,辞行。

初二日　早课读,午拜陈子砺、缪琴轩、夏淑清、李小岳、黄友亭等。

初三日　早课读,午习字。

初四日　同上。

初五日　早课读,饭后携小儿出街,到潘岳丈家吃饭。

初六日　早课读,午阅英文一段,晚到本家陪客。

初七日　到本家吃饭。

初八日　早到本家,饭后写碑字,陈竹铭到会。

初九日　早阅报,饭后回拜陈竹铭同年,并到十八甫。

初十日　早课读,饭后阅奏议。

十一日　早课读,饭后回拜陈竹铭,并往缪琴轩、夏淑清,均未晤。

十二日　星期,午偕小儿出门。

十三日　在家课读。

十四日　早起沐浴,午赴黄益三之约。

十五日　早吕缉臣、王广龄到会,同赴福来居便饭,午后访陈敦甫未晤。

十六日　早拜王广龄平远,饭后阅书。

十七日　阅《九国日记》。

十八日　早阅《九国日记》,午到潘宅一坐,往双门底,顺访李小岳同年。

十九日　早看书,饭后出西门购买洋布。

二十日　早看书,饭后课读,下午赴南海县王叔掖同年约。

二十一日　早课读,饭后访区徽五、桂海两同年。

二十二日　早课读,饭后阅《九国日记》。

二十三日

二十四日　同上。

二十五日　早课读,饭后出小北门。

二十六日　早课读,午到陈敦甫处一谈。

二十七日　早课读,陈子砺到拜会。

二十八日　早拜子砺,午后到区徽五处畅谈。

二十九日　早课读,饭后仍到区徽五、桂海两君处谈。

三月初一日　今日为实行禁赌之纪念日,早往堤岸饭店吃饭,移时巡游会到,惟人太拥挤,不能观览,午后回寓,到黄光厚家一坐。

初二日　早课读,饭后阅书。

初三日　本家大嫂病故,到伊家料理。

初四日　早课读,饭后出小北门,回时到潘丈处坐。

初五日　早课读,午访李小岳、陈敦甫。

初六日　早阅报,午后阅书,晚到潘宅坐,知海秋弟已委汕头埠审判厅推事,并道喜。

初七日 早阅报,作书致崔彬葵,午后在家看《胡文忠公奏议》。

初八日 清明,偕弟侄辈拜祖山,飞鹅岭、狮球、狮带、金鱼池、小凤等处。

初九日 早阅书,饭后同海秋、莱儿去燕塘,晚饮于太平馆。

初十日 早阅报,饭后拜山,四时回,晚到大宅陪客,闻署将军孚琦被刺于东较场口,因是日演飞行机器,将军看毕,回署路经是处,遂被害焉,洵可悯也。

十一日 早到潘宅坐,后访黄益三,未晤。午阅《胡文忠奏议》。

十二日 早课读,后写扇数柄,饭后阅《胡文忠奏议》,益三到会。

十三日 早课读,午黄光厚到会,阅《胡文忠奏议》,陈德昌绍庭来会。

十四日 早课读,饭后阅文忠书牍。

十五日 早课读,饭后回候陈绍庭暨拜国雄。

十六日 早课读,午去石碑铺,并拜庄。

十七日 早同上,午访区徽五昆仲。

十八日 拜山,出东门,先拜下马铺站,次金鸡岭,次鹿口冈,次麒麟岭,次南蛇坑,转入小北,拜白榄冈、凤凰冈、长腰、长腰头、投胎,过白云岭,拜飞凤山,入大北门时已五点余钟矣。

十九日 早课读,饭后阅《胡文忠书牍》,晚赴海秋约。

二十日 早课读,作书覆顾仰山,并致函杨次典,午阅胡文忠书牍。

二十一日 早写信,课小儿英文、算术,午阅《胡文忠集》,议员彭宝森来会。

二十二日 早课读,午后阅《胡文忠集》。

二十三日 早课读,饭后回候彭植三,并同陈敦甫往候区徽五昆仲,未值,饮于玉波楼。

二十四日 早课读,饭后函谢李柳溪,并覆聂尊吾大令,刘子登来会。

二十五日　早阅《胡文忠集》，午去小北石碑铺。

二十六日　早阅《胡文忠集》，晚回候刘子登，并拜崔盘石。窦学增来辞行。

二十七日　早课读，午拜窦学增暨李小岳。

二十八日　早阅《胡文忠奏议》，午写字，晚赴黄益三约，同年唐树彤到拜。

二十九日　早阅书，饭后拜客，到环翠庵，晚到潘宅吃饭。正举箸，闻炮声连作，移时旗兵拉炮登城，询系革命党攻击督署，一时枪炮之声不绝于耳。城东北隅火光烛天，人心颇为震动。旗界守卫尚严，不许闲人来往，余至二鼓始回家中，家人亦颇慌，用语慰之，然尚不知事体若何也。又闻督署已毁，张制军被救出，住水师行台云。

三十日　早起闻乱党被捕约一百余人，旗街尚属安靖，往来巡兵自昨日至今，俱未休息。乱党闻尚有数十人匿伏小北门近城一带，地方已被巡勇围住，想必全歼不远矣。据说此次革党新军兵人不少，练兵反以召乱，真可叹息。是晚枪声彻夜不息，闻先后击毙乱党共二百余名。

四月初一日　城门仍闭，但各街均安谧如常，巡警严查住户，以防窝留。

初二日　城门已开，闻乱党歼灭殆尽矣，早课小儿读经，午阅《胡文忠集》。

初三日　早起又闻乱党有攻佛山之说，城门复闭，人心惶恐异常。马永宽子厚来访，亦言势颇紧急，石围塘官军已与乱党交战等语。遂约子厚同访崔盘石，商量筹备之法，拟谒春都护，陈说一切，请添拨兵丁守城，并请领军械、筹蓄米粮等事。下午后闻佛山解严，乱党击散，人心稍定。晚到本旗马圈筹办团保事宜。

初四日　早到潘宅，并回候马子厚，闻城门再开，安堵如常，各处已有重兵驻扎,可无他虞。

初五日　早课读,午到团保总区,与大宅一坐,回阅《胡文忠集》。

初六日　早周厚堂来会。

初七日　早阅《文忠集》,饭后到公衙门议事。

初八日　早看书,饭后到书局议事。

初九日　早同上,饭后到工艺厂议事。

初十日　早阅《胡文忠集》,饭后到石铺,是日奉旨设立新内阁。

十一日　早课读,饭后阅《胡文忠集》。

十二日　同上。

十三日　早约五哥到小北门外凤凰冈开冢,五时进城。

十四日　料理安葬事宜。

十五日　同上。

十六日　早出环翠庄,应酬一切,夜宿该庄,以便明日出殡。

十七日　天明起枢,七时到山,三十五分钟,正拟下葬,溥侄忽谓冢底有水,细视之果然,不胜惊异,亟命工人停止,另开两旁新地,至午后三时,仍未得实在安稳处,只得回城。

十八日　偕五哥、吕小园出小北门外,租定白云庵庄,带回灵枢,暂时安厝。

十九日　往访崔鹤云,未遇。晤本街万朝廉,说知一切,明日约同再到山,开左边冢。

二十日　六时出城,到福昌铺,十时上山,十一时,万君到山,开冢一日,尚觉干爽可用,惟时已晚,明日拟再求真也。

二十一日　七时出城,九时到山,移时万君亦到。工人已开工矣,嗣见冢上边有石,但性较软,俗谓为"硬粉龙"者。是时张君堪舆冢亦到山审视,遂与两君商量,向稍右再开,并移下边一二尺,避去上面硬地可葬。遂定意照此办法,俟改择妥日,再到山开全各处也。

二十二日　出门到谢,并拜新学使秦幼衡。

二十三日　早课读,饭后阅《胡文忠集》,秦学使回候。

二十四日　七点钟到山,再饬工人向冢深处再掘,并开冢尾一尺,尚觉平安,定意二十八日安葬。

二十五日　早课读,唐树彤同年到拜,午后阅书。

二十六日　早课读,饭后王叔掖同年到拜。

二十七日　早课读,午后去凤凰冈,到白云庵,是晚与溥良侄、曾伟丞在庵借宿。

二十八日　三时起,五时带柩上山,辰刻下葬,遂即安碑,下午五时回。

二十九日　上山监工。

五月初一日　监工。

初二日

初三日　俱同上。

初四日　早到潘宅并吃便饭,午访陈敦甫、李小岳、周毅堂诸君一谭。

初五日　早阅《胡文忠书牍》,午马子厚来会。

初六日　早吕缉臣来候,饭后阅书牍暨英文。

初七日　阅《胡文忠书牍》。

初八日　去凤凰冈监工。

初九日　早阅《胡文忠书牍》,饭后拜吕缉臣、陈敦甫、区桂海、李小岳等。

初十日　早阅书,饭后课读,是晚到潘丈处一谈。

十一日　早课读,午阅书牍。

十二日　早课读,午作函区徽五同年,借银贰百两。溯自前年丁艰后,用度日窘,时时与亲友告贷,始能开支一切,余性取与不苟,亲友亦多能如意概借,亦信之于平时,故不至十分为难也。然遭此时种种困壈,可增一番阅历,则困我者未始非益我之境也,则又爽然自慰矣。

十三日　早阅《胡文忠集》,饭后区徽五同年借银二百两,开支整山款项,情殊可感。

十四日　早课读,午阅《胡文忠集》。

十五日　早陈敦甫到谈,午拜唐树肜荫轩同年,巫近仁子恕,并课莱儿读经。

十六日　上山查视工程,因山面已与福昌订明,包修共需银壹百壹拾元。

十七日　早到潘宅,午后二时回家,岳微有病,请张果医生诊视,已渐愈矣。

十八日　早到潘丈处一坐,午课儿读书。

十九日　早课读,午后阅英文字典。

二十日　同上。

二十一日　系余三旬有六生辰,拜祖先毕,唐荫轩、缪琴轩、何乾生惕泉俱到谈。

二十二日　访缪琴轩,谈竟日,遂吃便饭。

二十三日　上山看视工程。

二十四日　早阅报,午阅英文字典,并作书覆顾仰山。

二十五日　早看书,饭后到陈敦甫家久谈。

二十六日　早课读,午后阅英文字典。

二十七日　早课读,饭后访西医治癣。

二十八日　早课读,午阅英文,奉旨设典制院、内阁属官、裁宪政馆、吏部稽察,上谕拟本等处。

二十九日　同上。

六月初一日　到凤凰冈看整山。

初二日　早课读,饭后到清水濠,回候罗桓熊公尚,并到陈敦甫处一谈。

初三日　早课读,午后阅英文。

初四日　早出小北门,到石碑铺催石甲,午同家姐检先慈遗念物,分派各人收藏,不禁怆然。

初五日　阅《胡文忠批牍》竟日,用药搽癣,未克出门。

初六日　同上。

初七日　早课读,午阅英文暨《文忠批牍》。

初八日　早课读,午阅英文。

初九日　早课读,午阅英文。

初十日　上山,午后志琮地山来候。

十一日　早课读,午回拜志地山暨王塽叔掖。

十二日　早课读,午后阅《胡文忠批牍》。

十三日　同上。

十四日　上山。

十五日　早课读,饭后到陈敦甫处一谈。

十六日　早课读,午阅英文字典。

十七日　同上。

十八日　早课读,午阅英文字典。

十九日　早课读,午阅《胡文忠批牍》。

二十日　早课读,午到潘宅一坐。

二十一日　早课读,饭后出城,定买酸枝四屏架,价银拾肆元。

二十二日　偕家姊家嫂拜先慈山坟,盖已完工矣。早六时去,十时回,天气极热,早起尚无暑气也。是日新儿从刘玉麟读书。

二十三日　早阅书,饭后作函与杨竹川。

二十四日　早阅书,午去环翠庵行礼,姻丈王塽元明早葬山也,遂到潘宅一坐。阅报,知廿一日营勇又捉获革命党七人,近日颇有谣言,该党志图再举,恐不尽无因,所望当道先事防备矣。

二十五日　早阅《胡文忠批牍》,午拜罗关石、罗子珍、吕缉臣、区桂海、区靖涛等。

二十六日　早阅《胡文忠批牍》,午出城买什物。

二十七日　阅《胡文忠批牍》暨英文字典。

二十八日　同上午，后写字。

二十九日　早阅报，饭后阅《文忠批牍》。

三十日　早阅《胡文忠批牍》，午到陈敦甫家一坐。

闰六月初一日　早吕缉臣到谈，午阅英文字典，晚到刘杏南家拈香。

初二日　早阅报，午到潘宅坐，并吃晚饭。

初三日　早阅报，午阅英文字典。

初四日　早阅报，午到潘宅暨三姐家一坐。

初五日　早阅《胡文忠批牍》，晚赴区桂海约。

初六日　早写请帖，午阅《胡文忠批牍》。

初七日　早到潘宅，午阅《批牍》，晚约志地山、吕缉臣、王叔掖、周厚堂昆仲、区桂海等在贵联升一叙。

初八日　阅《批牍》，前数日谣传革党于本日再图举事，居民纷纷搬迁，政界亦严为之备，然至晚幸得安堵如常，可见谣言不足据也。

初九日　早阅报，褚选白由汕回省，到谈良久，午到双门底，顺访李小岳。

初十日　早阅《批牍》。

十一日　早阅报，午阅《批牍》，晚赴罗子珍约。

十二日　早阅《批牍》，午阅书，晚赴张丽生约。

十三日　早到潘宅，午阅书，到陈敦甫处谭。

十四日　早作信禀唐椿卿师，拟七月到京，崔荫南到谭，午写对联数件，并致志地山一函，荐吕小园、崔荫南当司事也。

十五日　阅英文字典。

十六日　早阅报，午阅《批牍》。

十七日　早往候王都司普卿，午阅英文。

十八日　早阅《批牍》，午阅英文，捡点书籍。

十九日　捡拾行李,欲在月内偕内子等晋京,以便明正起复。正在归着什物,忽闻家人来说革党在双门底,枪刺李军门准,幸未获中,渠轿夫已被枪毙,其余护勇行人,共伤亡多人云。

二十日　早阅报,午闻筱园已派汾水厂司事,荫南仍充西厂文案,惟筱园尚以出省不便,欲在省得调一席,未知能否也。

二十一日　早崔荫南到谈,午再致函志地山,记其酌调一席,下午得复信,请吕君暂到差一二月,再行调回,可谓情意兼尽矣。

二十二日　早阅报,家四嫂患疮病,甚危亟,请张慰农到诊,用清火消毒药治之。

二十三日　早阅报,午到潘家坐,回阅英文。

二十四日　早阅报,知广州将军获勋改简凤山矣,盖鉴于孚将军之被刺,而不敢到粤也,岂其然欤?家嫂病益沈亟,为料理后事。

二十五日　丑时,家四嫂病故,申刻入殓。

二十六日　早阅书,午料理杂物。

二十七日　先嫂三天,亲友到吃饭,午后阅书。

二十八日　早看书,午访王广龄,晚志地山约饮署内。

二十九日　看书。

七月初一日　同上。

初二日　先嫂首虞之辰,亲友均多到者。

初三日　闻泰顺船初五开行,遂定搭此船赴沪。

初四日　捡拾物件。

初五日　早偕内子改搭河南港渡,岳丈全眷同行,送至汕头,再行赴申。八时开行,午后二时到港,寓泰来栈,此栈房间菜饭俱劣,后不宜住此。

初六日　在港偕小儿上街一行,遂购物件数种。

初七日　早十时,饭后偕眷并潘眷上财生船,午后三时开行,入夜微有风浪。

初八日　早九时抵汕,派陈恩通知内弟海秋来接,午正登岸入公馆,房皆西式,通爽无比,行李随后用驳艇载到。

初九日　早六时起,午出街一行。

初十日　早起阅报,午出门购买什物。

十一日　有雨竟日,未能出行。

十二日　出门游逛。

十三日　看书。

十四日　早看书,午游公园。

十五日　早检行李,午登恒生船,赴上海,午后两点钟开行,阅报知川民因争路起哄,省城大乱,已派兵剿矣。

十六日　船向北行,稍有风浪。

十七日　风浪稍静。

十八日　早九点钟抵上海,寓全安栈。

十九日　饭后出门买物件。

二十日　饬孙顺等先赴天津,拟偕内子等改行汉口也。

二十一日　在栈阅书。

二十二日　早买零件,饭后阅书。

二十三日　早起出门购买书籍,午后偕内子上船,由长江直溯而上,船行平稳,可免晕浪之苦。余与内子坐官舱,每人十二元,另买统舱票一张六元,因此行物件极少,只带一婢而已。

二十四日　午后到镇江,金山、焦山远望风景甚好,惜船停不久,未能登眺也。

二十五日　午两点钟到金陵。

二十六日　早到安徽,下午到九江,随购粗磁数种。

二十七日　天明到汉口,迁寓迎宾江馆,午出门买什物。

二十八日　天亮乘车赴北京,上等票五十三元、二等票二十九元、三等票十四元五角,晚五点钟到驻马店。

二十九日　天明再乘车,七点钟开,下午六点钟到彰德府。

八月初一日　天明乘车,六点钟开,夜九点钟到北京前门,迁入佛照楼。

初二日　出门觅房,遂定住教场四条一所较好。

初三日　搬家,晤杨竹川、顾仰山两同年。

初四日　在家归着一切物件,并致函各友道谢。

初五日　同上。

初六日　饭后到黎露苑、区徽五两同年处一坐。

初七日　早出门拜客,两点钟回,徐巽到谈。

初八日　早胡葆森、商梅生到候。

初九日　早阅书,午候同乡,晚赴商云亭约。

初十日　杨星垣、徐寿芝、赖焕文、王皖南、马子厚、衷佑卿等到谈。

十一日　早阅报,午到区徽五同年处坐。

十二日　早谒荣华卿师,未晤,午到竹川、仰山宅谈。

十三日　早阅报,午往东城拜同乡。

十四日　早阅报,午游琉璃厂。

十五日　早看书,午到区徽五同年处谈。

十六日　早阅报,午偕小儿,出门购买物件。

十七日　早谒唐椿卿师,午到区同年处谈。

十八日　早看书,午黎露苑、胡葆森到谈。

十九日　早周厚堂来会,午写条幅多件。

二十日　早阅报,午到李际唐宅谈甚久,闻革党在鄂起事,省城失陷,鄂督瑞澂心如已逃往兵轮矣,闻之杞忧曷亟。晚赴冯麟需润田约。

二十一日　闻鄂乱甚,朝旨派陆军大臣往剿,京师市面摇动,钱店因取现钱者多,不能应付,遂关闭十余家。

二十二日　京师市面益增恐慌之状,银行亦被挤暂停换兑,谣言纷起,其实不足虑也。

二十三日　早商云亭到会,午到东城拜客,谒张振卿师,晚赴梅生柳溪燕。是日旨派袁世凯督鄂、岑春煊督蜀,二公素有知兵之名,想乱事不足平也。

二十四日　早阅报,午到区徽五处坐,晚赴徐寿芝约。

二十五日　早课读,午到区宅谈。

二十六日　同上,闻市面大定,米价亦渐平矣。

二十七日　早课读,午拜张槐卿、陈公辅等。

二十八日　早课读,午到区徽五处谈。

二十九日　早课读,午到杨竹川、赖焕文寓坐。

三十日　早课读,午到区徽五处坐,回写信寄海秋。

九月初一日　早约徐季龙昆仲,往见英医士,闻湖北官军失利,心甚忧之。午仍到区同年处谈。

初二日　早课读毕,到八旗高等学堂,因文伯英前辈约看卷也,午后二时回。

初三日　早课读,午偕小儿去前门买物件。

初四日　早课读阅报,知长沙九江湖口等处俱失守,而京师市面又复扰乱,同乡纷纷商议出京,然以余观之,乱事只在南方,京师相离尚远,似不宜自相惊扰也,午后阅卷。

初五日　早课读,午陈敦甫同年由粤来谈甚久,晚回候陈君,并到赖同年处一坐。

初六日　早课读毕,到杨竹川、徐季龙处坐,闻乱事甚急,谣言极多,心颇踌躇不安,大局瓦解至于如此,可为痛哭。闻报知新任广州将军凤山,甫上岸又被炸弹轰害矣,可悯殊甚。

初七日　早课读,午访陈敦甫,未晤,晚赴顾仰山约,阅内阁传单,官军已克复汉口矣,闻日内即可照常行车,此真可幸之事也。

初八日　早课读,午访区徽五、萧新之同年,回寓后顾仰山来谈。

初九日　早课读,午访温毅夫、徐寿芝。是日奉旨誓行宪政,开除党禁,准人民有协赞宪法之权。

初十日　早课读,饭后闻广东又有乱事,亟往同乡处探听,知初八日广东沙面堤岸宣布独立,各商店多挂白旗,经张制军劝谕解散,然后来尚不知如何结局也。

十一日　早课读,作函寄潘丈,复杨苏生,午阅卷。

十二日　早阅卷,午到温毅夫处谈,是日奉旨另组织新内阁,授袁世凯为总理大臣,此十一日谕旨。

十三日　早阅卷,午访马季平、王伯荃、范丞俊,京师市面稍定,想无大碍矣。奉旨宪法交资政院起草。

十四日　早马子厚来谈,午出门到南海馆、佛照楼,回阅英文。奉上谕,安抚乱党,并准按照法律改组政党,又速开国会,敕订议院法选举法。

十五日　早阅英文,午回候马子厚,又闻粤中有乱事,顺德县属土匪约有万余,已由京官电请粤督相机剿办矣。

十六日　早阅英文,自川鄂乱事起后,各省纷纷响应,如湘、赣、秦、晋、粤、皖、滇、黔,皆有兵变之事,纷扰不可终日,而京师重地,谣言极多,迁居出京者,路为之塞,真可叹也。是日奉上谕,赐恤山西巡抚陆钟琦,因为乱兵所杀,一家多命。

十七日　早阅英文,午往八旗高等学堂考试,闻保定有乱事,亟回寓,到顾仰山处,探知前说不确。

十八日　谣言又起,向之持重不出京者,至是亦收拾行李,专往天津,探系二十镇兵有来京入卫之说,以致人心慌忙若此。其实亦不甚十分紧急也,晚访仰山一谈,闻署山西巡抚吴禄贞又被害。

十九日　阅学堂卷,是日奉旨依宪法信条,命袁世凯为总理大臣,又依资政院弹劾赵尔丰违法激变,交大理判拟,午萧新之同年到谈。

二十日　回候萧侍御,午后到杨竹川处坐。

二十一日　早谒唐椿卿师,叹时局瓦解,难以收拾,回告家人略收拾物件,拟运至天津顾宅,请其暂存,以免有乱时散失也。闻江宁失守,江督张安圃人骏求死不得,已被拘,又闻江苏、浙江相继独立,举程德全为都督。

二十二日　早萧新之同年到谈,午寄箱子五到京师法界怡和洋行内,暂为存放,每箱收费一元,较之寄往天津稍便也。晚覆信达知仰山。

二十三日　早拜王汝榆宇白,未晤,午阅卷。

二十四日　早阅卷,午后到南海馆,闻广东十九宣布独立矣。

二十五日　早课读,午到赖焕文同年处,坐承约往同住,因渠家眷已回粤,闲房甚多,暂可居住,可省出租金,以为零用,遂定明日迁居。

二十六日　迁到赖同年寓,闻广西十七独立,福建十五独立,山东二十四独立。

二十七日　检点书籍物件。

二十八日　同上。

二十九日　课儿读书,赖同年子汴昌并附学焉。午到南海馆,闻江宁失守之说不确,提督张勋、将军铁良坚守,已杀退革军多人云。

三十日　早课读,午访仰山未遇,晚与焕文、徽五到惠丰堂一叙。

十月初一日　早课读,午同焕文、徽五谈竟日,晚饮于聚宝堂。

初二日　早课读,午到南海馆,晚公钱何仲秩、尹翔墀,于温毅夫宅见梁节庵鼎芬,述粤东独立事甚详。

初三日　早课读,午阅卷,是日奉旨暂行停止奏事入对。

初四日　早课读,午访顾仰山,谈良久,晚到东城拜李锡之,代仰山询问西医,因其夫人欲延诊也。接海秋信,知潮汕并独立矣。

初五日　早课读,午阅广东报纸。

初六日　早访仰山,承借洋银百圆,感极。京师自从鄂事后,市面动摇,银根短少,往日之有资本者,因一时周转不灵,暂行歇业。京官亦大半度日维艰,而余更为支绌,得借此款,可以应付支持矣。午同仰山访金兆丰、安立甘医士。

初七日　早在仰山处谈竟日。

初八日　早课读,午同赖焕文到区徽五处谈。

初九日　早课读,午到徽五处坐,官军克复汉阳,冯国璋赏二等男爵。

初十日　早课读,午访仰山,谈良久。

十一日　早到仰山处吃便饭,午回寓。

十二日　早课读,潘小亭来坐,午延西医女士葛大夫到诊,据云月底可生。闻南京失守,张勋退守浦口。

十三日　早课读,午访徽五,是日阁电,各有两军,由英领事介绍议和,可望和平解决。

十四日　同上。

十五日　同上。

十六日　早课读,午阅报毕,到顺德馆,是日摄政王辞监国之位,不干预政事。

十七日　早课读,饭后到顺德馆,访周洛叔同年。

十八日　早因同乡商梅生作古,去伊家坐竟日,并商量各事。

十九日　早课读,午阅卷,晚拜先君忌日。

二十日　早同上,晚写家信二封。

二十一日　早课读,午到区徽五处谈。

二十二日　同上,闻袁内阁已派唐大臣绍怡往汉口矣。

二十三日　早课读,午后阅卷毕,到徽五处坐。

二十四日　早课读,午到徽五处坐。

二十五日　早仰山有信来约谈,午后阅报,并沐浴,晚写信。

二十六日　早课读,午访徽五。

二十七日　同上。

二十八日　早往商家送殡,午到徽五处。

二十九日　早课读,并函答溥侄。

十一月初一日　早课读,午到徽五处谈。

初二日

初三日

初四日　同上,闻和议未定,续停战期一星期,至十一日止。

初五日　早课读,饭后与小儿同去沐浴,晚潘小亭到,留便饭,夜写信。

初六日　早课读,午到南海馆,与区徽五一谈。

初七日　早课读,饭后阅学堂课卷,晚八点钟,内人觉腹痛,彻夜未获安眠,想分娩在近矣。

初八日　天未明即起,属孙仆往请西医女士葛先生,九时到寓,九时半生一女,母子皆安,甚为喜慰。午写信告潘外舅暨舍侄溥良,闻和议尚无消息。晚接家信,知租项大半收不齐,用度亦颇支绌也(系郭先生因葛有事不能来)①。

初九日　早看医书,午出门拜客,是日奉旨君主民主问题,召集国会议决。

初十日　新女三朝吃面饭,午到徽五处谈。

十一日　早课读,午同上。

十二日　同上。

十三日

十四日　早课读,作函覆顾仰山,午看医书。

十五日　早课读,午商藻亭到谈,写家信二封。

十六日　早课读,午到澡堂洗身,访徽五同年。

---

①　页端有注:按计算应是士珍。整理者按,此句为左后人加注,指左霈女儿左士珍。

十七日　早课读,午到徽五处谈。

十八日

十九日

二十日

二十一日　同上。

二十二日　早课读,饭后阅卷。

二十三日　同上。

二十四日　早课读,饭后写信寄家侄。

二十五日　早课读,午到徽五处。

二十六日　同上,覆顾山函,停战至明日八时止,闻再续停战期两星期。

二十七日　早课莱儿读经,并习算,读唐诗,午访徽五。

二十八日　同上。

二十九日　早课读,午到徽五处谈。

三十日　同上,闻昨日王公会议,有赞成共和政体之说。

十二月初一日　早课读,作函覆顾仰山。

初二日　早课读,午到徽五处,与诸同年饮于便宜坊。

初三日　早课读,午覆杨竹川信,到区徽五处。

初四日　早课读,午新女剃头,到澡堂沐浴。

初五日　早课读,午后到徽五处。

初六日

初七日　同上。

初八日　早课读,午阅英文。

初九日　早谒唐椿卿师,知日前会议国体,蒙古王公反对共和,袁总理因时局万难挽回,亦有去志,吁! 亡国之惨,将目睹之,胡我生之不辰也。

初十日　早课读,午到徽五处。

十一日

十二日

十三日

十四日　同上，阅报佚闻一则，所载历代帝王陵寝所在处，姑志之以备遗忘：辽太祖陵（奉天），皇帝轩辕氏陵，周文王、武王、成王、康王陵、汉高祖、文帝、宣帝陵，后魏孝文帝陵，唐太宗、宪宗、宣宗陵（陕西），少昊金天氏陵，帝尧陶唐氏陵（山东），明太祖陵（江苏），夏禹王陵（浙江），太昊伏羲氏，颛顼高阳氏，帝喾高辛氏陵，商高宗、中宗陵、光武帝陵、周世宗陵、宋太祖、太宗、真宗、仁宗陵（河南），炎帝神农氏，帝舜有虞氏陵（湖广），金太祖、世宗陵、元太祖、世宗陵、明宣宗、孝宗陵（顺天），女娲氏陵、商汤王陵（山西），以上帝王陵寝，派各省副都统或总兵官往祭，见于奏牍者。

十五日　早课读，午阅书，闻国体已定共和，因优待皇室条件尚未磋商妥当，故未宣布。

十六日　同上，寄家信。

十七日　早课读，午访温毅夫。

十八日　早课读，午新春拜神，与赖丰甫一谈。

十九日　早课读，午戴曾谔、卢尔德荫来谭。

二十日　早课读，午王伯荃到坐，覆商云亭函。

二十一日　早课读，午王伯荃、吴达臣、戴曾谔来谈。

二十二日　早课读，午访张祖荫阿联，晚写家信，四侄女于初一日病故。

二十三日　早课读，午访顾承曾未遇，偕小儿到土地庙一游。

二十四日　早课读，午卢尔德荫、戴曾谔、张祖荫到谈。

二十五日　早课读，饭后王伯荃、戴子直到坐，是日奉旨宣布共和立宪政体，命袁世凯为全权大臣，与民军组织临时政府，南北统一办法。

二十六日　早课读，午后到区徽五处谈。

二十七日　同上。

二十八日　早课读,午到区徽五处。

二十九日　早偕小儿出门,午到区君寓所一谈。

三十日　早收检零碎物件,午后在家团年,转瞬一年,又逢残腊,光阴易逝,百感环生。际此时局,能与家人聚首,亦幸事耳。

民国元年(1912)壬子日记

壬子年,元月朔日　阳历二月十八日也,是年已改称大中华民国,因阳历尚未颁行,故仍用阴历记事。早起进香毕,开笔写字,午偕小儿到香甸一游。

初二日　曾汝长、潘世澐到拜年,王大钧、戴曾锷来坐,接溥侄去腊廿日函。

初三日　早写大字,午到区徽五处坐。

初四日　午偕小儿到厂甸,回往戴曾锷处谈。

初五日　午到区徽五处谈,接顾仰山由上海来函。

初六日　午偕小儿出门,晚到区同年处,覆顾仰山函。

初七日　早阅报,午访吴增甲达臣,寄家书,并答海秋。

初八日　早教小儿开学读经,覆赖焕文函,午到徽五处谈。

初九日　早课读,午任承流卓人同年到坐,同往戴宅一谈。

初十日　早同,上午偕小儿到南海馆,与徽五、叔齐游厂甸。

十一日　早课读,午区徽五、卢节存来坐。

十二日　早课读,午朱珩楚白、戴曾谔来会,约同访徽五一谈,晚闻枪声迭作,又见火光烛天,亟命仆往探消息,知东城内有兵劫抢,并抢前门大街一带钱店、洋货店,亟回寓,闻被劫者一百余家,至天明,枪声未息。

十三日　早同,上午出门见各铺,皆关门,生意冷淡,市面如此,殊为可忧。晚写信,又闻枪声,询知西城内又有劫案,共劫去数十家政府有命令,遇有劫犯,就地正法。

十四日　早课读,到徽五处谈,闻昨晚西单牌楼各铺店俱被劫两次,劫略皆系军人,纠合数百人,持快枪如入无人之境,巡警不敢抵御,以致猖獗如此,不知当道何以善其后也。晚仍闻枪响两次,甚烈,政府命令地面责成内外巡警厅,步军统领衙门巡缉劫犯,不准军队外出,晚八点钟半,禁出行人。

十五日　早课读,午到徽五处坐,渠定明早八点钟火车出京,余本有出京之意,但闻京津车路亦有散兵劫抢,恐不安稳,则不如仍在京住,因此问住宅左近,无大铺店,连日巡兵布置颇密,似较之出京尚为妥当也。晚七点半钟,又有枪声,在东南隅作,闻前日西城劫犯,仍系军人,而土匪随之,但军人劫后远飙,而土匪随后劫略,多为毅军所杀,尸骸遍地云。

十六日　早询知昨夜永定门外,尚有土匪行劫,然护城内外,尚幸安全。阅报知天津、保定两处俱有兵变,地面亦抢掠一空。天津租界,亦间有扰及者。而丰台、杨村左近乡村,俱被劫矣。昨日早火车停开一次,午后照常通行。早课读,午偕小儿出门买鞋,入夜市面安静。

十七日　早课读,午访王伯荃、卢节存,回写家信,并告海秋,见洋兵在街游行。

十八日　早课读,午阅英文,偕小儿出门,闻袁总统不南行,在京组织政府。

十九日　同上,覆曾汝长一函。

二十日　早课读,午阅英文,接商藻亭、王甥衍华来函。

二十一日　早课读,午习英文,覆商藻亭、王甥函,晚偕小儿出门一行。

二十二日　早课读,午习英文,是日三时,袁总统受任,所定礼节,皆行鞠躬礼,誓辞谨守宪法,巩固国基,俟举有总统,再行解职等诏。

二十三日　早课读,午看洋文,寄海秋信,并报纸。

二十四日　早课读,午看洋文,偕小儿出门。

二十五日　早课读,午看洋文,作函寄陈敦甫、罗于珍。

二十六日　早课读,午阅英文,阅报知唐绍仪为国务总理,其国务员因南京政府略有更改,尚未发表云。

二十七日　早课读,午到前门大街琉璃厂各地一行,闻广东兵变,城东南隅受害甚巨云。

二十八日　早课读,午习洋文。

二十九日　同上,接海秋十七日来函。

三十日　早课读,午阅洋文,并偕小儿出门。

二月初一日　早课读,阅洋文,午访汪升远谷扬。

初二日　早课读,竟日大风未出门,何伍喜到坐,阅英文。

初三日　早课读,午游土地庙,回看书报。

初四日　早课读,午看书,到戴子直处一谈。

初五日　早课读,午看书报,寄溥良暨海秋函。

初六日　早课读,午习洋文。

初七日　早游小巾,课儿读书,午习洋文,商藻亭到坐,晚接溥良偲暨焕文同年来函,均即覆。

初八日　早课读,午阅洋文,黎潞苑来谈。

初九日　早课读,午访李柳溪、商藻亭、张钦五、崔彬葵、潘小亭。

初十日　早课读,午访黎潞苑未晤,顺往琉璃厂一行。

十一日　早访徐李隆同年,午后阅西文,张钦五到谈。

十二日　早课读,午访林兰庄、胡冕襄,回阅西文。

十三日　早课读,午后偕小儿游土地庙,晚寄仰山一函,是日国务总长发表。

(阳历四月一号)①　十四日　早课读,午剪去发辫,小儿亦命之

---

① 日记从民国元年(1912)开始兼注公元阳历,因民国建立后官方以公元纪年。

剪矣。时势所趋,几有不能独异之势,故决意剪去,免受他人指摘也。

（阳历四月二号） 十五日　早课读,午访谈瀛客同年,何兰恺前辈,因已颁行阳历,故上用之以便记忆。

三号　十六日　早课读,午访梁伯尹。

四号　十七日　早课读,午到黎露苑处坐。

五号　十八日　早课读,午阅英文,偕小儿出门,晚作函寄海秋。

六号　十九日　早课读,午范俊丞到访,即日回候,因渠明日便返鲁也。往东城买豆浆,到戴子直处,借英文小说二本。

七号　二十日　早课读,午阅英文,胡蓉第到谈。

八号　二十一日　早课读,午阅洋文,暨粤报,接海秋溥良来函,请韩大夫为新女种痘。

九号　二十二日　早课读,午习洋文。

十号　二十三日　早课读,午阅洋文。

十一号　二十四日　早课读,午习英文,偕莱儿出门。

十二号　二十五日　早课读,午阅洋文,到香厂一行,寄溥侄,焕文函。

十三号　二十六日　早课读,午阅洋文。

十四号　二十七日　早课读,午到前门买什物,回往戴子直处坐。

十五号　二十八日　早课读,午阅洋文。

十六号　二十九日　早课读,午徐寿芝昆仲到谈,往前门一行。

十七号　三月初一日　早课读,午访梁伯尹、关均笙。

十八号　初二日　早课读,午接仰山来函,即日覆,阅粤报。

十九号　初三日　早课读,午阅洋文,回候徐寿芝。

二十号　初四日　早课读,午习洋文,何兰恺、梁觉民元任到会。

二十一号　初五日　早课读,到徐寿芝处坐,同往冯雨田家拈香,午阅西文,寄陈简始一函。

二十二号　　初六日　　早课读,往东城访友未遇,午阅西文,是日国务院成立。

二十三号　　初七日　　早课读,午访徐齐仲未遇,回候梁元任。

二十四号　　初八日　　早课读,午阅洋文。

二十五号　　初九日　　早课读,午访陈塾孙,胡子贤,晚王伯荃到谈,寄家书。

二十六号　　初十日　　早课读,午习西文。

二十七号　　十一日　　早课读,午访吴达臣同年,戴子直世兄,接海秋寄来粤报一束。

二十八号　　十二日　　早课读,午胡云程莘耕到会,到阿简臣、徐季龙、金菊孙各同年处一谈,接溥偼来函,寄海秋一信。

二十九号　　十三日　　早课读,午到胡子贤处谈,顾仰山同年由沪返京,充参议员到会,是日参议院开院。

三十号　　十四日　　早课读,午阅西文,晚回候仰山,接海秋来函。

五月初一　　十五日　　早课读,访金兆丰雪孙,午看报,并出门步行。

初二　　十六日　　早课读,午阅洋文,晚到仰山处谈。

初三　　十七日　　同上。

初四　　十八日　　早课读,午到梁伯尹处一谈,夜访陈庆佑塾孙。

初五　　十九日　　早拜奎秀实之、文斌伯英,午同赖丰甫到陈列所茗谈,良久始回。

初六　　二十日　　早课读,午阅洋文。

初七　　二十一日　　早课读,午阅洋文,偕小儿出广安门外一行。

初八　　二十二日　　早课读,午到香厂一游,陈公辅到访,晚到仰山处谈。

初九　　二十三日　　早课读,午阅粤报,习西文。

初十　　二十四日　　早课读,午习英文。

十一号　　二十五日　　早萧新之同年到谈,课儿读书习算,午访关均笙同年,并阅洋文数段,晚回候萧新之。

十二号　二十六日　早课读,午金兆丰雪孙,王大钧伯荃,陈庆佑公辅到谈,阅西文。

十三号　二十七日　早课读,午阅洋文。

十四号　二十八日　早课读,午阅洋文,萧新之顾仰山到谈,晚送行何医生回国。

十五号　二十九日　早访崇岱镇东,徐巽齐仲,俱未晤,访朱汝珍聘三,谈稍久,午课读,粤报寄到,翻阅一周。

十六号　三十日　早课读,午访萧新之、徐寿芝。

十七号　四月初一日　早课读,午习西文。

十八号　初二日　早课读,午崔凤池到坐,访萧新之、金雪孙未遇。

十九号　初三日　早课读,午阅西文,偕小儿到土地庙一逛,晚谒徐花农师。

二十号　初四日　早课读,午访黎潞苑,代新之写大字数纸,寄溥侄函。

二十一号　初五日　早课读,午阅报,出门一行,徐花农回候。

二十二号　初六日　早课读,午访何启椿寿芬、刘敦谨厚之一谈。

二十三号　初七日　早课读,午偕小儿到前门。

二十四号　初八日　早课读,午阅西文。

二十五号　初九日　同上,王寿彭次篯到谈。

二十六号　初十日　早课读,午到粤东学堂,回偕小儿游陈列所。

二十七号　十一日　早课读,午回候王次篯,并到银行学堂听演讲。

二十八号　十二日　早课读,午习西文,作函覆杨次典。

二十九号　十三日　早访梁士诒燕孙,回课读,午习西文,去学堂听演说,寄海秋一函。

三十号　十四日　早课读,午阅西文一段。

三十一号　十五日　早候梁燕孙一谈,午出街买布,致陈简始一函。

六月一号　十六日　早访顾仰山同年一谈,午阅西文,晚访徐寿芝。

二号　十七日　早到教育会,午徐寿芝到谈。

三号　十八日　早课读,午阅西文,陈公辅到谈。

四号　十九日　同上。

五号　二十日　早课读,午臧宝臣到谈,知粤省谣言尚多,未能平靖,真可叹也。家中寄来丸药,已转交顾仰山矣。午后作函覆五哥、十二弟,暨溥佺。

六号　二十一日　早课读,午阅西文,陈公辅到谈,接溥佺来函。

七号　二十二日　早课读,午偕内子游农事试验场,衷佑卿到访。

八号　二十三日　早课读,午阅西文。

九号　二十四日　星期,早课读,午到东直北门回候臧宝臣,即带丸药者,复到仰山处谈,因大雨,夜深始归。

十号　二十五日　早课读,午阅西文,晚访陈公辅、萧新之。

十一号　二十六日　早课读,午阅西文,晚回候衷佑卿,接柳小川来函。

十二号　二十七日　早课读,寄商云亭函,并覆小川,午阅报,访黎潞苑未遇。

十三号　二十八日　早课读,午阅报,出街一行。

十四号　二十九日　早课读,午阅西文,晚到黎潞苑处一谈,接内弟函,知岳父于十八日丑刻仙游,不禁感泣也,亟作书以慰之。

十五号　五月初一日　早课读,午阅西文,晚访温毅夫未晤,寄溥佺函。

十六号　初二日　早课读,午访仰山一谈。

十七号　　初三日　早课读,午王伯荃、史劼黼到谈。

十八号　　初四日　早课读,午作书寄海秋,阅西文一段。

十九号　　初五日　早课读,午阅西文,闻总理唐绍仪去津。

二十号　　初六日　同上。

二十一号　　初七日　早课读,午到顺德馆,与胡子贤、卢秩存一谈。

二十二号　　初八日　早课读,午访顾仰山同年,接云亭一函。

二十三号　　初九日　早课读,午王伯荃、吴达臣到会。

二十四号　　初十日　早课读,午阅西文,覆云亭、徐寿芝到谈。

二十五号　　十一日　早课读,午访胡子贤、徐寿芝,寄赖焕文信,催其来京也。

二十六号　　十二日　早访邵章伯絅同年,回课读,午阅西文,晚偕小儿去英文义塾学英语,接海秋来函。

二十七号　　十三日　早课读,午阅西文,袁励准珏生到会。

二十八号　　十四日　早课读,午袁珏生、王伯荃、史劼黼、张钦五到谈。

二十九号　　十五日　早课读,阅西文,午访顾仰山一谈。

三十号　　十六日　早课读,午吴达臣到会,接陈简始来函。

七月一号　　十七日　早课读,午阅西文,到戴子直处坐。

七月二号　　十八日　早起送赖丰甫回粤,课新儿读书,午阅报,检点什物,接柳小川来书,寄溥侄一函。

七月三号　　十九日　早起课读,午后到仰山处谈,陈公辅迁来同住。

七月四号　　二十日　早课读,午阅西文,内阁总理任陆增祥接理。

五号　　二十一日　是日为余生辰,光阴荏苒,马齿加增,顾后瞻前,时深怅感。课儿读后阅粤报,竟日因大雨未能出门也,晚寄海秋、小川各一函。

六号　二十二日　早课读,午到袁珏生处谈。

七号　二十三日　早课读,午到朱聘三处谈。

八号　二十四日　早课读,午与陈公辅一谈,写扇面。

九号　二十五日　早课读,午到梁伯尹寓坐,晚访秦曾潞。

十号　二十六日　早课读,午阅西文。

十一号　二十七日　早课读,午阅西文。

十二号　二十八日　早到东城拜客,午课读,写小楷百字。

十三号　二十九日　早课读,午袁珏生、顾仰山、王伯荃到谈。

十四号　六月初一日　星期,早课读,午恩星五、邵伯絅到会。

十五号　初二日　早课读,午袁珏生、王伯荃、秦杏衢到会。

十六号　初三日　早课读,午阅西文。

十七号　初四日　同上,寄海秋、溥良各一函。

十八号　初五日　早课读,午秦杏衢到会接焕文来信即覆。

十九号　初六日　早课读,午到袁珏生处谈,闻总理拟出第二次国务员参议院,全未通过,新总理又有去志云。

二十号　初七日　早课读,午阅书报。

二十一号　初八日　星期,竟日雨,约客未到。早课读,午阅报。

二十二号　初九日　早课读,午阅英文,连日大雨,未能出门,颇为闷闷。

二十三号　初十日　早课读,午阅英文,早仍有雨,午后晴。

二十四号　十一日　早课读,柳小川由青岛回京到谈,午王伯荃、顾仰山、秦杏衢到会。

二十五号　十二日　早课读,萧新之到谈,午阅西文。

二十六号　十三日　早课读,午阅西文,朱聘三到谈,晚访顾仰山,新国务员闻通过五员。

二十七号　十四日　早课读,午阅西文。

二十八号　十五日　星期,早课读,午到顾仰山处谈。

二十九号　十六日　早课读,午阅报。

三十号　十七日　早课读,午袁珏生、朱楚白、秦杏衢、朱聘三到谈。

三十一号　十八日　早课读,午阅书报,致焕文一函。

八月一号　十九日　早课读,午阅西文。

二号　二十日　早课,读午阅西文,晚谈道隆到谈。

三号　二十一日　阅书报。

四号　二十二日　星期,早课读,午到李在瀛仲洲处谈。

五号　二十三日　早课读,午顾仰山、朱聘三到谈。

六号　二十四日　早课读,午阅书报。

七号　二十五日　早课读,午拜访旧友。

八号　二十六日　早课读,午阅报。

九号　二十七日　早课读,午到东城,拜沈秉堃、恩联、柳宗权。

十号　二十八日　早到东城,午阅书报。

十一号　二十九日　星期,早课读,午顾仰山、李仲洲到谈。

十二号　三十日　早课读,午到广州会馆朱楚白处谈。

十三号　七月初一日　早课读,午朱楚白、朱聘三到会。

十四号　初二日　早课读,午到顾仰山处谈。

十五号　初三日　早课读,午阅西文,寄海秋、溥侄各一函。

十六号　初四日　早课读,午阅书报。

十七号　初五日　早课读,偕小儿到粤东学堂,午往东城拜客,顾仰山到谈。

十八号　初六日　星期,早课读,午访仰山、仲洲一谈。

十九号　初七日　早课读,午阅书报。

二十号　初八日　早课读,午阅书报,晚访顾仰山一谈。

二十号一　初九日　早课读,午朱楚白、朱聘三、秦杏衢到谈,访曾敬贻、张琼。

二十二号　初十日　早课读,午到朱楚白处坐。

二十三号　十一日　早课读,午阅书报。

二十四号　十二日　早课读,午阅英文。

二十五号　十三日　星期,早课读,午到梁叔琼、廷槐处坐。

二十六号　十四日　早阅报,午到朱楚白处谈。

二十七号　十五日　早谒沈幼岚,并访文伯英,午阅书报,晚到南海馆一谈。

二十八号　十六日　早阅报,午写字。

二十九号　十七日　早阅英文,午朱聘三、秦杏衢到谈。

三十号　十八日　早阅书报,午胡彤恩慈谱到谈。

三十一号　十九日　早阅书报,午访仰山,并到西安小市一行。

九月一号　二十日　星期,早阅书报,午到顾仰山处谈。

二号　二十一日　早阅书报,午同。

三号　二十二日　早阅报,午阅书。

四号　二十三日　早阅英文,午阅书报。

五号　二十四日　早阅书报,午到朱楚白处谈,寄海秋一函。

六号　二十五日　早访曾敬贻一谈,午阅书报。

七号　二十六日　早阅英文,午访朱楚白。

八号　二十七日　星期,早阅报,午习英文,内人生日。

九号　二十八日　阅书报。

十号　二十九日　同上。

十一号　八月初一日　早阅英文,午顾仰山到谈。

十二号　初二日　早到前门买物件,午阅书、习字,偕小儿游小市。

十三号　初三日　早阅书报,午朱聘三到谈,偕内子到前门镶牙。

十四号　初四日　阅书报。

十五号　初五日　星期,早阅英文,午到朱聘三处谈。

十六号　初六日　早阅书,午访萧新之。

十七号　初七日　阅书报,覆杨竹川函。

十八号　初八日　同上。

十九号　初九日　早迁前进居住,午收拾物件。

二十号　初十日　阅书报,婢女朱采芹出嫁。

二十一号　十一日　阅书报。

二十二号　十二日　星期,早到朱聘三处,谈竟日。

二十三号　十三日　阅书报,寄溥侄函,午写字。

二十四号　十四日　早访袁珏生,午往东城。

二十五号　十五日　早阅书报,午到南海馆梁叔琼处谈。

二十六号　十六日　早访文斌,并谒贡桑诺尔布郡王,未晤,午后到梁典五处谈。

二十七号　十七日　早阅书报。

二十八号　十八日　早阅报,午到前山。

二十九号　十九日　星期,早阅西文,午顾仰山、朱聘三到会。

三十号　二十日　早谒贡邸,午阅书报,晚到广州馆。

十月一号　二十一日　早阅英文,午习字,致潘海秋一函。

二号　二十二日　阅书报。

三号　二十三日　早阅书报,午到广州馆。

四号　二十四日　同上。

五号　二十五日　阅书报,习苏字。

六号　二十六日　早阅书,午访萧新之,晚赴徐花农之约。

七号　二十七日　阅书报。

八号　二十八日　同上。

九号　二十九日　阅书报,晚到广州馆。

十号　九月初一日　早偕小儿游琉璃厂,观共和纪念大会,午到广州馆朱楚白处一谈。

十一号　初二日　阅书报。

十二号　初三日　早阅报,午往天坛一游,晚访仰山未遇。

十三号　初四日　星期,早谒沈幼岚,并访文伯英、元端甫,午同梁叔琼到粤东馆一谈。

十四号　初五日　早午阅书报,晚陈泰谦君让来学汉文,陈君医学毕业,现充禁卫军医官长,自云汉文太浅,愿来学以期深造,亦有志之士也。

十五号　初六日　阅书报,陈君来听讲古文,寄溥侄函。

十六号　初七日　早阅书报,午访何简臣,顾仰山未遇。

十七号　初八日　早阅报,午访黎潞苑,晚陈君来谈。

十八号　初九日　早阅书报,晚到广州馆一谈。

十九号　初十日　早访伯英、端甫,午到仰山处一谈。

二十号　十一日　星期,早作五言诗四首,午阅书报。

二十一号　十二日　阅书报,晚陈君到谈。

二十二号　十三日　早阅书报,午写诗二首,晚陈君让来习古文。

二十三号　十四日　阅书报。

二十四号　十五日　同上,晚陈君到谈,寄何剑吾、溥侄各一函,晚陈君到谈。

二十五号　十六日　早阅报,午出门买物件,晚到伍文祥处谈。

二十六号　十七日　阅书报,晚讲古文一篇。

二十七号　十八日　星期,早阅报,午偕内子游农事试验场。

二十八号　十九日　阅书报,萧新之到谈,晚讲左文襄书牍。

二十九号　二十日　早阅报,午访仰山,寄潘海秋书。

三十号　二十一日　早访文伯英,午阅书报。

三十一号　二十二日　阅书报午讲古文。

十一月一号　二十三日　阅书报,寄杨竹川一函。

二号　二十四日　阅书报,午访顾仰山。

三号　二十五日　星期,早阅书报,午顾仰山、萧新之到谈。

四号　二十六日　阅书报。

五号　二十七日　阅书报,写联对。

六号　二十八日　早阅报,午访黎露苑,托带奠仪五十元交海秋。

七号　二十九日　阅书报,寄海秋一函。

八号　三十日　阅书报,写草书两纸。

九号　十月初一日　阅书报,午访晏孝儒云卿。

十号　初二日　星期,早习帖百字,午到晏云卿、萧新之两处一谈。

十一号　初三日　早阅书报,午到晏云卿处谈。

十二号　初四日　早阅报,午出前门买什物,接海秋来函。

十三号　初五日　阅书报,晚访梁典午。

十四号　初六日　阅书报。

十五号　初七日　阅书报,晚萧新之、晏云卿、梁叔琼到谈。

十六号　初八日　早习帖,午阅书报,覆杨竹川一函,接溥偮来信。

十七号　初九日　星期,早阅书报,午顾仰山、萧新之到谈。

十八号　初十日　阅书报。

十九号　十一日　早习帖,午访黎露苑。

二十号　十二日　阅书报,午到陈列所一游,晚访萧新之。

二十一号　十三日　阅书报,晚陈君让来谈。

二十二号　十四日　阅书报,晚到朱楚白处坐。

二十三号　十五日　阅书报。

二十四号　十六日　星期,早阅报,柏峻三到坐,午访李在瀛仲洲。

二十五号　十七日　阅书报,午杨建林灌滨到谈。

二十六号　十八日　阅书报。

二十七号　十九日　先父祭辰阅书报午访柏峻三、杨灌滨寄溥倳一函。

二十八号　二十日　阅书报,午朱楚白到谈。

二十九号　二十一日　早阅书报,午到广州馆。

三十号　二十二日　阅书报。

十二月一号　二十三日　先母仙游三年祭日,拜后到顾仰山处谈。

二号　二十四日　早阅书报,午到前门买物件。

三号　二十五日　早阅书报,午后接蒙藏局知会,编辑《白话报》,即日到馆。

四号　二十六日　早到蒙藏局《白话报》处,晚回。

五号　二十七日　同上。

六号　二十八日　早到报馆,晚访李仲洲一谈。

七号　二十九日　早阅报,午到馆。

八号　三十日　早阅报,午晏云卿、朱楚白到谈。

九号　十一月初一日　早到馆,作小说一篇。

十号　初二日　早到馆。

十一号　初三日　早谒李仲轩经义,并到馆,寄海秋一函。

十二号　初四日　到馆作杂俎一篇,晚陈君让来听讲。

十三号　初五日　到馆,接溥倳来函。

十四号　初六日　早杨竹川来京一谈,到报馆,作杂俎一篇。

十五号　初七日　早陈君让来听讲,午访何兰恺、顾仰山。

十六号　初八日　早起,到馆,晚回作杂俎一篇。

十七号　初九日　同上,寄溥倳一函。

十八号　初十日　同上。

十九号　十一日　早起阅报,午到馆。

二十号　十二日　早起到馆,下午回。

二十一号　十三日　早阅报,饭后到馆。

二十二号　十四日　星期,陈君来谈,午到顾仰山处坐。

二十三号　十五日　早阅报,午到馆。

二十四号　十六日　早到馆。

二十五号　十七日　早到馆,晚到京汉铁路局梁叔琼处坐。

二十六号　十八日　早到馆,作小说一篇。

二十七号　十九日　同上。

二十八号　二十日　早到馆,作论说一篇。

二十九号　二十一日　星期,午后李仲洲、顾仰山到谈。

三十号　二十二日　早到馆,晚陈君让到听讲。

三十一号　二十三日　早到馆,午后到李仲洲处谈。

民国二年正月一号　二十四日　今日为南京政府设立纪念日,又系新年日,署局所俱放假三天,午偕小儿出门游玩。

二号　二十五日　早起阅粤报,午后访阿简臣、王伯荃。

三号　二十六日　到李仲洲处一谈。

四号　二十七日　早到报馆。

五号　二十八日　星期,早阅报,午到前门买物件。

六号　二十九日　到馆。

七号　腊月初一日　到馆。

八号　初二日　早访龚黼屏,到馆。

九号　初三日　早到馆,寄潘海秋、舍侄溥良各一函。

十号　初四日　到馆,晚到李仲洲处谈。

十一号　初五日　到馆,作小说一篇。

十二号　初六日　星期,午到李仲洲处谈良久。

十三号　初七日　到馆。

十四号　初八日　早阅报，午访薛仪卿，并到李仲洲处谈。

十五号　初九日　到馆。

十六号　初十日　到馆，访陈笃初、顾仲平未遇。

十七号　十一日　到馆。

十八号　十二日　到馆，晚赴龚铭凤、关元章约。

十九号　十三日　星期，午到广州馆一坐，伍少云处一谈。

二十号　十四日　到馆。

二十一号　十五日　到馆。

二十二号　十六日　到馆，寄海秋一函。

二十三号　十七日　到馆，晚访刘敦谨，未遇。

二十四号　十八日　到馆，赴检查厅请领律师证书，并听审判。

二十五号　十九日　同上。

二十六号　二十日　星期，到广州馆一谈。

二十七号　二十一日　到馆。

二十八号　二十二日　同上。

二十九号　二十三日　同上。

三十号　二十四日　早徐寿芝到谈，到馆后作论说一篇。

三十一号　二十五日　到馆。

二月一号　二十六日　同上。

二号　二十七日　星期，同上，访文伯英未遇。

三号　二十八日　同上。

四号　二十九日　在家，作小说一篇。

五号　三十日　与家人团年，仍寻旧例也。

民国二年(1913)癸丑日记

六号　癸丑正月初一日　早祝年,后访顾仰山未遇。

七号　初二日　到馆。

八号　初三日　访聂文逊,畅谈竟日。

九号　初四日　星期,到广州馆。

十号　初五日　到馆。

十一号　初六日　同上。

十二号　初七日　同上,接伯英来函,属充蒙藏学校教务兼学监。

十三号　初八日　到馆。

十四号　初九日　同上,访达寿,蒙藏学校校长也,谈后到馆。

十五号　初十日　到馆作论说。

十六号　十一日　星期,写海秋、溥良信各一封,即饬寄去。

十七号　十二日　到馆。

十八号　十三日　到馆,晚访萧新之。

十九号　十四日　午游厂甸。

二十号　十五日　到馆作杂俎。

二十一号　十六日　到馆。

二十二号　十七日　同上。

二十三号　十八日　星期。

二十四号　十九日　早达弟一到,商请教习事,午到馆。

二十五号　二十日　早往刘敦谨家题主,午到馆。

二十六号　二十一日　到馆,晚在生和泰号一谈。

二十七号　二十二日　到馆,访张允同律师一谈。

二十八号　二十三日　早写登录,到审判厅登录呈,午到馆。

三月一号　二十四日　到馆。

二号　二十五日　星期,觅房屋一所,拟另搬迁。

三号　二十六日　到馆。

四号　二十七日　早访耿梦蘧,午到聚盛源一谈。

五号　二十八日　早写信,午到蒙藏学校会议。

六号　二十九日　到馆,访李仲洲。

七号　三十日　早寄海秋、溥侹信,午到馆。

八号　二月初一日　到学堂会议。

九号　初二日　星期。

十号　初三日　到馆,晚访萧新之。

十一号　初四日　早萧新之到谈,午到学堂会议。

十二号　初五日　早邓国恩到谈,午到馆,晚访刘厚之一谈。

十三号　初六日　午到馆,作论一篇,寄溥侹函。

十四号　初七日　午到学校会议。

十五号　初八日　午到报馆。

十六号　初九日　星期,到广州馆一谈。

十七号　初十日　到学校会议。

十八号　十一日　到馆。

十九号　十二日　到学校,拟就律师决定开业。

二十号　十三日　到馆。

二十一号　十四日　同上。

二十二号　十五日　到蒙藏学校办事。

二十三号　十六日　偕内子游三海,晚赴薛仪卿约。

二十四号　十七日　到馆。

二十五号　十八日　到蒙藏学校。

二十六号　十九日　往各审判检察厅报告,设律师事务所,并入律师公会,午到报馆。

二十七号　二十日　到蒙藏学校。

二十八号　二十一日　到报馆,作杂俎一篇。

二十九号　二十二日　到蒙藏学校。

三十号　二十三日　早邓小昊、陈沂卿到谈,午到律师公会投票,晚赴天乐园听戏。

三十一号　二十四日　早到校,午到馆。

四月一号　二十五日　午后到报馆。

二号　二十六日　同上。

三号　二十七日　午后到校会议。

四号　二十八日　午后到馆。

五号　二十九日　同上。

六号　三十日　星期,到广州馆一谈。

七号　三月初一日　到馆。

八号　初二日　到校。

九号　初三日　到报馆。

十号　初四日　蒙藏学校行始业式。

十一号　初五日　到报馆。

十二号　初六日　早到校。

十三号　初七日　星期,到广州馆一坐。

十四号　初八日　早到校,午到馆,是日参议众议两院开幕。

十五号　初九日　同上,寄海秋赙款。

十六号　初十日　同上。

十七号　十一日　早到校,晚到广州馆伍少云处谈。

十八号　十二日　早到校,晚到新会馆谈。

十九号　十三日　早到校,杨鹤俦到谭,午到馆,作论说一篇。

二十号　十四日　星期,聂达之、张逢伯到谈。

二十一号　十五日　早到校。

二十二号　十六日　早到校,午到报馆。

二十三号　十七日　早到校,午到馆。

二十四号　十八日　到校。

二十五号　十九日　同上,律师开始营业。

二十六号　二十日　到校,午到馆,寄溥侄、海秋各一函。

二十七号　二十一日　星期,唐伯琛、杨雪松、吴秀林到谈。

二十八号　二十二日　早到校,晚回。

二十九号　二十三日　早到校,午到馆。

三十号　二十四日　同上。

五月一号　二十五日　同上。

二号　二十六日　到校。

三号　二十七日　早到校,午到馆。

四号　二十八日　星期,秦杏衢、王伯荃、吴秀林到谈,接海秋来信。

五号　二十九日　到学校。

六号　四月初一日　到校。

七号　初二日　早到馆,到校。

八号　初三日　同上,寄溥侄一函。

九号　初四日　到校,作小说、杂俎各一篇。

十号　初五日　到报馆,晚到广州馆一谈。

十一号　初六日　星期,到馆,午到校。

十二号　初七日　到馆,到校。

十三号　初八日　同上,晚约龚铭凤、陈纪、杨耿汉到谈。

十四号　初九日　到校。

十五号　初十日　早到校,并到馆。

十六号　十一日　到校。

十七号　十二日　早到校,并到馆。晚张逢伯、秦杏衢、吴秀林到谈。

十八号　十三日　星期,午到广州馆。

十九号　十四日　早到蒙藏局,办报处,并到学校。

二十号　十五日　到蒙藏学校,晚接海秋来函,惊悉岳母于初八日二点钟病故,曷胜哀感。

二十一号　十六日　到学校,覆唁海秋。

二十二号　十七日　到报馆,并到校。

二十三号　十八日　同上。

二十四号　十九日　早到天坛,观联合运动会,柳小川表弟来谈,饭后到学校。

二十五号　二十日　星期,早到校,并到报馆。

二十六号　二十一日　到校。

二十七号　二十二日　到学校。

二十八号　二十三日　到学校,兼到报馆,寄海秋洋银五十元,汇费二元。

二十九号　二十四日　同上,晚杨雪松、秦杏衢到谈。

三十号　二十五日　同上。

三十一号　二十六日　到学校。

六月一号　二十七日　星期,偕内子等游农事试验场,接海秋来电。

二号　二十八日　到蒙藏报馆,并到学校。

三号　二十九日　同上。

四号　三十日　到报馆,作论说一篇。

五号　五月初一日　到蒙藏学校。

六号　初二日　早到报馆,晚到香山馆一谈。

七号　初三日　到蒙藏报馆,午到学校。

八号　初四日　竟日下雨,未出门,作小说、杂俎各一篇。

九号　初五日　到报馆。

十号　初六日　到报馆,并到学校。

十一号　初七日　同上。

十二号　初八日　到学校。

十三号　初九日　到报馆,作论说、杂俎一篇。

十四号　初十日　到学校,接营口潘玉田来信一封。

十五号　十一日　星期,邓小昊到谈。

十六号　十二日　到学校。

十七号　十三日　同上,覆潘玉田函,晚戴子直、秦杏衢来谈。

十八号　十四日　到学校,曾思远回京到座。

十九号　十五日　到学校,午到报馆,寄溥侄一函。

二十号　十六日　到学校。

二十一号　十七日　到学校。

二十二号　十八日　星期,杨雪松、聂达之到谈。

二十三号　十九日　学校放暑假,早到报馆。

二十四号　二十日　到学校会议。

二十五号　二十一日　为余生辰,午到学校。

二十六号　二十二日　早到报馆。

二十七号　二十三日　到学校会议。

二十八号　二十四日　到报馆。

二十九号　二十五日　星期,戴子直来托办追讨债务一案。

三十号　二十六日　到学校,后到地方审判厅递委任状,午后一时出庭一次。

七月一号　二十七日　到报馆。

二号　二十八日　到学校,午后戴子直来托办第二案。

三号　二十九日　到报馆。

四号　六月初一日　到学校。

五号　初二日　到报馆。

六号　初三日　星期,赴律师公会议事。

七号　初四日　早到地方审判厅出庭,午后到学校,并到仲洲处谈。

八号　初五日　到报馆,接海秋来函。

九号　初六日　到学校,偕小儿小女去照相。

十号　初七日　到报馆,午后访萧新之。

十一号　初八日　大雨竟日,未出门,作论说、小说、杂俎各一篇。

十二号　初九日　在家阅《法学全书》,寄海秋、溥良相片各一张。

十三号　初十日　星期,阅《法学全书》。

十四号　十一日　早到报馆,并到学校,访杨雪松。

十五号　十二日　到蒙校,阅报,知湖口为李烈钧所占,南北战事又起矣。

十六号　十三日　到报馆。

十七号　十四日　到学校,南京独立,程德全赴沪。

十八号　十五日　到报馆,闻广东宣布独立。

十九号　十六日　到学校。

二十号　十七日　星期,午偕内子到致美斋一酌。

二十一号　十八日　到报馆。

二十二号　十九日　到学校。

二十三号　二十日　到报馆。

二十四号　二十一日　到学校。

二十五号　二十二日　到报馆,寄海秋、溥良各一函。

二十六号　二十三日　到学校,晚到广州馆一谭。

二十七号　二十四日　星期,闻南方兵士连攻上海制造局,被北军击退,接海秋来函。

二十八号　二十五日　到报馆,并到学校。

二十九号　二十六日　在家,阅《法学全书》。

三十号　二十七日　到报馆。

三十一号　二十八日　访陈笃初一谈,接海秋来函。

八月一号　二十九日　阅《法学全书》,闻南京取消独立,黄兴赴沪。

二号　七月初一日　到报馆。

三号　初二日　星期,竟日大雨,吴宗远到谈。

四号　初三日　到学校,闻湖南独立。

五号　初四日　到报馆。

六号　初五日　到学校,闻广东军事交战,已取消独立矣。商云亭来谈。

七号　初六日　到报馆,回候商云亭。

八号　初七日　到学校,往谒陈简墀,并访张小棠屏。

九号　初八日　到报馆,闻重庆独立。

十号　初九日　星期,商云亭来谭,晚访萧新之。

十一号　初十日　到学校。

十二号　十一日　到学校。

十三号　十二日　到报馆,作论说、小说各一篇。

十四号　十三日　早偕小女到葛大夫处诊视,午后作杂俎一篇。

十五号　十四日　早到报馆,并到校,访顾仰山。

十六号　十五日　阅报知广东龙军与陆军激战,损害甚大,不禁惦念。午后汪震东约饮泰丰楼。

十七号　十六日　星期,闻湖南独立之说不确。今日并有命令,饬湖南都督派兵往剿重庆叛军矣。接海秋来函,已迁港寓数日云。

十八号　十七日　到学校。

十九号 十八日 到报馆,闻龙都督已抵粤垣接任,人心大定云。

二十号 十九日 在家看《法学全书》。

二十一号 二十日 到学校,是日暑假已满,复上课矣。

二十二号 二十一日 到校,并到报馆。

二十三号 二十二日 到校,闻官军克复南昌。

二十四号 二十三日 星期,访萧新之。

二十五号 二十四日 到校,并到报馆。

二十六号 二十五日 到学校。

二十七号 二十六日 到校,并到报馆。

二十八号 二十七日 到学校。

二十九号 二十八日 到学校,萧新之到谈。

三十号 二十九日 到校,并到报馆。

三十一号 三十日 星期,早逛小市,寄溥侄、海秋各一函。

九月一号 八月初一日 早到学校。

二号 初二日 到校,并到报馆。

三号 初三日 到校,杨竹川到谈。

四号 初四日 到校,午后到报馆。

五号 初五日 到校,午后到劝业场小有天一叙,并约文伯英、黄伯宾、杨竹川同临畅谈。

六号 初六日 到校,午后到报馆。

七号 初七日 星期,早逛小市,张远村来坐谈甚久。

八号 初八日 早到校,晚到报馆,接溥侄来函。

九号 初九日 到校,并到报馆,晚杨竹川约饮。

十号 初十日 到校,午后访张远村,暨杨竹川。

十一号 十一日 到校,午到报馆。

十二号 十二日 到校。

十三号　十三日　到校,午到报馆,晚到龚镜清处谈。

十四号　十四日　星期。

十五号　十五日　早到校。

十六号　十六日　到校,午后到报馆。

十七号　十七日　到校,午到审判厅。

十八号　十八日　到校,午后到报馆顾仰山到谈。

十九号　十九日　到校。

二十号　二十日　到校,午后到报馆,访杨竹川、顾仰山。

二十一号　二十一日　星期。

二十二号　二十二日　早到校。

二十三号　二十三日　到校,午后到报馆,顾仰山到访。

二十四号　二十四日　到校。

二十五号　二十五日　到校,午后到报馆。

二十六号　二十六日　到校,午后到报馆,晚耿汉约饮。

二十七号　二十七日　孔子圣节,早到校行礼,晚访萧新之一谈。

二十八号　二十八日　星期。

二十九号　二十九日　到校午后到馆。

三十号　九月初一日　到校。

十月一号　初二日　到校。

二号　初三日　到校,并访侯延爽,午后到报馆。

三号　初四日　到校。

四号　初五日　到校,午到地方审判厅。

五号　初六日　星期,柳小川到谈,午到律师公会,周树基到访。

六号　初七日　本日八点钟,两院议员在众议院举正式大总统,三次投票以袁世凯占多数,被选。午到学校。

七号　初八日　国会举副总统黎元洪当选,早到学校。

八号　初九日　到校,午后到报馆,学校放假三日,自今日起至十一止。午到李仲洲处谈。

九号　十日　到报馆,国庆纪念,又值大总统就任,各街俱搭彩楼,颇为热闹。大总统到太和殿受职,庆祝员行鞠躬礼,外交团、清室代表俱晋谒,升炮一百零一响。

十号　十一日　今日为大总统受职,误写在上日。

十一号　十二日　早杨竹川到谈,寄潘海秋函。

十二号　十三日　星期,午后偕内子到太保殿一游,回在小有天饭店用膳。

十三号　十四日　早到学校,晚五钟回寓。

十四号　十五日　到学校,午到报馆。

十五号　十六日　到校。

十六号　十七日　早到校,午到报馆。

十七号　十八日　到校。

十八号　十九日　早到校,午到报馆。

十九号　二十日　星期,到广安市场一游,作论说、小说、杂俎各一篇。

二十号　二十一日　到校,午后到报馆。

二十一号　二十二日　到校。

二十二号　二十三日　到校,并到报馆。

二十三号　二十四日　到校。

二十四号　二十五日　到校,并到报馆。

二十五号　二十六日　到校,使女小红被旧用车夫焦头诱拐,可恨已极,已四出访寻矣。

二十六号　二十七日　早到四牌楼,午后到警察厅报案,并饬清华去觅焦头,惟鸿飞冥冥,恐不易弋楼也。

二十七号　二十八日　到校,午后到报馆,晚杨竹川约饮于庆华春馆。

二十八号　二十九日　到校。

二十九号　十月初一日　到校,午到报馆,晚黄恭辅伯宾约饮。

三十号　初二日　到校。

三十一号　初三日　到校,午后回家,候朱作舟来请签合同字。

十一月一号　初四日　到校,并到报馆寄潘海秋、溥良各一函。

二号　初五日　星期,有雨,竟日未出门,阅《法令全书》。

三号　初六日　早到学校,午后到前门。

四号　初七日　早到校,午后到报馆。

五号　初八日　早到校,阅报,知警厅奉总统命令,解散国民党机关,追缴国会国民党议员证书。

六号　初九日　早到校,午后到报馆。

七号　初十日　到校。

八号　十一日　到校,午后到审判厅,夜游前门小市,黄伯宾到谈。

九号　十二日　星期。

十号　十三日　早到校,午后到报馆。

十一号　十四日　到校。

十二号　十五日　早到校,午后到报馆。

十三号　十六日　到校,午后到广州七邑馆,访邓小昊,接海秋寄来先岳遗衣,狐皮袍与岳母狐腿裖各一件,遂函覆谢矣。

十四号　十七日　到校,午后到报馆,作论说、小说各一篇。

十五号　十八日　到校,午后到蒙藏局,并到贡乐亭府行礼。

十六号　十九日　星期,到校偕学生到贡宅行礼,并赴张钦五早约。晚先严祭辰,在家奠祭。

十七号　二十日　到校,午后到报馆,寄溥侄家书。

十八号　二十一日　到校,晚赴区承庆咏笃约。

十九号　二十二日　到校,午后到报馆。

二十号　二十三日　早作杂俎一篇,午后到审判厅,后到学校。

二十一号　二十四日　早到校,午后到审判厅,覆海秋一函。

二十二号　二十五日　早到顾视高家送行,并访黄伯宾,午正到学校,并到报馆。

二十三号　二十六日　星期。

二十四号　二十七日　到校,午后到报馆。

二十五号　二十八日　到校。

二十六号　二十九日　早往后门送殡,午后到校。

二十七号　三十日　早到校。

二十八号　十一月初一日　到校,并到报馆。

二十九号　初二日　到校。

三十号　初三日　星期,早访邓小昊,同看徐宅木器,午后到龙溪会馆与同人商议组织癸甲同学会事。

十二月一号　初四日　到校,午后到报馆。

二号　初五日　到校,黄伯宾到谈。

三号　初六日　到校,午后到报馆。

四号　初七日　到校。

五号　初八日　到校,午后到报馆。

六号　初九日　到校。

七号　初十日　星期,寄溥侄函。

八号　十一日　到校,午后到报馆。

九号　十二日　到校。

十号　十三日　到校,午后到报馆。

十一号　十四日　学校停课。

十二号　十五日　到报馆。

十三号　十六日　作论说一篇。

十四号　十七日　星期,到报馆。

十五号　十八日　学校举行学期试验,到校监考,政治会议开幕。

十六号　十九日　同上。

十七号　二十日　到校,午到报馆。

十八号　二十一日　到校。

十九号　二十二日　到校。

二十号　二十三日　到校,午后到报馆。

二十一号　二十四日　星期。

二十二号　二十五日　作小说、杂俎两篇。

二十三号　二十六日　到报馆,举行周年纪念摄影。

二十四号　二十七日　覆海秋书。

二十五号　二十八日　午后到校,并到报馆。

二十六号　二十九日　因肺热作咳,兼受外感,服药渐好。

二十七号　十二月初一日　病愈而肺热未尽除,再清之。

二十八号　初二日　星期,午后到癸甲同学会开成立会。

二十九号　初三日　到报馆。

三十号　初四日

三十一号　初五日　到报馆,访王伯荃、袁树五,均未晤。

公历一千九百十四年元月一号　初六日　早张钦五同年到谈,午后因风大未出门。

二号　初七日　午后偕小儿游先农坛。

三号　初八日　午后到学校团拜。

四号　初九日　星期,买布帽布靴寄海秋。

五号　初十日　早到学校,因年假已满,复开学也。午后到报馆。

六号　十一日　到学校。

七号　十二日　早到学校,午后到报馆。

八号　十三日　早到校,午后刘嗣伯到访,未遇。

九号　十四日　早到校,午后到报馆,夜回候嗣伯,亦未值。

十号　十五日　到校。

十一号　十六日　星期,午后再访嗣伯,晚赴张钦五之约。

十二号　十七日　到校,午后到报馆。

十三号　十八日　到校。

十四号　十九日　到校,午后到报馆。

十五号　二十日　到校,寄薄侄、海秋各一函。

十六号　二十一日　到校,并到报馆,作论语一篇。

十七号　二十二日　到校。

十八号　二十三日　星期,在家阅法律书籍,晚赴郭琹石约。

十九号　二十四日　到校。

二十号　二十五日　到校,午后到报馆。

二十一号　二十六日　到校。

二十二号　二十七日　到校,并到报馆,作小说杂录。

二十三号　二十八日　到校。

二十四号　二十九日　到校,并到报馆。

二十五号　三十日　星期,在家预备过年事件。

民国三年(1914)甲寅日记

　　二十六号　甲寅正月初一日　元旦,早祭神,柳小川来吃饭,午后偕小儿游香厂。

　　二十七号　初二日　早作家书,午后出门。

　　二十八号　初三日　早曾思远到谈,午去报馆。

　　二十九号　初四日　到大理买判决录。

　　三十号　初五日　午去报馆。

　　三十一号　初六日　在家阅大理院判决录。

　　二月一号　初七日　早约达稚甫、刘嗣伯、张钦五、袁树五、萧新之、夏小琅、曾思远在玉楼春一叙。

　　二号　初八日　午后到报馆。

　　三号　初九日　阅判决录。

　　四号　初十日　到报馆,梁仲铄约饮,寄海秋书籍、京果。

　　五号　十一日　到校。

　　六号　十二日　早到校,午后到报馆。

　　七号　十三日　到校。

　　八号　十四日　星期,往前门买物件。

　　九号　十五日　到校。

　　十号　十六日　早到校,午后到报馆。

　　十一号　十七日　到校。

　　十二号　十八日　国庆纪念,各界休业一天,偕小儿出门游逛。

　　十三号　十九日　到校,午后到报馆,何兰恺、王伯荃到谈。

　　十四号　二十日　到校。

十五号　二十一日　星期。

十六号　二十二日　到校,陈焕章到访。

十七号　二十三日　到校,午后到报馆。

十八号　二十四日　到校,回候陈焕章。

十九号　二十五日　早到校,午回寓。

二十号　二十六日　早到校,午回到报馆。

二十一号　二十七日　到校,晚赴萧新之约。

二十二号　二十八日　星期,午到癸甲同学会,访何兰恺前辈。

二十三号　二十九日　早到校,午后到报馆。

二十四号　三十日　到校。

二十五号　二月初一日　早到校,午到报馆,赴龚镜清约。

二十六号　初二日　到校,晚访王伯荃。

二十七号　初三日　到校。

二十八号　初四日　早到校,午到报馆。

三月一号　初五日　星期,到校,试验预备科学生。

二号　初六日　丁祭,赴孔庙行礼,后到报馆,谢恩隆到谈。是晚内人临产腹痛。

三号　初七日　子时,夜十一钟,生一女,母子平安,甚慰。午后作书三函,寄海秋、溥伫与仲美也。

四号　初八日　早到校,午后到报馆。

五号　初九日　到校。

六号　初十日　早到校,午后到报馆。

七号　十一日　到校。

八号　十二日　星期,午后到校,预备科行始业式。

九号　十三日　到校,午后到报馆,作论说一篇。

十号　十四日　到校,寄海秋一函。小儿士琦入蒙校读书。

十一号　十五日　到校,午后到报馆。

十二号　十六日　到校,下午赴陈昌谟炽生之约。

十三号　十七日　到校,午后到报馆。

十四号　十八日　到校。

十五号　十九日　星期,阅新刑律。

十六号　二十日　内人发热,用补血之剂以治之。

十七号　二十一日　到校,午后到报馆,内人热已退,仍服温补之药。

十八号　二十二日　到校。

十九号　二十三日　到校,午后到报馆。

二十号　二十四日　到校。

二十一号　二十五日　到校,午后到报馆,晚赴李锡之约。

二十二号　二十六日　星期,早到市场。

二十三号　二十七日　到校。

二十四号　二十八日　早到校,午后到报馆。

二十五号　二十九日　到校。

二十六号　三十日　到校,午后到报馆,接溥侄函。

二十七号　三月初一日　到校。

二十八号　初二日　到校,午后到报馆,作书寄吕缉臣、顾仰山。

二十九号　初三日　星期柳小川到谈,张书云同年来商授课事宜,午后游土地庙。

三十号　初四日　到校。

三十一号　初五日　早到校,午后到报馆,访夏瑞庚小琅一谈。

四月一号　初六日　学校自今日起放春假七日。

二号　初七日　到学校,晚夏小琅到谈,马廷亮来坐。

三号　初八日　午回候马廷亮、贾子安、蒋星甫,晚在东兴楼一叙。

四号　初九日

五号　初十日　晚赴马拱宸约。

六号　十一日

七号　十二日

八号　十三日　到校。

九号　十四日　早到校,午后到报馆。

十号　十五日　到校,访曾述启吉生。

十一号　十六日　到校,午后到报馆开茶话会,送别颜绍泽、马吉笙。

十二号　十七日　星期。

十三号　十八日　到校。

十四号　十九日　到校,午后到报馆。

十五号　二十日　到校。

十六号　二十一日　到校,午后到报馆,寄溥侄、海秋各一函。

十七号　二十二日　到校。

十八号　二十三日　到校。

十九号　二十四日　星期,午赴中和园观剧,晚冯润田约饮天福堂,又在又一村公饯颜襌愚、马跻弛两知事。

二十号　二十五日　到校。

二十一号　二十六日　到校。

二十二号　二十七日　到校,午后到报馆。

二十三号　二十八日　到校。

二十四号　二十九日　到校,午后到报馆。

二十五号　四月初一日　到校,曾思远到谈,午后到报馆。

二十六号　初二日　星期,早到陶然亭,癸甲同学会同人藉此地以为雅集之所,午后三钟尽欢而散。

二十七号　初三日　到校。

二十八号　初四日　到校,午后到报馆。

二十九号　初五日　到校。

三十号　初六日　到校，午后到报馆。

五月一号　初七日　到校，寄溥侄、海秋各一函。废除内阁，改总统制。

二号　初八日　到校。

三号　初九日　星期，薛锡之、黄乔生、陈沂卿、龚镜清、耿梦蘧、陈纪扬、邓小昊等来舍一叙。

四号　初十日　到校。

五号　十一日　到校。

六号　十二日　到校，午后到报馆。

七号　十三日　到校，午后到报馆。

八号　十四日　到校。

九号　十五日　到校，午后到报馆。

十号　十六日　星期，早五钟起与郭琴石、樊雨彬、薛保之、黄乔生、陈沂卿暨莱儿游万寿山，三时入城，到畅兴楼一叙。

十一号　十七日　到校。

十二号　十八日　到校，午后到报馆。

十三号　十九日　到校。

十四号　二十日　到校，午到报馆，寄海秋、溥良各一函。

十五号　二十一日　到校。

十六号　二十二日　到校，午后到报馆。

十七号　二十三日　星期，到龚镜清处用饭。

十八号　二十四日　到校。

十九号　二十五日　到校，午后到报馆。

二十号　二十六日　学校放假一日，赴北京教育运动会。

二十一号　二十七日　到学校。

二十二号　二十八日　到学校，午后到报馆，接溥侄来信。

二十三号　二十九日　到学校。

二十四号　三十日　星期,寄顾仰山、吕缉臣各一函。

二十五号　五月初一日　到学校,午后到报馆。

二十六号　初二日　到学校,寄溥侹一函。

二十七号　初三日　到学校,午后到报馆。

二十八号　初四日　到学校。

二十九号　初五日　学校因夏节休息一日,午后去望园一游。

三十号　初六日　到学校,午后到报馆,寄潘海秋一函。

三十一号　初七日　星期。

六月一号　初八日　到学校,午后到报馆。

二号　初九日　到学校。

三号　初十日　到学校,接蒙藏院通知,充办报处总编纂,午后到报馆。

四号　十一日　到学校,接地方审判厅函,指定充刑事被告辩护人,因有事,函厅请延期。

五号　十二日　到学校,午后到报馆。

六号　十三日　到学校,午后到报馆。

七号　十四日　星期。

八号　十五日　到学校,接潘海秋来函。

九号　十六日　到学校,午后到报馆。

十号　十七日　到学校。

十一号　十八日　到学校,午后到报馆。

十二号　十九日　到学校,晤柳小川表弟,谈良久。

十三号　二十日　到学校,午后到报馆,马廷亮拱宸来谈。

十四号　二十一日　星期,为余三十九岁生日,张钦五约饮大梁春饭馆。

十五号　二十二日　到学校,午后到报馆。

十六号　二十三日　到学校。

十七号　二十四日　到学校,午后回候马拱宸与崔永銮,晚到报馆。

十八号　二十五日　到学校。

十九号　二十六日　到学校,午后到报馆。

二十号　二十七日　到学校。

二十一号　二十八日　星期,写联屏六条,寄海秋、溥良函各一件。

二十二号　二十九日　到学校,午后到报馆。

二十三号　闰五月初一日　到学校。

二十四号　初二日　到学校,午后到报馆,接海秋来函。

二十五号　初三日　到学校,作状词一纸。

二十六号　初四日　到学校,午前十钟到报馆。

二十七号　初五日　到学校。

二十八号　初六日　星期,陈君让来谈。

二十九号　初七月　早到报馆,自今日起,学校停课三日。

三十号　初八日　早阅成亲王帖,午后秦杏衢等到谈。

七月一号　初九日　早到报馆,午后寄海秋一函。

二号　初十日　早到校监试学期试验。

三号　十一日　早到校,并到报馆,各省都督裁撤,改称将军。

四号　十二日　早到校。

五号　十三日　星期,早赴达挚甫前辈之约。

六号　十四日　早到校,并到报馆。

七号　十五日　早到校。

八号　十六日　到校,并到报馆,接海秋来函。

九号　十七日　学校自本日起放暑假四十日,早到报馆,午后赴黄希坡处一谈,接仰山覆信。

十号　十八日　午后到学校。

十一号　十九日　到报馆。

十二号　二十日　星期，郑艮孚之、周树基纫秋、吴秀龄等到谈。

十三号　二十一日　午后到学校会议。

十四号　二十二日　下雨未出门。

十五号　二十三日　早到报馆，午到学校，寄潘海秋一函。

十六号　二十四日　临法帖百字，高葆勋到谈。

十七号　二十五日　早临帖，教琦儿习英文，晚回候高明轩。

十八号　二十六日　早到报馆。

十九号　二十七日　星期。

二十号　二十八日　早到报馆，午到学校，晚访夏小琅、陈君让未遇。

二十一号　二十九日　竟日未出门，习法帖百字，阅英文一段。

二十二号　三十日　早到报馆。

二十三号　六月初一日　临成亲王帖。

二十四号　初二日　早到报馆，午到学校，致顾仰山一函。

二十五号　初三日　阅英文。

二十六号　初四日　星期。

二十七号　初五日　到报馆。

二十八号　初六日　到大理院查案，午到学校，施诏文风书由粤来谈。

二十九号　初七日　闻奥地利与塞尔维亚失和，英、俄、德、法、比皆牵动交战。

三十号　初八日　到报馆，午到学校。

三十一号　初九日　到学校。

八月一号　初十日　到报馆。

二号　十一日　星期，作大理院意见书一件，中国宣布中立条例。

三号　十二日　　到学校。

四号　十三日　　到报馆。

五号　十四日　　早到望园一游,午后覆云亭一函。

六号　十五日　　早到报馆,午颜绍泽稚愚约饮。

七号　十六日　　早杨永贞到谈,午到学校。

八号　十七日　　早到报馆,午回,请颜君吃饭,晚郭则沄邵章约饮于醒春居。

九号　十八日　　星期,与陈公辅一谈。

十号　十九日　　到报馆。

十一号　二十日　　与王伯荃,张卿五约郭宗熙、桐白等一叙。

十二号　二十一日　　早到报馆。

十三号　二十二日　　到报馆,并到蒙藏院,因报馆已饬停办矣。

十四号　二十三日　　到报馆,清理各事,午后到学堂会议。

十五号　二十四日　　在家阅书报。

十六号　二十五日　　星期,夏瑞庚同年来约充汉文教习,已婉辞矣。午后柳小川来谭,阅英文一段。

十七号　二十六日　　到学堂,并到报馆。

十八号　二十七日　　访萧新之。

十九号　二十八日　　阅书报,闻日本限德国交青岛归其管理。

二十号　二十九日　　早到后闸哈密馆办报处,顺往金殿勋家一谈。

二十一号　七月初一日　　到学校,寄溥伥、海秋各一函。

二十二号　初二日　　覆王衍华一函,又致吕缉臣信一件。

二十三号　初三日　　星期。

二十四号　初四日　　午到学校,晚与内子到天坛附近看马戏。

二十五号　初五日　　史宝安劫黼到谈,闻日本与德宣战。

二十六号　初六日　　午前十钟,往谒陆润庠凤石师,午后到学校,回候史劼黼。晚于君彦幼芗到谈。

二十七号　初七日　回候于幼乡,致范俊丞、杨竹川各一函。

二十八号　初八日　学校暑假已满,本日上课,早到校。

二十九号　初九日　到校。

三十号　初十日　星期,午前赴癸甲同学会。

三十一号　十一日　早到学校,并到报馆一视。

九月一号　十二日　早到学校。

二号　十三日　到学校。

三号　十四日　到学校闻日兵由龙口登陆,攻青岛。

四号　十五日　到学校。

五号　十六日　到校。

六号　十七日　早访陈德昌、杨津一谈,并候黄恭辅,午后赴萧新之、达智甫之约。

七号　十八日　到校。

八号　十九日　到校,接商云亭函,知已迁往青州,因青岛战事甚急也。午覆函,劝其来京住矣。

九号　二十日　到校。

十号　二十一日　到校,午后到贡乐亭总裁府祝寿。

十一号　二十二日　到校,接海秋来函。

十二号　二十三日　到校,午赴周树基纫秋之约。

十三号　二十四日　星期,访史劼黼,覆潘海秋一函。

十四号　二十五日　到学校。

十五号　二十六日　到学校,接清史馆知会,充名誉协修。

十六号　二十七日　早候陈沂卿,午柳小川到谈。

十七号　二十八日　早谒清史馆长赵次珊,到学校,晚赴会贤堂贡邸之约。

十八号　二十九日　早访李柳溪,午到学校。

十九号　三十日　到校。

二十号　八月初一日　星期,午到清史馆,开第一次会议。

二十一号　初二日　到学校。

二十二号　初三日　到校。

二十三号　初四日　到校。

二十四号　初五日　到校,晚到王伯荃家一谈,接吕缉臣来函。

二十五号　初六日　到校,晚赴天瑞居吃饭,听美国艾迪博士演说。

二十六号　初七日　到校。

二十七号　初八日　星期,早到长椿寺,李仲洲祖母展奠也。午后柳小川到谈。

二十八号　初九日　到校,午后到东城。

二十九号　初十日　到校。

三十号　十一日　到校,写郭春榆年伯寿诗一首。

十月一号　十二日　到校。

二号　十三日　到校。

三号　十四日　到校,接蒙藏院知会,报馆改订章程,拟再开办。

四号　十五日　星期。

五号　十六日　到校,午到报馆商议办法。

六号　十七日　到校,并到报馆拟定章程,覆院寄大理院判决录二套,又一函与海秋。

七号　十八日　早访杨竹川同年,未晤,到校。

八号　十九日　再访竹川,晤谈良久,午到校,并到清史馆。

九号　二十日　到校,晚访吴怀清连溪,秦树声幼衡。

十号　二十一日　国庆纪念,学校放假一天,袁嘉榖树五、吴莲溪到谈。

十一号　二十二日　星期,到郭啸麓同年处祝寿。

十二号　二十三日　到校,午后到清史馆。

十三号　二十四日　到校。

十四号　二十五日　到校。

十五号　二十六日　到校,午后到清史馆。

十六号　二十七日　到校。

十七号　二十八日　孔子降生二千四百六十五年纪念,学校放假一天,早十钟行礼,寄海秋司法公报两本。

十八号　二十九日　星期,到律师公会。

十九号　九月初一日　到校,午后到清史馆。

二十号　初二日　到校,寄溥侄一函。

二十一号　初三日　到校,午到安定门外极乐禅林,并到清史馆。

二十二号　初四日　到校。

二十三号　初五日　到校。

二十四号　初六日　到校。

二十五号　初七日　星期,早访秦幼衡,午后出西直门,到车站送贡王福晋灵枢回里,晚到曾思远家一坐。新买使女逃走。

二十六号　初八日　报警察寻使女,午到校。

二十七号　初九日　到校。

二十八号　初十日　到校,午访杨竹川、陈绍庭、吴莲溪,午后到清史馆。

二十九号　十一日　到校,寄海秋一函。

三十号　十二日　到校,早访陈绍庭。

三十一号　十三日　到校访吴士鉴绹斋。

十一月一号　十四日　星期,作辩护书一件。

二号　十五日　到校。

三号　十六日　到校,午后到清史馆。

四号　十七日　到校。

五号　十八日　到校。

六号　十九日　到校,午后到清史馆。

七号　二十日　到校。

八号　二十一日　星期,与谢恩隆、薛锡珍、黄杰游农事试验场。

九号　二十二日　到校。

十号　二十三日　到校,午后到清史馆。

十一号　二十四日　到校。

十二号　二十五日　到校。

十三号　二十六日　到校,午后到清史馆。

十四号　二十七日　到校,寄溥侄一函。

十五号　二十八日　星期,早访秦幼衡,午写中堂一幅。

十六号　二十九日　到校。

十七号　十月初一日　到校,午后到清史馆。

十八号　初二日　到校。

十九号　初三日　到校。

二十号　初四日　到校,午后到清史馆,并访柳小川。

二十一号　初五日　到校。

二十二号　初六日　星期,到广东学堂。

二十三号　初七日　到校。

二十四号　初八日　到校,并到唐宅行礼,在李柳溪家便饭。

二十五号　初九日　到校。

二十六号　初十日　到校,晚请秦宥横、李柳溪、梁质生、陈竹铭等一叙。

二十七号　十一日　到校,访文伯英,兼到清史馆。

二十八号　十二日　到校。

二十九号　十三日　星期,访秦幼衡。

三十号　十四日　到校,午到清史馆,与幼衡商,先认湖南地理志一门功课。

十二月一号　十五日　到校,午到清史馆。

二号　十六日　到校,午到清史馆。

三号　十七日　到校,并到清史馆。

四号　十八日　到校。

五号　十九日　同上,晚上祭先父祭辰也。

六号　二十日　星期,到同乡潘安叔处贺喜,陈玉球德铭到谈。

七号　二十一日　到校,并到史馆。

八号　二十二日　到校,并到史馆。

九号　二十三日　同上晚拜先母祭,已五周年矣,思之不禁心戚。

十号　二十四日　到校,并到史馆。

十一号　二十五日　到校。

十二号　二十六日　到校,到史馆,交地理志一卷。

十三号　二十七日　星期。

十四号　二十八日　到校,接海秋来函。

十五号　二十九日　到校。

十六号　三十日　到校。

十七号　十一月初一日　学校停课三日,午访王伯荃、杨竹川,暨梁文灿质生一谈。

十八号　初二日　寄商云亭一函。

十九号　初三日　作书覆海秋,午到土地庙一游。

二十号　初四日　星期。

二十一号　初五日　到校。

二十二号　初六日　到校。

二十三号　初七日　冬至节,学校放假一天,午到怀庆会馆,访赵金鉴,并访萧新之。

二十四号　初八日　到学校,午后到司法公报处购报一份,寄海

秋,并送柳溪之父。诗二绝:

> 旷代才华太白诗,琳琅盈卷极瑰奇。廿年良吏余琴鹤,诵满
> 钱塘有去思。

> 玄黄变色乾坤转,才到于今太息难。冰雪为肌铁为骨,梅花
> 满树傲霜寒。

赵金鉴劲修回候。

**二十五号　初九日　**到校。

**二十六号　初十日　**到校,并到大理院阅诉讼录,访李柳溪一谭,寄海秋信一件,接商云亭覆书。

**二十七号　十一日　**星期,邓国恩到谈,访王次箴未晤。

**二十八号　十二日　**学校自本日起放假十四天。午后偕内子到瑞记饭馆,吃饭毕到大观楼看电影。

**二十九号　十三日　**午到土地庙一逛。

**三十号　十四日　**到潘世淮家一坐。

**三十一号　十五日　**早崔韶宗到谭,午后陈天球到座。

**四年元月一号　十六日　**陈天球到谈,寄海秋判决书一本。

**二号　十七日　**到学校聚会,并回候陈天球。

**三号　十八日　**寄潘海秋一函。

**四号　十九日　**到律师公会,晚访李仲洲。

**五号　二十日　**到审判厅查卷,送报告册于律师公会。

**六号　二十一日　**到潘宅行礼,寄溥侄一函。

**七号　二十二日　**到大理院。

**八号　二十三日　**寄海秋一函。

**九号　二十四日　**谒徐花农,并访萧新兹。

**十号　二十五日　**星期,访杨竹川,购李文田旧联一对。

**十一号　二十六日　**学校年假已满,本日到校。

**十二号　二十七日　**因大风,竟日未出门。

**十三号　二十八日　**到校。

十四号　二十九日　到校。

十五号　十二月初一日　到校送履历册表,到律师公会。

十六号　初二日　到校。

十七号　初三日　星期,到土地庙一游,萧新兹到谈。

十八号　初四日　到校。

十九号　初五日　到校,王次篯到会。

二十号　初六日　到校。

二十一号　初七日　到校,接海秋汇来一款。

二十二号　初八日　到校,到大理院查卷,寄海秋一函。

二十三号　初九日　到校。

二十四号　初十日　星期访徐绍桢、王次篯,均未晤,晚赴陈树勋竹铭之约。

二十五号　十一日　到校。

二十六号　十二日　到校,午到大理院查卷。

二十七号　十三日　到校。

二十八号　十四日　到校,午到马拱宸家一谈,晚赴邓小昊,约寄海秋一函,又书一包。

二十九号　十五日　到校。

三十号　十六日　到校,晚访夏小琅同年一谈。

三十一号　十七日　星期,作大理院意见书一本。

二月一号　十八日　到校。

二号　十九日　到校。

三号　二十日　到校,闻日本提出条件廿一款,要求政府承认,内容如何,尚未得知。

四号　二十一日　到校,晚赴达挚夫之约。

五号　二十二日　到校,商云亭、窦斗权到谭。

六号　二十三日　到校,访云亭,兼访李柳溪。

七号 二十四日 星期,杨雪松、吴秀龄到谈。

八号 二十五日 到校阅报,知日本要求条件甚有碍及主权者,甚望当局峻拒之。

九号 二十六日 到校。

十号 二十七日 到校。

十一号 二十八日 到校。

十二号 二十九日 学校自本日起,放寒假十日。

十三号 三十日 寄海秋函,又公报二本。李仲洲到谈。

民国四年(1915)乙卯日记

二月十四号　乙卯正月初一日　早起进香毕,柳小川、曾思远、黄雨亭到拜年,并留便饭。午后往杨竹川处一谈,即回。

十五号　初二日　早作家书,并致潘海秋、廖镜棠各一函,午后杨雪松、何纫秋到谈。

十六号　初三日　萧湘秋恕、张智远守愚到谈。

十七号　初四日　午后到马拱宸家畅谈。

十八号　初五日　致海秋一函。

十九号　初六日　早谒徐花农师,致家姊、溥侄各一函,午后何嘉兰等到谈。

二十号　初七日　内人患臂痛,请萧新之同年到诊,系风病也。

二十一号　初八日　星期,曾思远来看内人病,以西药外搽之。

二十二号　初九日　萧新之到诊,用辛凉药,仍未愈。

二十三号　初十日　内人臂痛甚,仍请思远来诊。

二十四号　十一日　早到校,旋请王父偕来诊,未果,至用凉血舒经法治之。

二十五号　十二日　内人臂痛略减,再服前方更见效,寄海秋、溥侄各一函,送三姐花金三十元。

二十六号　十三日　到校,内人病已大愈。

二十七号　十四日　到校。

二十八号　十五日　星期,访文伯英、王文偕、萧新之。

三月一号　十六日　到校。

二号　十七日　到校。

三号　十八日　到校,寄陈天球一函。

四号　十九日　到校。

五号　二十日　到校。

六号　二十一日　到校,范之杰俊丞来候。

七号　二十二日　到校,回候范俊丞。

八号　二十三日　到校。

九号　二十四日　到校。

十号　二十五日　到校。

十一号　二十六日　到校。

十二号　二十七日　到校。

十三号　二十八日　到校。

十四号　二十九日　星期,午到癸甲同学会。

十五号　三十日　到校,接溥伒一函。

十六号　二月初一日　到校,寄海秋一函。

十七号　初二日　到校,午到大理院调卷,并到曾宅一坐。

十八号　初三日　到校。

十九号　初四日　到校,寄赖焕文、廖镜棠各一函,甘璧生来候。

二十号　初五日　到校。

二十一号　初六日　寄潘海秋一函,又书籍十四本。

二十二号　初七日　早访李柳溪、甘璧生。

二十三号　初八日

二十四号　初九日　作意见书一件,覆廖镜棠一函,又寄海秋信一封。

二十五号　初十日　到校,晚赴萧新之约。

二十六号　十一日　到校。

二十七号　十二日　到校,并访陈绍庭。

二十八号　十三日　星期,郭炯彤、邓小昊、龚镜清到谈。

二十九号　十四日　到校,午后到蒙藏院筹商开办报馆事宜。

三十号　十五日　到校,并到办报处,晤吕缉臣畅谈。

三十一号　十六日　到校,接蒙藏院饬充办报处总编纂兼经理。

四月一号　十七日　学校放春假七日。

二号　十八日　早谒荣华卿师,午到报馆,吕缉臣、郭炯彤到谈。

三号　十九日　午到三庆园看戏。

四号　二十日　早约吕缉园、陈绍庭、黄君觇、甘璧生、郭炯彤、潘安叔、关均笙、区咏笃、邓小昊到谈,广和居一叙。

五号　二十一日　午候崔彬葵、龚镜清,到报馆,晚到关芝坪处一谈。

六号　二十二日　到京师模范监狱,候冯军一商印刷事,午后到报馆。

七号　二十三日　早谒叶伯皋前辈。

八号　二十四日　到校,午后到报馆,晚赴秦幼衡之约。

九号　二十五日　到校,晚赴吕缉臣之约。

十号　二十六日　到校,午后到报馆,叶伯皋前辈回候,晚赴黄君觇之约。

十一号　二十七日　星期,早陈祖咏阮怀到候,午后关均笙及新来考验知事文德昂,林锡熙来会。

十二号　二十八日　早到校,午后到报馆。

十三号　二十九日　到校,寄海秋快信一封,又书籍两包。

十四号　三月初一日　到校,午后到报馆。

十五号　初二日　到校。

十六号　初三日　到校,午后到报馆,晚赴刘嗣伯之约。

十七号　初四日　到校。

十八号　初五日　早写字,午后访陈德铭、刘嗣伯、文德昂、林锡熙。

十九号　初六日　到校,午后到报馆。

二十号　初七日　到校。

二十一号　初八日　到校,午后到报馆。

二十二号　初九日　到校。

二十三号　初十日　到校,午后到报馆。

二十四号　十一日　到校。

二十五号　十二日　星期,写对联条幅数件。

二十六号　十三日　到校,午后到报馆。

二十七号　十四日　到校,午后到报馆。

二十八号　十五日　到校。

二十九号　十六日　到校,午后到报馆。

三十号　十七日　到校,寄海秋、溥侄各一函。

五月一号　十八日　早访黄葆燊,到校,午后到报馆,寄溥侄羔皮一件,摹本缎衣料一件,又寄海秋快信一封,记交溥侄三十元。

二号　十九日　星期,访吕缉臣先生。

三号　二十日　到校,午后到报馆。

四号　二十一日　到校,午后到报馆。

五号　二十二日　到校,午后到蒙藏院。

六号　二十三日　到校,吕缉臣来辞行。

七号　二十四日　到校,送吕缉臣回粤,并致海秋一函。

八号　二十五日　到校。

九号　二十六日　星期,午后到报馆。

十号　二十七日　到校,杨竹川到谈。

十一号　二十八日　到校,午后到报馆。

十二号　二十九日　到校,午后到报馆寄海秋书。

十三号　三十日　到校,寄顾仰山一函。

十四号　四月初一日　到校,午后到报馆。

十五号　初二日　到校,黄君觊到谈。

十六号　初三日　星期,访黄君觊、甘璧生、郭炯彤,寄范俊丞一函。

十七号　初四日　到校,午后到报馆。

十八号　初五日　到校,晚郭炯彤到谭。

十九号　初六日　到校,午后到报馆,并到李锡之家行礼。

二十号　初七日　到校。

二十一号　初八日　到校,午后到报馆。

二十二号　初九日　到校,接商云亭、顾仰山来函。

二十三号　初十日　星期,早访陈君让、麦敬舆、陈阮怀。

二十四号　十一日　到校,午后到报馆,覆商云亭一函。

二十五号　十二日　到校,寄顾仰山笔四枝,药二十色,并覆书。

二十六号　十三日　到校,并到报馆,午后到李宅祭奠,接海秋来函。

二十七号　十四日　到校,覆海秋一函。

二十八号　十五日　到校,并到报馆。

二十九号　十六日　到校,晚偕内子到第一舞台看戏。

三十号　十七日　星期,作李国球案意见书,并覆海秋。

三十一号　十八日　到校,午后到大理院调卷。

六月一号　十九日　到校。

二号　二十日　到校,并到报馆,作何余氏上告意见书,又寄海秋一函,代黄君觊荐事,致范俊丞书。

三号　二十一日　到校。

四号　二十二日　到校,并到报馆。

五号　二十三日　到校。

六号　二十四日　星期,接溥侄来函。

七号　二十五日　到校,并到报馆。

八号　二十六日　到校,早到报馆,寄海秋司法例规两部。

九号　二十七日　到校,并到报馆。

十号　二十八日　到校。

十一号　二十九日　到校,并到报馆,午到大理院调卷。

十二号　三十日　到校,访郭炯彤、黄君贶,寄海秋快信一封。

十三号　五月初一日　星期。

十四号　初二日　到校。

十五号　初三日　到校,并到报馆。

十六号　初四日　到校。

十七号　初五日　端节,学校放假一日,早谒徐花农师,并访秦幼衡、梁典五,均未晤。作赵秉堃上告意见书。

十八号　初六日　到校,并到报馆,寄海秋、溥侹各一函。

十九号　初七日　到校晚赴关芝坪处谈,接吕缉臣来函。

二十号　初八日　星期柳小川表弟到谈。

二十一号　初九日　到馆,往贡王府祝寿,到校。

二十二号　初十日　到校。

二十三号　十一日　到校,并到报馆,寄溥侹一函。

二十四号　十二日　到校。

二十五号　十三日　到校,并到报馆。

二十六号　十四日　到校。

二十七号　十五日　星期,黄荫普到住。

二十八号　十六日　到报馆,学堂停课三天。

二十九号　十七日

三十号　十八日　到报馆。

七月一号　十九日　到学校。

二号　二十日　到校,并到报馆。

三号　二十一日　余四十生辰,儿女辈皆庆祝,然光阴荏苒,瞬臻强仕之年,而学问荒疏,不禁无闻之惧,抚怀身世,曷罄忧思。是日到校。

四号　二十二日　星期,萧新之约饮江西会馆。

五号　二十三日　到校,并到报馆,接海秋来电,询律师不得在曾充推检区域内执行职务事宜。

六号　二十四日　到校,覆海秋一电。

七号　二十五日　到校,并到报馆,接海秋来函。

八号　二十六日　早到东城,并寄海秋一函,又覆五哥一信。

九号　二十七日　到报馆。

十号　二十八日　早同黄荫普暨小儿照相。

十一号　二十九日　星期,早访黄雪松、关芝坪。

十二号　六月初一日　到学校。

十三号　初二日　早谒龚心湛,到报馆并到校。

十四号　初三日　早黄君觊到谈。

十五号　初四日　雨竟日,未出门,伍狱由粤来谈,并接潘海秋信。

十六号　初五日　早到报馆。

十七号　初六日　午后到大理院,学校值日。

十八号　初七日　星期,早致海秋快信一封。

十九号　初八日　早访柳小川、马拱宸,并到报馆,学校。晚赴杨雪松家饮。

二十号　初九日　寄海秋律师公会章程一份。

二十一号　初十日　早到报馆。

二十二号　十一日　黄君觊来辞行,寄海秋小米、相片等物。

二十三号　十二日　到报馆。

二十四号　十三日　早校报。

二十五号　十四日　星期,午到关芝坪处一谈。

二十六号　十五日　到报馆,并到校。

二十七号　十六日　到校,寄覆俊丞一函。

二十八号　十七日　到报馆,并到大理院阅卷,寄海秋一函。

二十九号　十八日　早校报。

三十号　十九日　到报馆。

三十一号　二十日

八月一号　二十一日　星期,到报馆,访秦幼衡。

二号　二十二日　到报馆。

三号　二十三日　接陈敦甫函,即覆。

四号　二十四日　到报馆,并到学校,访张燕昌。

五号　二十五日　到佛照楼,访曾光瑜。

六号　二十六日　同琼女去诊病,致吕缉臣、黄君贶各一函。

七号　二十七日　到报馆。

八号　二十八日　星期,琼女腹泻渐愈。

九号　二十九日　早带琼女往萧新兹家诊病,到学校。

十号　三十日　早到马拱宸处一谈,到报馆,午到学校,随访窦斗权。

十一号　七月初一日

十二号　初二日　到报馆。

十三号　初三日　午到土地庙,寄顾仰山、赖焕文一函。

十四号　初四日　到学校值日。

十五号　初五日　星期,早访谢孟博,到大梁春公饯马拱宸。

十六号　初六日　到学校,并到报馆。

十七号　初七日　早偕内子游农事试验场。

十八号　初八日　到报馆,并到校。

十九号　初九日

二十号　初十日　到报馆。

二十一号　十一日

二十二号　十二日　星期,到报馆。

二十三号　十三日　到学校。

二十四号　十四日　到学校。

二十五号　十五日　到报馆,并到学校,寄海秋一函。

二十六号　十六日　到学校。

二十七号　十七日　到学校,并到报馆。

二十八号　十八日　到学校。

二十九号　十九日　星期,到黄伯宾处行礼,作吴凌氏上告意见书。

三十号　二十日　到校,并到报馆。

三十一号　二十一日　到校,午后到贡王府祝寿。

九月一号　二十二日　到校。

二号　二十三日　到校,并到报馆。

三号　二十四日　到校,寄廖慎修一函,又致海秋一信。

四号　二十五日　到校,并到报馆。

五号　二十六日　星期,偕柳小川、黄荫普、琦儿、珍女游国货展览会。

六号　二十七日　早访伍孚廷,到报馆,午到学校。

七号　二十八日　早到校,并到报馆,午到聚寿堂,贡药亭请也。

八号　二十九日　到校,晚赴王伯荃之约,寄黄君贶一函。

九号　八月初一日　到校,并到报馆。

十号　初二日　到校。

十一号　初三日　到校并到报馆。

十二号　初四日　星期。

十三号　初五日　到校,午到报馆,接区大原来函。

十四号　初六日　到校,覆区桂海一函,又寄溥侄一信。

十五号　初七日　到校,并到报馆。

十六号　初八日　学校因总统寿辰,放假一天,早访郭炯彤、陈德铭。

十七号　初九日　到校,并到报馆。

十八号　初十日　到校。

十九号　十一日　星期,早访柳溪。

二十号　十二日　到校,午后到报馆,并到蒙藏院。

二十一号　十三日　到校。

二十二号　十四日　到校,并到报馆,晤王叔掖,致陈敦甫一函。

二十三号　十五日　中秋节,学校放假一天,致吕缉臣、黄君觇各一函。

二十四号　十六日　到校,并到报馆。

二十五号　十七日　到校,作八旗公函一件。

二十六号　十八日　星期,作苏体俊上告意见书。

二十七号　十九日　到校,并到报馆。

二十八号　二十日　到校,接海秋来信。

二十九号　二十一日　到校,并到报馆,寄海秋政府公报、司法公报、司法例规三种。

三十号　二十二日　到校。

十月一号　二十三日　到校,并到报馆,寄海秋一函、溥倕一函。

二号　二十四日　同上。

三号　二十五日　星期,早同莱儿游国货展览会,午到琉璃厂。

四号　二十六日　到校。

五号　二十七日　到校,午后到报馆。

六号　二十八日　孔子诞日,到校行礼,往候关芝坪。

七号　二十九日　到校,并到报馆。

八号　三十日　到校。

九号　九月初一日　到校,午后到报馆,往吴絅斋处祝寿。

十号　初二日　学校因国庆节,放假一天。

十一号　初三日　早偕内子游国货展览会。

十二号　初四日　早到校,午后到报馆。

十三号　初五日　到校。

十四号　初六日　到校,并到报馆。

十五号　初七日　到校。

十六号　初八日　到校,并到报馆,晤李仲龙。

十七号　初九日　星期,到展览会一游。

十八号　初十日　到校,候杨希尧。

十九号　十一日　到校,午到报馆,寄栾佩石唁函一封,又挽联一付。

二十号　十二日　到校。

二十一号　十三日　到校,并到报馆。

二十二号　十四日　到校。

二十三号　十五日　到校,午后到报馆。

二十四号　十六日　访蓝云屏文锦一谈。

二十五号　十七日　到校,午后到报馆。

二十六号　十八日　到校。

二十七号　十九日　到校,午后到报馆。

二十八号　二十日　到校。

二十九号　二十一日　到校,午后到报馆。

三十号　二十二日　到校。

三十一号　二十三日　星期。

十一月一号　二十四日　到校,并到报馆。

二号　二十五日　到校,寄海秋一函。

三号　二十六日　到校,并到报馆。

四号　二十七日　到校。

五号　二十八日　到校,午后到报馆。

六号 二十九日 到校。

七号 十月初一日 星期,偕内子游前门,天桥。

八号 初二日 到校,并到报馆。

九号 初三日 到校,午到曾思远处一坐。

十号 初四日 到校,并到报馆。

十一号 初五日 到校。

十二号 初六日 到校,午后到报馆。

十三号 初七日 到校。

十四号 初八日 星期,仲美由津来谈。

十五号 初九日 到校,并到报馆。

十六号 初十日 午同仲美游农事试验场,晚偕仲弟、内子等饮于广和居。

十七号 十一日 到校,午到报馆,晚在致美斋一叙。

十八号 十二日 到校。

十九号 十三日 到校,并到报馆。

二十号 十四日 到校。

二十一号 十五日 星期,早看英文,寄顾仰山、于汉三各一函。

二十二号 十六日 到校,并到报馆。

二十三号 十七日 到校。

二十四号 十八日 到校,并到报馆。

二十五号 十九日 到校,晚拜先君忌辰。

二十六号 二十日 到校。

二十七号 二十一日 到校,午到报馆。

二十八号 二十二日 星期,杨竹川约吃早饭,柏峻三到谈。

二十九号 二十三日 到校,午后到报馆,晚拜先慈忌日。

三十号 二十四日 到校,回候柏峻三。

十二月一号 二十五日 到校,午后到报馆。

二号　二十六日　到校。

三号　二十七日　到校,午后到报馆。

四号　二十八日　到校。

五号　二十九日　星期,寄商云亭一函。

六号　三十日　到校,午后到报馆。

七号　十一月初一日　到校。

八号　初二日　到校,午后到报馆,寄海秋快信一函,溥佺一信。

九号　初三日　到校。

十号　初四日　到校,午后到报馆,参政院国民总代表投票决定君主立宪国体。

十一号　初五日　到校,参政院代表推戴袁大总统为中华帝国大皇帝。

十二号　初六日　星期,到张智远守愚处坐,梁次侯、柳小川到谈,大总统辞让。

十三号　初七日　到校,并到报馆,代表再推戴,大总统已允就位。

十四号　初八日　到校。

十五号　初九日　到校,并到报馆。

十六号　初十日　学校停课三日,早到第一监狱,午后偕琦儿、珍女游宾宴楼等处,潘定祥褧裳到谈。

十七号　十一日　午到报馆。

十八号　十二日　回候潘褧裳,并到琉璃厂购买书籍。

十九号　十三日　星期,偕小儿游中央公园。

二十号　十四日　到校,接海秋来函,即作覆。

二十一号　十五日　到校,午后到报馆。

二十二号　十六日　到校。

二十三号　十七日　冬至节,学校放假一日。

二十四号　十八日　到校,午后到报馆,接商云亭来函。

二十五号　十九日　到校,寄顾仰山一函。

二十六号　二十日　星期,早陈绍庭到谈,午后赴癸甲同学会摄影,闻云南宣告独立,蔡锷遣兵攻四川。

二十七号　二十一日　学校自本日起放年假十天,早回候陈绍庭、窦斗权,午到报馆,寄张远村一函。

二十八号　二十二日　到报馆。

二十九号　二十三日　接海秋来函。

三十号　二十四日　到报馆,覆海秋。

三十一号　二十五日　早刘厚之到谈,午后到蒙藏院。

中华帝国洪宪元年一月一号　二十六日　刘厚之、黄介之、陈君让、高燕林到谈,午后到龚仙舟、杨雪松、关芝坪各处拜年。

二号　二十七日　到刘厚之、蓝云屏处一谈。

三号　二十八日　接仲美来函。

四号　二十九日　到报馆。

五号　十二月初一日　接陈祖咏来函。

六号　初二日　到校,午后到报馆,寄覆陈阮怀一函。

七号　初三日　到校,接海秋书。

八号　初四日　到校,午后到报馆。

九号　初五日　星期。

十号　初六日　到校,接陈阮怀来电,就编辑事。

十一号　初七日　到校,午后到报馆。

十二号　初八日　到校,寄商云亭、潘海秋、陈阮怀各一函。

十三号　初九日　到校,午后到贡邸处贺喜,到报馆,并访唐吉祥嘉甫一谈。

十四号　初十日　到校,寄海秋食物一包。

十五号　十一日　到校,午后到报馆,寄海秋快信一封。

十六号　十二日　星期,柳小川到谈,寄海秋案件一卷。

十七号　十三日　到校,午后到报馆。

十八号　十四日　到校。

十九号　十五日　到校,午后到报馆。

二十号　十六日　到校,访夏小琅一谈。

二十一号　十七日　到校,午到报馆。

二十二号　十八日　到校,阅报知总统登极延期。

二十三号　十九日　星期,柳小川到谈。

二十四号　二十日　到校,午后到报馆,闻云南独立军攻入四川叙州。

二十五号　二十一日　到校,晚到陈沂卿家贺喜,政府令各将军道剿云南。

二十六号　二十二日　到校,午后到报馆,陈阮怀到谈。

二十七号　二十三日　到校,晚祀灶神。

二十八号　二十四日　到校,午后到报馆,刘嗣伯到谈。

二十九号　二十五日　到校。

三十号　二十六日　星期,回候刘嗣伯。

三十一号　二十七日　到报馆,学校自本日起放寒假两星期。

二月一号　二十八日　到前门大街买什物。本日丑时又生一女,母子平安,至为欣慰。

二号　二十九日

民国五年(1916)丙辰日记

 三号　丙辰年正月初一日　元旦,新女三朝往曾舅母暨各友处拜年。

 四号　初二日　到报馆,政府派龙观光为云南查办使。

 五号　初三日　作家书,并寄海秋书。

 六号　初四日　星期,访李仲洲,并到厂甸一游。

 七号　初五日　到报馆,阅报知贵州独立,遣兵攻湖南晃县。

 八号　初六日　访萧新之,寄溥侄书。

 九号　初七日　到报馆。

 十号　初八日　马拱宸来谈,接溥侄书。

 十一号　初九日　到报馆。

 十二号　初十日　午同新儿游厂甸。

 十三号　十一日　星期,到关芝坪处谈。

 十四号　十二日　本日学校假满开课,到校,午后到报馆。

 十五号　十三日　到校。

 十六号　十四日　到校,午后到报馆,寄李国球案卷。

 十七号　十五日　到校。

 十八号　十六日　到校,午后到报馆,寄海秋书,附郑桂芳判词。

 十九号　十七日　到校,闻黔军占领湖南黔阳、洪江、芷江各县。

 二十号　十八日　星期,午到长椿寺张宅行礼。

 二十一号　十九日　到校,午后到报馆。

 二十二号　二十日　到校。

 二十三号　二十一日　到校,午后到报馆。

二十四号　二十二日　到校,寄海秋、赵秉塑判决书一本。本日奉策令,从缓登极,禁止呈递劝进书。

二十五号　二十三日　到校,午后到报馆。

二十六号　二十四日　到校,覆海秋快信一封。

二十七号　二十五日　星期,到校,并到报馆寄海秋书,访刘嗣伯、杨竹川、陈君让。

二十八号　二十六日　到校,并到报馆。

二十九号　二十七日　到校,午后到报馆,寄溥侄、海秋各一书。

三月一号　二十八日　到校,接张远村书。

二号　二十九日　到校,午后到报馆。

三号　三十日　到校。

四号　二月初一日　到校,午到报馆,福寿堂观虞叔昭行结婚礼。

五号　初二日　星期,到关芝坪处谈,政府派陆荣廷为黔南宣抚使。

六号　初三日　到校,并到报馆,接陈敦甫书。

七号　初四日　到校,琦儿聘花县汤仲惶长女,是日行文定礼,托海秋在省办理一切。

八号　初五日　到校,午后到报馆,覆敦甫书。

九号　初六日　到校,午到曾思远家一坐。

十号　初七日　到校,午后到报馆。

十一号　初八日　到校,政府派熊希龄为湘西宣抚使。

十二号　初九日　星期,到关芝坪处谈。

十三号　初十日　到校,午后到报馆,并到蒙藏院。

十四号　十一日　到校。

十五号　十二日　到校,午后到报馆,接黄君觊、陈德铭来书。

十六号　十三日　到校,覆黄君觊书。

十七号　十四日　到校,并到报馆。

十八号　十五日　到校,闻广西宣布独立。

十九号　十六日　星期,陈应辰煮泉到谈。

二十号　十七日　到校,午后到报馆,接海秋书。

二十一号　十八日　到校,覆海秋书,并寄何余氏案卷。

二十二号　十九日　到校,午后到报馆,本日奉令取消承认帝制,并停止筹备,南方军事或可解决矣。

二十三号　二十日　学校停课三日,龙伯扬来候。

二十四号　二十一日　到报馆,回候龙伯扬,兼访萧新之。

二十五号　二十二日　赵曾樯湘帆约饮致美斋。

二十六号　二十三日　星期,小川来谈,午后到关宅一坐。

二十七号　二十四日　到校,午后到报馆。

二十八号　二十五日　到校。

二十九号　二十六日　到校,午后到报馆。

三十号　二十七日　到校。

三十一号　二十八日　到校,午到报馆。

四月一号　二十九日　到专门学校展览会一观。

二号　三十日　访谢孟博,又到关芝坪处谈。

三号　三月初一日　早访虞叔昭,到校,考内地学生,接吕缉臣来书,闻南方要求总统退位,和局尚未议妥。

四号　初二日　午后到报馆,覆吕缉臣书,并寄溥侄函。

五号　初三日　早杨竹川到谈。

六号　初四日　到报馆。

七号　初五日　到南海馆,晤关均笙、潘安叔一谈。

八号　初六日　到校,本日春假期满,上课,并到报馆。访任璧东前辈,闻广东六号宣布独立。

九号　初七日　到校,因预科第二班本日行始业式也。

十号　初八日　到校,午后到报馆。

十一号　初九日　到校,寄溥侄一函。

十二号　初十日　到校,午后到报馆。

十三号　十一日　到校,闻浙江十二号宣布独立。

十四号　十二日　到校,午后到报馆,接海秋初三日来函。

十五号　十三日　到校。

十六号　十四日　星期,陈君让、杨雪松、冯企卢到谈,访赵湘帆。

十七号　十五日　到校。

十八号　十六日　到校,接曾宅电话,曾五舅母仙游,遂到西苑大有庄曾宅唁慰。

十九号　十七日　到校,午后到报馆。

二十号　十八日　到校。

二十一号　十九日　因内子到西苑曾宅竟日,未出门,阅书报殊自得也。

二十二号　二十日　到校,午后到报馆。

二十三号　二十一日　星期。

二十四号　二十二日　早到西苑大有庄曾宅送殡,午后四钟回。

二十五号　二十三日　到校,午后到报馆。

二十六号　二十四日　到校,补习科行毕业式。

二十七号　二十五日　到校,午后到报馆。

二十八号　二十六日　到校,政府组织责任内阁,任段祺瑞为国务卿。

二十九号　二十七日　到校,午后到报馆。

三十号　二十八日　星期,赵湘帆来谈。

五月一号　二十九日　到校,午后到报馆。

二号　四月初一日　到校,杨鹤俦到谈。

三号　初二日　到校，午后到报馆。

四号　初三日　到校，候窦斗权、杨鹤俦、陈绍庭，接海秋由汕来函。

五号　初四日　到校，午后到报馆，覆海秋书。

六号　初五日　到校。

七号　初六日　星期，谈瀛客到坐。

八号　初七日　到校，午后到报馆，萧新之到谈。

九号　初八日　到校。

十号　初九日　到校，午后到报馆。

十一号　初十日　到校，闻报馆又因费绌停版，到荣宅奠祭。

十二号　十一日　到校，午后到报馆，并到蒙藏院询问报馆停版，交代事宜。本日内阁发布停止银行兑现命令。

十三号　十二日　到校。

十四号　十三日　星期，访萧新之、陈君让、岳龄等均未晤。

十五号　十四日　到校，午后到报馆。

十六号　十五日　到校，午后到报馆。

十七号　十六日　到校，闻陕西宣布独立，送将军陆建章出境。

十八号　十七日　早往西直门外公祭荣华卿师，午到校。

十九号　十八日　到校，午后到报馆，并访伯英一谈。

二十号　十九日　到校，晚偕新儿往前门。

二十一号　二十日　星期，同内子往同生照相，黄恩蔡来谈。

二十二号　二十一日　到校。

二十三号　二十二日　到校，午后到报馆，回候黄恩蔡。

二十四号　二十三日　到校，闻四川二十二日宣告独立。

二十五号　二十四日　到校，午后到报馆，大总统筹备退位善后办法。

二十六号　二十五日　到校，午后到报馆交代一切事宜。

二十七号　二十六日　到校，本日南京开正式会议。

二十八号　二十七日　星期,柳小川到谈。

二十九号　二十八日　到校,陈阮怀来谈,闻南京会议代表主张总统留位与退位者各半,遂无结果而散。

三十号　二十九日　到校,回候阮怀。

三十一号　三十日　到校,闻湖南于二十八日宣布独立。

六月一号　五月初一日　到校,闻学校因经费支绌,亦拟停办。

二号　初二日　到校。

三号　初三日　到校。

四号　初四日　星期,访李仲洲一谈,寄海秋相片一张,函一件。

五号　初五日　到前门买杂物。自停止兑现以来,纸币价格日低,每百元纸币,现在只可换现洋八十元,每元纸币前换铜元一百三十六枚,现只可换一百枚,兼之物价昂贵,百货滞销,市面情形,岌岌可虑。

六号　初六日　到校,闻袁总统于本日十点钟逝世,南北相持,皆因总统退位问题,现可解决矣。

七号　初七日　到校,学堂本日停办,杨竹川到谈,黎副总统本日代行大总统职务。

八号　初八日　到校,清理事件,回候杨竹川。

九号　初九日　寄海秋、溥侄各一函。

十号　初十日　到校,陕西取消独立,任陈树潘为将军兼巡按使。

十一号　十一日　星期,访伯英一谈。

十二号　十二日　到校,访吴季荃一谈。

十三号　十三日　到土地庙一逛。

十四号　十四日　到校。

十五号　十五日　到校,接陈阮怀来函。

十六号　十六日

十七号　十七日　到校,覆陈阮怀。

十八号　十八日　星期,致伯英一函。

十九号　十九日　到校,接汝良侄来函。

二十号　二十日　柳小川来谈。

二十一号　二十一日　为余四十有一生日,驹光易度,马齿徒增,瞻望前途,弥滋颜汗。广东取消独立,任龙济光兼巡按使。

二十二号　二十二日　到校。

二十三号　二十三日　早访袁珏生,未遇。

二十四号　二十四日　到前门寄溥侄一函,又与陈敦甫书。

二十五号　二十五日　星期,访刘厚之,任蔡锷为四川将军兼巡按使。

二十六号　二十六日　早谒徐花农师,午访黄伯宾,致达挚甫一函。

二十七号　二十七日　接海秋函。

二十八号　二十八日　早偕内子赴中华门内看袁前总统出殡,是日九点钟,灵舆出新华门,进西长安门,经天安门、金水桥,出中华门,正阳门,至西车站前,有拱卫军,马步各队导引,次为提署乐队,各路军队、标纛旗、消防、乐队、卫侍、马步队、海军乐队、陆军乐队、陆军纛旗、公府乐队、陆海军大元帅纛旗、兵符、令箭、全副执事仪仗等,又大总统驷马礼车一辆、戈什队、金锁、提炉、各机关特派员、卫侍武官等。大杠系金顶红缎绣花礼罩,杠后系公府护卫马队拥护,沿途军警站道,极为严肃。

二十九号　二十九日　陈沂卿到谈。

三十号　六月初一日　访李道同咏霓,午后回候沂卿。

七月一号　初二日　到京绥铁路管理局。昨日政府宣布,恢复旧约法,八月初十日召集国会,并裁撤参政院、肃政厅。内阁改组,段祺瑞为总理,唐绍仪长外交,许世英长内务,程璧光长海军,张耀曾长司法,张国淦长农商,汪大变长交通,孙洪伊长教育,段总理兼长陆军,陈锦涛长财政。

二号　初三日　访达挚甫、薛宝之、黄乔生各同事。

三号　初四日　柳小川、黄介之来谈,接陈阮怀来书。

四号　初五日　阅书报,闻李烈钧军队占韶州,与龙军冲突。

五号　初六日　课视新儿温习功课,嗣后每日皆如此。

六号　初七日　早候黄介之、高燕林,并游什刹海。

七号　初八日　早觉头晕,食后作呕,服消食散、和胃剂,即愈。

八号　初九日　杨竹川到谈,午后到拍卖场,各省将军巡按使改称督军,省长重新任命。

九号　初十日　赵湘帆、杨抡秀到谈。

十号　十一日　到琉璃厂,并访关芝坪。

十一号　十二日　阅书报。

十二号　十三日　到土地庙,购鲜花数种,接文伯英暨溥侄各一函。

十三号　十四日　早访文伯英一谈。

十四号　十五日　访陈君让,答陈阮怀书,申令惩办帝制祸首:杨度、孙毓筠、顾鳌、梁士诒、夏寿田、朱启钤等八人。

十五号　十六日　阅书报。

十六号　十七日　星期,与海秋、溥侄一书,为厚之母亲八旬大寿撰联一对,文曰:八醼开祥宴迎王母,百龄晋祝衣舞斑莱。

十七号　十八日　带琼女往东城诊病,午后往刘厚之处祝寿。

十八号　十九日　寄何余氏上告判决书与海秋。

十九号　二十日　早到妇婴医院,肇庆军务院于十四日宣言撤销。

二十号　二十一日　阅书报。

二十一号　二十二日　到关芝坪处一谈。

二十二号　二十三日　萧新之到谈。

二十三号　二十四日　阅书报,接伯英来函。

二十四号　二十五日　午谒张乾若,并访王叔掖,均未遇。

二十五号　二十六日　接陈敦甫来函。

二十六号　二十七日　晚赴杨雪松约,并游中央公园。覆颜稚愚,又与顾仰山书。

二十七号　二十八日　阅书报。

二十八号　二十九日　晚赴萧新之约。

二十九号　三十日　阅书报。

三十号　七月初一日

三十一号　初二日　柳小川表弟到谈。

八月初一　初三日　本日国会第二次常会开幕,大总统亲临,补行宣誓。查国会自民国二年解散后,至今复行召集,亦盛举也。谢孟博到谈。

二号　初四日　午访王叔掖,并候回孟博。

三号　初五日　早访文伯英。

四号　初六日　早偕新儿到高等师范附属中学校报考,午郭焕庭到谈。

五号　初七日　接汝良侄来书。

六号　初八日　星期,柳小川、黄恩普来坐。

七号　初九日　早阅报,粤省龙李两军尚在激战,李军已逼近省垣,炮弹有落于沙面附近,各地人民又多迁徙港澳云。

八号　初十日　午到望园。

九号　十一日　阅报。

十号　十二日　访杨熊祥子安。

十一号　十三日　阅报,接杨永年来函。

十二号　十四日　早曾思远、曾伟丞到谈,萧新之来坐。

十三号　十五日　覆杨永年。

十四号　十六日　寄溥侟、海秋各一函。

十五号　十七日　耿孟蘧到谈。

十六号　十八日　访萧新之。

十七号　十九日　晚访黄伯宾一谈。

十八号　二十日　访徐齐仲。

十九号　二十一日　早徐齐仲到谈，崇德学校约充教员，随即应充。午后回候耿孟蘧及柳小川。

二十号　二十二日　星期，到崇德学校商量功课，午后达挚甫到，说蒙藏学校有信再开办云。

二十一号　二十三日　访李曾灿高，暨萧新之、陈沂卿。

二十二号　二十四日　接海秋来函。

二十三号　二十五日　黄乔生来谈，致顾仰山、陈敦甫各一函，又覆海秋。

二十四号　二十六日　谢孟博、刘捷三到谈。

二十五号　二十七日　内人生日，曾光瑜偕眷到坐，接海秋书。

二十六号　二十八日　谢孟博到，约游西山。

二十七号　二十九日　竟日雨，在家阅书报。

二十八号　三十日　访萧新之。

二十九号　八月初一日　接溥侟来函。

三十号　初二日　午到崇德学校。

三十一号　初三日　李灿高到谈。

九月一号　初四日　杨雪松、唐芷衡到谈，众议院通过国务员。

二号　初五日　到崇德学校。

三号　初六日　星期，阅《古文辞类纂》。

四号　初七日　午到崇德学校上课。

五号　初八日　到崇德学校。

六号　初九日　陈翔路到谈，午后到校。

七号　初十日　到崇德学校,晚访陈君让,覆海秋。

八号　十一日　到崇德学校。

九号　十二日　阅文。

十号　十三日　星期,游土地庙,候陈翔路、麦敬舆。

十一号　十四日　到崇德学校。

十二号　十五日　中秋节,学校放假一日,寄溥侂一函。

十三号　十六日　到崇德学校。

十四号　十七日　到校。

十五号　十八日　到校,晚访黄伯宾。

十六号　十九日　早候徐李龙昆仲,暨范棣臣前辈,晚赴萧新之约,颜穉愚到谈。

十七号　二十日　星期,回候颜穉愚。

十八号　二十一日　到崇德学校。

十九号　二十二日　到校。

二十号　二十三日　到校。

二十一号　二十四日　到校,并到银行。

二十二号　二十五日　到校,刘厚之到谈。

二十三号　二十六日　到前门。

二十四号　二十七日　星期,接汝良侄来函,午候柳小川。

二十五号　二十八日　因孔子日,学校放假一天,访萧新之。

二十六号　二十九日　到校。

二十七号　九月初一日　黄益三、陈翔路来谈,午后到校。

二十八号　初二日　到校,回候黄益三。

二十九号　初三日　到校。

三十号　初四日　到琉璃厂,晚约徐齐仲、李龙、萧新之一叙。

十月一号　初五日　早访杨竹川、杨雪松,并到聚贤堂早饭。赴石虎胡同蒙藏学校一看,因该校已迁移于此。

二号　初六日　到崇校,晚到笃志学校教女生。

三号　初七日　到崇校,晚到笃校。

四号　初八日　曾伟丞到谈,寄海秋、溥良各一书,午到崇校。

五号　初九日　到崇校,晚到笃校。

六号　初十日　到崇校,晚到笃校。

七号　十一日　早到蒙藏学校,并到张献廷、关均笙处贺喜。

八号　十二日　星期。

九号　十三日　到校,此后每日或到蒙校,或到崇校,与笃校,或三校均到,但以到校括之,以省繁赘。

十号　十四日　国庆纪念,放假一天,早赴柳小川约,午游中央公园,萧新之到谈。

十一号　十五日　早访萧新之,午到校。

十二号　十六日　到校。

十三号　十七日　到校。

十四号　十八日　到校。

十五号　十九日　星期,作寿联一首。

十六号　二十日　到校。

十七号　二十一日　到校,接海秋来函,黄益三到谈。

十八号　二十二日　到校。

十九号　二十三日　到校。

二十号　二十四日　到校。

二十一号　二十五日　到校。

二十二号　二十六日　星期,萧新之、赵湘帆到谈,本日中国银行兑现。

二十三号　二十七日　到校,赴刘厚之约。

二十四号　二十八日　到校。

二十五号　二十九日　到校,接汝良来函。

二十六号　三十日　到校。

二十七号 十月初一日 到校。

二十八号 初二日 到校,访徐齐仲。

二十九号 初三日 午到粤东馆,选董事。柳小川到谈,晚访萧新之、王伯荃,寄顾仰山、潘海秋各一函。

三十号 初四日 到校。

三十一号 初五日 到校。

十一月一号 初六日 蒙藏学校本日上课,到校。

二号 初七日 到校。

三号 初八日 到校。

四号 初九日 到校。

五号 初十日 星期。

六号 十一日 到校。

七号 十二日 到校。

八号 十三日 到校。

九号 十四日 到校,寄仰山幛联各一件。

十号 十五日 到校。

十一号 十六日 到校。

十二号 十七日 星期,到傅俊三处祝寿,晚到关宅一谈。

十三号 十八日 到校。

十四号 十九日 到校,晚拜先君忌辰。

十五号 二十日 到校。

十六号 二十一日 到校,访王天木宇白、栾骏声佩石、范之杰俊丞。

十七号 二十二日 到校,栾佩石来候。

十八号 二十三日 到校,晚祭先慈。

十九号 二十四日 星期,早访徐齐仲,赴杨竹川约。

二十号 二十五日 到校。

二十一号 二十六日 到校,覆郭啸麓,林寄湖之约。

二十二号　二十七日　到校。

二十三号　二十八日　到校。

二十四号　二十九日　到校。

二十五号　十一月初一日　早谒徐花农,午到校。

二十六号　初二日　星期,早到何稚龄处行礼,午柳小川到谈,接潘海秋来函。

二十七号　初三日　到校。

二十八号　初四日　到校,晚赴王次篯约。

二十九号　初五日　到校。

三十号　初六日　到校。

十二月一号　初七日　到校,晚赴范俊丞、栾佩石、王天木约。

二号　初八日　到校,寄海秋司法公报判决录等书。

三号　初九日　星期,寄海秋一函。

四号　初十日　到校。

五号　十一日　到校。

六号　十二日　到校。

七号　十三日　到校。

八号　十四日　到校寄溥佺一函。

九号　十五日　到校。

十号　十六日　星期,到李仲洲处祝寿,并观文与可苏文忠墨竹、宋元明清四朝题跋,洵奇品也。

十一号　十七日　到校。

十二号　十八日　到校。

十三号　十九日　到校。

十四号　二十日　到校。

十五号　二十一日　到校。

十六号　二十二日　到校。

十七号　二十三日　星期,柳小川到谈,到粤东馆听议禁赌事宜。

十八号　二十四日　到校。

十九号　二十五日　到校,邝国元善甫到候。

二十号　二十六日　到校。

二十一号　二十七日　到校。

二十二号　二十八日　到校,访徐齐仲。

二十三号　二十九日　到校。

二十四号　三十日　星期,到中央公园赴癸甲同学会一叙。

二十五号　十二月初一日　到校,李炳琛来庭到候。

二十六号　初二日　到校。

二十七号　初三日　到校,游土地庙,回候李来庭,并访萧新之,晚接海秋来书。

二十八号　初四日　到校,并覆海秋。

二十九号　初五日　到校,接郭炯彤来函。

三十号　初六日　到校。

三十一号　初七日　学校放年假,七日往各处贺年。

民国六年一月一号　初八日　午后偕内子等游中央公园。

二号　初九日　午约陈沂卿、黄乔生,到玉壶春茗谈。

三号　初十日　到关芝坪处一谈,寄顾仰山书。

四号　十一日　回候王朴川。

五号　十二日　到徐李龙、杨雪松处拜候。

六号　十三日　接邓小昊来函。

七号　十四日　覆郭炯彤、邓小昊,并致吕缉臣一函,又寄七叔,溥佺一书。

八号　十五日　到校,寄七叔,溥佺一函。

九号　十六日　到校,午后到众议院旁听。

十号　十七日　到校。

十一号　十八日　到校,萧新之到谈。

十二号　十九日　到校,寄海秋一函,食物一包。

十三号　二十日　到校,晚赴杨雪松处一叙。

十四号　二十一日　星期,寄陈敦甫书,李来庭到谈。

十五号　二十二日　到校。

十六号　二十三日　到校。

十七号　二十四日　到校。

十八号　二十五日　到校。

十九号　二十六日　到校,寄商藻亭书。

二十号　二十七日　到校。

二十一号　二十八日　学校自本日放假。

二十二号　二十九日　寄海秋一函。

民国六年(1917)丁巳日记

二十三号　丁巳年正月初一日　早起敬神(下缺)萧新之诸同年,徐花农师处(下缺)寓一谈,杨竹川、柳小川、黄恩(下缺)。

二十四号　初二日　往候杨竹川,王次箋柳(下缺)宅。

二十五号　初三日　到厂甸一游,晚到笃志(下缺)。

二十六号　初四日　早到崇德学校,试验新(下缺)。

二十七号　初五日　到校。

二十八号　初六日　偕小儿再游厂甸。

二十九号　初七日　到校。

三十号　初八日　到校。

三十一号　初九日　到校。

二月一号　初十日　到校,接王衍华、溥侄来函。

二号　十一日　到校。

三号　十二日　到校,覆王甥、溥侄。

四号　十三日　星期,到校补考蒙古学生。

五号　十四日　到校,接顾仰山来函。

六号　十五日　到校。

七号　十六日　到校,晚赴陈君让之约。

八号　十七日　到校,访萧新之未晤。

九号　十八日　到校。

十号　十九日　到校,寄海秋一函,又判决录一本。萧新之到谈。

十一号　二十日　星期,到粤东馆。

十二号　二十一日　共和纪念日,放假一天。午到黄伯宾、杨竹川处一谈,晚赴公理会,崇校所约也。

十三号　二十二日　到校。

十四号　二十三日　到校。

十五号　二十四日　到校。

十六号　二十五日　到校。

十七号　二十六日　到校,商藻亭到谈。

十八号　二十七日　星期,早候商藻亭,窦斗权,午赴柳表弟小川之约。

十九号　二十八日　到校,接陈敦甫来函。

二十号　二十九日　到校。

二十一号　三十日　到校。

二十二号　二月初一日　到校。

二十三号　初二日　到校。

二十四号　初三日　到校,晚到窦斗权处一谈。

二十五号　初四日　星期,商藻亭、陈君让、杨雪松、窦斗权、柳小川到叙,刘厚之、萧新兹到候。

二十六号　初五日　到校,接海秋来函。

二十七号　初六日　到校,晚赴李锡之约。

二十八号　初七日　到校。

三月一号　初八日　到校。

二号　初九日　到校。

三号　初十日　到校,晚赴薛仪卿、杨鼎臣约,接溥侄函。

四号　十一日　星期。

五号　十二日　到校,接海秋函。

六号　十三日　到校。

七号　十四日　到校。

八号　十五日　到校。

九号　十六日　到校。

十号　十七日　到校。

十一号　十八日　柳小川到谈,访王伯荃,并到关咏仁、冯企庐两处行礼。

十二号　十九日　到校,晚到窦斗权处便饭。

十三号　二十日　到校,寄溥侄一函。

十四号　二十一日　到校,政府因抗议德国封锁主义无效,断绝外交关系。

十五号　二十二日　到校。

十六号　二十三日　到校。

十七号　二十四日　到校,晚访萧新之、麦敬舆。

十八号　二十五日　星期。

十九号　二十六日　到校。

二十号　二十七日　到校。

二十一号　二十八日　到校,接海秋函,知汤颂清亲家病故。

二十二号　二十九日　早到前门购买什物,午到学校,寄复海秋书。

二十三号　闰二月初一日　到校。

二十四号　初二日　学校停课,午同内子出街游逛。

二十五号　初三日　星期,柳小川到谈。

二十六号　初四日　到校。

二十七号　初五日　到校。

二十八号　初六日　到校。

二十九号　初七日　到校。

三十号　初八日　到校。

三十一号　初九日　到校。

四月一号　初十日　星期,早偕内子到东大市,午游工艺陈列所。

二号　十一日　到校。

三号　十二日　到校,接溥侹来函。

四号　十三日　到校。

五号　十四日　学校放春假,早访吴康伯、王次箴未晤,午访文伯英、杨竹川、刘嗣伯,晚代陈西岑太夫子撰公函,送清史馆,列名者徐绍桢、赵维熙、达寿、麦秩严、萧丙炎、刘庆镗、杨渭同余,共八人。

六号　十五日　致溥侹一函,又致陈西岑师。

七号　十六日

八号　十七日　星期,到西城小市。

九号　十八日　到校。

十号　十九日　到校。

十一号　二十日　到校。

十二号　二十一日　到校。

十三号　二十二日　到校。

十四号　二十三日　到校,商云亭到谈,晚往杨雪松家便饭。

十五号　二十四日　星期,早到全聚德,商云亭约饮也。晚约云亭在通商号一叙。

十六号　二十五日　到校,晚赴萧新之约。

十七号　二十六日　到校,晚赴刘君伯绅之约。

十八号　二十七日　早访商云亭,到校。

十九号　二十八日　到校,接陈西岑师函。

二十号　二十九日　到校。

二十一号　三月初一日　到校。

二十二号　初二日　星期,访刘经绎伯绅。

二十三号　初三日　到校。

二十四号　初四日　到校,覆陈西岑师,赴饶衍馨约。

二十五号　初五日　到校。

二十六号　初六日　到校。

二十七号　初七日　到校。

二十八号　初八日　到校。

二十九号　初九日　星期。

三十号　初十日　到校。

五月一号　十一日　到校。

二号　十二日　到校。

三号　十三日　到校。

四号　十四日　到校,晚赴谢孟博之约。

五号　十五日　到校,刘厚之到谈。

六号　十六日　星期,王次篯到谈。

七号　十七日　到校。

八号　十八日　到校。

九号　十九日　到校,萧新之到候。

十号　二十日　到校,早访吴广荣。

十一号　二十一日　到校,接家七叔函,即覆,又致海秋书。

十二号　二十二日　到校,与德国宣战案,国会缓决。

十三号　二十三日　星期,早访饶麓樵,并到安庆会馆。

十四号　二十四日　到校。

十五号　二十五日　到校,接汝良侄函。

十六号　二十六日　到校,接海秋来函。

十七号　二十七日　到校,覆汝良来函。

十八号　二十八日　到校,段祺瑞免总理兼陆军总长职,此项命令在二十三号。

十九号　二十九日　到校。

二十号　三十日　星期,午后偕内子游陈列所。

二十一号　四月初一日　到校。

二十二号　初二日　到校,午后往视杨同年竹川,病已危笃矣。

二十三号　初三日　到校,杨君竹川病故,同谱至好又缺一人,感叹无既。

二十四号　初四日　到校。

二十五号　初五日　到校,接海秋来函,珍女发热,用和解之药治之。

二十六号　初六日　到校,珍女热未退尽,用泻火之剂治之。

二十七号　初七日　星期,请萧同年诊视珍女,病已渐愈。

二十八号　初八日　到校,珍女热尚未退,闻安徽省长倪嗣冲独立。

二十九号　初九日　到校。

三十号　初十日　到校,闻奉天,河南、山东,亦均宣布独立。

三十一号　十一日　到校。

六月一号　十二日　到校,珍女热未退尽,鼻血流出,稍松。

二号　十三日　到校,珍女病愈,浙江,直隶宣布独立。

三号　十四日　星期,访萧新之,吉林,上海宣布独立。

四号　十五日　到校,闻总统有退位之说。

五号　十六日　到校。

六号　十七日　到校。

七号　十八日　到校,闻张绍轩本日由徐北行,调停时局。

八号　十九日　到校,闻张绍轩调停条件:一解散国会,二修改约法,三解散省议会,四实行内阁责任制度。

九号　二十日　到校,闻元首已允解散国会。

十号　二十一日　星期,柳小川到谈。

十一号　二十二日　到校,闻解散国会命令,伍廷芳不肯副署。

十二号　二十三日　到校。

十三号　二十四日　到校,本日解散国会,由江朝宗代总理副署。

十四号　二十五日　到校。

十五号　二十六日　到校，张绍轩晋京，李总理经羲同来。

十六号　二十七日　到校。

十七号　二十八日　星期，到杨宅奠祭，午到关颖人处祝寿，晚听戏。

十八号　二十九日　到校，代李辉山办呈两件，并覆知。

十九号　五月初一日　到校，接溥伒来函。

二十号　初二日　到校，禀七叔。

二十一号　初三日　到校，覆溥伒，接赖焕文来函。

二十二号　初四日　到校，刘厚之到谈。

二十三号　初五日　端节放假，商云亭、柳小川到谈，接七叔函，玮女发热。

二十四号　初六日　星期，陈君让来诊玮女。

二十五号　初七日　到校，李总理昨宣告就职，并发布三部总长。

二十六号　初八日　到校，玮女热未退，请妇婴医院西女士一诊。

二十七号　初九日　到校，覆李锡之约。

二十八号　初十日　学校停课，禀七叔，覆焕文。

二十九号　十一日　李内阁又发表三部总长。

三十号　十二日　致商云亭一函。

七月一号　十三日　柳小川、黄恩布来坐，午后京城悬挂龙旗，闻清帝已复辟矣。

二号　十四日　到校，阅报知清帝兴复，用大清帝国号，定为君主立宪政体，命张勋、王士珍、陈宝琛、梁敦彦、刘廷琛、袁大化、张镇芳为内阁议政大臣，又同时命徐世昌、康有为为弼德院正副院长，各省总督、巡抚，各部尚书。

　　三号　十五日　到校,授瞿鸿禨升允为大学士,简各部左右侍郎、参丞。

　　四号　十六日　到校。

　　五号　十七日　到校,闻复辟之举,外省多不赞成,曹锟、李长义两军皆有反对意。

　　六号　十八日　到校,出京者纷纷,中交纸币价格跌至六折。

　　七号　十九日　到校,闻城外两军冲突,间有死伤,京师尚平静。

　　八号　二十日　星期,张绍轩辞职,副总统冯国璋在南京代理总统,段辑瑞①复为国务总理。

　　九号　二十一日　为余生辰,家人庆祝,接海秋、溥侄来函。

　　十号　二十二日　早临帖,午偕新儿到厂甸。

　　十一号　二十三日　早写字,到土地庙,闻共和军包围京师,劝张绍轩兵解除武装,未能承认。

　　十二号　二十四日　天明城内东南角枪炮声迭作,闻张军与共和军交战云。本日街上断绝交通,巷内均有警兵拦住,一切食物,俱难购买。午后四钟,枪炮声已息,出门访本街刘厚之同年一谈,闻张军已缴械停战,张绍轩并避往荷兰使馆矣。

　　十三号　二十五日　早出门,各店铺仍未开门做买卖,街上时有兵背枪往来,访萧新之、顾仲平一谈,王伯荃到坐。

　　十四号　二十六日　到校,候文伯英,并到柳小川表弟处坐,段总理到京。

　　十五号　二十七日　早访陈君让,黎总统宣言辞职。

　　十六号　二十八日　到校,候达智甫,午萧新之到候,汪大燮任外交总理兼陆军,刘冠雄任海军。

　　十七号　二十九日　寄海秋、溥侄各一函。

　　十八号　三十日　到校,萧新之到候,范源濂任教育,汤化龙任

────────────

　　①　段辑瑞:原稿如此。

内务,梁启超任财政,曹汝霖任交通,林长民任司法,张季直任农商。

十九号　六月初一日　萧新之到谈。

二十号　初二日　到前门,寄海秋判决汇览,及解释档各书,并函知一切。接寿侄来信。

二十一号　初三日　写字。

二十二号　初四日　星期,傅柏涛、饶衍馨到谈,晚偕内子游中央公园。

二十三号　初五日　到校,回候傅柏涛,寄海秋线带二付。

二十四号　初六日　覆寿侄,闻海军第一舰队宣言独立。

二十五号　初七日　习字。

二十六号　初八日

二十七号　初九日　到校,接陈敦甫来函。

二十八号　初十日　覆陈敦甫。

二十九号　十一日　早偕内子游东小市,晚赴傅峻三约。

三十号　十二日　曾光瑜到谈。

三十一号　十三日　到校,陈君让到谈,又崇校学生陈思曾、陈思埙、王化隆到候,接溥侄来函。

八月一号　十四日　早到崇校,并致商藻亭一函。本日冯总统到京。

二号　十五日　崔凤池韶宗到谈。

三号　十六日　到校,午后偕儿女辈游工艺陈列所。

四号　十七日

五号　十八日　早访黄恭辅伯宾,并到刘厚之家祝寿。午赴窦斗权约。

六号　十九日　习字,接海秋函,知生一女,即覆贺。

七号　二十日　到校。

八号　二十一日　午后到琉璃厂。

九号　二十二日　午访小川,晚赴李锡之约。

十号　二十三日　到校,晚赴徐花农师约。

十一号　二十四日　晚赴薛仪卿、杨鼎臣约。

十二号　二十五日　星期,早游东小市,并到车站送行,致崔盘石一函,求书四屏。

十三号　二十六日　到校,接汝良侄,又海秋各一函。

十四号　二十七日　早到德胜门外小市,本日政府宣布与德、奥两国宣战。

十五号　二十八日　偕内子游小市,接海秋快信一封。

十六号　二十九日　到校。

十七号　三十日　访李仲洲一谈。

十八号　七月初一日　早到校,覆海秋快信。

十九号　初二日　星期,萧新之、柳小川、黄恩布到谈,接大侄来函。

二十号　初三日　早访张俶身石曾、萧新之。

二十一号　初四日　到校。

二十二号　初五日　为陈振先之父作寿诗一首。

二十三号　初六日　到崇校,试验新生。

二十四号　初七日　到校,午后为珍琼两女报名入初等小学及蒙养园,晚赴萧新之约。

二十五号　初八日　早访林世焘次煌、麦敬舆。

二十六号　初九日　星期,到癸甲同学会,访陆鸿仪棣威。

二十七号　初十日　蒙校本日上课到校。

二十八号　十一日　到校,接海秋信,并汇洋二十元代购书籍。

二十九号　十二日　到校。

三十号　十三日　到校,商藻亭到谭。

三十一号　十四日　到校,寄海秋一函,又书报两份。

九月一号　十五日　崇德学校开课,到校。

二号　十六日　到校,访刘厚之一谈。

三号　十七日　到校,接海秋来函。

四号　十八日　到校。

五号　十九日　到校,徐齐仲到候。

六号　二十日　到校。

七号　二十一日　到校。

八号　二十二日　到校。

九号　二十三日　星期,陆鸿仪棣威到候,午访许邓起枢、王大钧。

十号　二十四日　到校。

十一号　二十五日　萧新之到候,早到校。

十二号　二十六日　到校,伍文祥到候。

十三号　二十七日　内子生辰,到校,寄海秋布匣一个。

十四号　二十八日　到校。

十五号　二十九日　到校,访萧新之。

十六号　八月初一日　星期,早访张书云、伍文祥、谈国楫。

十七号　初二日　到校。

十八号　初三日　到校。

十九号　初四日　到校。

二十号　初五日　到校,访麦毓勋雪铭。

二十一号　初六日　到校。

二十二号　初七日　到校。

二十三号　初八日　星期,访虞锡晋叔超、黄昌寿介之,晚赴杨孟川之约。

二十四号　初九日　到校。

二十五号　初十日　到校。

二十六号　十一日　到校。

二十七号　十二日　到校。

二十八号　十三日　到校。

二十九号　十四日　到校,寄商云亭一函。

三十号　十五日　星期,中秋节照校章放假一日,改明日休息。午到律师公会,晚访萧新之。

十月一号　十六日　学校休息。

二号　十七日　到校。

三号　十八日　到校,接蓝文锦云屏来函。

四号　十九日　到校。

五号　二十日　到校。

六号　二十一日　到校,寄海秋快信一函。

七号　二十二日　星期,接海秋来函。

八号　二十三日　到校,接海秋函。

九号　二十四日　到校。

十号　二十五日　纪念日,学校放假一日,午到琉璃厂,访萧新之。

十一号　二十六日　到校,白其焯俊卿到候。

十二号　二十七日　孔子诞日,学校放假一天。

十三号　二十八日　到校。

十四号　二十九日　星期,访商藻亭,白俊卿,杨雪松。

十五号　三十日　到校。

十六号　九月初一日　到校,往徐花农师贺喜,接溥侄来函。

十七号　初二日　到校。

十八号　初三日　到校。

十九号　初四日　到校。

二十号　初五日　到校。

二十一号　初六日　星期,访萧新之一谈。

二十二号　初七日　到校。

二十三号　初八日　到校。

二十四号　初九日　到校。

二十五号　初十日　到校。

二十六号　十一日　到校。

二十七号　十二日　到校。

二十八号　十三日　星期。

二十九号　十四日　到校。

三十号　十五日　到校。

三十一号　十六日　到校。

十一月一号　十七日　早到培华女学校。

二号　十八日　到校,并到梁宅课读。

三号　十九日　到校,晚到关芝坪处一谈。

四号　二十日　星期,陈君让到谈,午后往前门。

五号　二十一日　到校。

六号　二十二日　到校。

七号　二十三日　到校。

八号　二十四日　到校,接李辉山来函。

九号　二十五日　到校。

十号　二十六日　参议院开幕,放假一天,覆李辉山。

十一号　二十七日　星期,午后游中央公园。

十二号　二十八日　到校。

十三号　二十九日　到校。

十四号　三十日　到校。

十五号　十月初一日　到校。

十六号　初二日　到校。

十七号　初三日　到校,接海秋来函,寄崔盘石一书。

十八号　初四日　星期,柳小川到谈,代李辉山递状一件,明日送平政院。

十九号　初五日　到校。

二十号　初六日　到校。

二十一号　初七日　到校,平政院阅批词。

二十二号　初八日　到校,接海秋一函。

二十三号　初九日　到校,商藻亭到坐。

二十四号　初十日　到校。

二十五号　十一日　早到谭宅行礼,午杨孟川到谈。

二十六号　十二日　到校。

二十七号　十三日　到校,段总理辞职。外交总长汪大燮代理。

二十八号　十四日　到校。

二十九号　十五日　到校。

三十号　十六日　到校,辞笃志讲席。

十二月一号　十七日　到校。

二号　十八日　星期,到钱镜平处贺寿,访黄伯宾。

三号　十九日　到校,晚祭先君忌辰。

四号　二十日　到校。

五号　二十一日　到校,王士珍署总理,组织内阁。

六号　二十二日　到校。

七号　二十三日　到校,晚先母忌辰。

八号　二十四日　到校。

九号　二十五日　星期,访萧新之。

十号　二十六日　到校,闻湖南为西南所据,谭浩明、程潜入长沙。

十一号　二十七日　到校。

十二号　二十八日　到校。

十三号　二十九日　到校。

十四号　十一月初一日　到校。

十五号　初二日　到校。

十六号　初三日　星期。

十七号　初四日　到校。

十八号　初五日　到校。

十九号　初六日　到校。

二十号　初七日　到校,寄七叔一函。

二十一号　初八日　到校,寄李辉山一函。

二十二号　初九日　冬至放假一日,早访萧新之,寄七叔、辉山各一函。

二十三号　初十日　星期,胡勉襄到谈。

二十四号　十一日　到校。

二十五号　十二日　到校,寄海秋、仰山、乔生各一函,政府宣布讲和。

二十六号　十三日　到校,接寿侄一函。

二十七号　十四日　到校。

二十八号　十五日　到校。

二十九号　十六日　到校,接海秋来函,午到柳小川家。

三十号　十七日　星期,接小川由沪来函。

三十一号　十八日　到校。

七年正月一号　十九日　新年放假一天。

二号　二十日　到校。

三号　二十一日　到校。

四号　二十二日　到校,接海秋来函,寄溥侄书。

五号　二十三日　早访萧新之,覆海秋,寄京果一匣。

六号　二十四日　星期。

七号　二十五日　到校,商云亭到谈。

八号　二十六日　到校。

九号　二十七日　到校,访商云亭。

十号　二十八日　到校。

十一号　二十九日　到校。

十二号　三十日　到校。

十三号　十二月初一日　星期,早访胡迟圃,晚晤刘厚之一谈。

十四号　初二日　到校,寄海秋书,接溥侄来函。

十五号　初三日　到校。

十六号　初四日　到校。

十七号　初五日　到校,接寿侄书,即覆。

十八号　初六日　到校,晚访石蕴华文邨。

十九号　初七日　到校。珍女十一月初八日巳时生,琼女二月初七日子时生,玮女十二月二十八日丑时生,附志于此,以备遗忘。

二十号　初八日　星期,石文邨到候,访萧新之、关芝坪。

二十一号　初九日　到校。

二十二号　初十日　到校。

二十三号　十一日　到校。

二十四号　十二日　到校。

二十五号　十三日　到校。

二十六号　十四日　到校,往关宅贺喜,作寿文三篇。

二十七号　十五日　星期,午同关芝坪到香厂,闻总统昨日乘车出巡,因西南各省尚未调停息兵也。

二十八号　十六日　到校,往拜徐花农师寿。

二十九号　十七日　到校。

三十号　十八日　到校。

三十一号　十九日　到校,闻岳州失守。

二月一号　二十日　到校,致陈敦甫函,政府下讨伐湖南令。

二号　二十一日　到校,作寿诗二首,辞崇德学校教员。

三号　二十二日　星期,致溥伬一函,又寄海秋书。

四号　二十三日　到校。

五号　二十四日　到校。

六号　二十五日　到校。

七号　二十六日　学校本日起放年假。

八号　二十七日　早到真金行,访石蕴华。

九号　二十八日　接溥伬来函,知已娶亲矣。

十号　二十九日

民国七年（1918）戊午日记

　　十一号　　戊午年正月初一日　　元旦，往各亲友处贺年，顺往厂甸一游。

　　十二号　　初二日　　往柳小川、杨雪松、文伯英等处一谈。

　　十三号　　初三日　　到梁宅，午到厂甸。

　　十四号　　初四日　　撰寿联一对，文曰：岭表星辉瞻奎壁，河阳花发颂台莱。

　　十五号　　初五日　　到朱鼎卿处贺寿。

　　十六号　　初六日　　到蒙校，并访黄介之、杨孟川。

　　十七号　　初七日　　星期。

　　十八号　　初八日　　到校。

　　十九号　　初九日　　到校。

　　二十号　　初十日　　到校。

　　二十一号　　十一日　　到校。

　　二十二号　　十二日　　到校，午后作寿诗四首。

　　二十三号　　十三日　　到校，作寿诗十首，接海秋函即覆。

　　二十四号　　十四日　　到校，接曾光瑜来信，遂作覆。

　　二十五号　　十五日　　蒙校寒假已满，本日上课，到校。

　　二十六号　　十六日　　到校，致柳小川一函。

　　二十七号　　十七日　　到校，晚赴李锡之约。

　　二十八号　　十八日　　到校。

　　三月一号　　十九日　　到校，致小川一函。

　　二号　　二十日　　到校。

三号　二十一日　星期,到校,到李锡之处一谈。

四号　二十二日　到校。

五号　二十三日　到校。

六号　二十四日　到校。

七号　二十五日　到校,奉天有出兵消息。

八号　二十六日　到校。

九号　二十七日　到校,致小川一函,闻奉兵抵廊坊。

十号　二十八日　到长椿寺李宅行礼,午赴癸甲同学会。

十一号　二十九日　到校,蒙校中学第一班举行毕业试验,总统昨日通电辞职。

十二号　三十日　到校。

十三号　二月初一日　到校。

十四号　初二日　到校。

十五号　初三日　到校,寄海秋一函。

十六号　初四日　到校。

十七号　初五日　星期。

十八号　初六日　到校。

十九号　初七日　到校,赴江西会馆,癸卯团拜。

二十号　初八日　到校,北军克复岳州。

二十一号　初九日　到校,玮女咳嗽发热。

二十二号　初十日　午赴郭炯伯之约,玮女热稍减。

二十三号　十一日　到校,北军克复岳州。

二十四号　十二日　玮女咳甚,神志不宁,亟延医治之。

二十五号　十三日　玮女午后服药渐效。

二十六号　十四日　玮女神志渐定,仍服驱痰清热之剂。

二十七号　十五日　到校,玮女渐愈。

二十八号　十六日　到校,段祺瑞复任总理。

二十九号　十七日　到校,闻北军克复长沙,玮女已愈。

三十号　十八日　到校。

三十一号　十九日　到校,考蒙藏专科学生。

四月一号　二十日　早到前门,午书寿屏,蒙校自本日起放春假一星期。

二号　二十一日　早到中国银行换票,午到琉璃厂。

三号　二十二日

四号　二十三日　到校。

五号　二十四日　清明,放假,早到粤馆祭先哲,并到旧义园,祭袁督师墓。

六号　二十五日　到校。

七号　二十六日　星期,取回柳江公司债款,另给新票三张。

八号　二十七日　国会开幕纪念,放假一天。

九号　二十八日　到校。

十号　二十九日　到校。

十一号　三月初一日　到校。

十二号　初二日　到校,接海秋来信。

十三号　初三日　到校。

十四号　初四日　到蒙校,中学甲班举行毕业礼。

十五号　初五日　到校,王次篯到谈。

十六号　初六日　到校。

十七号　初七日　到校。

十八号　初八日　到校,回候王次篯。

十九号　初九日　到校。

二十号　初十日　到校,寄七叔,寿侄一函,又寄海秋函。

二十一号　十一日　星期,访文伯英一谈,午到柳江公司会,接溥侄来信。

二十二号　十二日　到校。

二十三号　十三日　到校。

二十四号　十四日　到校。

二十五号　十五日　到校。

二十六号　十六日　到校。

二十七号　十七日　到校。

二十八号　十八日　星期,到校。

二十九号　十九日　到校。

三十号　二十日　到校。

五月一号　二十一日　到校,寄海秋一函。

二号　二十二日　到校。

三号　二十三日　到校。

四号　二十四日　到校。

五号　二十五日　星期。

六号　二十六日　到校,寄海秋洋九十元,以清旧欠。

七号　二十七日　到校。

八号　二十八日　到校。

九号　二十九日　到校。

十号　四月初一日　到校。

十一号　初二日　到校。

十二号　初三日　星期,午偕小女辈游土地祠。

十三号　初四日　到校。

十四号　初五日　到校,晚访萧新之、徐齐仲。

十五号　初六日　到校。

十六号　初七日　到校。

十七号　初八日　蒙校放假一日。

十八号　初九日　到校。

十九号　初十日　到真金行,陈泰谦到谈。

二十号　十一日　到校。

二十一号　十二日　到校。

二十二号　十三日　到校。

二十三号　十四日　到校。

二十四号　十五日　到校,寄海秋一函。

二十五号　十六日　到校,近日京师时疫盛行,病者十几,好在不甚要紧也。

二十六号　十七日　星期,内子觉恶寒身痛,尚不发热,想亦时令所致,请萧新之同年来诊。

二十七号　十八日　到校,内子已愈。

二十八号　十九日　到校,琦儿、琼女又发热,京师疫传染甚速,各人病亦相同,均用辛凉散剂而愈。

二十九号　二十日　到校。

三十号　二十一日　到校。

三十一号　二十二日　到校。

六月一号　二十三日　到校。

二号　二十四日　星期。

三号　二十五日　到校,马拱宸到谈。

四号　二十六日　到校,到雍和宫,戏楼胡同崔宅行礼,回候马拱宸。

五号　二十七日　到校,接汝良来函。

六号　二十八日　到校,商云亭到谈。

七号　二十九日　到校。

八号　三十日　到校,覆汝侄,并禀七叔,午到萧新之家,贺其令郎行文定礼,覆候云亭。

九号　五月初一日　星期。

十号　初二日　到校。

十一号　初三日　到校。

十二号　初四日　到校。

十三号　初五日　端午节,学校放假一天,接海秋来书。

十四号　初六日　到校。

十五号　初七日　到校。

十六号　初八日　星期,覆海秋书,寄七叔万寿山图一幅。

十七号　初九日　到校。

十八号　初十日　到校。

十九号　十一日　到校。

二十号　十二日　到校。

二十一号　十三日　到校。

二十二号　十四日　到校,接溥侄函。

二十三号　十五日　星期,午到张毓皖处出人情,覆溥侄。

二十四号　十六日　到校。

二十五号　十七日　蒙校停课,早到前门买什物。

二十六号　十八日　到前门。

二十七号　十九日

二十八号　二十日

二十九号　二十一日　系余四十三岁生辰,拜祭祖先,家人庆喜。

三十号　二十二日　星期。

七月一号　二十三日　到校。

二号　二十四日　到校,陈西岑师到谈。

三号　二十五日　到校,谒陈西岑师。

四号　二十六日　到校,访麦敬舆同年,商公请陈师事。

五号　二十七日　到校,陈阮怀到谈。

六号　二十八日　为关伯珩之令尊树三作寿诗一首,又书团扇两柄。

七号　二十九日　星期,李仲洲到谈。

八号　六月初一日　候潘安叔,覆潘海秋。

九号　初二日

十号　初三日　赴薛仪卿之约。

十一号　初四日　黄乔生到谈,午后与麦敬舆公请陈西岑师。

十二号　初五日

十三号　初六日　往车站送陈师行。

十四号　初七日　到前门,萧新之到谈。

十五号　初八日　早到北京大学报名。

十六号　初九日

十七号　初十日

十八号　十一日　萧新之到谈,晚赴程康恩、王彦祖约。

十九号　十二日　到前门。

二十号　十三日　早访陆棣威,并候冯玉潜、梁节乡,午到蒙校。

二十一号　十四日　星期,冯玉潜到会。

二十二号　十五日　早到冯企卢处,代柳小川领薪水。

二十三号　十六日

二十四号　十七日　王次篯到会,晚访萧新之。

二十五号　十八日

二十六号　十九日　接七叔,溥伾来函。

二十七号　二十日　到校。

二十八号　二十一日　卯时又生一女,母子平安,李昌宪到谈。

二十九号　二十二日

三十号　二十三日　接李炳琛来函。

三十一号　二十四日　早到校,晚题庄笛梅先生家传七绝二首,录之于下:

　　　　烽烟偏野羽书驰,正是男儿杀贼时。保卫地方留遗爱,前贤功烈有如斯。

乱世由来奇士多,中流击楫意如何。长才未遇澄清主,叹息当年枉作歌。

八月一号　二十五日　为陈焕章重远之母作寿诗一首,其词曰:

花甲初周寿域开,堂前喜舞有斑莱。生成佩玉鸣鸾德,培得通今博古才。教衍杏坛如化雨,道传木铎似春雷。银河朗撤群星拱,宝婺腾辉一举杯。

二号　二十六日　覆李炳琛来庭。

三号　二十七日　访张煜全昶云。

四号　二十八日　星期。

五号　二十九日　接清华学校函,充中国历史教员。

六号　三十日

七号　七月初一日　陆鸿仪棣威到谈,午后偕小儿游世界商场。

八号　初二日　昨因感受暑气,早起身体微觉不舒,服清暑和脾剂。

九号　初三日　精神渐畅,再服前剂。

十号　初四日　精神复元,到校会议。

十一号　初五日　寄柳小川一函。

十二号　初六日　晚偕小儿看电影。

十三号　初七日

十四号　初八日

十五号　初九日　马拱宸到谈,午到清华园。

十六号　初十日　午到琉璃厂,辞培华女学校教员。

十七号　十一日　到蒙校,试验新生,晚赴冯祥光玉潜之约。

十八号　十二日　早访潘昌煦由笙,并到陈重远处祝寿。晚赴萧新之约,崔金科、彬葵到候。

十九号　十三日　早访云亭、彬葵。

二十号　十四日　谢孟博到谈。

二十一号　十五日

二十二号　十六日　到校。

二十三号　十七日　召集参众两院,本日开幕。

二十四号　十八日　到校,云亭、虞叔昭到谈。

二十五号　十九日　星期。

二十六号　二十日　到蒙校,本日上课。

二十七号　二十一日　到校。

二十八号　二十二日　到校,赴清华园。

二十九号　二十三日　由清华园回。

三十号　二十四日　到校。

三十一号　二十五日　到校,晚赴癸甲同学会。

九月一号　二十六日　星期,到校。

二号　二十七日　到校,内子生日,儿女辈拜寿。

三号　二十八日　到校。

四号　二十九日　到校,参、众两院举徐世昌为大总统。

五号　八月初一日　到校。

六号　初二日　到校。

七号　初三日　代陈绍庭递委任状,请王次箴、王伯荃、陈沂清、吴谷函、黄乔生、黄介之、刘厚之、杨少曾到舍一叙。

八号　初四日　星期,到蒙校中学丙班,行始业式。

九号　初五日　清华学校开学。

十号　初六日　到校,接海秋函。

十一号　初七日　到校。

十二号　初八日　到校,覆海秋、柳小川。

十三号　初九日　到校。

十四号　初十日　到校。

十五号　十一日　星期。

十六号　十二日　到校。

十七号　十三日　到校。

十八号　十四日　到校。

十九号　十五日　节假。

二十号　十六日　到校,接海秋来函。

二十一号　十七日　到校。

二十二号　十八日　星期。

二十三号　十九日　到校。

二十四号　二十日　到校。

二十五号　二十一日　到校。

二十六号　二十二日　到校。

二十七号　二十三日　到校,王志钰到候。

二十八号　二十四日　到校,寄海秋书两包,信一件。

二十九号　二十五日　星期,访萧新之、商云亭。

三十号　二十六日　到校。

十月一号　二十七日　孔子圣诞,学校放假一日。

二号　二十八日　到校。

三号　二十九日　到校。

四号　三十日　到校。

五号　九月初一日　到校。

六号　初二日　星期,寄柳小川、海秋各一函。

七号　初三日　到校。

八号　初四日　到校。

九号　初五日　到校。

十号　初六日　共和纪念日,学校放假一日,午后偕内子等游新世界,并在瑞记饭庄用饭。

十一号　初七日　到校。

十二号　初八日　到校。

十三号　初九日　星期,偕内子游天桥。

十四号　初十日　到校。

十五号　十一日　到校。

十六号　十二日　到校。

十七号　十三日　到校。

十八号　十四日　到校。

十九号　十五日　到校,请陈西岑师在东方饭店一叙。

二十号　十六日　星期,到律师公会。

二十一号　十七日　到校,寄海秋食物一匣。

二十二号　十八日　到校。

二十三号　十九日　到校。

二十四号　二十日　到校。

二十五号　二十一日　到校。

二十六号　二十二日　到校,接海秋书。

二十七号　二十三日　星期,代萧新之写条幅十二。

二十八号　二十四日　到校。

二十九号　二十五日　到校。

三十号　二十六日　到校。

三十一号　二十七日　到校。

十一月一号　二十八日　到校。

二号　二十九日　到校,晚赴李佩乡约。

三号　三十日　星期,偕子士琦,女士珍、士琼游公府。

四号　十月初一日　到校。

五号　初二日　到校。

六号　初三日　到校。

七号　初四日　到校。

八号　初五日　到校。

九号　初六日　到校,寄海秋大理院解释档一本。

十号　初七日　星期。

十一号　初八日　到校。

十二号　初九日　到校。

十三号　初十日　到校。

十四号　十一日　因欧战议和,放假三日。

十五号　十二日　早,到西城买布,午访黄乔生。

十六号　十三日　早赴杨冠伦之约。

十七号　十四日　早访萧新之、虞叔昭,午访徐齐仲、薛仪卿、商云亭等。

十八号　十五日　到校。

十九号　十六日　到校。

二十号　十七日　到校。

二十一号　十八日　到校。

二十二号　十九日　到校,拜先父忌辰。

二十三号　二十日　到校。

二十四号　二十一日　星期,李玉振、佩珂到候,午回候佩珂,并访王伯荃,寄小川表弟一函。

二十五号　二十二日　到校。

二十六号　二十三日　到校,拜先母忌辰。

二十七号　二十四日　到校。

二十八号　二十五日　学校放假三日。

二十九号　二十六日　为李炳琛之父作寿文一篇,接海秋函。

三十号　二十七日　到大理院。

十二月一号　二十八日　星期,晚赴张卿五之约。

二号　二十九日　到校。

三号　十一月初一日　到校。

四号　初二日　到校。

五号　初三日　到校。

六号　初四日　到校。

七号　初五日　到校。

八号　初六日　星期,早访刘厚之。

九号　初七日　到校。

十号　初八日　到校。

十一号　初九日　到校。

十二号　初十日　到校。

十三号　十一日　到校。

十四号　十二日　到校,晚赴吴谷函之约。

十五号　十三日　星期,午偕内子到同济医院,接海秋来函,晚寄陈绍庭一函,又致大侄女一信,并覆海秋。

十六号　十四日　到校。

十七号　十五日　到校。

十八号　十六日　到校。

十九号　十七日　到校。

二十号　十八日　到校。

二十一号　十九日　早访冯企庐、商云亭。

二十二号　二十日　冬至,早访李仲洲。

二十三号　二十一日　到校。

二十四号　二十二日　到校。

二十五号　二十三日　到校。

二十六号　二十四日　到校。

二十七号　二十五日　到校。

二十八号　二十六日　到校,午后往祭徐花农师。

二十九号　二十七日　星期。

三十号　二十八日　到校。

三十一号　二十九日　到校。

八年一月一号　三十日　早由清华园回寓。

二号　十二月初一日

三号　初二日　到校。

四号　初三日

五号　初四日　星期，高葆勋鸣谦到谈。

六号　初五日　到校。

七号　初六日　到校。

八号　初七日　到校。

九号　初八日　到校。

十号　初九日　到校。

十一号　初十日　寄海秋一函，到校。

十二号　十一日　星期，白俊卿到谈。

十三号　十二日　到校。

十四号　十三日　到校。

十五号　十四日　到校。

十六号　十五日　到校。

十七号　十六日　到校。

十八号　十七日　到校。

十九号　十八日　星期。

二十号　十九日　到校。

二十一号　二十日　到校。

二十二号　二十一日　到校，晚赴吕燮甫之约。

二十三号　二十二日　到校。

二十四号　二十三日　到校。

二十五号　二十四日　到校。

二十六号　二十五日　星期,癸卯团拜,并请吕燮甫。

二十七号　二十六日　到校,学校放寒假。

二十八号　二十七日

二十九号　二十八日

三十号　二十九日

三十一号　三十日

民国八年(1919)己未日记

（初一至初五原缺页）

六号　初六日　午访梁汝成，晚赴李锡之约。

七号　初七日　晚赴萧新之约。

八号　初八日　午到西城，偕新儿游厂甸。

九号　初九日　星期，午到清华学校。

十号　初十日　到校。

十一号　十一日　到校。

十二号　十二日　国庆纪念放假，黎露苑到谈。

十三号　十三日　到校。

十四号　十四日　到校。

十五号　十五日　到校。

十六号　十六日　星期。

十七号　十七日　到校。

十八号　十八日　到校。

十九号　十九日　作寿诗一首，寄家七叔，到校。

二十号　二十日　到校。

二十一号　二十一日　到校。

二十二号　二十二日　到校。

二十三号　二十三日　到校。

二十四号　二十四日　到校。

二十五号　二十五日　到校。

二十六号　二十六日　到校。

二十七号　二十七日　到校。

二十八号　二十八日　到校,接仲美弟、溥侄函。

三月一号　二十九日　到校,接陈敦甫函,又接海秋信。

二号　二月初一日　星期。

三号　初二日　到校。

四号　初三日　到校。

五号　初四日　到校。

六号　初五日　到校。

七号　初六日　到校。

八号　初七日　到校。

九号　初八日　星期,郑从耘一谈。

十号　初九日　到校。

十一号　初十日　到校。

十二号　十一日　到校。

十三号　十二日　到校,接潘海秋来函。

十四号　十三日　到校。

十五号　十四日　到校,寄海秋书三本,又覆一函。

十六号　十五日　星期,早到王次篯、王敬一处行礼,访琴初。

十七号　十六日　到校。

十八号　十七日　到校。

十九号　十八日　到校。

二十号　十九日　到校。

二十一号　二十日　到校。

二十二号　二十一日　到校。

二十三号　二十二日　星期,午偕小儿到天桥。

二十四号　二十三日　到校。

二十五号　二十四日　到校。

二十六号　二十五日　到校。

二十七号　二十六日　到校。

二十八号　二十七日　到校,接七叔,暨海秋来函。

二十九号　二十八日　到校。

三十号　二十九日　星期。

三十一号　三十日　到校。

四月一号　三月初一日　到校。

二号　初二日　到校。

三号　初三日　到校,寄溥良,并覆仲美一函。

四号　初四日　到校。

五号　初五日　午到大理院阅卷。

六号　初六日　星期。

七号　初七日　到校。

八号　初八日　张贵馨、李建勋到谈。

九号　初九日　到校。

十号　初十日　到校,作意见书。

十一号　十一日　到校。

十二号　十二日　到校。

十三号　十三日　星期,游天桥。

十四号　十四日　到校。

十五号　十五日　到校。

十六号　十六日　到校。

十七号　十七日　到校。

十八号　十八日　到校。

十九号　十九日　到校。

二十号　二十日　星期,寄海秋学报,又司法公报一份。

二十一号　二十一日　到校。

二十二号　二十二日　到校。

二十三号　二十三日　到校。

二十四号　二十四日　到校。

二十五号　二十五日　到校。

二十六号　二十六日　到校。

二十七号　二十七日　星期。

二十八号　二十八日　到校。

二十九号　二十九日　到校。

三十号　四月初一日　到校,接海秋来函。

五月一号　初二日　到校,覆海秋。

二号　初三日　到校。

三号　初四日　到校。

四号　初五日　星期。

五号　初六日　到校。

六号　初七日　到校。

七号　初八日　到校。

八号　初九日　到校。

九号　初十日　到校。

十号　十一日　到校,覆海秋。

十一号　十二日　星期。

十二号　十三日　到校。

十三号　十四日　到校。

十四号　十五日　到校。

十五号　十六日　到校。

十六号　十七日　到校,寄海秋《国故月刊》二本。

十七号　十八日　到校。

十八号　十九日　星期。

十九号　二十日　到校。

二十号　二十一日　到校。

二十一号　二十二日　到校。

二十二号　二十三日　到校。

二十三号　二十四日　到校。

二十四号　二十五日　到校。

二十五号　二十六日　星期。

二十六号　二十七日　到校。

二十七号　二十八日　到校。

二十八号　二十九日　到校。

二十九号　五月初一日　到校,寄海秋四号函,并司法例规两套,第一次补编一套。

三十号　初二日　到校。

三十一号　初三日　到校。

六月一号　初四日　星期。

二号　初五日　夏节,学校放假一日。

三号　初六日　到校。

四号　初七日　到校。

五号　初八日　到校。

六号　初九日　到校。

七号　初十日　到校。

八号　十一日　星期。

九号　十二日　到校。

十号　十三日　到校。

十一号　十四日　到校,接寿良函,知家二嫂病故。

十二号　十五日　到校。

十三号　十六日　到校。

十四号　十七日　到校。

十五号　十八日　星期。

十六号　十九日　到校。

十七号　二十日　到校,寄溥侄十元。

十八号　二十一日　到校,余四十四岁生辰,家人庆贺。

十九号　二十二日　到校。

二十号　二十三日　到校,接寿侄函,知家七嫂又病故,旬日之间,迭接家中恶耗,心颇怛悼。

二十一号　二十四日　到校。

二十二号　二十五日　星期,接大侄女函,即覆,樊荫南到谈。

二十三号　二十六日　到校。

二十四号　二十七日　到校。

二十五号　二十八日　到校。

二十六号　二十九日　到校。

二十七号　三十日　到校。

二十八号　六月初一日　到校。

二十九号　初二日　星期。

三十号　初三日　到校。

七月一号　初四日　到校,汇溥侄十元,寄海秋六号函。

二号　初五日　学校放暑假。

三号　初六日　柳小川到谈,接汝侄来函,阅报知中国专使在欧洲拒绝签字。

四号　初七日　覆汝侄。

五号　初八日　寄商藻亭一函。

六号　初九日　星期,访马拱宸、柳小川。

七号　初十日

八号　十一日　接溥侄来函。

九号 十二日

十号 十三日 到蒙校。

十一号 十四日 寄海秋七号函。

十二号 十五日 接陈祖咏函,并瓷版一座。

十三号 十六日 傅朝迪到候,覆陈祖咏。

十四号 十七日 回候傅朝迪。

十五号 十八日

十六号 十九日

十七号 二十日 覆溥侄。

十八号 二十一日

十九号 二十二日

二十号 二十三日

二十一号 二十四日 到蒙校,接海秋函。

二十二号 二十五日 接溥侄函。

二十三号 二十六日

二十四号 二十七日

二十五号 二十八日

二十六号 二十九日

二十七号 七月初一日

二十八号 初二日

二十九号 初三日

三十号 初四日 寄海秋八号函。

三十一号 初五日

八月一号 初六日

二号 初七日

三号 初八日

四号 初九日

五号　初十日

六号　十一日

七号　十二日

八号　十三日

九号　十四日

十号　十五日

十一号　十六日　接汝侄书。

十二号　十七日　覆汝侄。

十三号　十八日　寄海秋《法政学报》一本。

十四号　十九日

十五号　二十日

十六号　二十一日　到校,午到柳小川家一坐。

十七号　二十二日　偕内子等到前门买布。

十八号　二十三日

十九号　二十四日

二十号　二十五日　达挚夫到谈。

二十一号　二十六日　商云亭到谈。

二十二号　二十七日　访萧新之,内子寿辰,儿女祝贺。

二十三号　二十八日　到蒙校。

二十四号　二十九日

二十五号　闰七月初一日　接海秋来函。

二十六号　初二日　访萧新之。

二十七号　初三日　致赖焕文,区徽五各一函。

二十八号　初四日　访商云亭。

二十九号　初五日　寄陈阮怀石庵字一条。

三十号　初六日

三十一号　初七日　寄海秋九号函,又京果一箱。

九月一号　初八日　到蒙校,晚赴锡之约。

二号　初九日　到蒙校。

三号　初十日　接寿侄函。

四号　十一日　覆寿侄。

五号　十二日　到校。

六号　十三日　到校,访李仲洲、刘厚之。

七号　十四日　星期,寄海秋十号函。

八号　十五日　清华学校开学。

九号　十六日　到校。

十号　十七日　到校。

十一号　十八日　到校。

十二号　十九日　到校,寄寿侄一函。

十三号　二十日　到校,晚赴萧新之约。

十四号　二十一日　星期,到唐士行处行礼。

十五号　二十二日　到校。

十六号　二十三日　到校。

十七号　二十四日　到校。

十八号　二十五日　到校,寄海秋十一号函。

十九号　二十六日　到校。

二十号　二十七日

二十一号　二十八日　星期,赴清华园。

二十二号　二十九日　由清华校回。

二十三号　三十日　到校。

二十四号　八月初一日　到校。

二十五号　初二日　到校。

二十六号　初三日　到校接商藻亭来函。

二十七号　初四日　到校覆商藻亭。

二十八号　初五日　星期,到律师公会,寄海秋十二号函。

二十九号　初六日　到校。

三十号　初七日　到校。

十月一号　初八日　到校,接溥伫来函。

二号　初九日　到校。

三号　初十日　到校。

四号　十一日　到校,晚赴边少岩之约。

五号　十二日　星期,偕大次两女游古物陈列所。

六号　十三日　到校。

七号　十四日　到校。

八号　十五日　学校放假,覆溥伫。

九号　十六日　到校。

十号　十七日　放假。

十一号　十八日　午到窦斗权、杨兆荃家一谈,并代海秋购《司法法令辑要》一部,致海秋十三号函,晚赴杨兆荃约。

十二号　十九日　星期。

十三号　二十日　到校。

十四号　二十一日　到校。

十五号　二十二日　到校。

十六号　二十三日　到校。

十七号　二十四日　到校。

十八号　二十五日　到校。

十九号　二十六日　星期。

二十号　二十七日　到校。

二十一号　二十八日　到校。

二十二号　二十九日　到校,接海秋来函。

二十三号　三十日　到校。

二十四号　九月初一日　到校。

二十五号　初二日　到校。

二十六号　初三日　星期,李仲彭到谈,挽谭学衡联:"栋折梁摧,空见荆榛弥六合;星沉月落,那堪风雨近重阳。"寄海秋十四号函。

二十七号　初四日　到校。

二十八号　初五日　到校。

二十九号　初六日　到校,接溥侄覆函。

三十号　初七日　到校。

三十一号　初八日　到校,接大侄女来函。

十一月一号　初九日　到校。

二号　初十日　星期,寄溥侄一函。

三号　十一日　到校。

四号　十二日　到校。

五号　十三日　到校。

六号　十四日　到校。

七号　十五日　到校,覆大侄女。

八号　十六日　到校,李柳溪到候。

九号　十七日　星期。

十号　十八日　到校。

十一号　十九日　到校。

十二号　二十日　到校。

十三号　二十一日　到校。

十四号　二十二日　到校。

十五号　二十三日　到校。

十六号　二十四日　星期。

十七号　二十五日　到校。

十八号　二十六日　到校。

十九号　二十七日　到校。

二十号　二十八日　到校。

二十一号　二十九日　到校,曾思远到谈。

二十二号　十月初一日　到校。

二十三号　初二日　星期,书联屏数件,寄海秋十五号函。

二十四号　初三日　到校。

二十五号　初四日　到校。

二十六号　初五日　到校。

二十七号　初六日　到校。

二十八号　初七日　到校。

二十九号　初八日　到校。

三十号　初九日　星期。

十二月一号　初十日　到校。

二号　十一日　到校。

三号　十二日　到校。

四号　十三日　到校。

五号　十四日　到校。

六号　十五日　到校,接海秋来函,候窦学光昆仲。

七号　十六日　星期,偕新儿到天桥。

八号　十七日　到校。

九号　十八日　到校。

十号　十九日　到校,晚祭先君忌日。

十一号　二十日　到校。

十二号　二十一日　到校。

十三号　二十二日　到校,寄溥侄一函。

十四号　二十三日　星期,祭先母忌日,朱伯屏同年到候。

十五号　二十四日　到校,接区徽五函。

十六号　二十五日　到校。

十七号　二十六日　到校。

十八号　二十七日　到校。

十九号　二十八日　到校,覆区徽五。

二十号　二十九日　到刘厚之家一谈,寄潘海秋十六号函。

二十一号　三十日　星期,回候朱伯屏。

二十二号　十一月初一日　到校。

二十三号　初二日　冬至节,放假一天,晚赴马拱宸约。

二十四号　初三日　到校。

二十五号　初四日　国庆纪念放假。

二十六号　初五日　到校,寄溥佺一函。

二十七号　初六日　到校。

二十八号　初七日　星期。

二十九号　初八日　到校。

三十号　初九日　到校。

三十一号　初十日　到校。

九年一月一号　十一日　到校,早往后门访文伯英、商云亭,午访李锡之。

二号　十二日　学校放假。

三号　十三日　午游土地庙。

四号　十四日　星期。

五号　十五日　到校。

六号　十六日　到校。

七号　十七日　到校,寄海秋小米一包。

八号　十八日　到校。

九号　十九日　到校,寄溥佺一函。

十号　二十日　到校,晚赴萧新之约。

十一号　二十一日　星期,午偕大、次女游天桥。

十二号　二十二日　到校。

十三号　二十三日　到校,午逛土地庙。

十四号　二十四日　到校,接海秋来函。

十五号　二十五日　到校,寄海秋十七号函,并汇溥侄港纸六十元正。

十六号　二十六日　到校。

十七号　二十七日　到校。

十八号　二十八日　星期。

十九号　二十九日　到校,接仲美弟来函。

二十号　三十日　到校。

二十一号　十二月初一日　到校。

二十二号　初二日　到校,寄溥侄一函。

二十三号　初三日　到校。

二十四号　初四日　到校。

二十五号　初五日　星期,到文伯英家行礼。

二十六号　初六日　到校。

二十七号　初七日　到校。

二十八号　初八日　到校。

二十九号　初九日　到校。

三十号　初十日　到校,接海秋书,往文伯英家吊祭。

三十一号　十一日　到校,代海秋订《司法讲义例规补编》,并覆海秋。午梁节庵开吊,往祭之,挽联:"傅幼主,报先皇,直节峣峣高一代;锄强权,申大义,孤忠耿耿照千秋。"

二月一号　十二日　星期,王皖南到谈。

二号　十三日　到校。

三号　十四日　到校,寄区徽五、陈敦甫一函。

四号　十五日　到校。

五号　十六日　到校。

六号　十七日　到校。

七号　十八日　到校,杨苏生其蔚来见。

八号　十九日　星期。

九号　二十日　到校,回候杨苏生。

十号　二十一日　到校。

十一号　二十二日　到校,候李蕖访渔。

十二号　二十三日　到校。

十三号　二十四日　往刘厚之贺喜,到校。

十四号　二十五日　到校。

十五号　二十六日　星期,候王皖南。

十六号　二十七日　到校。

十七号　二十八日　到校。

十八号　二十九日　到校。

十九号　三十日　学校放假。

民国九年(1920)庚申日记

　　二十号　庚申年正月初一日　柳小川、黄雨亭、王世钟、杨兆荃来拜年，往候刘厚之、萧新之。

　　二十一号　初二日　偕小女等游厂甸。

　　二十二号　初三日　往同乡处拜年。

　　二十三号　初四日　到校,接陈敦甫来函。

　　二十四号　初五日　到校。

　　二十五号　初六日　到校。

　　二十六号　初七日　到校。

　　二十七号　初八日　到校,覆汝侄。

　　二十八号　初九日　到校,致区徽五一函。

　　二十九号　初十日　星期,致潘海秋十九函。

　　三月一号　十一日　到校。

　　二号　十二日　到校。

　　三号　十三日　到校。

　　四号　十四日　到校。

　　五号　十五日　到校。

　　六号　十六日　到校,寄海秋二十号函。

　　七号　十七日　星期,到李锡之、柳小川处一坐,晚赴拱宸、锡之约。

　　八号　十八日　到校。

　　九号　十九日　到校。

　　十号　二十日　到校,杨苏生到谒。

十一号　二十一日　　到校。

十二号　二十二日　　到校。

十三号　二十三日　　到校,晚赴杨苏生约。

十四号　二十四日　　星期,午赴柳小川约。

十五号　二十五日　　到校。

十六号　二十六日　　到校,接汝良函。

十七号　二十七日　　到校。

十八号　二十八日　　到校。

十九号　二十九日　　到校,覆汝侄。

二十号　二月初一日　　到校,赴麦敬舆、李柳溪约。

二十一号　初二日　　星期,访梁焕霏凯铭,午区汝锴鼎彝到谈。

二十二号　初三日　　到校。

二十三号　初四日　　在校。

二十四号　初五日　　晚由校回寓,接溥侄函。

二十五号　初六日　　到校。

二十六号　初七日　　在校。

二十七号　初八日　　到校。

二十八号　初九日　　星期,访谢孟博伦哲如。

二十九号　初十日　　到校。

三十号　十一日　　在校晚回寓。

三十一号　十二日　　到校。

四月一号　十三日　　在校。

二号　十四日　　在校,晚回寓。

三号　十五日　　回候区汝锴,并到唐荣祚处贺喜。

四号　十六日　　访萧新之,晚赴虞叔昭约。

五号　十七日　　午偕大女次女游新世界,寄海秋《判例汇览》一部,又二十一号函。

六号　十八日　早偕内子暨三女游清华园。

七号　十九日　早访李思本,并到蒙校。

八号　二十日　林鸿泽雨之到谒。

九号　二十一日　到校,李思本来候。

十号　二十二日　到校,寄溥侄一函。

十一号　二十三日　星期,访林志垣仲枢,晚约林雨之、杨苏生、郭啸麓、恩咏春、王叔掫、李思本、麦敬舆、任卓人、王伯荃、萧新之、谈瀛客、杨冠伦在香厂新丰楼一叙。

十二号　二十四日　到校。

十三号　二十五日　在校,晚由校回寓。

十四号　二十六日　到校。

十五号　二十七日　在校。

十六号　二十八日　晚由校回寓。

十七号　二十九日　到校。

十八号　三十日　星期,访王叔掫未遇。

十九号　三月初一日　到校。

二十号　初二日　在校,晚由校回,寄海秋《法令辑览续编》一套。

二十一号　初三日　到校。

二十二号　初四日　在校。

二十三号　初五日　在校,晚由校回,接海秋函。

二十四号　初六日　到校。

二十五号　初七日　星期。

二十六号　初八日　到校。

二十七号　初九日　到校。

二十八号　初十日　在校,晚回寓。

二十九号　十一日　到校。

三十号　十二日　在校,午回寓。

五月一号　十三日　到校,寄区徽五一函,又寄海秋《判例汇览》《解释汇览》各一部,并二十二号函。

二号　十四日　星期,访刘厚之。

三号　十五日　到校。

四号　十六日　在校,晚回寓。

五号　十七日　到校。

六号　十八日　到校。

七号　十九日　在校,晚回。

八号　二十日　到校。

九号　二十一日　星期。

十号　二十二日　到校。

十一号　二十三日　在校,晚回。

十二号　二十四日　到校,晚偕小儿到前门买物件。

十三号　二十五日　到校,寄顾仰山书。

十四号　二十六日　在校,晚回,接七叔来函。

十五号　二十七日　到校。

十六号　二十八日　星期,覆禀七叔。

十七号　二十九日　到校。

十八号　四月初一日　在校,晚回。

十九号　初二日　到校。

二十号　初三日　在校。

二十一号　初四日　在校,晚回。

二十二号　初五日　到校,寄海秋《法政报》二本。

二十三号　初六日　星期,王皖南、商云亭到谈。

二十四号　初七日　到校。

二十五号　初八日　在校,下午回寓。

二十六号　初九日　到校。

二十七号　初十日　到校。

二十八号　十一日　在校,晚回复溥倬一函。

二十九号　十二日　到校。

三十号　十三日　星期,田乃登到谈。

三十一号　十四日　到校。

六月一号　十五日　到校。

二号　十六日　到校。

三号　十七日　到校。

四号　十八日　在校。

五号　十九日　早由校回。

六号　二十日　星期,回候田乃登,午刘厚之到谈,接海秋来函。

七号　二十一日　到校,接汝良覆禀。

八号　二十二日　到校。

九号　二十三日　到校。

十号　二十四日　到校。

十一号　二十五日　到校。

十二号　二十六日　到校。

十三号　二十七日　星期,往任宅、金宅行礼。

十四号　二十八日　到校。

十五号　二十九日　到校,午偕珍女到清华园。

十六号　五月初一日　到校。

十七号　初二日　学校停课三日,午访萧新之。

十八号　初三日　访萧新之,午游土地庙。

十九号　初四日　早到前门,闻直皖两系不和,张作霖到京调处。

二十号　初五日　端节放假。

二十一号　初六日　到校。

二十二号　初七日　到校，商云亭到谈。

二十三号　初八日　到校，萧新之到谈。

二十四号　初九日　到校，寄海秋《判例要旨》一部，又信一封。

二十五号　初十日　到校。

二十六号　十一日　到校。

二十七号　十二日　星期，访柳小川、杨雪松、李锡之。

二十八号　十三日　早访王次钱。

二十九号　十四日

三十号　十五日

七月一号　十六日　到东大市。

二号　十七日　王次钱到谈，靳阁辞职。

三号　十八日　免徐树铮西北筹边使职。

四号　十九日　近日天气亢旱，异常燥热，寒暑表已升至九十六度，午后忽得大雨，凉风习习，心胸为之一快。

五号　二十日

六号　二十一日　余四十五岁生辰，家人庆贺。

七号　二十二日　因直皖两系不和，有解散安福部之说，谣言繁兴，出都者甚众。

八号　二十三日　闻张作霖昨晚出京，午后风声益紧，有段派兵在长辛店，与吴佩孚开战之说。

九号　二十四日　闻直皖两军，在涿州以北划定战线。

十号　二十五日　到校，中央劝止，曹锟、吴佩孚进兵，又由姜桂题，王士珍再行调处，恐不易见效也。

十一号　二十六日　两方尚未开战，而消息愈紧矣。

十二号　二十七日　闻直军分三路进攻，而皖军亦分三路接应，固安以北前锋队，有已冲突之信。

十三号　二十八日　闻调人尚往返京保，以免生灵涂炭，故战端未开耳。早阅清华试卷，午商云亭到谈。

十四号　二十九日　闻段辑瑞由团河回京，军事有不利消息，午访伯英、云亭、小川。

十五号　三十日　午到中法实业银行，阅报，总统昨已令各方停战。

十六号　六月初一日　闻直皖两军昨日已交绥。

十七号　初二日　到校，皖军昨得小利，本日有兵变之耗。

十八号　初三日　两军相持，无大变动，午偕内子诸女游中央公园。

十九号　初四日　闻皖军三路，均退守京城，因十五师退回原防，外城门白昼关闭，以防兵入劫抢。午到史家胡同梁宅一谈。

二十号　初五日　直皖站关西路皖军大败，师长曲同丰连参谋等已被直军捕去，段祺瑞辞职，总统令停战调停。

二十一号　初六日　到梁宅，闻东路尚有冲突，西路直军已抵长辛店。

二十二号　初七日

二十三号　初八日　早到梁宅，闻靳云鹏、姜桂题等调人在津接洽，尚无头绪。

二十四号　初九日　奉军已到南苑，直军亦到卢沟桥，闻第九、第十五两师均解除武装。

二十五号　初十日　靳云鹏到奉天，偕张作霖赴津，商量结束办法。

二十六号　十一日　接溥侹来函，随即覆。闻天津有六条件，惩办祸首、解散安福部、清理国债等，皆载在各报，想不虚也。

二十七号　十二日　寄海秋一函，直军已晋京矣。

二十八号　十三日　早到梁宅，午到蒙校，闻安福部祸首，有严密查拿之信。

二十九号　十四日　祸首徐树铮等悬赏缉拿。

三十号　十五日　早到梁宅。

三十一号　十六日　早到蒙校,近日天气酷热,披汗似雨,夜中亦不得安眠,苦甚。

八月一号　十七日　星期,边防暨西北各军,一律遣散。

二号　十八日　早到梁宅。

三号　十九日　下令解散安福部,本日天气稍凉。

四号　二十日　早到梁宅。

五号　二十一日　早访刘大钧,曹张两督入京。

六号　二十二日　早到梁宅。

七号　二十三日　早到蒙校,并访刘大钧一谈。

八号　二十四日　早访王叔掖、张濂、陆棣威。午到贤良寺关宅行礼。

九号　二十五日　早到梁宅,午进西城。

十号　二十六日　王皖南到谈。

十一号　二十七日　早到梁宅,午往杨捷三处贺寿。

十二号　二十八日　往候王皖南,刘大钧到谈,接寿良函。

十三号　二十九日　早到梁宅,接陈惇甫暨康侄孙函。

十四号　七月初一日　早到蒙校,内阁成立,靳云鹏再任总理。

十五号　初二日　星期,代陈敦甫购联屏数份。

十六号　初三日　早到梁宅。

十七号　初四日　晚赴伦哲如约,覆寿、汝两侄。

十八号　初五日　早到梁宅。

十九号　初六日　早偕次女游清华园。

二十号　初七日　早到梁宅,午偕内子买绸缎。

二十一号　初八日　早到蒙校,午候刘季陶,并到中央公园,观女子职业学校展览会。

二十二号　初九日　早访刘秩庭、谭瀛客,午到柳小川家坐,覆仲美弟、裕斋侄孙。

二十三号　初十日　午到前门劝业场。

二十四号　十一日　早到蒙校,黄雨亭表甥到谈。

二十五号　十二日　早偕内子,到东大市,杨冠伦到候。

二十六号　十三日　早访杨冠伦、商云亭。

二十七号　十四日　早到前门,晚赴杨捷三之约。

二十八号　十五日　早到蒙校。

二十九号　十六日　星期,早到梁宅,午候锡之。

三十号　十七日

三十一号　十八日　萧新之到候。

九月一号　十九日　早候萧新之,并到城南公园参观农商部,开有奖实业券。

二号　二十日　到清华学校。

三号　二十一日　早由校回。

四号　二十二日　到校。

五号　二十三日　星期。

六号　二十四日　到校。

七号　二十五日　在校。

八号　二十六日　晚由校回。

九号　二十七日　到校。

十号　二十八日　晚由校回。

十一号　二十九日　到校,接溥侄函。

十二号　八月初一日　星期,午公请马拱宸。

十三号　初二日　到校。

十四号　初三日　在校。

十五号　初四日　晚由校回。

十六号　初五日　到校。

十七号　初六日　晚由校回，覆溥伃。

十八号　初七日　到校。

十九号　初八日　星期。

二十号　初九日　到校。

二十一号　初十日　在校，晚由校回。

二十二号　十一日　到校。

二十三号　十二日　在校。

二十四号　十三日　在校，晚回。

二十五号　十四日　到校，寄汝伃一函，接陈敦甫来信。

二十六号　十五日　中秋节放假，适值星期，改明日补假一天，早到东大市买羔皮一件。

二十七号　十六日　访刘厚之、温毅夫，寄汝伃皮料。

二十八号　十七日　到校。

二十九号　十八日　到校。

三十号　十九日　在校。

十月一号　二十日　在校，晚回。

二号　二十一日　到校，寄区徽五保险信一函，晚赴萧新之约。

三号　二十二日　星期，早到大市购皮料一件，衣料二件。午后访龙伯扬、郎尔宜并到律师公会。

四号　二十三日　到校，寄溥伃一函。

五号　二十四日　在校。

六号　二十五日　在校，晚回赴癸甲同学会。

七号　二十六日　到校。

八号　二十七日　孔子圣诞节，早到校行礼，是日放假一天。

九号　二十八日　到校，接溥伃来函，晚赴赵湘帆之约。

十号　二十九日　本日放假，午到王彦祖、梁汝成处贺喜，晚看广东戏，寄陈敦甫函，并四屏。

十一号　三十日　补放假一日。

十二号　九月初一日　早到校。

十三号　初二日　在校,晚回。

十四号　初三日　到校。

十五号　初四日　在校,晚回。

十六号　初五日　到校。

十七号　初六日　星期,偕三女游中央公园。

十八号　初七日　到校。

十九号　初八日　在校,晚回。

二十号　初九日　到校。

二十一号　十日　在校。

二十二号　十一日　在校。

二十三号　十二日　到校。

二十四号　十三日　星期,到前门买什物。

二十五号　十四日　到校。

二十六号　十五日　在校,晚回。

二十七号　十六日　到校。

二十八号　十七日　在校。

二十九号　十八日　在校,晚回。

三十号　十九日　到校,接敦甫覆函。

三十一号　二十日　星期。

十一月一号　二十一日　到校。

二号　二十二日　到校。

三号　二十三日　在校,晚回。

四号　二十四日　到校,午后换买公债。

五号　二十五日　到校。

六号　二十六日　到校。

七号　二十七日　星期,早到前门,商云汀到谈,约饮广和居。

八号　二十八日　到校。

九号　二十九日　在校,午回寄潘海秋一函。

十号　十月初一日　到校。

十一号　初二日　在校,晚回。

十二号　初三日　到校。

十三号　初四日　到校。

十四号　初五日　星期。

十五号　初六日　到校。

十六号　初七日　在校,晚回。

十七号　初八日　到校。

十八号　初九日　到校。

十九号　初十日　在校,晚回。

二十号　十一日　到校。

二十一号　十二日　星期,早到大市。

二十二号　十三日　到校。

二十三号　十四日　在校,晚回,接陈敦甫函。

二十四号　十五日　到校。

二十五号　十六日　在校,晚回。

二十六号　十七日　到校,寄陈敦甫毫银百元,汝侄拜金十元。

二十七号　十八日　到校。

二十八号　十九日　星期,杨云松、柳小川来谈,午到前门,晚祭先父忌辰。

二十九号　二十日　到校。

三十号　二十一日　在校,晚回。

十二月一号　二十二日　到校。

二号　二十三日　在校,晚回,晚祭先母忌辰。

三号　二十四日　到校,晚赴癸甲同学会。

四号　二十五日　到校。

五号　二十六日　星期。

六号　二十七日　到校。

七号　二十八日　在校,晚回。

八号　二十九日　到校。

九号　三十日　在校,接镠弟、康侄孙来函。

十号　十一月一日　在校,晚回。

十一号　二日　到校。

十二号　三日　星期,午到薛仪卿、梁节卿处一谈。

十三号　四日　到校,接海秋函。

十四号　五日　在校,晚回。

十五号　六日　到校,珍女喉痛,用清火散风药治之。

十六号　七日　到校,接汝侄覆函。

十七号　八日　在校,晚回。

十八号　九日　早到花旗银行,午买羔皮一块。

十九号　十日　星期。

二十号　十一日　午前十二点五十分,即今日子末三刻五分,生一女。

二十一号　十二日　到校,寄家姊十元,又还仲美六元。

二十二号　十三日　到校。

二十三号　十四日　到校。

二十四号　十五日　在校,晚回。

二十五号　十六日　国庆放假一日。

二十六号　十七日　星期,黄桂荣到谈,午到关端甫处行礼,晚赴谷函约。

二十七号　十八日　到校。

二十八号　十九日　在校。

二十九号　二十日　在校。

三十号　二十一日　同上。

三十一号　二十二日　在校,晚回。

十年一月一号　二十三日　学校放假,王皖南到谈。

二号　二十四日　星期,午到李宅。

三号　二十五日　早到朱聘三处贺喜,午访杨晟小川。

四号　二十六日

五号　二十七日　到校。

六号　二十八日　在校。

七号　二十九日　在校,晚回。

八号　三十日　到校。

九号　十二月初一日　星期,访王叔掖。

十号　初二日　访林寄湖,午偕珍女到前门。

十一号　初三日　在校,晚回,寄陈敦甫大洋一百八十元。

十二号　初四日　到校。

十三号　初五日　在校,接汝侄来函,知前寄十六元已收到矣。

十四号　初六日　在校,晚回。

十五号　初七日　到校。

十六号　初八日　星期。

十七号　初九日　到校,接潘海秋函。

十八号　初十日　在校。

十九号　十一日　在校,晚回,候叶展芳叔芬。

二十号　十二日　到校。

二十一号　十三日　在校,晚回。

二十二号　十四日　到校。

二十三号　十五日　星期,早访君让。

二十四号　十六日　到校。

二十五号　十七日　在校,晚回。

二十六号　十八日　到校。

二十七号　十九日　在校,晚回。

二十八号　二十日　到校。

二十九号　二十一日　到校。

三十号　二十二日　星期,早偕小儿访萧新之看腿疾,柳小川到谈。

三十一号　二十三日　到校,晚游土地庙。

二月一号　二十四日　早偕小儿访新之,并到校。

二号　二十五日　在校。

三号　二十六日　在校,晚回。

四号　二十七日　学校,放冬假,到前门。

五号　二十八日

六号　二十九日

七号　三十日

民国十年（1921）辛酉日记

民国十年二月八号　辛酉年正月初一日　早敬神，后往刘厚之、王伯荃，各同年处拜年，午后往王（原缺）曾、文伯英、柳小川各处一坐。

九号　　初二日　午后，偕珍、琼、玮女游厂甸。

十号　　初三日　早赴杨冠伦，约谈竟日。

十一号　初四日　午访李仲彭、张昶云、李锡之一谈。

十二号　初五日　早偕小儿到萧新之处诊视，午后到前门。

十三号　初六日　午后游厂甸，接陈敦甫函。

十四号　初七日　到校。

十五号　初八日　在校，晚回。

十六号　初九日　请假一日，代海秋订司法讲义，并购书籍。

十七号　初十日　到校。

十八号　十一日　在校，晚回。

十九号　十二日　早偕小儿到官医院，又访孙文正世兄景周。

二十号　十三日　星期。

二十一号　十四日　到校。

二十二号　十五日　在校，晚回。

二十三号　十六日　到校。

二十四号　十七日　在校，晚回。

二十五号　十八日　早偕小儿到医院，请杨浩如诊病。

二十六号　十九日　到校。

二十七号　二十日　星期，接溥伸函。

二十八号 二十一日 到校。

三月一号 二十二日 在校,晚回复溥侄。

二号 二十三日 到校。

三号 二十四日 早同小儿谒孙景周诊视,到校接海秋函。

四号 二十五日 请假一天,偕小儿到德医院,诊视腿疾。

五号 二十六日 到校。

六号 二十七日 早到德国医院,并候叶淑芬。

七号 二十八日 到校,接陈敦甫函。

八号 二十九日 在校晚回。

九号 三十日 到校。

十号 二月初一日 到校。

十一号 初二日 在校晚回。

十二号 初三日 早同新儿到德国医院诊视。

十三号 初四日 星期,新儿服西药,腿益痛,午后薛仪卿到坐。

十四号 初五日 到校。

十五号 初六日 在校,晚回接汝侄函。

十六号 初七日 到校,新儿改服陈君让方药。

十七号 初八日 在校,新儿腿痛略减。

十八号 初九日 在校,寄汝侄一函,晚回。

十九号 初十日 到校,新儿腿疾较前更松。

二十号 十一日 星期,早偕小儿赴汤山,十一点钟到寓,汤山饭店洗温泉二次。

二十一号 十二日 早由汤山回到校。

二十二号 十三日 到校,访君让,小儿仍服前方药。

二十三号 十四日 在校,晚回接溥侄函。

二十四号 十五日 到校。

二十五号 十六日 在校,晚回。

二十六号　十七日　到校。

二十七号　十八日　星期。

二十八号　十九日　到校。

二十九号　二十日　在校,晚回。

三十号　二十一日　学校自本日起放春假一星期。

三十一号　二十二日　早到前门。

四月一号　二十三日　午到达挚夫家行礼,小儿服麦精鱼肝油。

二号　二十四日　午到雍和宫游览。

三号　二十五日　午偕珍女游天桥,崔彬葵到谈。

四号　二十六日　午候崔彬葵。

五号　二十七日　早到前门购买西药,午祭先祖,因本日系清明节也。

六号　二十八日　学校假满,早到校。

七号　二十九日　在校,晚回。

八号　三月初一日　国会纪念放假一日,午访刘厚之。

九号　初二日　到校。

十号　初三日　星期,小儿服六味地黄汤,午偕诸女游土地庙。

十一号　初四日　到校。

十二号　初五日　在校,晚回,商云亭到谈。

十三号　初六日　到校。

十四号　初七日　在校。

十五号　初八日　在校,晚回,接海秋函。

十六号　初九日　到校,为小儿婚事,择日请冯叔莹汝玖来诊。

十七号　初十日　早候冯叔莹,午访杨捷三。

十八号　十一日　本日请假一天,小儿服冯叔莹药,似稍好,仍请叔莹到诊,寄七叔一禀。

十九号　十二日　到校,晚回小儿婚事吉期,择得四月二十七日,若赶办不及则用八月初二日亦好。

　　二十号　十三日　到校。

　　二十一号　十四日　在校,晚回。

　　二十二号　十五日　到校。

　　二十三号　十六日　到校。

　　二十四号　十七日　星期,杨捷三到谈。

　　二十五号　十八日　到校。

　　二十六号　十九日　在校,晚回,接溥伫函。

　　二十七号　二十日　到校,寄七叔一禀,并覆溥伫。

　　二十八号　二十一日　在校,晚回。

　　二十九号　二十二日　到校,寄海秋一函,小儿喜期定八月初二日。

　　三十号　二十三日　到校。

　　五月一号　二十四日　星期。

　　二号　二十五日　到校。

　　三号　二十六日　到校。

　　四号　二十七日　到校。

　　五号　二十八日　到校。

　　六号　二十九日　在校,晚回。

　　七号　三十日　到校。

　　八号　四月初一日　星期。

　　九号　初二日　到校。

　　十号　初三日　早访孙景周、郑叔进、王次筬,本日请假一天。

　　十一号　初四日　到校。

　　十二号　初五日　在校,寄海秋一函。

　　十三号　初六日　到校。

　　十四号　初七日　到校,接汝伫函,又接崔盘石及曾光瑜函。

十五号　初八日　星期,覆崔盘石、曾光瑜。

十六号　初九日　到校,晚回。

十七号　初十日　到校。

十八号　十一日　到校。

十九号　十二日　请假一天,谒左绍佐笏卿。

二十号　十三日　到校。

二十一号　十四日　到校,寄海秋函,并定《司法公报》一份。

二十二号　十五日　星期。

二十三号　十六日　到校。

二十四号　十七日　到校。

二十五号　十八日　到校。

二十六号　十九日　到校。

二十七号　二十日　在校,晚回访左笏卿。

二十八号　二十一日　到校。

二十九号　二十二日　星期,早请冯叔莹再诊,丁宝堂、张子余到谈。

三十号　二十三日　到校,晚回。

三十一号　二十四日　在校。

六月一号　二十五日　到校。

二号　二十六日　请假一天,小儿腿疾,请王峨峰到诊。

三号　二十七日　到校。

四号　二十八日　到校。

五号　二十九日　星期。

六号　五月初一日　到校。

七号　初二日　到校,请陈肃卿视小儿腿疾。

八号　初三日　到校,请董子鹤视小儿腿疾。

九号　初四日　到校。

十号　　初五日　　到校。

十一号　　初六日　　到校。

十二号　　初七日　　星期。

十三号　　初八日　　到校。

十四号　　初九日　　到校,请同仁医院美国医生视小儿腿疾。

十五号　　初十日　　到校。

十六号　　十一日　　到校,请方石珊视小儿腿疾。

十七号　　十二日　　到校。

十八号　　十三日　　到校,李锡之、陈祀邦视小儿腿疾。

十九号　　十四日　　星期,早访锡之、小川。

二十号　　十五日

二十一号　　十六日　　到校。

二十二号　　十七日　　早偕小儿到协和医院,用光镜照腿。

二十三号　　十八日　　到校,接溥侄函。

二十四号　　十九日　　在校,晚回。曾思远到谈。

二十五号　　二十日

二十六号　　二十一日　　余四十六生辰,因小儿腿疾日久未愈,心殊郁郁。早访孙景周世兄,一谈割治之法。

二十七号　　二十二日　　早偕小儿到中央医院治腿疾,午到清华学校监考毕,回医院。

二十八号　　二十三日　　早在院,小儿由陈祀邦医士用针刺腿,拟抽去恶水,但用针三次,尚未取得,闻稍迟三二日再抽。

二十九号　　二十四日　　早到蒙校,并到医院。

三十号　　二十五日　　早到清华会议,到医院,小儿腿肿渐消,阅之甚慰。

七月一号　　二十六日　　学校放暑假两月,在医院,午回寓,陈君让到谈。

二号　　二十七日　　在医院,寄潘海秋、商云亭一函。

三号　二十八日　早由医院回,刘厚之、柳小川、黄雨亭到谈。

四号　二十九日

五号　六月初一日　早到医院,晚回,寄陈敦甫一百八十元。

六号　初二日　寄溥侄一函,又禀七叔,阅清华考试课卷。

七号　初三日　到中央医院。

八号　初四日　到医院,阅清华上海试卷。

九号　初五日　到医院。

十号　初六日　早访李锡之、柳小川表弟到医院。

十一号　初七日　到医院。

十二号　初八日　到医院。

十三号　初九日　到医院。

十四号　初十日　到医院。

十五号　十一日　到医院。

十六号　十二日　到医院。

十七号　十三日　在医院,晚回复汝侄。

十八号　十四日　到医院。

十九号　十五日　到医院。

二十号　十六日　到医院。

二十一号　十七日　到医院。

二十二号　十八日　到医院。

二十三号　十九日　到医院。

二十四号　二十日　到医院。

二十五号　二十一日　到医院,访李锡之一谈。

二十六号　二十二日　到医院。

二十七号　二十三日　到医院。

二十八号　二十四日　在医院,晚回。

二十九号　二十五日　到医院。

三十号　二十六日　在医院,早访韩大夫。

三十一号　二十七日　到医院。

八月一号　二十八日　到医院。

二号　二十九日　到医院。

三号　三十日　小儿由中央医院回寓。

四号　初一日　请德医克礼来诊。

五号　初二日　小儿早入德国医院。

六号　初三日　在医院。

七号　初四日　在医院。

八号　初五日　早回寓,午后回医院,医生用针注射打药,以治腿患。

九号　初六日　在医院。

十号　初七日　在医院。

十一号　初八日　在医院。

十二号　初九日　早回寓,午回医院。

十三号　初十日　在医院。

十四号　十一日　在医院。

十五号　十二日　早回寓,午回医院。

十六号　十三日　在医院,小儿腿患二次打针注射。

十七号　十四日　在医院。

十八号　十五日　早回寓,午到医院。

十九号　十六日　在医院。

二十号　十七日　在医院。

二十一号　十八日　早回寓,午到医院,医生在膝盖上抽脓。

二十二号　十九日　在医院。

二十三号　二十日　在医院。

二十四号　二十一日　早回寓,午到医院,医生二次抽脓。

二十五号　廿二日　在医院。

二十六号　廿三日　在医院,小儿腿疾,医生用割治之法,是亦不得已也。

二十七号　廿四日　在医院。

二十八号　廿五日　午回寓,接海秋一函,下午回医院。

二十九号　廿六日　蒙校开课,到校,午回医院。

三十号　廿七日　到校,午回医院。

三十一号　廿八日　到校,午回医院。

九月一号　廿九日　到校,午回医院,接汝侄函。

二号　八月初一日　到校,午回医院。

三号　初二日　在医院,小儿腿患已愈,本日换药。

四号　初三日　在医院,午回寓,接溥侄函。

五号　初四日　在医院。

六号　初五日　在医院,早到校,午回寓,晚到院。

七号　初六日　在医院。

八号　初七日　在医院。

九号　初八日　在医院。

十号　初九日　在医院。

十一号　初十日　早在医院,午赴清华园。

十二号　十一日　早到医院,午到清华考试。

十三号　十二日　在医院。

十四号　十三日　在医院。

十五号　十四日　在医院,赴清华考试,晚回院。

十六号　十五日　中秋节,在医院。

十七号　十六日　在医院,早赴清华考试,晚回寓。

十八号　十七日　在医院。

十九号　十八日　在医院,晚赴清华。

二十号　十九日　早考清华学生,晚回医院。

二十一号　二十日　在医院,寄潘海秋一函。

二十二号　二十一日　在医院。

二十三号　二十二日　在医院,接黄君贶、曾光瑜函。

二十四号　二十三日　在医院,午回寓,晚到杏花春公燕。

二十五号　二十四日　早由医院回寓,覆黄君贶,曾光宇。

二十六号　二十五日　本日清华上课,到校。

二十七号　二十六日　在校,晚到医院。

二十八号　二十七日　孔子诞节,放假一天,午由医院回寓。

二十九号　二十八日　到校。

三十号　二十九日　小儿腿疾大愈,本日由医院回家调理。

十月一号　九月初一日　到校。

二号　初二日　星期。

三号　初三日　到校。

四号　初四日　在校。

五号　初五日　在校,晚回。

六号　初六日　到校。

七号　初七日　到校,寄溥侔一函。

八号　初八日　到校。

九号　初九日　星期,早到东城。

十号　初十日　放假。

十一号　十一日　到校。

十二号　十二日　到校,寄溥侔一函,接海秋书。

十三号　十三日　到校,覆海秋。

十四号　十四日　在校,晚回。

十五号　十五日　到校。

十六号　十六日　星期,午到东安市场。

十七号　十七日　到校。

十八号　十八日　在校，晚回。

十九号　十九日　到校，偕小儿到德医院换药。

二十号　二十日　在校。

二十一号　二十一日　在校，晚回。

二十二号　二十二日　到校。

二十三号　二十三日　星期，早到前门，午偕小女到土地庙。

二十四号　二十四日　到校。

二十五号　二十五日　在校，晚回。

二十六号　二十六日　到校，接七叔函。

二十七号　二十七日　在校，晚回。

二十八号　二十八日　早小儿换药，午到校。

二十九号　二十九日　到校。

三十号　三十日　星期，寄溥伻函。

三十一号　十月初一日　到校。

十一月一号　初二日　在校，晚回。

二号　初三日　在校。

三号　初四日　到校。

四号　初五日　在校，晚回。

五号　初六日　到校。

六号　初七日　星期。

七号　初八日　到校，接大侄女函。

八号　初九日　在校。

九号　初十日　在校，晚回。接陈念典函。

十号　十一日　到校，覆大侄女。

十一号　十二日　太平洋会议开幕，学校放假一日，午后到东城，覆陈念典。

十二号　十三日　到校。

十三号　十四日　星期,候窦斗权。

十四号　十五日　到校。

十五号　十六日　在校,晚回。

十六号　十七日　早偕小儿到德医院换药,午到校。

十七号　十八日　在校。

十八号　十九日　在校,晚回先父祭辰。

十九号　二十日　到校。

二十号　二十一日　星期。

二十一号　二十二日　到校。

二十二号　二十三日　在校,晚回,先母祭辰。

二十三号　二十四日　到校。

二十四号　二十五日　在校。

二十五号　二十六日　在校,晚回。

二十六号　二十七日　早到东城,请克利医生。

二十七号　二十八日　星期。

二十八号　二十九日　到校。

二十九号　十一月初一日　在校,晚回。

三十号　初二日　到校。

十二月一号　初三日　在校。

二号　初四日　在校晚回。

三号　初五日　到校。

四号　初六日　星期,早赴张卿五约。

五号　初七日　到校。

六号　初八日　在校,晚回。

七号　初九日　到校。

八号　初十日　在校。

九号　十一日　在校,晚回。

十号　十二日　到校。

十一号　十三日　星期。

十二号　十四日　学校放假一日,早到东城。

十三号　十五日　在校,寄三姐十元。

十四号　十六日　在校,晚回。

十五号　十七日　到校。

十六号　十八日　在校,晚回。

十七号　十九日　到校。

十八号　廿日　星期。

十九号　廿一日　到校,寄海秋食物、金锁等物。

二十号　廿二日　在校。

二十一号　廿三日　在校,晚回。

二十二号　廿四日　冬至节放假一日,晚偕大、次女到前门。

二十三号　廿五日　到校。

二十四号　廿六日　到校。

二十五号　廿七日　星期,云南纪念日。

二十六号　廿八日　补放假一日,寄海秋一函。

二十七号　廿九日　到校。

二十八号　三十日　在校晚回。

二十九号　十二月初一日　到校。

三十号　初二日　在校晚回。

三十一号　初三日　早到前门,午到西城看房。

民国十一年一月一号　初四日　柳小川、黄雨亭到谈。

二号　初五日　午到西城。

三号　初六日　早偕大女到前门买布,午到柳小川、李锡之宅。

四号　初七日

五号　初八日

六号　初九日

七号　初十日　到前门。

八号　十一日　星期。

九号　十二日　到校。

十号　十三日　在校,晚回。

十一号　十四日　到校。

十二号　十五日　在校。

十三号　十六日　在校,晚回。

十四号　十七日　到校。

十五号　十八日　星期。

十六号　十九日　到校,寄海秋铜章十五个。

十七号　二十日　在校,早回,寄陈敦甫、溥侄各一函。

十八号　二十一日　到校。

十九号　二十二日　在校。

二十号　二十三日　在校,晚回。

二十一号　二十四日　到校。

二十二号　二十五日　迁居宣武门内王公厂石灯庵三号,住房大小共十五间,月租洋三十元,亦云贵矣。

二十三号　二十六日　学校放寒假两星期。

二十四号　二十七日　早候刘厚之、左笏卿,午偕大女到东城。

二十五号　二十八日

二十六号　二十九日　到蒙校。

二十七号　三十日　午到前门。

民国十一年(1922)壬戌日记

二十八号　**壬戌年正月元旦**　黄雨亭、柳小川到坐，午偕大、次、三女游厂甸。

二十九号　初二日　午，到杨兆荃家一坐。

三十号　初三日　候柳表并到窦、薛、李宅。

三十一号　初四日　接溥侄函，迁住光塔街七十六号。

二月一号　初五日　偕大、次、三女游新世界。

二号　初六日　书喜联一对，寄胡葆森同年。

三号　初七日　早黄伯权到候，午访薛宝之，回候黄伯权。

四号　初八日

五号　初九日　午偕大、次、三女到厂甸。

六号　初十日　清华开课到校。

七号　十一日　在校。

八号　十二日　在校，晚回寄溥侄一函，又覆三姊。

九号　十三日　到校。

十号　十四日　因事请假一日。

十一号　十五日　到校。

十二号　十六日　星期，偕女儿游古物陈列所。

十三号　十七日　早访黄伯宾，接海秋函。

十四号　十八日　到校。

十五号　十九日　在校，晚回。

十六号　二十日　在校。

十七号　二十一日　在校，晚回。

十八号　二十二日　到校。

十九号　二十三日　星期,偕女儿等到前门。

二十号　二十四日　到校。

二十一号　二十五日　在校。

二十二号　二十六日　在校,晚回。

二十三号　二十七日　到校。

二十四号　二十八日　在校,晚回,接溥侄函。

二十五号　二十九日　到校。

二十六号　三十日　星期,午到朱聘三宅。

二十七号　二月初一日　到校。

二十八号　初二日　在校,晚回。

三月一号　初三日　到校。

二号　初四日　在校。

三号　初五日　在校,晚回。

四号　初六日　到校。

五号　初七日　星期。

六号　初八日　到校。

七号　初九日　在校。

八号　初十日　在校,晚回,杨捷三到候。

九号　十一日　到校。

十号　十二日　在校,晚回。

十一号　十三日　到校。

十二号　十四日　星期。

十三号　十五日　到校。

十四号　十六日　在校。

十五号　十七日　在校,早回,接溥侄覆函。

十六号　十八日　到校。

十七号　十九日　在校,晚回。

十八号　二十日　到校。

十九号　二十一日　星期。

二十号　二十二日　到校。

二十一号　二十三日　在校,晚回。

二十二号　二十四日　早到蒙校,并到杨雪松处贺喜。

二十三号　二十五日　到校。

二十四号　二十六日　在校,晚回。

二十五号　二十七日　到校,寄叶展芳明信片一张。

二十六号　二十八日　星期。

二十七号　二十九日　到校。

二十八号　三月初一日　在校,晚回。

二十九号　初二日　到校。

三十号　初三日　在校,晚回。

三十一号　初四日　到校,早到中国银行取息银。

四月一号　初五日　学校,放春假一星期。

二号　初六日　邵伯纲到谈。

三号　初七日　早访王叔掖。

四号　初八日

五号　初九日　清明,早到市厂。

六号　初十日　早访徐齐仲。

七号　十一日　到东城柳宅。

八号　十二日

九号　十三日　星期,徐齐仲到谈。

十号　十四日　到校。

十一号　十五日　到校。

十二号　十六日　到校。

十三号　十七日　到校。

十四号　十八日　在校,晚回。

十五号　十九日　早到蒙校,并到唐宅行礼,访商云亭。

十六号　二十日　星期,黄乔生到谈。

十七号　二十一日　到校,接海秋函,并糖桔饼一匣。

十八号　二十二日　在校,晚回。

十九号　二十三日　到校。

二十号　二十四日　在校。

二十一号　二十五日　在校,晚回复海秋。

二十二号　二十六日　到校。

二十三号　二十七日　星期,早回候乔生,并访刘厚之、萧新之、陈君让,午偕大、次女游护国寺。

二十四号　二十八日　到校。

二十五号　二十九日　在校,晚回。

二十六号　三十日　到校。

二十七号　四月初一日　在校,晚回。

二十八号　初二日　到校,晚回,本日奉直开战。

二十九号　初三日　到校,午后一点四十分,又生一女。

三十号　初四日　午到朱聘三处一谈。

五月一号　初五日　到蒙校。

二号　初六日　到校。

三号　初七日　在校,晚回。

四号　初八日　到校。

五号　初九日　在校,闻奉军败退,溃兵四散。

六号　初十日　早由校回。

七号　十一日　星期。

八号　十二日　到校。

九号　十三日　到校。

十号　十四日　在校。

十一号　十五日　在校。

十二号　十六日　在校,晚回。

十三号　十七日　到校。

十四号　十八日　星期,写联三付。

十五号　十九日　到校。

十六号　二十日　在校,晚回。

十七号　二十一日　到校。

十八号　二十二日　在校。

十九号　二十三日　在校,晚回赴郭啸麓约。

二十号　二十四日　到蒙校,本日因索薪,职教员停止职务。

二十一号　二十五日　星期,早到柳小川宅。

二十二号　二十六日　到校。

二十三号　二十七日　在校,晚回。

二十四号　二十八日　到蒙院索薪。

二十五号　二十九日　到校。

二十六号　三十日　在校,晚回。

二十七号　五月初一日　到校。

二十八号　初二日　张梦兰到候。

二十九号　初三日　到校。

三十号　初四日　在校,晚回。

三十一号　初五日　端节,放假一天。

六月一号　初六日　到校。

二号　初七日　在校,晚回,徐总统辞职。

三号　初八日　到校。

四号　初九日　星期,早到东小市。

五号　初十日

六号　十一日

七号　十二日　到窦斗权家。

八号　十三日

九号　十四日

十号　十五日　到清华考试学生,并偕珍女同去。

十一号　十六日　早由校回。

十二号　十七日　黎总统到京复职。

十三号　十八日　到校。

十四号　十九日　在校,晚回。

十五号　二十日

十六号　二十一日　余四十七岁生辰。

十七号　二十二日　到清华看行毕业礼。

十八号　二十三日　本日清华放暑假。

十九号　二十四日　到蒙校。

二十号　二十五日　到校。

二十一号　二十六日　到校。

二十二号　二十七日

二十三号　二十八日　到校。

二十四号　二十九日　到校,午到前门,并访萧新之。

二十五号　闰五月初一日　星期午到前门。

二十六号　初二日　早到蒙校,偕新儿到德医院一诊。

二十七号　初三日　到校。

二十八号　初四日　到校。

二十九号　初五日　到校。

三十号　初六日　到校。

七月一号　初七日　到校。

二号　初八日　到校。

三号　初九日　到校。

四号　初十日　到校。

五号　十一日　早到柳表弟宅,萧新之到谈。

六号　十二日　午到蒙校,看行毕业式。

七号　十三日　早到萧新之处一谈。

八号　十四日　到校,寄海秋一函。

九号　十五日　星期。

十号　十六日　到校。

十一号　十七日　早偕新儿到德医一诊。

十二号　十八日　到校,接海秋函。

十三号　十九日

十四号　二十日

十五号　二十一日　早到清华学校,晚赴萧新之约。

十六号　二十二日　星期。

十七号　二十三日　到校。

十八号　二十四日

十九号　二十五日　本日,看见新儿背后有一小肿包。

二十号　二十六日　到校,午偕三女到游艺园。

二十一号　二十七日　接海秋函。

二十二号　二十八日　早到校。

二十三号　二十九日　星期,午后到前门。

二十四号　六月初一日

二十五号　初二日

二十六号　初三日　到校。

二十七号　初四日　早偕新儿到德医院一诊。

二十八号　初五日　到校。

二十九号　初六日

三十号　初七日　星期。

三十一号　初八日　到校。

八月一号　初九日

二号　初十日　到校。

三号　十一日

四号　十二日　寄海秋一函。

五号　十三日　到校。

六号　十四日　星期。

七号　十五日

八号　十六日　寄七叔与汝溥两侄一函。

九号　十七日　偕新儿到德院诊视背后一肿包。

十号　十八日　早到东城购药膏。

十一号　十九日　到校,寄海秋快信一函。

十二号　二十日　早到校。

十三号　二十一日　瑢女生日,早在家拍照。

十四号　二十二日　到清华学校。

十五号　二十三日　到校。

十六号　二十四日

十七号　二十五日　到校。

十八号　二十六日　寄海秋相片一张,并一函。

十九号　二十七日　到校。

二十号　二十八日　早偕大女游东小市。

二十一号　二十九日　早偕新儿到德国医院,因背后有一肿包,本日抽去黄脓约一碗之多。

二十二号　三十日　因身体发热,静卧一日。

二十三号　七月初一日　身热已退,精神复原。

二十四号　初二日

二十五号　初三日　到校。

二十六号　初四日　早出前门,并购书籍,寄海秋、汝俌各一函。

二十七号　初五日　星期。

二十八号　初六日　到校,接海秋、溥俌来函。

二十九号　初七日　午后到前门。

三十号　初八日　到校,晚新嘉坡南洋华侨中学校职员狄咏棠,偕学生钟俊麟、曾纪桐,询清华覆试事宜。

三十一号　初九日

九月一号　初十日　午后偕小女等到中央公园。

二号　十一日　到校。

三号　十二日　星期,到郭啸麓家拜寿。

四号　十三日　偕新儿到德院一诊。

五号　十四日　到校,午访徐齐仲。

六号　十五日　到校,午后到琉璃厂。

七号　十六日　到校。

八号　十七日　在校。

九号　十八日　在校,午回。

十号　十九日　星期。

十一号　二十日　到校,清华开课。

十二号　二十一日　在校。

十三号　二十二日　在校,晚回。

十四号　二十三日　到校,寄海秋一函。

十五号　二十四日　在校,晚回,接海秋函。

十六号　二十五日　早偕新儿到德医院一诊。

十七号　二十六日　星期。

十八号　二十七日　到校。

十九号　二十八日　在校。

二十号　二十九日　在校,晚回。

二十一号　八月初一日　到校。

二十二号　初二日　在校,晚回。

二十三号　初三日　到前门。

二十四号　初四日　星期。

二十五号　初五日　到校。

二十六号　初六日　在校。

二十七号　初七日　在校,晚回。

二十八号　初八日　到校。

二十九号　初九日　在校,晚回,寄七叔一函。

三十号　初十日　早偕新儿到德医。

十月一号　十一日　星期。

二号　十二日　到校。

三号　十三日　在校。

四号　十四日　在校,晚回。

五号　十五日　秋节,放假一日。

六号　十六日　到校。

七号　十七日　在校,晚回。

八号　十八日　星期。

九号　十九日　午后偕内子等到东安市场。

十号　二十日

十一号　二十一日　蒙校销差。

十二号　二十二日　到校。

十三号　二十三日　在校,晚回。

十四号　二十四日　早偕新儿到德医院。

十五号　二十五日　星期。

十六号　二十六日　早到清华。

十七号　二十七日　孔子圣诞,放假一天。

十八号　二十八日　到校。

十九号　二十九日　在校。

二十号　九月初一日　在校,晚回接七叔暨海秋函。

二十一号　初二日　到前门。

二十二号　初三日　星期。

二十三号　初四日　到校。

二十四号　初五日　在校。

二十五号　初六日　在校,晚回。

二十六号　初七日　到校。

二十七号　初八日　在校,晚回,寄海秋一函。

二十八号　初九日　到前门,晚访徐齐仲。

二十九号　初十日　星期,午到东城。

三十号　十一日　星期一,到校。

三十一号　十二日　在校。

十一月一号　十三日　在校,晚回。

二号　十四日　到校。

三号　十五日　在校,晚回。

四号　十六日

五号　十七日　星期。

六号　十八日　到校。

七号　十九日　在校。

八号　二十日　到校,晚回。

九号　二十一日　晚傅峻山到谈,蒙校仍回原差。

十号　二十二日　在校,晚回。

十一号　二十三日　访伦哲如。

十二号　二十四日　星期,早伦哲如到谈,访李绍原。

十三号　二十五日　到校。

十四号　二十六日　在校。

十五号　二十七日　在校,晚回。

十六号　二十八日　蒙校专科开课,到校。

十七号　二十九日　在校,晚回。

十八号　三十日　到校。

十九号　初一日　星期。

二十号　初二日　到校。

二十一号　初三日　在校。

二十二号　初四日　在校,晚回。

二十三号　初五日　到校。

二十四号　初六日　在校,晚回。

二十五号　初七日　到校。

二十六号　初八日　星期,到前门买什物。

二十七号　初九日　到校。

二十八号　初十日　在校,晚回。

二十九号　十一日　到校。

三十号　十二日　到校,晚入乾清宫,贺宣统帝迎婚礼。

十二月一号　十三日　在校,早回。

二号　十四日　到校。

三号　十五日　星期,午到乾清宫行庆贺大婚礼。

四号　十六日　到校。

五号　十七日　到校。

六号　十八日　在校,晚回。

七号　十九日　到校,晚到李柳溪家贺喜。

八号　二十日　在校,晚回。

九号　二十一日　到校。

十号　二十二日　星期,接于伟臣函。

十一号　二十三日　到校。

十二号　二十四日　在校,晚回。

十三号　二十五日　在校。

十四号　二十六日　在校,晚回。

十五号　二十七日　到校,接陈敦甫函。

十六号　二十八日　到校,覆陈敦甫。

十七号　二十九日　星期。

十八号　十一月初一日　到校。

十九号　初二日　在校,晚回。

二十号　初三日　到校,覆于伟臣,偕新儿到德院一诊。

二十一号　初四日　到校,晚回。

二十二号　初五日　冬节,放假一天。

二十三号　初六日　到校。

二十四号　初七日　星期,王次钱到谈,寄溥侄、三姐各一函。

二十五号　初八日　纪念放假。

二十六号　初九日　到校。

二十七号　初十日　在校,晚回。

二十八号　十一日　到校。

二十九号　十二日　在校,晚回。

三十号　十三日　到校。

三十一号　十四日　星期,接溥侄来函。

十二年一月一号　十五日　午后商承祚、柳小川、刘表侄到谈。

二号　十六日　午到柳小川处一谈。

三号　十七日　午偕珍女等到东安市场。

四号　十八日　到校。

五号　十九日　在校,晚回。

六号　二十日　到校。

七号　二十一日　星期。

八号　二十二日　到校。

九号　二十三日　在校,晚回。

十号　二十四日　到校,接曾光宇函。

十一号　二十五日　在校。

十二号　二十六日　在校。

十三号　二十七日　到校,寄七叔一函,覆光宇。

十四号　二十八日　星期。

十五号　二十九日　到校。

十六号　三十日　在校,晚回。

十七号　十二月初一日

十八号　初二日　午到前门邮局寄皮衣一件,书籍二包。

十九号　初三日　到校,接陈敦甫一函并覆。

二十号　初四日　到校。

二十一号　初五日　星期。

二十二号　初六日　到校。

二十三号　初七日　到校,午到白纸坊。

二十四号　初八日　午到萧新之处一谈。

二十五号　初九日　到校。

二十六号　初十日　到校。

二十七号　十一日　到校。

二十八号　十二日　星期。

二十九号　十三日　午到前门。

三十号　十四日

三十一号　十五日　到校。

二月一号　十六日　到校。

二号　十七日　到校。

三号　十八日　到校。

四号　十九日　星期。

五号　二十日　到校，寄汝侄、海秋、漱芬、侄女各一函。

六号　二十一日　在校，晚回。

七号　二十二日　到校。

八号　二十三日　在校。

九号　二十四日　在校，晚回。

十号　二十五日　到校。

十一号　二十六日　星期。

十二号　二十七日　到校。

十三号　二十八日　到校。

十四号　二十九日　到校，晚回。

十五号　三十日　到前门，购券买什物。

民国十二年(1923)癸亥日记

二月十六号　**癸亥年正月初一日**　早起敬神，家人贺年毕，柳小川表弟、王孝眉到谈，午后往同乡各处一坐，窦斗权到谈。

十七号　初二日　早寄黄荫普一函，午偕珍女等游厂甸。

十八号　初三日　王次篯到谈。

十九号　初四日　到校。

二十号　初五日　在校，晚回。

二十一号　初六日　到校。

二十二号　初七日　在校。

二十三号　初八日　在校。

二十四号　初九日　到校。

二十五号　初十日　星期，到厂甸。

二十六号　十一日　到校。

二十七号　十二日　在校。

二十八号　十三日　在校，晚回。

三月一号　十四日　到校，寄海秋一函。

二号　十五日　在校，晚回。

三号　十六日　到校。

四号　十七日　星期。

五号　十八日　到校。

六号　十九日　在校。

七号　二十日　在校，晚回。

八号　二十一日　到校，寄海秋一函。

九号　二十二日　在校,晚回。

十号　二十三日　到校。

十一号　二十四日　星期,早访潘元攽安叔。

十二号　二十五日　到校。

十三号　二十六日　在校。

十四号　二十七日　在校,晚回。

十五号　二十八日　到校。

十六号　二十九日　在校。

十七号　二月初一日　到校,午到东城候商云亭、黄恩蔡。

十八号　初二日　到南海馆访潘安叔。

十九号　初三日　到校。

二十号　初四日　在校。

二十一号　初五日　在校,晚回。

二十二号　初六日　到校。

二十三号　初七日　在校,晚回。

二十四号　初八日　到校。

二十五号　初九日　星期,午偕珍女等到东安市场。

二十六号　初十日　到校。

二十七号　十一日　早由校回,午到邮局储款。

二十八号　十二日　到校。

二十九号　十三日　在校。

三十号　十四日　在校,晚回。

三十一号　十五日　到校。

四月一号　十六日　星期。

二号　十七日　到校。

三号　十八日　在校,晚回。

四号　十九日　到校。

五号　二十日　在校,晚回。

六号　二十一日　到校,午偕珍女等游公园。

七号　二十二日　到校,辞蒙校差,午游城南游艺园。

八号　二十三日　星期。

九号　二十四日　午后到前门,寄海秋一函。

十号　二十五日　早黄柏权到候,午偕新儿诊察疮疾。

十一号　二十六日　午到前门买绸缎。

十二号　二十七日

十三号　二十八日　早到前门。

十四号　二十九日

十五号　三十日　星期,回候黄柏权。

十六号　三月初一日　到校。

十七号　初二日　在校晚回。

十八号　初三日　到校,寄回于汉三款银一百零五元。

十九号　初四日　在校。

二十号　初五日　在校,晚回,接侄女漱芬函。

二十一号　初六日　覆大侄女。

二十二号　初七日　星期。

二十三号　初八日　到校,寄海秋一函。

二十四号　初九日　在校。

二十五号　初十日　在校,晚回。

二十六号　十一日　到校。

二十七号　十二日　在校,晚回。

二十八号　十三日　午偕珍女等游劝业场。

二十九号　十四日　午到东城。

三十号　十五日　早带琳女种痘。

五月一号　十六日

二号　十七日　到校。

三号　十八日　在校,接海秋函。

四号　十九日　在校,晚回。

五号　二十日　午到东城,代海秋订报。

六号　二十一日　星期。

七号　二十二日　国耻纪念放假,早到琉璃厂,寄海秋司法讲习所讲义两本,又一函。

八号　二十三日　到校。

九号　二十四日　在校,晚回。

十号　二十五日　到校。

十一号　二十六日　在校,晚回。

十二号　二十七日

十三号　二十八日　星期。

十四号　二十九日　到校。

十五号　三十日　在校。

十六号　四月初一日　在校,晚回。

十七号　初二日　午到琉璃厂。

十八号　初三日　到校,晚回。

十九号　初四日　午候吴谷函。

二十号　初五日　星期,午候薛宝之。

二十一号　初六日　到校。

二十二号　初七日　在校,晚回。

二十三号　初八日　到校。

二十四号　初九日　在校。

二十五号　初十日　在校。

二十六号　十一日　在校,早回。

二十七号　十二日　早访思远表弟。

二十八号　十三日　到校。

二十九号　十四日　在校。

三十号　十五日　在校。

三十一号　十六日　到校。

六月一号　十七日　在校,晚回。

二号　十八日　早访麦敬舆,并回候李炳琨、李炳琛。

三号　十九日　星期,寄溥侄一函。

四号　二十日　到校。

五号　二十一日　在校。

六号　二十二日　在校内,阁总理张绍曾辞职去津。

七号　二十三日　在校晚回。

八号　二十四日　午到前门。

九号　二十五日　午游白塔寺。

十号　二十六日　早到东城。

十一号　二十七日　午后到天桥一游。

十二号　二十八日　早到清华考试,午后回。

十三号　二十九日　午后出城,黎元洪总统去津,京师治安由军警维持。

十四号　五月初一日

十五号　初二日　到校,国务院代摄大总统职权。

十六号　初三日　在校,考试晚回,到朱聘三处一谈。

十七号　初四日　国会议决大总统出京后命令无效,晚到杨鼎元家一谈。

十八号　初五日　午节,到杨宅一谈。

十九号　初六日　早到东城。

二十号　初七日

二十一号　初八日　到清华看行毕业礼。

二十二号　初九日　午后偕新儿到首善医院,请克礼诊察,本日起学校放暑假。

二十三号　初十日　午后到杨吉三处一谈。

二十四号　十一日　早偕新儿到萧新之家诊看。

二十五号　十二日　接林雨之由叻来函。

二十六号　十三日　早偕新儿请萧新之再诊。

二十七号　十四日　覆林雨之。

二十八号　十五日

二十九号　十六日　早偕新儿到首善医院,请克礼诊察抽去肺中水数升,并住院。

三十号　十七日　早偕小儿由院回家,温度平和。

七月一号　十八日　星期。

二号　十九日　午到杨吉生处一谈。

三号　二十日　接闵启杰、溥侹函,阅清华考试卷。

四号　二十一日　余四十八岁生辰,晚偕家人等到饭店吃西菜。

五号　二十二日　阅清华招考卷。

六号　二十三日　偕新儿到德医院一诊。

七号　二十四日　寄覆闵生、启杰、溥良侹。

八号　二十五日　早访吴康伯、王次箴,午吴燕绍到谈。

九号　二十六日　王次箴来谈,回候吴燕绍,寄海秋一函。

十号　二十七日　午偕珍女等游中央公园,接曾光宇函。

十一号　二十八日　早到琉璃厂,购《庄子南华经》,覆曾光宇,又寄海秋书。

十二号　二十九日　接海秋,寄到书二本。

十三号　三十日　午后到琉璃厂。

十四号　六月初一日　到东城候李仲庞,并祝李锡之先人阴寿。

十五号　初二日　阅《管子》,商云汀到谈。

十六号　初三日　阅《管子》。

十七号　初四日　早阅《管子》,午候王次篯。

十八号　初五日　早阅《管子》。

十九号　初六日　早阅《管子》。

二十号　初七日　早偕新儿到德医院一诊。

二十一号　初八日　早阅《管子》。

二十二号　初九日　星期。

二十三号　初十日　早到东城妇婴医院,阅《管子》。

二十四号　十一日　早阅《管子》,寄海秋书二本,又一函。

二十五号　十二日　阅《管子》。

二十六号　十三日　早到前门,阅《管子》。

二十七号　十四日　阅《管子》。

二十八号　十五日　阅《管子》。

二十九号　十六日　早访温毅夫,阅《管子》。

三十号　十七日　温毅夫到谈,阅《管子》。

三十一号　十八日　阅《管子》。午到前门。

八月一号　十九日　早偕珍女等游农事试验场,午后回。

二号　二十日　早阅《管子》。

三号　二十一日　早阅《管子》。

四号　二十二日　早阅《管子》。

五号　二十三日　星期,早到东城。

六号　二十四日　早阅《管子》。

七号　二十五日　寄七叔一禀。

八号　二十六日　早偕玙女到妇婴医院诊痢疾,林宣璧到候。

九号　二十七日　午后回候林宣璧、李伯荃。

十号　二十八日　午后到中央公园。

十一号　二十九日　早到妇婴医院。

十二号　七月初一日

十三号　初二日　午曾思远表弟到谈,接海秋函。

十四号　初三日

十五号　初四日

十六号　初五日　早到清华园,寄海秋《宋史》一部,并覆海秋。

十七号　初六日　到琉璃厂,并购帽鞋等物。

十八号　初七日　早看房屋。

十九号　初八日

二十号　初九日　早到清华。

二十一号　初十日

二十二号　十一日　午偕新儿到前门。

二十三号　十二日　早李伯荃、林宜璧到谈。

二十四号　十三日　早偕新儿到德医院一诊。

二十五号　十四日　早看房屋。

二十六号　十五日　麦敬舆到谈,寄陈阮怀一函。

二十七号　十六日　午到小市。

二十八号　十七日

二十九号　十八日　寄溥侄,并覆三姐、曾光瑜一函。

三十号　十九日　午到窦斗权处一谈。

三十一号　二十日

九月一号　二十一日　商云亭到谈。

二号　二十二日　星期,到东城李锡之处一谈。

三号　二十三日　到清华,闻日本大地震,损失甚巨。

四号　二十四日　在校。

五号　二十五日　在校。

六号　二十六日　在校下午回家。

七号　二十七日　内子生日,早到东城。

八号　二十八日　午后偕珍女到前门购物件。

九号　二十九日　星期。

十号　三十日　到校。

十一号　八月初一日　在校晚回。

十二号　初二日

十三号　初三日　到校。

十四号　初四日　在校。

十五号　初五日　在校,午后回。

十六号　初六日　星期。

十七号　初七日　到校。

十八号　初八日　在校晚回。

十九号　初九日　早到东城。

二十号　初十日　到校。

二十一号　十一日　在校。

二十二号　十二日　在校,午回。

二十三号　十三日　星期。

二十四号　十四日　午到校,晚回。

二十五号　十五日　早到前门。

二十六号　十六日　午访杨捷三,寄海秋一函,又致陈敦甫。

二十七号　十七日　早到校。

二十八号　十八日　在校。

二十九号　十九日　在校,午后回。

三十号　二十日　星期。

十月一号　二十一日　到校。

二号　二十二日　在校,晚回。

三号　二十三日　到银行,取公债利息,接海秋函。

四号　二十四日　到校。

五号　二十五日　在校,本日参、众两院投票选举总统,曹锟得四百八十票当选。

  六号 二十六日 在校,午回。

  七号 二十七日 早窦斗权到谈辞行,午到谭次度处道喜,并到浸水河杨宅行礼。

  八号 二十八日

  九号 二十九日 曾纪桐到坐,往候窦斗权。

  十号 九月初一日 曹总统到任,国会宣布宪法。

  十一号 初二日 午到前门邮局,并到达宅贺喜,并投习艺所地标。

  十二号 初三日 午后往访刘厚之、萧新兹。

  十三号 初四日

  十四号 初五日 星期,致海秋一函。

  十五号 初六日 到校。

  十六号 初七日 在校,晚回。

  十七号 初八日 偕琦儿,珍女到东安市场。

  十八号 初九日 到校。

  十九号 初十日 在校。

  二十号 十一日 在校,午回。

  二十一号 十二日 星期。

  二十二号 十三日 到校。

  二十三号 十四日 在校,晚回。

  二十四号 十五日 到校,寄海秋食物一箱。

  二十五号 十六日 在校。

  二十六号 十七日 在校。

  二十七号 十八日 在校,午回。

  二十八号 十九日 星期,早到市场,午偕新儿到前门。

  二十九号 二十日 到校。

三十号　二十一日　在校,晚回。

三十一号　二十二日

十一月一号　二十三日　到校。

二号　二十四日　在校。

三号　二十五日　在校,早回,接海秋函。

四号　二十六日　星期,早到前门。

五号　二十七日　到校。

六号　二十八日　在校,晚回。

七号　二十九日

八号　十月初一日　到校,寄海秋一函。

九号　初二日　在校。

十号　初三日　在校,午回。

十一号　初四日　星期,午后到东城。

十二号　初五日

十三号　初六日　到校。

十四号　初七日　在校。

十五号　初八日　早回,到东城。

十六号　初九日　到校。

十七号　初十日　在校,午回。

十八号　十一日　星期,午到李宅一谈。

十九号　十二日　午到校。

二十号　十三日　在校,晚回。

二十一号　十四日

二十二号　十五日　到校。

二十三号　十六日　在校。

二十四号　十七日　在校,午回。

二十五号　十八日　星期,寄海秋一函。

二十六号　十九日　到校。

二十七号　二十日　在校,晚回。

二十八号　二十一日　早到刘厚之家行礼,并购鞋袜各一付。

二十九号　二十二日　到校。

三十号　二十三日　在校。

十二月一号　二十四日　在校,午回。

二号　二十五日　星期。

三号　二十六日　到校。

四号　二十七日　在校,晚回。

五号　二十八日

六号　二十九日　到校。

七号　三十日　在校。

八号　十一月初一日　在校,午回。

九号　初二日　星期,早到市场,午到徽州馆。

十号　初三日　到校。

十一号　初四日　在校,晚回。

十二号　初五日

十三号　初六日　到校。

十四号　初七日　在校。

十五号　初八日　午由校回。

十六号　初九日　星期,到东城王宅行礼。

十七号　初十日　到校。

十八号　十一日　在校。

十九号　十二日　早由校回。

二十号　十三日　到校。

二十一号　十四日　在校。

二十二号　十五日　在校,午回。

二十三号　十六日　　星期,冬至节,午后到王启湘家。

二十四号　十七日　　晚偕内子到李宅贺寿,看戏。

二十五号　十八日

二十六号　十九日　　到校。

二十七号　二十日　　在校,午回。

二十八号　二十一日

二十九号　二十二日　　早到平市官钱局。

三十号　二十三日　　星期。

三十一号　二十四日　　早到中国银行,午到平市官钱局。

民国十三年一月一日　二十五日　　午偕珍女等,到城南公园。

二日　二十六日　　早到曾表弟思远家。

三日　二十七日　　到校。

四日　二十八日　　在校,晚回,赴温毅夫、关均笙之约。

五日　二十九日　　到校,寄三姊一函,洋十五元。

六日　十二月,初一日　　星期。

七日　初二日　　到校,接窦斗权一函,即答复。

八日　初三日　　在校,晚回。

九日　初四日　　早到平市官钱局。

十日　初五日　　到校。

十一号　初六日　　在校。

十二号　初七日　　在校晚回。

十三号　初八日　　星期,致商云亭一函。

十四号　初九日　　到校。

十五号　初十日　　在校,晚回。

十六号　十一日　　到香厂买麦精、鱼肝油二瓶,接海秋函。

十七号　十二日　　到校。

十八号　十三日　　在校,晚回。

十九号　十四日　午后到柳小川,同李宅。

二十号　十五日　星期。

二十一号　十六日　到校,晚回。

二十二号　十七日　到东城。

二十三号　十八日　午写联二对。

二十四号　十九日　早到校。

二十五号　二十日　在校。

二十六号　二十一日　在校,午回。

二十七号　二十二日　星期,寄陈敦甫一函。

二十八号　二十三日　本日放寒假。

二十九号　二十四日

三十号　二十五日

三十一号　二十六日　早到西单市场购买什物。

二月一号　二十七日

二号　二十八日　午前,到前门。

三号　二十九日　星期,午后偕玮、瑢两女买鞋。

四号　三十日

民国十三年(1924)甲子日记

　　五号　甲子年正月初一日　早敬神毕,往近邻友人处贺年,柳小川、曾思远、王孝眉到谈,午往东城。

　　六号　初二日　早到王次箧处一谈。

　　七号　初三日　王伯荃到谈。

　　八号　初四日　到东城,并代海秋定公报。

　　九号　初五日

　　十号　初六日　星期,午偕珍女等游厂甸。

　　十一号　初七日

　　十二号　初八日　午,到小市。

　　十三号　初九日　早到西城看房,午偕内子等照相。

　　十四号　初十日　到干麪胡同李宅一谈。

　　十五号　十一日

　　十六号　十二日　午游厂甸。

　　十七号　十三日　星期,午偕内子等到前门太芳照相。

　　十八号　十四日　寒假已满,本日到校。

　　十九号　十五日　在校晚回。

　　二十号　十六日　午出城取鞋。

　　二十一号　十七日　到校。

　　二十二号　十八日　在校。

　　二十三号　十九日　在校,午回。

　　二十四号　二十日　星期,早出城取相片,寄三姊、海秋各一张。

　　二十五号　二十一日　到校。

二十六号　二十二日　在校,晚回。

二十七号　二十三日　午代海秋买书报,并寄去。

二十八号　二十四日　到校。

二十九号　二十五日　在校。

三月一号　二十六日　在校,午回。

二号　二十七日　星期,到前门买布。

三号　二十八日　在校。

四号　二十九日　在校,晚回。

五号　二月初一日　早书联对。

六号　初二日　到校。

七号　初三日　在校。

八号　初四日　在校,午回。

九号　初五日　星期。

十号　初六日　到校。

十一号　初七日　在校,晚回。

十二号　初八日　寄三姐及海秋弟各一函。

十三号　初九日　到校。

十四号　初十日　在校。

十五号　十一日　在校,午回。

十六号　十二日　星期。

十七号　十三日　到校。

十八号　十四日　到校。

十九号　十五日　在校,晚回。

二十号　十六日　到校。

二十一号　十七日　在校。

二十二号　十八日　在校,午回。

二十三号　十九日　星期,早写字,午到香场。

二十四号　二十日　到校。

二十五号　二十一日　在校,晚回。

二十六号　二十二日　寄汝侄书函各一件,约商藻亭游古物陈列所。

二十七号　二十三日　到校。

二十八号　二十四日　在校。

二十九号　二十五日　在校,午回。

三十号　二十六日　星期。

三十一号　二十七日　到校。

四月一号　二十八日　在校,晚回,接三姊来信。

二号　二十九日　到中国银行取息。

三号　三十日　到校。

四号　三月初一日　在校,午回。

五号　初二日　午到前门。

六号　初三日　星期,麦敬舆、柳小川到谈。

七号　初四日　早寄溥侄快信一封,又寄三姊紫草茸一包,信一件,自本日起学校放春假一星期。

八号　初五日　早偕新儿到德医院一诊。

九号　初六日　午候萧新之。

十号　初七日　早出前门。

十一号　初八日　午到东城。

十二号　初九日

十三号　初十日　午到西安市场。

十四号　十一日　到校。

十五号　十二日　在校,晚回。

十六号　十三日　早到前门。

十七号　十四日　到校。

十八号　十五日　在校。

十九号　十六日　在校,午回,接汝侄一函。

二十号　十七日　星期。

二十一号　十八日　到校。

二十二号　十九日　在校,晚回。

二十三号　二十日

二十四号　二十一日　偕珍、璿两女到校。

二十五号　二十二日　在校。

二十六号　二十三日　在校,接海秋函。

二十七号　二十四日　星期,偕两女回,午到前门。

二十八号　二十五日

二十九号　二十六日

三十号　二十七日

五月一号　二十八日　到校。

二号　二十九日　在校。

三号　三十日　在校,早回。

四号　四月初一日　早偕玙女到陆仲安医士一诊。

五号　初二日　到校。

六号　初三日　在校,晚回。

七号　初四日

八号　初五日　到校。

九号　初六日　在校。

十号　初七日　在校,晚回。

十一号　初八日　星期,偕玙女到刘荣庭一诊,热颇盛。

十二号　初九日　到校,晚回。

十三号　初十日　早偕玙女到刘荣庭处再诊,热渐减,到校,晚回。

十四号　十一日　玙女热仍未退。

十五号　十二日　到校,晚回。

十六号　十三日　到校。

十七号　十四日　在校,晚回。

十八号　十五日　星期,早偕玙女到德医院请克利大夫一诊。

十九号　十六日　到校。

二十号　十七日　在校,晚回,到潘小亭家行礼。

二十一号　十八日　早到官钱局取息。

二十二号　十九日　到校。

二十三号　二十日　在校。

二十四号　二十一日　在校,晚回。

二十五号　二十二日　星期。

二十六号　二十三日　早带玙女到德医诊病。

二十七号　二十四日　早到校,晚回。

二十八号　二十五日　午偕瑢女到前门。

二十九号　二十六日　早到校。

三十号　二十七日　在校。

三十一号　二十八日　在校午回,请杨保安到寓,诊玙女病。

六月一号　二十九日　星期,接溥侳来函,七叔病故,致仲美一函。

二号　五月初一日　到校,偕玙女到杨医处一诊。

三号　初二日　在校。

四号　初三日　早偕玙女到王子仲医士处诊视。

五号　初四日　到校。

六号　初五日　端午节放假,早到前门。

七号　初六日　早到校,晚回。

八号　初七日　星期,玙女病危,到骡马市定棺木衣服等物,以备不测。

九号　初八日　到校,晚回。

十号　初九日　到校,晚回请崔聘侯到诊玙女。

十一号　初十日　午后六点钟,玙女病故,即晚安葬广东旧义园。

十二号　十一日　午到东城,窦斗权到谈。

十三号　十二日　早候斗权,午到官钱局取息,薛仪卿到谈。

十四号　十三日

十五号　十四日　星期,午偕琼、玮、瑢女游城南艺场。

十六号　十五日　致海秋一函。

十七号　十六日　早到校,晚回。

十八号　十七日　到校。

十九号　十八日　在校,晚回。

二十号　十九日　午后到校。

二十一号　二十日　在校,晚回。

二十二号　二十一日　余四十九岁生辰,午访萧新之。

二十三号　二十二日　到校。

二十四号　二十三日　在校,行毕业礼,晚回。寄三姊、仲美、汝侄各一函。

二十五号　二十四日　学校自本日起放暑假。

二十六号　二十五日

二十七号　二十六日

二十八号　二十七日　早到西单大街。

二十九号　二十八日　早到东城。

三十号　二十九日

七月一号　三十日

二号　六月初一日

三号　初二日　接海秋一函。

四号　初三日　午后偕玮、瑢两女到骡马市。

五号　初四日　覆海秋。

六号　初五日　早到前门,接海秋函,购《诗经》一部。

七号　初六日　早看《诗经》。

八号　初七日　同上。

九号　初八日　同上。

十号　初九日　早到东城,接海秋函。

十一号　初十日　午候曾思远表弟。

十二号　十一日　早看《诗经》。

十三号　十二日　星期,午到前门,接汤永福函。

十四号　十三日　早看《诗经》,覆汤永福。

十五号　十四日　早看《诗经》。

十六号　十五日　早看《诗经》。

十七号　十六日　同上。

十八号　十七日　早,偕琼女到清华园,晚回。

十九号　十八日　早到前门。

二十号　十九日　星期。

二十一号　二十日　早看《诗经》。

二十二号　二十一日　早看《诗经》。

二十三号　二十二日　午后偕琼、玮、瑢女到劝业场。

二十四号　二十三日　早访薛宝之、商云亭、李星梧。

二十五号　二十四日　致家中各人一函。

二十六号　二十五日　早看《诗经》。

二十七号　二十六日　早到东城。

二十八号　二十七日　早看房。

二十九号　二十八日　早看《诗经》。

三十号　二十九日　早到官钱局取息。

三十一号　三十日　早到西单大街,致窦斗权一函。

八月一号　七月初一日　竟日阴雨。

二号　初二日　午到东城。

三号　初三日　星期,寄海秋一函。

四号　初四日　早看《诗经》,课诸女。

五号　初五日　同上。

六号　初六日　同上。

七号　初七日　同上。

八号　初八日　同上。

九号　初九日　早到西四牌楼,午后课女,看《诗经》。接曾光宇函。

十号　初十日　星期,早访王伯荃、刘厚之,午后课女,看《诗经》。

十一号　十一日　早到柳表弟处一坐。

十二号　十二日　课女,看《诗经》,接仲美一函。

十三号　十三日　致仲美,晚课女。

十四号　十四日

十五号　十五日　早到清华园,午后课女。

十六号　十六日　早到东城,午后课女。

十七号　十七日　星期。

十八号　十八日　早阅《诗经》,午后访秦右衡,课女。

十九号　十九日　早到东城,午后课女,致海秋一函。

二十号　二十日

二十一号　二十一日　早王次篯到谈,寄海秋食物一匣。

二十二号　二十二日

二十三号　二十三日　早候王次篯。

二十四号　二十四日　接漱芬侄女函。

二十五号　二十五日　早寄股单至柳江煤矿德公司,寓上海新闸路Ｂ字一五四号,午课女,覆漱芬。

二十六号　二十六日　早看《诗经》。

二十七号　二十七日　内子生日,午看《诗经》。

二十八号　二十八日　午到西四牌楼。

二十九号　二十九日　早到南城。

三十　八月初一日　午课女,看《诗经》。

三十一　初二日　早偕内子到南城,晚看《诗经》。

九月一号　初三日　早到官钱局,午课女。

二号　初四日　早到清华。

三号　初五日　在校。

四号　初六日　在校。

五号　初七日　在校,晚回。

六号　初八日

七号　初九日

八号　初十日　到校。

九号　十一日　在校,晚回。

十号　十二日　早到校。

十一号　十三日　在校。

十二号　十四日　在校,晚回寓,接海秋函。

十三号　十五日　早书联,午后赴李锡之约。

十四号　十六日　午候崔彬葵,晚赴清华。

十五号　十七日　在校。

十六号　十八日　在校,晚回。

十七号　十九日　午后访阿简臣。

十八号　二十日　在校。

十九号　二十一日　在校。

二十号　二十二日　早由校回,到郭啸麓家祝寿。

二十一号　二十三日　早寄海秋书二包,到李锡之宅,同访阿简臣,晚到校。

二十二号　二十四日　在校。

二十三号　二十五日　在校,晚回。

二十四号　二十六日　早到前门,买六厘债票。

二十五号　二十七日　早寄汤永福书、函各一件,到校。

二十六号　二十八日　在校。

二十七号　二十九日　在校,午回。

二十八号　三十日　星期,晚到校。

二十九号　九月初一日　在校。

三十号　初二日　在校,晚回。

十月一号　初三日　晚到校。

二号　初四日　在校。

三号　初五日　在校。

四号　初六日　在校,午回。

五号　初七日　星期,晚到校。

六号　初八日　在校。

七号　初九日　在校,晚回。

八号　初十日　午后偕内子到清华园。

九号　十一日　早回北京。

十号　十二日　早偕新儿到德医院,背疮全愈,寄海秋快信。

十一号　十三日　早到邮局取包裹。

十二号　十四日　星期,早到吴寄荃处行礼,晚到校,寄三姐一函。

十三号　十五日　在校。

十四号　十六日　在校,晚回。

十五号　十七日　晚到校。

十六号　十八日　在校。

十七号　十九日　在校。

十八号　二十日　在校,早回,晚到李宅。

十九号　二十一日　星期。

二十号　二十二日　到校。

二十一号　二十三日　在校,晚回。

二十二号　二十四日　寄海秋一函。

二十三号　二十五日　早到校,闻冯玉祥兵,由热河开回北京,号国民军。

二十四号　二十六日　在校。

二十五号　二十七日　在校,早回。

二十六号　二十八日　星期。

二十七号　二十九日　到校。

二十八号　十月初一日　在校,晚回。

二十九号　初二日　午后到宣外三五堂择日。

三十号　初三日　早到校。

三十一号　初四日　在校。

十一月一号　初五日　在校,早回,午到琉璃厂,取新儿迎娶日子。

二号　初六日　星期,寄海秋一函。

三号　初七日　到校。

四号　初八日　在校,晚回。

五号　初九日　午到西长安街拍卖所,国民军带兵入大内,迫宣统帝废帝号,迁出宫禁。

六号　初十日　到校。

七号　十一日　在校。

八号　十二日　在校,午回。

九号　十三日　星期,早访温毅夫、萧新之一谈。

十号　十四日　到校。

十一号　十五日　在校。

十二号　十六日　午到小市。

十三号　十七日　到校。

十四号　十八日　在校。

十五号　十九日　在校,午回,晚先父忌辰。

十六号　二十日　星期。

十七号　二十一日　到校。

十八号　二十二日　在校,晚回。

十九号　二十三日　早到前门,代海秋购书,并买什物,晚先母忌辰。

二十号　二十四日　到校。

二十一号　二十五日　在校。

二十二号　二十六日　在校,午回。

二十三号　二十七日　午后到校。

二十四号　二十八日　在校。

二十五号　二十九日　在校,晚回。

二十六号　三十日　早到大理院,代海秋预定书籍,并买例规补编一本,寄海秋一函,晚到校。

二十七号　十一月初一日　在校。

二十八号　初二日　在校。

二十九号　初三日　在校,午回。

三十号　初四日　星期,早到前门,晚到校。

十二月一号　初五日　在校。

二号　初六日　在校,晚回。

三号　初七日　晚到校。

四号　初八日　在校。

五号　初九日　在校。

六号　初十日　在校,午回,晚赴李伯荃约,候郑从耘。

七号　十一日　星期,寄三姊一函,晚到校。

八号　十二日　在校。

九号　十三日　在校,晚回。

十号　十四日　早到前门,晚到校。

十一号　十五日　在校。

十二号　十六日　在校。

十三号　十七日　在校,早回。

十四号　十八日　星期,晚到校,寄海秋一函。

十五号　十九日　在校,寄海秋食物一箱。

十六号　二十日　在校,晚回。

十七号　二十一日　早到西单牌楼,午到校。

十八号　二十二日　在校。

十九号　二十三日　在校。

二十号　二十四日　在校,午回。

二十一号　二十五日　星期。

二十二号　二十六日　冬至,放假一天。

二十三号　二十七日　到校,晚回。

二十四号　二十八日　早偕小儿到同仁医院镶牙,寄海秋,仰山各一函。

二十五号　二十九日　纪念放假。

二十六号　十二月初一日　早到校,晚回。

二十七号　初二日

二十八号　初三日　星期,午后到校。

二十九号　初四日　在校。

三十号　初五日　在校,晚回。

三十一号　初六日

民国十四年一月一号　初七日　学校放假三日,午到李宅。

二号　初八日　早访萧新之。

三号　初九日　寄斗权、三姊各一函,并汇银十五元。

四号　初十日　星期,晚到校。

五号　十一日　在校。

六号　十二日　在校。

七号　十三日　在校。

八号　十四日　在校,晚回,到曾思远处坐。

九号　十五日　偕内子到前门瑞蚨祥买绸缎,汇海秋大洋三百大元。

十号　十六日　寄三姊、曾光瑜、陈敦甫各一函。

十一号　十七日　早买果品。

十二号　十八日　寄海秋一函。

十三号　十九日　到校考试。

十四号　二十日　在校,午后回。

十五号　二十一日　午后到邮局取款。

十六号　二十二日　到校,考试。

十七号　二十三日　在校,午回。

十八号　二十四日　星期。

十九号　二十五日　学校放寒假二十日。

二十号　二十六日

二十一号　二十七日　接海秋来函。

二十二号　二十八日　到西单牌楼,购买什物。

二十三号　二十九日

民国十四年(1925)乙丑日记

阳历一月二十四号　乙丑年正月初一日　寅卯刻起,敬神,午刻往近居友人贺年,柳筱川到谈。

二十五号　初二日　午到同乡及筱川处一坐。

二十六号　初三日　午游厂甸。

二十七号　初四日　午偕琼、玮、璿三女到厂甸,杨鼎元到谈。

二十八号　初五日　早候杨鼎元,午到李宅。

二十九号　初六日

三十号　初七日　商云亭到谈。

三十一号　初八日　接海秋快信。

二月一号　初九日　寄覆海秋快信一封。

二号　初十日　午后到朱宅点主。

三号　十一日　到东安市场,并候薛仪卿、商云亭、马拱宸。

四号　十二日　午到厂甸。

五号　十三日　早到邮局取款,并换上海票。

六号　十四日

七号　十五日　晚到李宅。

八号　十六日　晚赴李锡之约。

九号　十七日　早到校。

十号　十八日　晚由校回,接仲美十二弟函。

十一号　十九日　午到前门,接窦斗权函。

十二号　二十日　早送内子、琦儿到车站,因琦儿完娶已定二月初二日,在沪举行,此时启程乘车南下,正合式矣。本日南北统一纪念,放假一天。

十三号　二十一日　接仰山函,又接琦儿由津来函,覆仲美、斗权。

十四号　二十二日　商云亭来谈,午接琦儿函,本日汇上海,交琦儿大洋四百元正。

十五号　二十三日　下午到校。

十六号　二十四日　在校,晚回。

十七号　二十五日　早到校,晚回。

十八号　二十六日　寄琦儿一函,又接琦儿自南京下关来函。

十九号　二十七日　早寄琦儿。

二十号　二十八日　寄陈敦甫一函,薛宝之到谈。

二十一号　二十九日　午后到东晓市,天桥等处。

二十二号　三十日　星期,早接琦儿由上海来函,知已安抵沪滨,女家不日亦到,甚慰,遂覆琦儿一函。又接汝侄来信,吴谷函、边幼岩、柳小川到谈。

二十三号　二月初一日　接琦儿来禀。

二十四号　初二日　覆琦儿,本日琦儿婚期在上海举行。

二十五号　初三日　晚到校,接琦儿廿九日来禀。

二十六号　初四日　在校,晚回复琦儿。

二十七号　初五日　到校。

二十八号　初六日　在校,午回,晚接琦儿一号来禀。

三月一号　初七日　星期,午到东大市购桌面一张,接琦儿三日来禀。

二号　初八日　到校,晚回。

三号　初九日　到校,晚回,接琦儿禀定,初九日由沪回。

四号　初十日　到骡马市,买桌、柜各一张。

五号　十一日　早到校,午后内子偕儿媳等回京,由校返寓。

六号　十二日　到校。

七号　十三日　午由校回,代海秋订《司法公报》十二册。

八号　十四日　星期。

九号　十五日　早到校。

十号　十六日　在校,晚回。

十一号　十七日　到前门买钟一架。

十二号　十八日　早到校。

十三号　十九日　在校,接海秋来函。

十四号　二十日　早回,午汇马海洲一百五十四元,又汇三姊六元。

十五号　二十一日　早到前门配眼镜,覆海秋一函。

十六号　二十二日　早到校。

十七号　二十三日　在校,晚回。

十八号　二十四日　晚到校。

十九号　二十五日　在校。

二十号　二十六日　在校。

二十一号　二十七日　在校,午回,商藻亭到谈,往前门取兑换券利息。

二十二号　二十八日　星期,马拱宸、商云亭到谈,午后偕内子到前门。

二十三号　二十九日　在校。

二十四号　三月初一日　在校,晚回,候商藻亭。

二十五号　初二日　早到,西安市场。

二十六号　初三日　早到校。

二十七号　初四日　在校。

二十八号　初五日　早由校回,接陈敦甫函。

二十九号　初六日　星期,在聚贤堂请同乡同年。

三十号　初七日　到校。

三十一号　初八日　在校,晚回。

一号　初九日

二号　初十日　午到校,晚燕校中同事。

三号　十一日　在校。

四号　十二日　在校,午回。

五号　十三日　清明,午到广东义园,并回候同乡。

六号　十四日　午到琉璃厂各处。

七号　十五日　早写对联二付。

八号　十六日　早寄陈敦甫对联。

九号　十七日

十号　十八日　午偕内子、女、媳等,到城南游园。

十一号　十九日　午后到前门,代海秋订《法律评论》。

十二号　二十日　寄海秋一函。

十三号　二十一日　午到天桥。

十四号　二十二日　到校,午回。

十五号　二十三日　午后回候薛宝之、吴谷函。

十六号　二十四日　到校。

十七号　二十五日　在校。

十八号　二十六日　在校,早回。

十九号　二十七日　星期,早到李宅,午到天桥。

二十号　二十八日　早到校。

二十一号　二十九日　在校,晚回。

二十二号　三十日　午偕内子,琼、玮、瑢女到隆福寺。

二十三号　四月初一日　早到校。

二十四号　初二日　在校。

二十五号　初三日　在校,晚回。

二十六号　初四日　星期。

二十七号　初五日　早到校。

二十八号　初六日　在校,晚回,接海秋、汝伾来函。

二十九号　初七日　午到东城,接陈敦甫覆函,寄汝伾书二本。

三十号　初八日　早到校,晚回。

五月一号　初九日　寄汝伾一函。

二号　初十日

三号　十一日　星期。

四号　十二日　早到校。

五号　十三日　在校,晚回。

六号　十四日

七号　十五日　到校。

八号　十六日　在校。

九号　十七日　在校,早回。

十号　十八日　星期,午后偕瑢女到前门买布。

十一号　十九日　早到校。

十二号　二十日　在校,晚回。

十三号　二十一日

十四号　二十二日　到校。

十五号　二十三日　在校。

十六号　二十四日　在校,午回,寄杭州崔宅纱幛一张。

十七号　二十五日　星期。

十八号　二十六日　到校。

十九号　二十七日　在校,午回。

二十号　二十八日

二十一号　二十九日　到校。

二十二号　闰四月初一日　在校。

二十三号　初二日　在校，午回，到前门买鞋一双。

二十四号　初三日　早书中堂，折扇一持。

二十五号　初四日　早到校。

二十六号　初五日　在校，晚回。

二十七号　初六日　寄汝侄汇票、信，又覆燊、康两侄孙。

二十八号　初七日　到校。

二十九号　初八日　在校，晚回。

三十号　初九日　午偕琼女到妇婴医院一诊，未去。

三十一号　初十日　寄海秋一函。

六月一号　十一日　到校，覆仲美一函。

二号　十二日　在校，晚回，寄崔宅挽联一付。

三号　十三日　早到中国银行。

四号　十四日　到校，晚回。

五号　十五日

六号　十六日　到校。

七号　十七日　星期，接三姐来信。

八号　十八日　早寄海秋衣料、海味等物，到校，晚回。

九号　十九日　早覆三姊，并致汝侄一函。

十号　二十日

十一号　二十一日

十二号　二十二日　早偕内子诸女游西山、卧佛寺、碧云寺、香山，日暮始返。

十三号　二十三日　接海秋来函，午到司法部订公报，并到天桥。

十四号　二十四日　星期，午后偕内子到天桥。

十五号　二十五日　早到校，接聘书，午回。

十六号　二十六日

十七号　二十七日　早到校，行毕业式，晚回。

十八号　二十八日
十九号　二十九日　早到永定门外酬神,接汝佺函。
二十号　三十日　早到西安市场。

二十一号　五月初一日　午到李宅。
二十二号　初二日　到西单市场。
二十三号　初三日　午偕瑢女到土地庙。
二十四号　初四日　早到单牌楼。
二十五号　初五日　端节。
二十六号　初六日
二十七号　初七日
二十八号　初八日　早到前门。
二十九号　初九日
三十号　初十日
七月一号　十一日　阅清华试卷。
二号　十二日　陈复光到候。
三号　十三日　午回候陈复光,并到柳表弟家一谈。
四号　十四日　午到李宅。
五号　十五日　阅清华试卷,接海秋函。
六号　十六日　早到西安市场。
七号　十七日　早寄陈敦甫屏四条,并致一函。
八号　十八日　早到西安市场。
九号　十九日　早书屏二条。
十号　二十日　早到西安市场,接侄女漱芬函。
十一号　二十一日　晚到李宅。
十二号　二十二日　早到清华,晚回,偕内子、诸女到中央公园。
十三号　二十三日　覆漱芬。
十四号　二十四日　作七绝一首《题韫甫先生传》。

十五号　二十五日　早到清华。

十六号　二十六日　接窦学增函。

十七号　二十七日　致顾仰山一函,又接海秋一函。

十八号　二十八日　午后写联屏。

十九号　二十九日　星期,午后到琉璃厂。

二十号　三十日　到西安市场。

二十一号　六月初一日　阅清华试卷。

二十二号　初二日　阅试卷,接海秋函。

二十三号　初三日　竟日雨,未出门,覆海秋。

二十四号　初四日　早寄清华试卷。

二十五号　初五日

二十六号　初六日　午后到琉璃厂,并到崔聘侯处行礼。

二十七号　初七日　午后到东城。

二十八号　初八日　午后到前门。

二十九号　初九日　早寄清华功课用书一函。

三十号　初十日　晚到李宅。

三十一号　十一日　早看房。

八月一号　十二日　午后马拱辰到候。

二号　十三日　星期,午到薛宝之宅,取柳江煤矿公司利息。

三号　十四日　午后到小市。

四号　十五日　早到广安市场,午到中央公园,并候马拱宸。

五号　十六日　午到图书馆。

六号　十七日　接仲美函。

七号　十八日　午到图书馆。

八号　十九日

九号　二十日　午,到李宅。

十号　二十一日

十一号　二十二日

十二号　二十三日

十三号　二十四日

十四号　二十五日　午后到西安市场。

十五号　二十六日

十六号　二十七日

十七号　二十八日　早到清华,午后回。

十八号　二十九日　下午偕内子、诸女到中央公园。

十九号　七月初一日　午后到图书馆。

二十号　初二日　午后到天桥。

二十一号　初三日　寄海秋一函,午后到东城四条胡同许宅道贺,并购铜锅、蓝花瓶罐等件。

二十二号　初四日　早到西安市场,午后到小市。

二十三号　初五日

二十四号　初六日

二十五号　初七日　早到西单市场,午后写四屏。

二十六号　初八日　早寄仲美一函,又四屏一卷。

二十七号　初九日　早到同仁医院买药,又到前门买什物。

二十八号　初十日

二十九号　十一日　午后到宣外看房。

三十号　十二日　午后偕内子、诸女到城南游艺园。

三十一号　十三日　午后到中国银行,并购鞋一双。

九月一号　十四日　早到校。

二号　十五日　午回,晚祭祖。

三号　十六日　午后到西单市场。

四号　十七日　早到校。

五号　十八日　早回。

六号　十九日

七号　二十日　早到校。

八号　二十一日　在校。

九号　二十二日　在校本日上课。

十号　二十三日　在校。

十一号　二十四日　在校,晚回。

十二号　二十五日　窦斗权到谈。

十三号　二十六日　寄海秋、汝侄各一函,回候斗权。

十四号　二十七日　内子生辰,家人庆毕,到校。

十五号　二十八日　在校。

十六号　二十九日　在校。

十七号　三十日　在校。

十八号　八月初一日　在校,晚回。

十九号　初二日　早到前门,到大理院取书,寄海秋并致一函。

二十号　初三日　星期,早到大角胡同李宅。

二十一号　初四日　早到校。

二十二号　初五日　在校。

二十三号　初六日　在校,晚回,接海秋函。

二十四号　初七日　早到校。

二十五号　初八日　在校,晚回。

二十六号　初九日　午到李宅,寄海秋汇览二本,又一函。

二十七号　初十日　早到李宅送殡,午后到前门。

二十八号　十一日　早到校。

二十九号　十二日　在校。

三十号　十三日　在校。

十月一号　十四日　在校,午回。

二号　十五日　到骡马市。

三号　十六日　早到前门,窦斗权到谈。

四号　十七日　星期。

五号　十八日　到校。

六号　十九日　在校。

七号　二十日　在校,早回,午到中国银行取息,并购六厘公债二百。

八号　二十一日　早到校。

九号　二十二日　在校,晚回。

十号　二十三日　学校放假,午后偕玮、璐两女到北海公园。

十一号　二十四日　早偕琦儿到聚贤堂窦宅。

十二号　二十五日　早到西单恒丽买布。

十三号　二十六日　午后到东城,候薛仪卿、梁漱溟、柳小川。

十四号　二十七日　到校。

十五号　二十八日　在校。

十六号　二十九日　在校,晚回。

十七号　三十日　早到单牌楼,购寄海秋食物。

十八号　九月初一日　星期,早赴窦斗权,约陈君让到谈。

十九号　初二日　到校。

二十号　初三日　在校。

二十一号　初四日　在校。

二十二号　初五日　在校。

二十三号　初六日　在校,晚回寄海秋物品。

二十四号　初七日　午到东城,回候陈君让。

二十五号　初八日　早到单牌楼。

二十六号　初九日　学校停课一天,晚到校。

二十七号　初十日　在校。

二十八号　十一日　在校。

二十九号　十二日　在校。

三十号　十三日　在校,晚回。

三十一号　十四日　早到西单市场,买物件。

十一月一号　十五日　午讬窦斗权带物件回粤,交家三姊,又陈君让到谈,并同到奇园食生鱼片。

二号　十六日　到校。

三号　十七日　在校。

四号　十八日　在校。

五号　十九日　在校。

六号　二十日　在校,晚回。

七号　二十一日

八号　二十二日　星期,到聚贤堂傅峻山处行礼。

九号　二十三日　到校。

十号　二十四日　在校,晚回。

十一号　二十五日　学校放假一日,晚到校。

十二号　二十六月　在校。

十三号　二十七日　在校,晚回。

十四号　二十八日　寄汤宅喜幛一张,午到司法部购书。

十五号　二十九日　星期,早访马拱宸,午后黄丕杰到谈。

十六号　十月初一日　早到校。

十七号　初二日　在校。

十八号　初三日　在校。

十九号　初四日　在校。

二十号　初五日　在校,晚回。

二十一号　初六日

二十二号　初七日　午到前门,并购鞋一双。

二十三号　初八日　到校。

二十四号　初九日　在校。

二十五号　初十日　在校,接海秋函。

二十六号　十一日　在校。

二十七号　十二日　在校,晚回。

二十八号　十三日　早到单牌楼,午到前门,代海秋订《法律评论》。

二十九号　十四日　星期,寄海秋一函。

三十号　十五日　到校。

十二月一号　十六日　在校,午回。

二号　十七日　在校,午回,早到中国银行,晚到校。

三号　十八日　在校。

四号　十九日　在校,晚回先君祭辰。

五号　二十日　午到琉璃厂修眼镜。

六号　二十一日　星期,早郑芳到谈,午访刘厚之。

七号　二十二日　早到校。

八号　二十三日　在校,先母祭辰。

九号　二十四日　在校。

十号　二十五日　在校,接海秋函。

十一号　二十六日　在校,晚回。

十二号　二十七日　午到琉璃厂。

十三号　二十八日　星期。

十四号　二十九日　到校。

十五号　三十日　在校,寄海秋一函。

十六号　十一月初一日　在校。

十七号　初二日　在校。

十八号　初三日　在校,晚回。

十九号　初四日　早到前门。

二十号　初五日　午到马拱宸宅公燕,游关税会场,即居仁堂。

二十一号　初六日　早到校,晚回。

二十二号　初七日　午后到校。

二十三号　初八日　在校。

二十四号　初九日　在校,午后回。

二十五号　初十日　学校放假一日。

二十六号　十一日　午后偕玮、瑢、琨女游小市。

二十七号　十二日　星期,午到西单布铺,购绒帐。

二十八号　十三日　早到校。

二十九号　十四日　在校,覆斗权。

三十号　十五日　在校。

三十一号　十六日　在校,午回。

十五年一月一日　十七日　午偕琼、玮、瑢女到护国寺。

二号　十八日

三号　十九日　午后偕玮、瑢女游小市。

四号　二十日　午后,到校,早偕新儿到德医院。

五号　二十一日　在校。

六号　二十二日　在校。

七号　二十三日　在校,接海秋函。

八号　二十四日　在校,晚回。

九号　二十五日　早到马宅送殡。

十号　二十六日　星期。

十一号　二十七日　早到校。

十二号　二十八日　在校。

十三号　二十九日　在校。

十四号　十二月初一日　在校,寄顾仰山一函。

十五号　初二日　在校,晚回,寄陈敦甫一函。

十六号　初三日　早到琉璃厂,午偕内子到土地庙。

十七号　初四日　星期。

十八号　初五日　早到校。

十九号　初六日　在校。

二十号　初七日　在校,早回。

二十一号　初八日　午到天桥。

二十二号　初九日　早到骡马市。

二十三号　初十日　早到李宅。

二十四号　十一日　星期,晚回到校。

二十五号　十二日　在校考试毕,午后回。

二十六号　十三日　早到天桥。

二十七号　十四日　午到西单市场。

二十八号　十五日

二十九号　十六日　午后到白塔寺。

三十号　十七日　早到市场,午后到邮局,取包裹。

三十一号　十八日　星期。

二月一号　十九日　接汝侄函。

二号　二十日　早偕琦儿到德医院,并购果品,寄汝侄一函。

三号　二十一日　午后到头发胡同阅报所。

四号　二十二日　午后到前门买布。

五号　二十三日　早寄海秋《石鼓文》一本,又一函。

六号　二十四日　寄海秋食物一箱,又覆汤宅一函。

七号　二十五日

八号　二十六日　接汝侄托购书函。

九号　二十七日　到前门,又寄汝侄书两包。

十号　二十八日　覆汝侄,早到前门寄溥良十元。

十一号　二十九日　接陈敦甫函。

十二号　三十日　午后到天桥。

民国十五年(1926)丙寅日记

二月十三号　正月初一日　早起敬神,家人拜年毕,曾思远、柳小川到谈,遂回候。

十四号　初二日　到前门。

十五号　初三日　午偕琼、玮、瑢、琨诸女游厂甸。

十六号　初四日　到西单市场,谈国经到候。

十七号　初五日　昨夜大雪,陈复光到候。

十八号　初六日　早到前门,晚到李宅。

十九号　初七日　早到西长安街,杨宗翰到候。

二十号　初八日　午后回候谈国经,陈复光。

二十一号　初九日　午后到校,并回候杨宗翰。

二十二号　初十日　在校。

二十三号　十一日　在校。

二十四号　十二日　在校。

二十五号　十三日　在校,接陈敦甫覆函。

二十六号　十四日　在校晚回。

二十七号　十五日　午后偕内子全眷,到前门外太芳照相。

二十八号　十六日

三月一号　十七日　早到校。

二号　十八日　在校。

三号　十九日　在校。

四号　二十日　在校,接海秋函。

五号　二十一日　在校,晚回。

六号　二十二日　早到中法银行领美金债券,并到中国银行,取七厘利息,晚致陈君让一函。

七号　二十三日　早到琉璃厂。

八号　二十四日　早到校。

九号　二十五日　在校。

十号　二十六日　在校,接陈君让覆函。

十一号　二十七日　在校,接海秋及汝侄函。

十二号　二十八日　在校,晚回。

十三号　二十九日　接溥侄函,午后偕玮、璿两女到劝业场,并取相片。

十四号　二月初一日　寄海秋相片函,又寄三姊相片函,与仲美、翼廷函各一件。

十五号　初二日　早到校。

十六号　初三日　在校。

十七号　初四日　在校。

十八号　初五日　在校。

十九号　初六日　在校,早回。

二十号　初七日　早到前门。

二十一号　初八日　星期,早到骡马市。

二十二号　初九日　早到校。

二十三号　初十日　早回,午后到中法银行、天桥。

二十四号　十一日　午到前门。

二十五号　十二日　早到骡马市,午后到校。

二十六号　十三日　在校,晚回。

二十七号　十四日　学校提前放春假一星期。

二十八号　十五日　星期,午到西安市场。

二十九号　十六日　午后到骡马市,访杨捷三未遇。

三十号　十七日　早到西安市场。

三十一号　十八日　早到中国银行。

四月一号　十九日

二号　二十日

三号　二十一日　早访朱珍三(整理者按,原文如此,应为朱汝珍,朱字聘三)一谈,前因奉天国民军交战,结果国民军退守北京。昨日西郊奉军乘飞机,掷炸弹二枚,本日又在城内放下十余枚,人心甚恐慌,致海秋一函。

四号　二十二日　星期,早到西安市场,飞机仍抛炸弹十余个。

五号　二十三日　早到校,是日清明,因前已放假两星期,故本届植树节不放假也。

六号　二十四日　在校。

七号　二十五日　在校。

八号　二十六日　在校。

九号　二十七日　在校,晚回。

十号　二十八日　早到西安市场,闻京师戒严,国民军逐段祺瑞下野,午后秩序如常,偕女游小市,接云亭函。

十一号　二十九日　星期,昨夜隐隐闻炮声甚近,奉军想不久可入京矣,覆云亭。

十二号　三月初一日　早到校。

十三号　初二日　在校。

十四号　初三日　在校。

十五号　初四日　在校。

十六号　初五日　在校,闻国民军退守西北南口,午后二时,在校听铳声大作,系奉军已到海甸,驱逐国民军也。

十七号　初六日　在校,西直门关闭,不能入京,奉直联军抵京。

十八号　初七日　早由校回京,至西直门听开,约三小时之久,午后一点半钟,抵家用膳。

十九号　初八日　早到校,寄海秋一函,段祺瑞辞职出京。

二十号　初九日　在校。

二十一号　初十日　在校。

二十二号　十一日　在校,午后回。

二十三号　十二日　到前门,代订《司法公报》《法律评论》寄海秋。

二十四号　十三日　午到西安市场。

二十五号　十四日　星期,柳小川到谈。

二十六号　十五日　到校。

二十七号　十六日　到校。

二十八号　十七日　在校,接三姊函。

二十九号　十八日　在校,午回。

三十号　十九日　午到东城柳小川家一坐,并到利亚药房购药,东小市购木板。

五月一号　二十日　早到西安市场。

二号　二十一日　星期,接海秋寄包裹一件。

三号　二十二日　到校。

四号　二十三日　在校。

五号　二十四日　在校。

六号　二十五日　在校,午回接海秋函。

七号　二十六日　到西安市场。

八号　二十七日　午到印铸局,订报,并致海秋一函。

九号　二十八日　星期,早到广安市场。

十号　二十九日　到校。

十一号　三十日　在校。

十二号　四月初一日　在校。

十三号　　初二日　　在校。

十四号　　初三日　　在校,午后回。

十五号　　初四日　　梁广照到谈,商云亭到坐。

十六号　　初五日　　早回候云亭,并赴梁广照约。王伯荃到候。

十七号　　初六日　　早到校。

十八号　　初七日　　在校。

十九号　　初八日　　在校。

二十号　　初九日　　在校。

二十一号　初十日　　在校,午后回。

二十二号　十一日　　早访王伯荃、梁广照,接汝侄函。

二十三号　十二日　　星期,午后到西安市场,覆汝侄。

二十四号　十三日　　早到校。

二十五号　十四日　　在校。

二十六号　十五日　　在校。

二十七号　十六日　　在校。

二十八号　十七日　　在校,晚回。

二十九号　十八日　　早到前门。

三十号　　十九日　　早到曾思远家。

三十一号　二十日　　到校。

六月一号　二十一日　在校,接海秋函。

二号　　二十二日　　在校。

三号　　二十三日　　在校,致海秋一函。

四号　　二十四日　　在校,午回。

五号　　二十五日　　早到中国银行。

六号　　二十六日　　星期。

七号　　二十七日

八号　　二十八日　　早到西安市场。

九号　　二十九日　　早到琉璃厂,午后到小市。

十号　五月初一日

十一号　初二日　早到西安市场。

十二号　初三日

十三号　初四日　早到西单牌楼。

十四号　初五日　端节各肉铺不宰猪,购买甚难,因军用票影响所致。

十五号　初六日　早到中法工商银行,换五厘美金券。

十六号　初七日　早到校。

十七号　初八日　在校考试毕,回寓。

十八号　初九日　午到浚水河看房。

十九号　初十日　早到广安市场,晚访刘厚之。

二十号　十一日　早到大角胡同李宅。

二十一号　十二日

二十二号　十三日　早到骡马市。

二十三号　十四日　午后到西单市场。

二十四号　十五日　早到骡马市,接海秋函。

二十五号　十六日　早到清华学校,观行毕业礼,午后回。

二十六号　十七日　学校自本日始放暑假,午后偕玮、瑢两女出街,到拍卖行购椅屏、花架。

二十七号　十八日　午后到琉璃厂。

二十八号　十九日　早书中堂、横额各一幅。

二十九号　二十日　早到西单市场,接陈阮怀函。

三十号　二十一日　余五十一岁生辰,家人庆贺,早到广安市场,覆陈阮怀。

七月一号　二十二日　午后偕内子、玮、瑢两女出看房。

二号　二十三日　早到西单市场,寄海秋一函。

三号　二十四日　早访王伯荃,并到琉璃厂。

四号　二十五日　星期,午偕内子等到后细瓦厂看拍卖。

五号　二十六日　早到李宅。

六号　二十七日

七号　二十八日　早到东城。

八号　二十九日　早到安福胡同看房。

九号　三十日　早书联扇。

十号　六月初一日　接汝侄函。

十一号　初二日　星期,到李宅。

十二号　初三日　早潘由笙到谈。

十三号　初四日　早寄汝侄米一包,并一函,接海秋函。

十四号　初五日　早到西单市场,午写联对,覆海秋。

十五号　初六日　阅清华试卷竟日。

十六号　初七日　早到清华学校,午到薛宝之宅取息银。

十七号　初八日　午吊傅峻山丧,梁长明到候,李永福早来补习《孝经》。

十八号　初九日　星期,午候梁长明,吊刘厚之丧,早访陈复光、柳小川表弟。

十九号　初十日　早到西安市场。

二十号　十一日　早到骡马市。

二十一号　十二日　李永福来读,送傅宅殡。

二十二号　十三日　午候张允中子政。

二十三号　十四日　早阅清华试卷。

二十四号　十五日　早到广安市场,李永福来读。

二十五号　十六日　星期,午到琉璃厂,晚偕内子游中央公园。

二十六号　十七日　早到西安市场。

二十七号　十八日　早到大理院,代订公报,并覆海秋,又接陈敦甫函。

二十八号　十九日　早李永福来读,覆陈敦甫。

二十九号　二十日　早到广济寺蔡竞平处行礼,商云亭到谈。

三十号　二十一日　早到李宅。

三十一号　二十二日　早到西安市场,李永福到读。

八月一号　二十三日　早候吴莲溪。

二号　二十四日　吴莲溪到谈。

三号　二十五日　早到西单市场。

四号　二十六日　午后到公众阅报室,李永福来读。

五号　二十七日　早候吴莲溪。

六号　二十八日　早到李宅。

七号　二十九日　李永福来读。

八号　七月初一日　星期,早访杨小川,并致一函。

九号　初二日　早候谈国桓铁锽。

十号　初三日　午访柳小川表弟,致铁锽一函。

十一号　初四日　早到西安市场,崔祜承之,马芳桂亭、达臣之父到谈,致王祥五一函,李永福来读。

十二号　初五日　早偕珍、玮、瑢女游北海公园午后回。

十三号　初六日　早候崔承之,马桂亭。

十四号　初七日　早李永福来读,到骡马市。

十五号　初八日　星期,午后偕琨女游小市。

十六号　初九日　早到清华学校,午后回。

十七号　初十日　早到中国银行换存单。

十八号　十一日　早候商云亭。

十九号　十二日　早到广安市场,商云亭到谈。

二十号　十三日

二十一号　十四日　早到前门,午后到李宅。

二十二号　十五日　星期。

二十三号　十六日　早到西安市场,寄海秋一函。

二十四号　十七日　午后偕内子，珍、琼、玮、瑢、琨各女游北海公园。

二十五号　十八日

二十六号　十九日　早到西单市场，午后到李宅。

二十七号　二十日　早徐云松到谈，偕珍、琼两女到前门。

二十八号　二十一日　午后回候徐云松。

二十九号　二十二日　早到西安市场。

三十号　二十三日　午到土地庙，天桥。

三十一号　二十四日

九月一号　二十五日　早到校。

二号　二十六日　午后由校回寓。

三号　二十七日　内子生辰，家人庆贺。

四号　二十八日　早写先严慈神位，午后到琉璃厂。

五号　二十九日　星期。

六号　三十日　早到校。

七号　八月初一日　在校。

八号　初二日　在校，本日暑假满，上课。海秋来函。

九号　初三日　在校，午后回。

十号　初四日　早到琉璃厂，购《评注昭明文选》，午后到校。

十一号　初五日　早由校回，午后到琉璃厂。

十二号　初六日　星期，午后到校。

十三号　初七日　在校。

十四号　初八日　在校。

十五号　初九日　在校。

十六号　初十日　在校。

十七号　十一日　在校，早回。

十八号　十二日　到校，早回。

十九号　十三日　星期,寄海秋一函。

二十号　十四日　早到校,授课毕回。

二十一号　十五日　中秋节,放假。

二十二号　十六日　到校。

二十三号　十七日　在校。

二十四号　十八日　在校。

二十五号　十九日　在校,早回,午到前门。

二十六号　二十日　星期。

二十七号　二十一日　早到校。

二十八号　二十二日　在校。

二十九号　二十三日　在校。

三十号　二十四日　在校,晚回。

十月一号　二十五日　早到中国银行取公债本息。

二号　二十六日　早到校,午回。

三号　二十七日　星期,早到广安市场,李炳琨,又李绍仁,号雅文,商芷亭到谈。

四号　二十八日　早到西安市场。

五号　二十九日　早到校。

六号　三十日　在校。

七号　九月初一日　在校,晚回。

八号　初二日　早到前门。

九号　初三日　早寄海秋一函,午后到天桥。

十号　初四日　早到张子政处行礼,午后偕玮、瑢两女游中央公园,接海秋来函。

十一号　初五日　早到西安市场。

十二号　初六日　早到东城柳宅。

十三号　初七日　早到校。

十四号　初八日　在校。

十五号　初九日　在校。

十六号　初十日　在校,早回,午后到顾宅行礼。

十七号　十一日　星期,晚到校。

十八号　十二日　在校。

十九号　十三日　在校。

二十号　十四日　在校。

二十一号　十五日　在校,晚回。

二十二号　十六日　晚到校。

二十三号　十七日　在校,早回。

二十四号　十八日　寄海秋一函,晚到校。

二十五号　十九日　在校,收到海秋包裹一件。

二十六号　二十日　在校。

二十七号　二十一日　在校。

二十八号　二十二日　在校,晚回。

二十九号　二十三日　早书题额,寄海秋一函,午后到校。

三十号　二十四日　在校,午回,饭后到前门,代海秋订《司法报》。

三十一号　二十五日　星期,张公量到候,午偕内子到天桥。

十一月一号　二十六日　本日假一日,早到琉璃厂,代刻牙章,并回候张公量。

二号　二十七日　早到校。

三号　二十八日　在校。

四号　二十九日　在校,晚回。

五号　十月初一日　午后到校。

六号　初二日　在校,早回。

七号　初三日　星期,寄海秋一函,包裹一件,晚游历史博物馆,回校。

八号　初四日　在校。

九号　初五日　在校。

十号　初六日　在校,晚回。

十一号　初七日　欧战和平纪念放假,海秋包裹改今日寄。

十二号　初八日　早到西安市场,晚到校。

十三号　初九日　在校,午回。

十四号　初十日　星期。

十五号　十一日　在校。

十六号　十二日　在校,晚回。

十七号　十三日　早到校。

十八号　十四日　在校。

十九号　十五日　在校。

二十号　十六日　早由校回,晚到柳宅。

二十一号　十七日　星期,晚到校。

二十二号　十八日　在校,寄杨雍九奠仪。

二十三号　十九日　在校,晚回先严忌辰。

二十四号　二十日　早到校。

二十五号　二十一日　在校,寄覆顾仰山、溥侄各一函。

二十六号　二十二日　在校,海秋来函。

二十七号　二十三日　在校,晚先慈忌辰。

二十八号　二十四日　星期,午谈伟侯到谈,新儿派充税务处办事员,晚到校。

二十九号　二十五日　在校。

三十号　二十六日　在校,晚回。

十二月一号　二十七日　早到校。

二号　二十八日　在校,晚回。

三号　二十九日　早到中国银行,午后到校。

四号　三十日　早回,午访文伯英。

五号　十一月初一日　星期,早到西安市场,晚到校。

六号　初二日　在校。

七号　初三日　在校。

八号　初四日　在校,晚回。

九号　初五日　到校。

十号　初六日　在校。

十一号　初七日　早由校回。

十二号　初八日　大女生日,午后回校。

十三号　初九日　在校。

十四号　初十日　在校。

十五号　十一日　在校,本宅安设电灯,今日接线。

十六号　十二日　在校,晚回。

十七号　十三日　午后到校。

十八号　十四日　在校,早回,窦斗权到谈,午后到琉璃厂,访杨捷三。

十九号　十五日　星期,晚到校。

二十号　十六日　在校。

二十一号　十七日　在校,晚回,接海秋函。

二十二号　十八日　冬节放假一日,午后到琉璃厂裱字画。

二十三号　十九日　早到校,晚回。

二十四号　二十日　早到懋业银行,午到西安市场。

二十五号　二十一日　早到西单牌楼买什物,午后到李宅。

二十六号　二十二日　星期,早到单牌楼,晚到校。

二十七号　二十三日　在校。

二十八号　二十四日　在校。

二十九号　二十五日　在校。

三十　二十六日　在校,晚回。

三十一　二十七日　早偕新儿到德医院看疮,午后寄海秋屏对六条,又一函。

十五年一月一号　二十八日　早到德医院,午后因新儿发热甚高,偕同到院医治,遂住院,夜回寓。

二号　二十九日　天明到医院,看视新儿,热稍退,夜回。

三号　三十日　天明到医院,新儿热更减去。

四号　十二月初一日　早到医院,新儿昨夜热又高,汗出甚多,据狄大夫云,是肺受风寒所致,背疮抽脓血渐少,渐可痊愈。

五号　初二日　早到校,内子到医院。

六号　初三日　在校,晚回,闻新儿病稍好。

七号　初四日　早到医院,新儿温度渐低,云亭到谈。

八号　初五日　早到医院,午访云亭。

九号　初六日　星期,早到医院,新儿温度益低。

十号　初七日　早到医院,晚回,新儿温度又高。

十一号　初八日　早到医院,新儿温度仍高。

十二号　初九日　早到医院。

十三号　初十日　早到医院,新儿温度渐低。

十四号　十一日　早到医院,新儿温度复高,住院一夜。

十五号　十二日　在医院,新儿病系热带病,本日医生打针,专治此种病虫,颇见功效,温度渐降,想可痊愈矣。

十六号　十三日　早到骡马市,午到校。

十七号　十四日　早在校,考试毕回。晚到医院,新儿热尚盛。

十八号　十五日　早在医院,是日新儿因疮渐愈而热未退,出院回家。

十九号　十六日　寄海秋、陈敦甫各一函。

二十号　十七日

二十一号　十八日　早到单牌楼,午写中堂一幅,晚新儿温度仍高,接海秋来函。

二十二号　十九日　早请陆仲安来诊,并访马小进。

二十三号　二十日　早请狄博尔到诊,新儿烧热尚盛,午后马小进到坐,晚请女医士许纫兰到按摩。

二十四号　二十一日　新儿温度稍降,早请许纫兰到按摩。

二十五号　二十二日　早到骡马市买鸡肉、糖果等物,自本日起,连日打针。

二十六号　二十三日　书联中堂数幅,新儿热微退,晚祭灶。

二十七号　二十四日　早到东城买药,午到骡马市。

二十八号　二十五日

二十九号　二十六日　早到西安市场,晚请德医到诊,新儿臀部抽出脓少许。

三十号　二十七日　早到西单牌楼。

三十一号　二十八日　早到德医院,请克利到诊。

二月一号　二十九日　早到德医院,午偕新儿再到德医院住,以便抽脓打针。

民国十六年(1927)丁卯日记

二月二号　丁卯年正月初一日　寅刻敬神毕,到德医院看视新儿,午到柳宅,仍回医院,晚回家。

三号　初二日　辰刻到医院,新儿臀部抽出脓极多。

四号　初三日　早到医院。

五号　初四日　早到医院。

六号　初五日　早到医院。

七号　初六日　早到医院,新儿温度渐退,再抽脓甚多。

八号　初七日　早到医院。

九号　初八日　早覆溥、汝两侄,午候张公量。

十号　初九日　早到医院。

十一号　初十日　早到医院,新儿抽脓略少。

十二号　十一日　早到医院。

十三号　十二日　早到医院。

十四号　十三日　早到医院,新儿抽脓更少。

十五号　十四日　早到医院,午到校。

十六号　十五日　学校假满上课。

十七号　十六日　在校,午后回。

十八号　十七日　早到医院。

十九号　十八日　早到医院,午后到前门。

二十号　十九日　早到医院,午后偕玮、瑢两女购皮鞋。

二十一号　二十日　早到医院,晚到校。

二十二号　二十一日　在校。

二十三号　二十二日　在校。

二十四号　二十三日　在校，晚回。

二十五号　二十四日　到校，早到医院。

二十六号　二十五日　在校，早回到医院，接陈敦甫函。

二十七号　二十六日　星期，早到医院。

二十八号　二十七日　在校。

三月一号　二十八日　在校。

二号　二十九日　在校。

三号　三十日　在校，晚回，接海秋快函。

四号　二月初一日　早到医院，新儿温度渐低，疮脓日见稀少，想可慢慢全愈矣。覆海秋快信，并覆陈敦甫同年，晚到校。

五号　初二日　早由校回。

六号　初三日　早到医院，晚到校。

七号　初四日　在校。

八号　初五日　在校，晚回，到医院。

九号　初六日　早到校。

十号　初七日　在校，晚回。

十一号　初八日　早到医院，晚到校。

十二号　初九日　早由校回。

十三号　初十日　早到医院，晚到校。

十四号　十一日　在校，本日申时得一孙，喜甚。

十五号　十二日　在校，早回，致海秋、溥、汝二侄各一函。

十六号　十三日　新孙三朝，乳名大成，祭神拜祖，午后到柳宅、德国医院。

十七号　十四日　早到校。

十八号　十五日　在校。

十九号　十六日　在校，午回。

二十号　十七日　星期,早到医院,晚到校。

二十一号　十八日　在校。

二十二号　十九日　在校。

二十三号　二十日　在校。

二十四号　二十一日　在校,晚回。

二十五号　二十二日　早到医院,晚到校。

二十六号　二十三日　早由校回。

二十七号　二十四日　早到医院。

二十八号　二十五日　早到医院,偕新儿回家,疮疾已就痊矣,并致海秋一函。

二十九号　二十六日　早到校。

三十号　二十七日　在校。

三十一号　二十八日　在校,晚回。

四月一号　廿九日　早到中国银行取利息。

二号　三月初一日　早到西安市场。

三号　初二日　早到骡马市,晚到校。

四号　初三日　在校。

五号　初四日　午后由校回,寄顾仰山一函。

六号　初五日　早到西安市场,晚到前门。

七号　初六日　早到西单牌楼,王皖南到谈,学校自昨日起放春假一星期。

八号　初七日　午后到西安市场。

九号　初八日

十号　初九日　午访杨捷三、唐芷衡。

十一号　初十日　新孙弥月,命名振,号荃孙,祭拜先祖。

十二号　十一日　早访冯企卢,午候马小进。

十三号　十二日　早寄仲美弟一函,并书屏联各件。

十四号　十三日　早到校,接仲美弟函。

十五号　十四日　早由校回。

十六号　十五日　早到德医院,晚陈初、柳小川到谈。

十七号　十六日　早到柳小川家,并到张昶云处行礼,接溥、汝两侄,覆函,又接三姊及海秋各一函。

十八号　十七日　早到校。

十九号　十八日　在校,晚回,致海秋一函。

二十号　十九日　早到校。

二十一号　二十日　在校,晚回。

二十二号　二十一日　早到德医院,请宋学仁到家打针,因新儿近日温度又稍高也。

二十三号　二十二日　早到校,午回。

二十四号　二十三日　早到西安市场。

二十五号　二十四日　早到校。

二十六号　二十五日　在校,请狄博尔到诊。

二十七号　二十六日　在校。

二十八号　二十七日　在校,晚回。

二十九号　二十八日　早到西安市场,柳小川到谈,新儿因腿部作脓,温度又高至三十九度零六分。

三十号　二十九日

五月一号　四月初一日　早访商云亭,并到钱端升处行礼。

二号　初二日　早到骡马市。

三号　初三日　早到校。

四号　初四日　在校。

五号　初五日　在校,晚回。

六号　初六日　早到东城前门购药与食物,下午新儿温度渐低,致海秋一函。

七号　初七日　早到校授课毕,即回。

八号　初八日　星期,接海秋一函,早到骡马市,午后到西单市场。

九号　初九日　早到校。

十号　初十日　在校。

十一号　十一日　在校,接黄荫普由英伦来函。

十二号　十二日　在校,晚回。

十三号　十三日　早到前门。

十四号　十四日　早到校授课毕,致海秋一函。

十五号　十五日　星期,柳小川到谈。

十六号　十六日　早到校。

十七号　十七日　在校。

十八号　十八日　在校。

十九号　十九日　在校,午后回。

二十号　二十日　覆黄荫普一函。

二十一号　二十一日　早到协和医院,偕次女去诊病也。

二十二号　二十二日　星期,早请中医杨德九到诊,新儿因温度尚高,有人谓宜服中药补剂可愈也。

二十三号　二十三日　到校。

二十四号　二十四日　在校。

二十五号　二十五日　在校,午后回,接海秋函。

二十六号　二十六日　早到前门覆海秋。

二十七号　二十七日　早请狄博尔到诊,云新儿疮疾难愈,闻之甚闷闷也。

二十八号　二十八日　早到西安市场,致海秋一函。

二十九号　二十九日　早到西安市场,李仲庞到谈。

三十号　三十日　早到校。

三十一号　五月初一日　早由校回,午偕琼女到协和医院一诊。

六月一号　初二日　早到校。

二号　初三日　午后由校回。

三号　初四日　午后写联条,晚访哈锐川医生,并到柳表弟家一坐。

四号　初五日　端节放假,早到骡马市。

五号　初六日　星期。

六号　初七日　早到校,午请道士来,用佛水治病。

七号　初八日　早到骡马市。

八号　初九日　午,再请道士来治病。

九号　初十日　早到西安市场,午接海秋一函,即覆。

十号　十一日　早到东大市,购缎料,兼买药品。

十一号　十二日　早到西安市场,寄三姊暨各侄一函。

十二号　十三日　早到校,定学生成绩。

十三号　十四日　早到前门购药,致陈敦甫一函。

十四号　十五日　早到广安市场。

十五号　十六日　早访孙祥庭医士。

十六号　十七日　早到西安市场。

十七号　十八日　早到骡马市,并请外科医士段馥亭到诊。

十八号　十九日　早到前门,又到西安市场。

十九号　二十日　早到西单市场,午医士段馥亭到诊。

二十号　二十一日　余五十二岁生辰,家人拜贺。

二十一号　二十二日　早到校,午后段馥亭到诊。

二十二号　二十三日　午到西单牌楼。

二十三号　二十四日　早到西安市场,到大陆银行取薪水,午后段馥亭到诊,敷药用醋调和。

二十四号　二十五日　早到东城,请德医克利到诊,并购棉线等物。

二十五号　二十六日　早到东城购药,午后段馥亭到诊。

二十六号　二十七日　早到西单牌楼,张祖泽到谈。

二十七号　二十八日　午后段馥亭到诊,接海秋函。

二十八号　二十九日　午后到西单牌楼,覆海秋。

二十九号　六月初一日　早到骡马市,午后段馥亭到诊。

三十号　初二日　午后到前门。

七月一号　初三日　早到西单市场,午后段馥亭到诊。

二号　初四日　早到西单牌楼,新儿疮疾脓渐少,温度亦渐低,近患胃腹闷胀、咳嗽等俱见愈矣。

三号　初五日　早到前门,柳小川表弟到谈,午后段馥亭到诊。

四号　初六日　午后到西单牌楼。

五号　初七日　午后段馥亭到诊,到前门购药。

六号　初八日　午后到西单牌楼,接汝侄来函,早阅清华招考国文试卷。

七号　初九日　早到西安市场,午后段馥亭到诊,支药费十二元。

八号　初十日　早到前门。

九号　十一日　早到西城,午后段馥亭到诊。

十号　十二日　早到西单牌楼,早定国文试卷分数。

十一号　十三日　午后段馥亭到诊。

十二号　十四日　早到南城,寄清华试卷及分数单。

十三号　十五日　午后段馥亭到诊,阅清华上海招考试卷。

十四号　十六日　午后寄试卷分数单,偕内子诸女到小市。

十五号　十七日　午后段馥亭到诊,往前门购药。

十六号　十八日　午后柳小川到谈,知新儿税务处因病停薪情形。

十七号　十九日　星期,早到前门,午后段馥亭到诊。

十八号　二十日　早到清华,午后到西城,寄海秋一函。

十九号　二十一日　早到西城,午后段馥亭到诊,并请内科施今墨到诊,下午到前门取包裹,璿女生日。

二十号　二十二日　早到南城,午到东城,晚新儿因牙痛,服西药饼,汗出甚多,令人心慌。

二十一号　二十三日　早到南城,午后段馥亭到诊。

二十二号　二十四日　早到东城,访李仲庞、薛仪卿,又到西城大角胡同李宅,并候王皖南。

二十三号　二十五日　早到西城,午后段馥亭到诊。

二十四号　二十六日　午后偕玮、璿、琨女到西单牌楼。

二十五号　二十七日　早到前门取包裹,寄海秋一函,午后段馥亭到诊,近日天气极热,寒暑表升至一百十三度矣。

二十六号　二十八日　天气奇热,竟日未出门。

二十七号　二十九日　早到西城,午后段馥亭到诊。

二十八号　三十日　天气稍凉,顿觉快畅,午后到前门,遇雨两回,本日新儿退热。

二十九号　七月初一日　早到西城,午后段馥亭到诊,书联一付。

三十号　初二日

三十一号　初三日　早到西城,午请德医克利到诊,因新儿患痢疾也,段馥亭到治疮疾,接顾仰山来函。

八月一号　初四日　早到西城,致陈敦甫、漱芬侄女各一函。

二号　初五日　早到东城,午后段馥亭到诊。

三号　初六日　午后到前门买布,并领美金券利息。

四号　初七日　早到西城,午后段馥亭到诊,新儿痢疾稍好,云亭来函,即答复。

五号　初八日　早到西城,接陈敦甫来函。

六号　初九日　早到西城,午段馥亭到诊,接王三姊覆函。

七号　初十日　早到前门,接溥侄来函。

八号　十一日　早到西城,午段馥亭到诊,支药费十三元。

九号　十二日　早到东城购药,午请宋大夫到家,为新儿洗肠,以清痢疾也。

十号　十三日　早到南城,午后段馥亭、宋学仁到诊。

十一号　十四日　早偕玮、瑢、琨三女到北海公园,寄三姊、汝侄各一函。

十二号　十五日　早到东城。

十三号　十六日　早到西城,午后段馥亭到诊。

十四号　十七日　接海秋来函。

十五号　十八日　早到西城,午到清华,段馥亭到诊。

十六号　十九日　早到西城。

十七号　二十日　早到中国银行,并到东城,午段馥亭到诊,致海秋一函。

十八号　二十一日　早到南城,致陈敦甫一函。

十九号　二十二日　午段馥亭到诊,因新儿痢疾未愈,再请萧龙友到看。

二十　二十三日　早新儿患糖泻,次数更多,心甚着急。晚服十宝汤,稍安。接侄女漱芬覆函,又接陈敦甫寄来膏药。

二十一号　二十四日　早到西城,新儿因感冒,温度又高,午段馥亭到诊。

二十二号　二十五日　早到前门,接陈敦甫来函。

二十三号　二十六日　早到西城,午段馥亭到诊,午后请孔伯华大夫到诊,因新儿水泻更勤,兼患呕逆也。

二十四号　二十七日　内子生辰,家人庆贺,新儿痢疾稍好,呕逆亦止,盖服去暑湿之剂,而得此效也。午后作书覆陈敦甫,并致海秋一函,偕琼女到协和医院。

二十五号　二十八日　午段馥亭到诊,午后孔伯华到诊。

二十六号　二十九日　早商云亭到谈,午到南城,午后薛仪卿到坐,请日医山本忠孝到诊。

二十七号　八月初一日　早到南城,新儿病势甚危,痊愈不易,心忧无极,午后段馥亭到诊。

二十八号　初二日　新儿痢疾次数仍多,早到西城,午后回候商云亭,并购水晶新式眼镜一副。

二十九号　初三日　早到南城,为置棺衾等事,以备不测,午请孔伯华到诊,谓新儿病虽可危,拟用滋补之剂,以畅生机。柳小川、潘小村到看。

三十号　初四日　早到前门购药,小儿病未见起色。

三十一号　初五日　午到协和医院,请孔伯华到诊。

九月一号　初六日　新儿病势危笃,晚十一点半钟初七子时去世。抚养教育,垂二十六年,使我晚年抱丧明之痛,心肝欲裂,命也如何!

二号　初七日　午后同柳小川到广东义园,相义地毕,并到邮政局,回致海秋一函。

三号　初八日　早到西城。

四号　初九日　接三,午后亲友到吊,延僧诵经一日。

五号　初十日　早到南城。

六号　十一日　故儿卯刻出殡,寄葬广东新义园,午后二时回。

七号　十二日　早到西城,致海秋一函,本日学校开课,请假三天。

八号　十三日　早到西城,接云亭来函。

九号　十四日　午到前门,午后覆云亭。

十号　十五日　早到西城,致海秋一函。

十一号　十六日　早到西城,接汝侄一函。

十二号　十七日　早到校。

十三号　十八日　在校,晚回。

十四号　十九日　早到校。

十五号　二十日　在校,寄海秋一函,晚回。

十六号　二十一日　早偕玮女到妇婴医院诊病,午后到前门,并到柳小川表弟家。

十七号　二十二日　早到西城。

十八号　二十三日　早到广东新义园,柳小川、曾思远到坐。

十九号　二十四日　早偕玮女到妇婴医院,因午后寒热未退也,医生嘱住院疗治,以便察病,遂住焉。午偕内子到院,寄三姊、汝侄各一函。

二十号　二十五日　早到校。

二十一号　二十六日　在校,晚回。

二十二号　二十七日　孔子诞,放假,午后到西城。

二十三号　二十八日　早偕内子到校,午回到妇婴医院。

二十四号　二十九日　早到西城,午后到妇婴医院。

二十五号　三十日　星期,午后到妇婴医院。

二十六号　九月初一日　早到西城,晚到校。

二十七号　初二日　在校,晚回,接海秋函。

二十八号　初三日　早到校。

二十九号　初四日　在校。

三十号　初五日　早由校回,午到中国银行取息。

十月一号　初六日　早到西城。

二号　初七日　星期。

三号　初八日　早到西城,致海秋一函。

四号　初九日　早到校。

五号　初十日　在校。

六号　十一日　在校。

七号　十二日　在校,早回,接海秋函。

八号　十三日　早到西城。

九号　十四日　早到佟宅贺寿。

十号　十五日　早到西城。

十一号　十六日

十二号　十七日　早迁居西单牌楼报纸街二十号,房大小共十七间半,月租四十三元。

十三号　十八日　到校,接海秋来函。

十四号　十九日　在校,早回。

十五号　二十日　早到前门,寄海秋一函。

十六号　二十一日　早到西城。

十七号　二十二日　早到前门,并到天桥镶牙。

十八号　二十三日　早到校。

十九号　二十四日　在校,汝俓来函。

二十号　二十五日　在校。

二十一号　二十六日　在校,早回,午后到中国银行,并到天桥取镶牙。

二十二号　二十七日　早到西城,李永珍女士来读。

二十三号　二十八日　午到西四牌楼小市。

二十四号　二十九日　早到西城,致海秋一函,晚到校。

二十五号　十月初一日　在校。

二十六号　初二日　在校,致陈敦甫一函。

二十七号　初三日　在校。

二十八号　初四日　在校,早回,午到前门天桥,购木桌一张,寄汝俓书。

二十九号　初五日　早到西城,午李永珍来读,覆汝俓、三姊。

三十号　初六日　星期。

三十一号　初七日　早到前门。

十一月一号　初八日　早到校。

二号　初九日　在校。

三号　初十日　在校。

四号　十一日　在校,早回,午偕璐、琨两女到小市。

五号　十二日　早到西城,午后李永珍来读。

六号　十三日　星期,早到西城。

七号　十四日　早到琉璃厂,午后致海秋一函。

八号　十五日　早到校。

九号　十六日　在校。

十号　十七日　在校,接海秋来函。

十一号　十八日　在校,早回午后偕玮、琨两女到城南游园,覆海秋。

十二号　十九日　早到西城,晚先君祭辰,李永珍来读。

十三号　廿日　星期,早到东城,晤关芝苹、柳小川。

十四号　二十一日　早到西城,杨捷三到谈,午后到校,致海秋一函。

十五号　二十二日　在校,晚回。

十六号　二十三日　早到前门,取大氅衣,晚先母祭辰,午后请假一小时。

十七号　二十四日　到校,致窦斗权一函。

十八号　二十五日　在校,早回。

十九号　二十六日　早到琉璃厂,购《芥子园画谱》全套,午后李永珍来读。

二十号　二十七日　星期,早到西城,接海秋来函。

二十一号　二十八日　早到前门,代海秋订《法律评论》。

二十二号　二十九日　早到校。

二十三号　三十日　在校,接康伫孙来函。

二十四号　十一月初一日　在校,接陈敦甫、溥侄来函。

二十五号　初二日　在校,早回。

二十六号　初三日　早到西城,午后李永珍来读,覆溥侄、康侄孙、陈敦甫、潘海秋。

二十七号　初四日　早到西城。

二十八号　初五日　早到前门,购巴黎哔叽衣料一件,寄三姊银十五元。

二十九号　初六日　早到校。

三十号　初七日　在校。

十二月一号　初八日　在校。

二号　初九日　在校,早回,午到前门取公债利息。

三号　初十日　午后,李永珍来读。

四号　十一日　星期,午访杨捷三一谈。

五号　十二日　早到西城,午后到校。

六号　十三日　在校。

七号　十四日　在校。

八号　十五日　在校。

九号　十六日　在校,晚回。

十号　十七日　早到西城,午后李永珍来读。

十一号　十八日　星期,早到西城,午后访伦哲如。

十二号　十九日　早到西城,晚到校。

十三号　二十日　在校。

十四号　二十一日　在校,商云汀到谈。

十五号　二十二日　在校,接汝侄及窦斗权函。

十六号　二十三日　在校,早回,午到土地庙。

十七号　二十四日　早到西城,午后李永珍来读。

十八号　二十五日　早到西城。

十九号　二十六日　早到骡马市,午后到校。

二十号　二十七日　在校。

二十一号　二十八日　在校。

二十二号　二十九日　在校,晚回。

二十三号　三十日　冬至放假,早到西城,寄海秋一函。

二十四号　十二月初一日　早到中国银行,午后李永珍来读。

二十五号　初二日　午到南城。

二十六号　初三日　早到西城,午到校。

二十七号　初四日　在校。

二十八号　初五日　在校。

二十九号　初六日　在校。

三十号　初七日　在校,早回,午后偕内子到护国寺。

三十一号　初八日　早到西城,午后李永珍来读。

一月一号　初九日　星期。

二号　初十日　早偕内子到东大市。

三号　十一日　早寄海秋一函,又接海秋上月来书,到西城购买
食物。

四号　十二日　早到前门。

五号　十三日　早书联一对,屏一条,午后偕内子到东城。

六号　十四日　早偕内子到同仁医院牙科治牙痛,寄海秋一函。

七号　十五日　早到西城,午后李永珍来读。

八号　十六日　星期,午后到校。

九号　十七日　在校考试毕,回寓,接溥伒来函。

十号　十八日　竟日大风,未出门,写联条各一件,寄陈敦甫、顾
仰山、溥伒函。

十一号　十九日　早到西城,午后到天桥。

十二号　二十日　早到西城,午后杨树达到谈。

十三号　二十一日　早到西城,寄窦斗权一函。

十四号　二十二日　早到西城,午后李永珍来读。

十五号　二十三日　星期,午到土地庙。

十六号　二十四日　早到校,午回,到骡马市。

十七号　二十五日　早到西城,午后到前门。

十八号　二十六日　早到西城。

十九号　二十七日　早到南城。

二十号　二十八日　早到天桥,大市。

二十一号　二十九日　早检点书物,午到西城。

二十二号　三十日　早到西城。

民国十七年(1928)戊辰日记

二十三号　正月初一日　元旦,辰初进香毕,出行,柳小川表弟到谈,午后到柳宅。

二十四号　初二日　早曾思远表弟到谈,午偕玮、瑢、琨三女到厂甸,潘小亭到坐,回候思远。

二十五号　初三日　下雪,未出门。

二十六号　初四日　雪,饭后候温毅夫、杨吉三。

二十七号　初五日　候杨树达。

二十八号　初六日　午后偕玮女到天桥。

二十九号　初七日　午游厂甸,杨吉三、王皖南到候。

三十号　初八日　午后到厂甸。

三十一号　初九日　早到校。

二月一号　初十日　在校。

二号　十一日　在校,接海秋、汝侄、溥侄来函。

三号　十二日　在校,早回,李锡之到候,午后偕玮女出门。

四号　十三日　早到西城,午后李永珍来读。

五号　十四日　早到西城,寄海秋一函,午后到琉璃厂。

六号　十五日　竟日大风,未出门。

七号　十六日　早到校。

八号　十七日　在校。

九号　十八日　在校。

十号　十九日　在校,早回。

十一号　二十日　早到西城,午后李永珍到读。

十二号　二十一日　偕内子到天桥,午后到厂甸。

十三号　二十二日

十四号　二十三日　早到校。

十五号　二十四日　在校。

十六号　二十五日　在校题《汪巩庵画红芍药》七绝一首:

当阶伫立显娇痴,正是风流带醉时。漫说残春留不住,尚堪折赠慰相思。

十七号　二十六日　在校,午回,午后往候王汝淮。

十八号　二十七日　早到前门,寄海秋一函,午后李永珍来读。

十九号　二十八日　星期,午后往访杨鼎元承,送其子画一幅。

二十号　二十九日　早到西城,又寄海秋书报凭单一纸。

二十一号　二月初一日　早到校。

二十二号　初二日　在校。

二十三号　初三日　在校。

二十四号　初四日　早由校回。

二十五号　初五日　早偕内子,到东大市,午后李永珍来读。

二十六号　初六日　早到大市,苏尚骧到谈。午后回候苏君。

二十七号　初七日　午寄汤永福洋铁箱食物一个,又一函。

二十八号　初八日　早到校。

二十九号　初九日　在校。

三月一号　初十日　在校,接顾仰山、陈念典来函。

二号　十一日　在校,早回,午后到中国银行,并到天桥。

三号　十二日　早到西城,午后李永珍来读。

四号　十三日　星期,午后偕玮女到中央公园看书画。

五号　十四日　早寄海秋洋铁箱一个,又寄汝良侄保险信一函。

六号　十五日　早到校。

七号　十六日　在校。

八号　十七日　在校,接海秋函。

九号　十八日　在校,晚回。

十号　十九日　早到西城,午后李永珍来读。

十一号　二十日　午后到天桥。

十二号　二十一日　早到西城,午后到天桥。

十三号　二十二日　早到校。

十四号　二十三日　在校。

十五号　二十四日　在校。

十六号　二十五日　在校,早回,午后到骡马市,候谈瀛客。

十七号　二十六日　早寄海秋一函,接商云亭函,午后李永珍来读。

十八号　二十七日　早到李铁拐斜街,午覆云亭。

十九号　二十八日　早到西城。

二十号　二十九日　早到校。

二十一号　三十日　在校。

二十二号　闰二月初一日　在校。

二十三号　初二日　早由校回。

二十四号　初三日　早到前门,午后李永珍来读。

二十五号　初四日　星期,早到西城。

二十六号　初五日　早偕珍、琼两女照相,午后到小市。

二十七号　初六日　早到校。

二十八号　初七日　在校。

二十九号　初八日　在校,接汝侄覆函。

三十号　初九日　在校,早回,午寄云亭一函、相片一张,到小市。

三十一号　初十日　早到中国银行取息,午后李永珍来读。

四月一号　十一日　星期。

二号　十二日　午后到东城。

三号　十三日　到校。

四号　十四日　在校,晚回,代海秋购林琴南山水画一幅,价银五十六元,寄海秋一函。

五号　十五日　早到西城,午后到广东新义园,本日清明祭祖。

六号　十六日　早到前门,午后到东城购刻景竹笔筒一个,旧磁瓶一个,晚赴苏锐钊剑候约。

七号　十七日　早到西城。

八号　十八日　早作画,午后到苏宅贺喜,兼陪燕。

九号　十九日　早习画,午后郑从耘到谈。

十号　二十日　早习画,午后到邮局。

十一号　二十一日　早到西城,午后寄海秋画一轴、信一函,又接商公泽信,即覆云亭,晚习画。

十二号　二十二日　早到西城,午后马文侪到谈。

十三号　二十三日　早习画,接海秋函。

十四号　二十四日　早到中南银行存款,午后李永珍来读。

十五号　二十五日　感冒未出门。

十六号　二十六日　早到西城。

十七号　二十七日　早到校。

十八号　二十八日　在校。

十九号　二十九日　在校。

二十号　三月初一日　在校,午回习画。

二十一号　初二日　早习画,午后李永珍来读。

二十二号　初三日　早习画,午后访冯竹轩,并买洋漂市布半匹,价银七元八角。

二十三号　初四日　早到西城,午后寄商云亭海味四种,又一函。

二十四号　初五日　早到校。

二十五号　初六日　在校,接云亭覆函。

二十六号　初七日　在校。

二十七号　初八日　在校,早回。

二十八号　初九日　早到西城,午后李永珍来读。

二十九号　初十日　早到西城,午后访柳小川、薛仪卿。

三十号　十一日　覆云亭,早到前门。

五月一号　十二日　早到西城。

二号　十三日　到校。

三号　十四日　在校,习画。

四号　十五日　在校,晚回。

五号　十六日　在校,早到西城,午后李永珍来读。

六号　十七日　早到西安市场,晚寄海秋一函。

七号　十八日　午后到小市。

八号　十九日　早到校。

九号　二十日　在校。

十号　二十一日　在校。

十一号　二十二日　在校,午回。

十二号　二十三日　早到西安市场,午偕家人照像,李永珍来读。

十三号　二十四日　接海秋、陈敦甫函。

十四号　二十五日　早到西安市场,覆陈敦甫一函。

十五号　二十六日　早到校。

十六号　二十七日　在校。

十七号　二十八日　在校。

十八号　二十九日　在校,午回,寄海秋一函、相片两张,商云亭相片一张,又寄黎宅挽对一付。

十九号　四月初一日　早到西安市场,午后李永珍来读。

二十号　初二日　早书挽联,午后到小市。

二十一号　初三日

二十二号　初四日　早到校。

二十三号　初五日　在校。

二十四号　初六日　在校。

二十五号　初七日　在校,晚回。

二十六号　初八日　早到西城,午后李永珍来读。

二十七号　初九日　星期,早到大井胡同梁宅行礼。

二十八号　初十日　早到中南银行存款。

二十九号　十一日　早到校。

三十号　十二日　在校,致云亭一函,闻奉军与南军战,已退守琉璃河,大局不久又变云。

三十一号　十三日　在校。

六月一号　十四日　在校,晚回。

二号　十五日　早偕振孙到妇婴医院一诊,午后李永珍来读。

三号　十六日　早到柳小川表弟家一坐,随到青年会国画展览会看画,午后写联一付,奉军战事不利,张作霖本日出京。

四号　十七日　早到中国银行,取公债利息。

五号　十八日　早到西城购米,午后出门,京兆发行铜元票,各处不通用,又无现铜元可换,一时市面,颇形紊乱,闻南军明后日即可入京云。闻张作霖归奉,有被炸之说。

六号　十九日　早到校考试,午后四点钟,想回京而城门闭矣。

七号　二十日　早由校到西直门,候开城,至午后三点钟,尚无信息,遂顾车折回。

八号　二十一日　在校,闻晋军本日入京,城门仍紧闭。

九号　二十二日　早由校回,致海秋一函,城内各处已高揭青天白日旗矣,午后李永珍来读。

十号　二十三日　早到西安市场,午后到小市。

十一号　二十四日　早到西城,闻阎锡山总司令到京。

十二号　二十五日　早到南城,午访曾思远、王皖南,闻国民政府在南京,而北京数百年首都,为之一变矣。

十三号　二十六日　早到西城,接海秋函。

十四号　二十七日　早到校,行毕业礼,午后回。

十五号　二十八日　早到西安市场,午后习画、阅报,京师各部院由南京政府派人接收。

十六号　二十九日　早到西城,李永珍来读。

十七号　三十日　早柳小川、范栋材到谈,午后访杨吉三未遇。

十八号　五月初一日

十九号　初二日　早到西城。

二十号　初三日　早到东城,并到柳小川家。

二十一号　初四日　早到骡马市,午后寄海秋一函。

二十二号　初五日　端阳节,早到西安市场,午后习画。

二十三号　初六日　早李永珍来读,午后到美术学校观漫画。

二十四号　初七日　星期,早到前门,午后到小市,接大侄女漱芬函。

二十五号　初八日　早习画,午后到中国银行,覆大侄女。

二十六号　初九日　早到西城。

二十七号　初十日　早到西城,晚偕玮、瑢、琨三女出街一行。

二十八号　十一日　早到西安市场。

二十九号　十二日　早到西城。

三十号　十三日　早到西城,李永珍来读。

七月一号　十四日　早到东城李嘉乐灵前致祭,午后习画。

二号　十五日　早到西城。

三号　十六日　竟日雨,早到西城,午后到北海公园,接海秋函。

四号　十七日　竟日雨,未出门,覆海秋一函,午后习画。

五号　十八日　早到西城,午后偕玮、瑢、琨女到小市。

六号　十九日　早到西城。

七号　二十日　早李永珍来读,午后到西城。

八号　二十一日　余五十有三岁生辰,停止家人祝贺,午后到小市,并访杨吉三。

九号　二十二日　早王皖南、商云亭到谈,午后到李宅。

十号　二十三日　早到西城,午后到小市,覆皖南一函。

十一号　二十四日　早习画。

十二号　二十五日　早到西城。

十三号　二十六日　雨,未出门。

十四号　二十七日　早李永珍来读,午后到小市。

十五号　二十八日

十六号　二十九日　早到西城习画,午到美校学术看画品。

十七号　六月初一日　早到西城,午后到小市。

十八号　初二日　早到清华,午后杨宗翰伯屏到谈。

十九号　初三日　早携琨女到妇婴医院一诊,午后到中国银行存款,郭家声到候。

二十号　初四日　早到东城柳小川家一坐,并到东安市场。

二十一号　初五日　早李永珍来读。

二十二号　初六日　早到西城,午后到李宅。

二十三号　初七日　早偕琨女到妇婴医院,午后到小市。

二十四号　初八日　早到西城,午后到天桥习画。

二十五号　初九日　早到西城,午后到中央公园、隆福寺。

二十六号　初十日　早到西城,午后到小市。

二十七号　十一日　早偕内子到琉璃厂购眼镜一付。

二十八号　十二日　早到西城,寄海秋一函。

二十九号　十三日　早接海秋一函,午后到土地庙。

三十号　十四日　早王皖南到谈,午后到协和医院看脚,因昨日下阶时,脚偶折伤,今早略肿耳。

三十一号　十五日　早寄海秋一函。

八月一号　十六日　因脚肿未消,故未出门。

二号　十七日　早阅清华试卷,午后温毅夫到谈。

三号　十八日　脚肿渐消,午后到长安街看拍卖,柳小川、潘小村到谈。

四号　十九日　午到协和医院。

五号　二十日　早王皖南到谈。

六号　二十一日

七号　二十二日　早到西城,晚先室刘氏祭辰。

八号　二十三日　午后偕玮女等到西单大街一行。

九号　二十四日　午后到西城。

十号　二十五日　早到西城,午后偕内子,珍女到协和医院。

十一号　二十六日

十二号　二十七日　午后到西城。

十三号　二十八日　早到东城,访柳小川、薛仪卿,又到西城访土皖南。

十四号　二十九日　早到西城,午后致李锡之一函,送范栋材川资五元。

十五号　七月初一日　早到西城。

十六号　初二日　午后,王皖南到谈。

十七号　初三日　早到清华,午后到中国银行汇海秋大洋三百元,并由银行附寄一信。

十八号　初四日　早到西城,又寄海秋一函。

十九号　初五日　早到西城,午后王皖南到谈。

二十号　初六日　午后柳小川来辞行。

二十一号　　初七日　　早到西城。

二十二号　　初八日　　早到西城,午后到柳小川家。

二十三号　　初九日　　早到前门车站,送柳小川全眷行。

二十四号　　初十日　　早偕内子到中央医院。

二十五号　　十一日　　早到中央医院,李永珍来读,午后到西城。

二十六号　　十二日　　早偕内子到东大市,接柳存仁由津来函。

二十七号　　十三日　　早到中央医院,午后到小市。

二十八号　　十四日　　早到西安市场,晚祭祖。

二十九号　　十五日　　早偕内子、大女到天桥。

三十号　十六日　　早到西城接海秋函。

三十一号　　十七日　　早到天桥买布,午后到小市。

九月一号　　十八日　　早到永定门外还神。

二号　十九日　　早到西城。

三号　二十日　　早到校。

四号　二十一日　　早由校回,午后偕内子、珍、玮、瑢、琨诸女游北海,晚祭先曾祖。

五号　二十二日　　午后偕瑢女到琉璃厂,收到海秋包裹,尚即之到谈。

六号　二十三日　　寄海秋一函,午后到琉璃厂。

七号　二十四日　　早到西城。

八号　二十五日　　早到天桥,李永珍来读。

九号　二十六日　　早到西城。

十号　二十七日　　内子生辰,停贺,午后偕内子到护国寺。

十一号　　二十八日　　早到西城。

十二号　　二十九日

十三号　　三十日　　早到校,接柳存仁函。

十四号　　八月初一日　　早由校回,寄柳小川一函。

十五号　初二日　早到西城，李永珍来读，午后到前门，接海秋来函。

十六号　初三日　早到西城，午后偕全眷到农事试验场。

十七号　初四日　早到，午后到前门。

十八号　初五日　早到校。

十九号　初六日　早由校回。

二十号　初七日　午后到小市。

二十一号　初八日　早到西城，午后偕琼女、振孙出门。

二十二号　初九日　早到西城，午后李永珍来读。

二十三号　初十日　星期，午后到小市。

二十四号　十一日　早到校。

二十五号　十二日　早由校回，寄海秋一函，又公报四本，午后到天桥。

二十六号　十三日　早到市场。

二十七号　十四日　早偕内子、儿媳、振孙到清华园，午后五钟回。

二十八号　十五日　中秋节，早购鱼肉等物，午后到南城。

二十九号　十六日　早到西城，午后李永珍来读，到白塔寺。

三十号　十七日　早到西城，窦斗权到谈，又丁嘉燕到坐，知清华学校改组，本年所发聘书一律废止，作为脱离关系矣。

十月一号　十八日　到校收拾书籍物件，寄陈敦甫一函。

二号　十九日　早由校带书籍物件回，王次篯到候。

三号　二十日　早到校领薪未得而回，寄海秋一函。

四号　二十一日　早偕琨女到妇婴医院，寄商云亭一函。

五号　二十二日　早到清华领薪毕回，午后到西城。

六号　二十三日　早到西城。

七号　二十四日　早到西城，接三姊、柳小川来函。

八号　二十五日　早到西城，午后寄海秋、小川、汝侄一函，又寄家姊一函,晚候窦斗权。

　　九号　二十六日　早到南城土地庙。

　　十号　二十七日　早到西城,窦斗权到谈,午后偕儿媳、琼、玮、瑢、琨各女到中山公园,王次篯到谈。

　　十一号　二十八日　早到前门,致海秋一函。

　　十二号　二十九日　午后到李宅,晤锡之,并到护国寺,致陈敦甫一函。

　　十三号　九月初一日　早到西城,午后李永珍来读。

　　十四号　初二日　早到西城,接柳存仁来函。

　　十五号　初三日　早到西城,潘小村到谈,致柳小川父子各一函。

　　十六号　初四日　早到西城。

　　十七号　初五日　早到西城,接顾仰山来函。

　　十八号　初六日　早到西城,午后窦斗权到谈,致顾仰山一函。

　　十九号　初七日　早到西安市场。

　　二十号　初八日　早吴公之到谈,午后李永珍来读,商云亭偕朱庆澜、王稼农到坐,晚到老君堂五台山佛教会,为冬账事。

　　二十一号　初九日　到五台山佛教会。

　　二十二号　初十日　早到西城。

　　二十三号　十一日　早到冬账办事处,接汝侄函。

　　二十四号　十二日　早到账务处,接海秋函。

　　二十五号　十三日　早到账务处,午后偕琨女到同仁医院看喉。

　　二十六号　十四日　早偕琨女到阜成门外杨六把医生处看喉,晚晤斗权。

　　二十七号　十五日　早到账务处。

　　二十八号　十六日　早偕琨女去看喉,寄香港赖焕文,区徽五一函,又寄汝侄、三姊一函,窦斗权到谈。

二十九号　十七日　早候薛仪卿,并到前门,午后到账务处。

三十号　十八日　早到账务处,午偕玮、琨两女到万字医院诊治。

三十一　十九日　早到账务处。

十一月一号　二十日　早到账务处,午后到万字医院看琨女喉,早寄陈敦甫一函。

二号　二十一日　早到账务处,午后到西城,接汝佺函。

三号　二十二日　早到账务处,午后李永珍来读,晚访温毅夫。

四号　二十三日　早到前门买缎幛,午后到账务处。

五号　二十四日　早寄陈敦甫缎幛,又一函,到账务处。午后寄汝良,汝佺包裹与一函,又寄香港赖焕文一函。

六号　二十五日　早到账务处,接陈敦甫函,知香港馆事已有成议,遂定下月初间启程南下,家眷因天时太冷,舟车不甚便利,商议再三,暂稍缓行,俟来年暑假,再偕返焉。午后偕琨女看喉。

七号　二十六日　早到账务处。

八号　二十七日　早到账务处,覆陈敦甫一函。

九号　二十八日　早到账务处。

十号　二十九日　到汇丰换汇单,每百元加水九元。

十一号　三十日

十二号　十月初一日　早定南旋,偕眷同返,午后购车票三等整票四张、半票三张,共一百九十一元。

十三号　初二日　电海秋,定初七晚搭特别快车出北平。

十四号　初三日　连日收拾物件,并将一切家具拍卖。

十五号　初四日

十六号　初五日　行李交佛照楼,共三十七件,到上海点收,运费一百二十元。

十七号　初六日　接敦甫电,促月中到港。

十八号　初七日　午前收拾零件,午后周敬甫、商云亭到送行,四点钟,同眷先到正阳旅馆住宿一晚,以便天明乘车。

十九号　初八日　早四点偕眷到车站,七点开行,路过直隶界。

二十号　初九日　车行经河南陇海铁路转津浦。

二十一号　初十日　早八点到浦口,因行李稽查稍误时间,十一点搭船过江,到沪甯车站,购买饭菜,饱食一顿,十二点钟开行。至午后九点钟,到上海,是时海秋,董培之在站,相见之下,不觉百感交集,搭汽车往大东酒店。

二十二号　十一日　出街购买物件,午后游半淞园。

二十三号　十二日　出购物品,并候马海洲、董培之。

二十四号　十三日　早搭四川轮船赴港,十点船开。

二十五号　十四日　稍有风浪。

二十六号　十五日　船渐稳,午后十点到汕,因已封关,遂停泊口外。

二十七号　十六日　早,天明船进口,九点泊码头,遂顾车上岸,径造海秋宅,入门人多不识,告知仆人转告,海秋眷属内弟夫人出接,得会晤焉,为之一快。回忆十八年前,送先岳父母到汕,今则不得一见矣,又为之感叹不已焉。午后二时回船,五时开行,扈静波送至船。

二十八号　十七日　早九时到港,行李暂存全安栈,往候陈敦甫,尚未回,晤赖荔垞、区徽五、区桂海昆仲、承荔垞约在百福临馆住焉。晚访陈宣白、陈敏仲(整理者按,疑为岑敏仲,即岑光樾),百福临馆在薄扶林道七七三号三楼。

二十九号　十八日　早作家书,寄珍女,并致海秋、静波,午后候敦甫,仍未回,到区徽五处一谈,晚荔垞,徽五约饮。

三十号　十九日　早出门,购衣裤一套,午后往晤陈敦甫,并留晚膳。

十二月一号　二十日　星期六,早到汇丰银行取款,又到中国银行存款,午后迁往陈敦甫处。

二号　二十一日　早到普安公司，候区健持，晚到百福临馆。

三号　二十二日　早到普安公司，同施炽游油麻地、九龙城、九龙塘、深水浦各处，顺候李凤坡、陈子砺，并寄海秋、珍女一函。又寄云亭、小村锡之函，晚接珍女由沪来禀，知已由上海十七日启程矣，晚访宣白、敏仲，又候白直甫。

四号　二十三日　午候梁长明，并到上环一行，回接海秋到汕信。

五号　二十四日　午到百福临馆，接海秋信一函，又寄来行李二件，晚覆海秋。

六号　二十五日　午到上环各处。

七号　二十六日　午到西环觅房，晚李瑞琴约饮。

八号　二十七日　午到湾仔，跑马地觅房，晚寄海秋、珍女各一函。

九号　二十八日　早拟学馆专章。

十号　二十九日

十一号　三十日　午到九龙觅房，午后白植甫、黄纶书到谈。

十二号　十一月初一日　午后到九龙，晚回。

十三号　初二日　早租定般含道精致台房，月租六十元，函内子速来港。

十四号　初三日　午后购买木器，约百元，接海秋函。

十五号　初四日　午候陈敬涛，又买床板四副，连担工十六元二角。

十六号　初五日　午寄海秋一函，到新房一看，又购竹椅等物。

十七号　初六日　早作文稿一件，午后到新房，布置一切。

十八号　初七日　午后接海秋函，知家眷明日由汕来港。

十九号　初八日　早到码头，顾小火轮，去万福船接眷，到时眷已上岸，遂回精致台本寓，行李亦先到，行李因去接时，普安公司伙伴到得迟，被查货人借口查军火，骗去十余元云。

二十号　初九日　午到大马路。

二十一号　初十日

二十二号　十一日　午到德辅道华美行。

二十三号　十二日　早到大马路购药，晚唐子修约饮，白直甫到谈。

二十四号　十三日　午十二点钟，唐子修再约，到香港克零佛得大餐楼吃西菜，下午到大东酒店晤海秋。

二十五号　十四日

二十六号　十五日　汤永福由省来港，遂留住焉。

二十七号　十六日　早送玉贞媳，振孙回省，永福并陈亚恩同行，午十一点钟，偕内子、瑢、琨二女到大东酒店，午后一点，送海秋上船回汕。

二十八号　十七日　午到中国银行存款，接溥倥函，知冯倥媳病故。覆溥倥一函，又致汝倥一函。

二十九号　十八日　午访徽五、焕文。

三十号　十九日　早偕琨女到大马路，午后购机器火炉一具，致潘小村一函。

三十一号　二十日　早回省，到本家亲戚各处，夜住柳小川家。

十八年一月一号　二十一日　早到窦斗权家，午访陈敦甫。

二号　二十二日　早到汤永福家，午游中央公园，晚汝倥约饮。

三号　二十三日　早为斗权两子开学，午后偕贞媳、振孙搭船回港，十二点钟到寓。

四号　二十四日

五号　二十五日　早到大马路，购买床板什物。

六号　二十六日　早接窦斗权函，晚赖焕文、区徽五约饮。

七号　二十七日　午到德辅道，覆斗权一函。

八号　二十八日　午到西营盘，梁长明到候。

　　九号　二十九日　午候梁长明,并候陈敦甫,晚敦甫到谈,致海秋一函。

　　十号　三十日　早到大马路,晚冯香泉约饮。

　　十一号　十二月初一日　早偕璿女到大马路购鞋。

　　十二号　初二日　早白直甫、陈子雄到谈,晚到陈敦甫处便饭。

　　十三号　初三日　午后到陈敦甫处,同到九龙,晤陈子砺、梁仁甫。

　　十四号　初四日　午后偕内子、贞媳、珍、琼两女到花布街购绒布。

　　十五号　初五日　早到赖宅道喜,偕玮、琨二女到中环。

　　十六号　初六日　午后到陈敦甫处,并到惠灵顿街。

　　十七号　初七日　午后访刘浚廷、区徽五、区桂海、温毅夫。

　　十八号　初八日　午温毅夫到谈,午后同温毅夫候敦甫。

　　十九号　初九日　早到德辅道,晚晤陈宣白。

　　二十号　初十日　早到大马路,午后访敦甫。

　　二十一号　十一日　午到大马路,晚陈子砺约饮。

　　二十二号　十二日　早到大马路,午在寓设泽均学塾,招取男女生,并书屏联,寄海秋一函。

　　二十三号　十三日　早到市场,接潘小村寄来报纸。

　　二十四号　十四日　接商云亭来函,午后偕内子到花布街。

　　二十五号　十五日　早到大马路,午后接海秋、小村各一函。

　　二十六号　十六日　寄海秋一函,午后出门购买咸鱼等物。

　　二十七号　十七日　竟日雨,看英文。

　　二十八号　十八日　雨,晚到大马路。

　　二十九号　十九日　接陈敦甫关书,覆函谢。

　　三十号　二十日　早到大马路,接海秋食物一篓。

　　三十一号　二十一日　早寄海秋一函。

二月一号　二十二日　早到大马路。

二号　二十三日　午后白直甫到谈,晚赴区桂海约。

三号　二十四日　早到大马路,午后到得时和,托寄海秋食物。

四号　二十五日　午后到大马路,接商云亭、柳小川函,写联屏数件。

五号　二十六日　早寄柳小川、顾仰山一函,又寄海秋一函,午后出门购买食物。

六　二十七日　早圣士提反教务主任凌鸿铭来商教事,午后到大马路。

七号　二十八日　早覆圣士提反学校一函。

八号　二十九日　早寄海秋一函,午后到大马路,寄小村一函,又汇大洋四元。

九号　三十日　早寄汤永福一函,午后到圣士提反,回候凌君鸿铭。

民国十八年(1929)己巳日记

　　十号　己巳年正月初一日　早祭祖,午后到区徽五、赖焕文、温毅夫、刘浚廷、陈敦甫、白直甫、岑敏仲各处。

　　十一号　初二日　午后同白直甫、岑敏仲到油麻地,候李景康。

　　十二号　初三日

　　十三号　初四日

　　十四号　初五日

　　十五号　初六日

　　十六号　初七日

　　十七号　初八日　早到大马路,午后到陈敦甫处,晚唐子修约饮。

　　十八号　初九日　接圣士提反凌君函,聘充汉文教授。

　　十九号　初十日

　　二十号　十一日

　　二十一号　十二日

　　二十二号　十三日　早访白直甫,午后到陈煊白处一谈。

　　二十三号　十四日

　　二十四号　十五日　午后访梁广照、巢坤霖。

　　二十五号　十六日　早九点钟,家塾开学,外附学生李鸿燊、林傅光,皆男生也。十点钟后,到圣士提反,会校长及各教员,午后访李宝鎏,旧时清华同事也。

　　二十六号　十七日　早到圣士提反上课。

　　二十七号　十八日　早到圣士提反上课,午后在家塾上课。

二十八号　十九日　到圣士提反上课。

三月一号　二十日　到校,午后买藤儿一张,接潘小村来函。

二号　二十一日　到校,接潘小村、黄露苑来函。

三号　二十二日　星期,早到西营盘,午后整理书籍。

四号　二十三日　到校。

五号　二十四日　到校。

六号　二十五日　到校。

七号　二十六日　早到陈敦甫家,开学毕,到校授课,午后四点半,再到陈宅讲书,十钟回寓,以后每日如此,不另记。

八号　二十七日　到校,十五弟志美到坐。

九号　二十八日　到校。

十号　二十九日　到校,汝侄夫妇来港。

十一号　二月初一日　到校。

十二号　初二日　到校,汝侄夫妇返省。

十三号　初三日　到校。

十四号　初四日　到校。

十五号　初五日　到校。

十六号　初六日　到校。

十七号　初七日　到校。

十八号　初八日　到校。

十九号　初九日　到校。

二十号　初十日　到校。

二十一号　十一日　到校。

二十二号　十二日　学校考试,停课。

二十三号　十三日　早阅卷,午后到陈宅。

二十四号　十四日　同上。

二十五号　十五日　同上。

二十六号　十六日　同上。

二十七号　十七日　同上。

二十八号　十八日　卷阅毕,学校放假十日,午后到陈宅。

二十九号　十九日　午后到陈宅。

三十号　二十日　同上。

三十一号　二十一日　同上。

四月一号　二十二日　同上。

二号　二十三日　同上。

三号　二十四日　午后到陈宅,晚九钟搭夜船赴省,因清明节近,回拜山也。

四号　二十五日　早七钟到省,晤三太、溥、汝各侄,又候周植生。

五号　二十六日　早六点钟启行拜山,同去有三太、五哥、溥良、汝良、峻良三侄,是日出东门,小北。

六号　二十七日　早七点钟,启行拜山,同去有五哥、溥良、汝良、峻良,是日出大北,入小北。

七号　二十八日　早偕三姊乘车返港,午十二点十分钟到。

八号　二十九日　圣校假满启课,晚致海秋一函。

九号　三十日　到校。

十号　三月初一日　到校,接汝侄函。

十一号　初二日　到校,覆汝侄,又寄仲美弟一函。

十二号　初三日　圣校运动开会,放假二日。

十三号　初四日　午后到大马路。

十四号　初五日　星期,到荷李活道印润单。

十五号　初六日　到校。

十六号　初七日　到校。

十七号　初八日　到校,接海秋覆函。

十八号　初九日　到校。

十九号　初十日　到校。

二十号　十一日　到校。

二十一号　十二日　星期。

二十二号　十三日　到校。

二十三号　十四日　到校。

二十四号　十五日　到校。

二十五号　十六日　到校,接黄雨亭来函。

二十六号　十七日　到校。

二十七号　十八日　到校,覆黄雨亭。

二十八号　十九日　星期。

二十九号　二十日　到校。

三十号　二十一日　到校。

五月一号　二十二日　到校。

二号　二十三日　到校。

三号　二十四日　到校。

四号　二十五日　到校。

五号　二十六日　星期。

六号　二十七日　到校,接仲美弟来函。

七号　二十八日　圣士提反学校因迁校停课,午后到陈宅授读。

八号　二十九日　午后,到陈宅。

九号　四月初一日　同上。

十号　初二日　同上。

十一号　初三日　同上。

十二号　初四日　同上。

十三号　初五日　陈宅功课改在星期六及星期日。

十四号　初六日　早到德辅道。

十五号　初七日　早寄曾思远一函,又到德辅道盐业银行,请代向北平中南银行换单转期。

十六号　初八日　午后偕内子游九龙城各处。

十七号　初九日　早到西环购买什物。

十八号　初十日　早到陈宅,晚回。

十九号　十一日　早到陈宅,晚回。

二十号　十二日　早到大马路,午后偕圣士提反同事到赤柱。

二十一号　十三日　在校。

二十二号　十四日　在校。

二十三号　十五日　在校。

二十四号　十六日　在校,晚回。

二十五号　十七日　早到陈宅。

二十六号　十八日　早到陈宅。

二十七号　十九日　早到校。

二十八号　二十日　在校。

二十九号　二十一日　在校。

三十号　二十二日　在校。

三十一号　二十三日　在校,晚回。

六月一号　二十四日　在校,早到陈宅。

二号　二十五日　早到陈宅。

三号　二十六日　早到校。

四号　二十七日　在校。

五号　二十八日　在校。

六号　二十九日　在校。

七号　五月初一日　在校,晚回,致海秋一函。

八号　初二日　早到陈宅,仲美由坡回。

九号　初三日　到陈宅。

十号　　初四日　到校。

十一号　　初五日　在校,晚回。

十二号　　初六日　到校。

十三号　　初七日　在校。

十四号　　初八日　在校,晚回。

十五号　　初九日　到陈宅。

十六号　　初十日　到陈宅。

十七号　　十一日　早偕十五弟到校。

十八号　　十二日　在校,晚回,接绍荣侄函,寄汝侄。

十九号　　十三日　到校,覆荣侄。

二十号　　十四日　在校。

二十一号　　十五日　在校,晚回。

二十二号　　十六日　到陈宅。

二十三号　　十七日　到陈宅。

二十四号　　十八日　到校。

二十五号　　十九日　在校。

二十六号　　二十日　在校。

二十七号　　二十一日　余五十四岁生辰,在校,晚回,寄云亭、汝侄各一函。

二十八号　　二十二日　早到盐业银行,取中南银行存款转期单,因前托盐业银行代办也。

二十九号　　二十三日　到陈宅。

三十号　　二十四日　到陈宅。

七月一号　　二十五日　午到德辅道,接汝侄函,即覆,李宝鎏、叶玉良到谈。

二号　　二十六日　早到工商银行,托李宝鎏转中国银行票。

三号　　二十七日　到校。

四号　　二十八日　在校。

五号　二十九日　在校,晚回。

六号　三十日　早到陈宅。

七号　六月初一日　早到陈宅。

八号　初二日

九号　初三日　早到校。

十号　初四日　早在校,晚回,接柳小川、潘小村来函。

十一号　初五日　早书联屏,午后覆柳小川、潘小村。

十二号　初六日　早到德辅道。

十三号　初七日　早到陈宅,书扇面一柄,又题杨晖山《沿海全图》诗一首:

　　海疆形势望中收,天险难凭贵自谋。太息和戎多失策,无端割让损神州。

十四号　初八日　到陈宅。

十五号　初九日　早送内子、珍、璿女搭船赴省,午后到德辅道汤臣洋行领薪水。

十六号　初十日

十七号　十一日　午后接内子等回港。

十八号　十二日　致北平李锡之一函。

十九号　十三日

二十号　十四日　到陈宅。

二十一号　十五日　到陈宅。

二十二号　十六日　午后到中国银行,接薛宝之覆函。

二十三号　十七日　早到香港盐业银行存款,午后写联屏。

二十四号　十八日

二十五号　十九日　午后谭长谖到谈,同去看邮票。

二十六号　二十日　午后到德辅道,访叶玉良,接云亭函。

二十七号　二十一日　到陈宅,致潘海秋、潘小村各一函。

二十八号　二十二日　到陈宅。

二十九号　二十三日

三十号　二十四日

三十一号　二十五日　午后黎庭桂到谈。

八月一号　二十六日

二号　二十七日　早到工商银行,取回北平中国银行存款单一纸,午后晤区桂海、徽五昆仲,及刘浚廷兄。

三号　二十八日　到陈宅。

四号　二十九日　到陈宅。

五号　七月初一日　晚唐子修约到兰室。

六号　初二日　晚到兰室。

七号　初三日　同上。

八号　初四日　同上。

九号　初五日　同上。

十号　初六日　到陈宅,晚偕珍、玮、琨女到利园。

十一号　初七日　到陈宅,晚到兰室。

十二号　初八日　早到德辅道。

十三号　初九日　早寄仰山一函。

十四号　初十日

十五号　十一日　早到大马路。

十六号　十二日　午后到德辅道。

十七号　十三日　到陈宅。

十八号　十四日　到陈宅。

十九号　十五日　早到德辅道。

二十号　十六日

二十一号　十七日　早到大马路,晚到兰室,接顾仰山函,即覆。

二十二号　十八日　是日本港大风,树木多倒,幸三点钟即止,晚赴李宝鎏约。

二十三号　十九日　早到德辅道,晚到兰室,汤永福由省来谈。

二十四号　二十日　早到大马路,午寄海秋一函。

二十五号　二十一日　晚到兰室。

二十六号　二十二日　同上。

二十七号　二十三日　早偕瑢、琨两女到大马路。

二十八号　二十四日

二十九号　二十五日

三十号　二十六日　午接溥佺信,即覆并致三姊、汝良各一函。

三十一号　二十七日　早到陈宅,内子生辰。

九月一号　二十八日　早到陈宅,致海秋一函。

二号　二十九日　早偕玮、琛、琨女到礼贤学校。致陈敦甫挂号一函,又士珍女到罗马学校。

三号　八月初一日　早到中环修钟表。

四号　初二日

五号　初三日　早作寿文一篇。

六号　初四日　早书寿屏。

七号　初五日　到陈宅。

八号　初六日　到陈宅。

九号　初七日　圣士提反上课,到校。

十号　初八日　在校。

十一号　初九日　同上。

十二号　初十日　同上。

十三号　十一日　同上,晚回。

十四号　十二日　到陈宅。

十五号　十三日　到陈宅,覆曾思远。

十六号　十四日　到校。

十七号　十五日　在校,晚回。

十八号　十六日　到校。

十九号　十七日　在校。

二十号　十八日　在校。

二十一号　十九日　到陈宅。

二十二号　二十日　到陈宅。

二十三号　二十一日　到校。

二十四号　二十二日　在校。

二十五号　二十三日　在校。

二十六号　二十四日　在校。

二十七号　二十五日　在校,晚回。

二十八号　二十六日　到陈宅。

二十九号　二十七日　孔子圣诞,到陈宅行礼,放假一日。

三十号　二十八日　早到大马路。

十月一号　二十九日　到校,儿媳偕孙振回省。

十月二号　三十日　在校。

三号　九月初一日　在校。

四号　初二日　在校,晚回。

五号　初三日　到陈宅,寄小村一函。

六号　初四日　星期,到陈宅。

七号　初五日　到校。

八号　初六日　在校。

九号　初七日　在校,晚回。

十号　初八日　学校放假。

十一号　初九日

十二号　初十日　到陈宅,寄海秋食物一篓,又一函。

十三号　十一日　到陈宅。

十四号　十二日　到校。

十五号　十三日　在校。

十六号　十四日　在校。

十七号　十五日　在校。

十八号　十六日　在校。

十九号　十七日　到陈宅。

二十号　十八日　到陈宅,覆海秋一函。

二十一号　十九日　到校。

二十二号　二十日　在校。

二十三号　二十一日　在校。

二十四号　二十二日　在校。

二十五号　二十三日　在校接商云亭、杨吉三函。

二十六号　二十四日　到陈宅。

二十七号　二十五日　到陈宅。

二十八号　二十六日　到校寄商云亭、杨吉三、柳小川各一函。

二十九号　二十七日　在校。

三十号　二十八日　在校。

三十一号　二十九日　在校。

十一月一号　十月初一日　在校,晚回。

二号　初二日　到陈宅。

三号　初三日　到陈宅。

四号　初四日　到校。

五号　初五日　在校。

六号　初六日　在校。

七号　初七日　在校。

八号　初八日　在校,晚回。

九号　初九日　到陈宅。

十号　初十日　到陈宅,寄三姊、柳小川、潘小村各一函。

十一号　十一日　早到盐业银行,托向中南银行转期存款。午后到区徽五处一谈,寄海秋一函。

十二号　十二日　到校。

十三号　十三日　在校。

十四号　十四日　在校。

十五号　十五日　在校,晚回,琨女身软发热。

十六号　十六日　到陈宅。

十七号　十七日　到陈宅。

十八号　十八日　到校。

十九号　十九日　在校,晚回。

二十号　二十日　到校。

二十一号　二十一日　在校,晚回。

二十二号　二十二日　在校,晚回。

二十三号　二十三日　到陈宅,琨女仍微热,然精神甚好也。

二十四号　二十四日　到陈宅。

二十五号　二十五日　早到德辅道,寄海秋一函。

二十六号　二十六日　琨女热未退,请罗镜如医士到诊。

二十七号　二十七日　琨女热稍退。

二十八号　二十八日　午后到德辅道。

二十九号　二十九日　访凌鸿铭,到德辅道。

三十号　三十日

十二月一号　十一月初一日

二号　初二日　早到校。

三号　初三日　在校。

四号　初四日　在校。

五号　初五日　在校。

六号　初六日　在校,晚回。

七号　初七日　到陈宅。

八号　初八日　星期,到陈宅。

九号　初九日　到校,内子到盐业银行取回转期存单。

十号　初十日　在校。

十一号　十一日　在校。

十二号　十二日　在校。

十三号　十三日　在校,晚回。

十四号　十四日　到陈宅。

十五号　十五日　到陈宅,琨女病愈。

十六号　十六日　到校,寄曾思远、潘小村各一函。

十七号　十七日　在校。

十八号　十八日　在校。

十九号　十九日　在校。

二十号　二十日　在校,晚回。

二十一号　二十一日　到陈宅。

二十二号　二十二日　到陈宅。

二十三号　二十三日　到校,晚回。

二十四号　二十四日　本日学校因明日耶稣诞,放假四天。

二十五号　二十五日

二十六号　二十六日

二十七号　二十七日

二十八号　二十八日　到陈宅。

二十九号　二十九日　到陈宅。

三十号　三十日　到校。

三十一号　十二月初一日　在校,晚回接柳小川函。

十九年一月一号　初二日　早到陈宅解馆,到德辅道回,写联四对,覆柳小川,午后访胡恒锦,接志美弟函。

二号　**初三日**　到校。

三号　**初四日**　在校,晚回,覆志美弟。

四号　**初五日**

五号　**初六日**

六号　**初七日**　到校。

七号　**初八日**　在校。

八号　**初九日**　在校。

九号　**初十日**　在校。

十号　**十一日**　在校,晚回,仲美弟、柳存仁均有函报,柳表弟妇病故。

十一号　**十二日**　早寄柳小川奠仪并函,又覆仲美及三姊、汝良各一函。

十二号　**十三日**

十三号　**十四日**　早到校。

十四号　**十五日**　在校。

十五号　**十六日**　在校。

十六号　**十七日**　在校。

十七号　**十八日**　在校,晚回。

十八号　**十九日**　早到大马路。

十九号　**二十日**　星期。

二十号　**二十一日**　到校。

二十一号　**二十二日**　在校。

二十二号　**二十三日**　在校。

二十三号　**二十四日**　在校,晚回。

二十四号　**二十五日**　早送内子,玮女搭船回省,并到盐业银行转期存款一年,致海秋一函。

二十五号　**二十六日**　早到德辅道,午后偕琛、琨两女到大马路。

二十六号　二十七日　内子偕女等搭船回港,溥侄同来。

二十七号　二十八日　寄顾仰山一函。

二十八号　二十九日　早到大马路。

民国十九年(1930)庚午日记

三十号　正月初一日　早祭祖，岑敏仲、白直甫、何家炽到谈，饭后往区徽五、区桂海、赖焕文、温毅夫、刘锦江、陈敦甫、陈埧伯、梁长明、岑敏仲、白直甫、何家炽各处，午后到兰室团拜。

三十一号　初二日

二月一号　初三日　寄北平曾光瑜、曾思远各一函。

二号　初四日

三号　初五日　午后偕内子、儿媳、琼、玮、琛、琨女、振孙到九龙城一游。

四号　初六日　早候李炳祥。

五号　初七日　到德辅道。

六号　初八日　到大马路。

七号　初九日　写条屏。

八号　初十日　早到盐业银行，领回北平中国银行存单。

九号　十一日　早到湾仔，代发证书，溥侄昨到港，今晚回省。

十号　十二日　接峻侄一函，即覆。

十一号　十三日　早到德辅道。

十二号　十四日

十三号　十五日　早到德辅道，接绍荣函，即覆。

十四号　十六日　午后偕内子到湾仔看房，接峻侄函。

十五号　十七日　早到德辅道，午后到刘浚亭处。

十六号　十八日　午到大马路。

十七号　十九日　本日学校开课，到校。

十八号　二十日　在校。

十九号　二十一日　在校。

二十号　二十二日　在校,海秋到港。

二十一号　二十三日　在校,晚回到铁冈李仲卓家课读。

二十二号　二十四日　晤海秋,并到李宅。

二十三号　二十五日　早到李宅,午回。

二十四号　二十六日　到校。

二十五号　二十七日　在校。

二十六号　二十八日　在校。

二十七号　二十九日　在校。

二十八号　二月初一日　在校,晚回到李宅。

三月一号　初二日　早到德辅道,午到李宅。

二号　初三日　早到李宅,寄达挚夫一函。

三号　初四日　早到校。

四号　初五日　在校。

五号　初六日　在校。

六号　初七日　在校。

七号　初八日　在校,晚回到李宅。

八号　初九日　午后到李宅。

九号　初十日　早到李宅。

十号　十一日　到校。

十一号　十二日　在校,晚回。

十二号　十三日　学校放假一日。

十三号　十四日　到校。

十四号　十五日　在校,晚回,到李宅。

十五号　十六日　早到德辅道,午后到李宅。

十六号　十七日　早到李宅。

十七号　十八日　早到校。

十八号　十九日　在校。

十九号　二十日　在校。

二十号　二十一日　在校。

二十一号　二十二日　在校,晚回,接汝侄函,晚到李宅。

二十二号　二十三日　午到李宅,覆汝侄。

二十三号　二十四日　早到李宅。

二十四号　二十五日　早到校。

二十五号　二十六日　在校,内子到校观开幕,晚回。

二十六号　二十七日　学校放假一天,早到德辅道。

二十七号　二十八日　到校。

二十八号　二十九日　在校,晚回,到李宅。

二十九号　三十日　早寄潘小村一函,午到李宅。

三十号　三月初一日　早到李宅,午后偕琨女出街。

三十一号　初二日　早到校,晚回。

四月一号　初三日

二号　初四日　早到德辅道,晚候余砺吾。

三号　初五日　午偕振孙到博物馆,值西人参观,不得入。

四号　初六日　早到博物馆,晚到李宅。

五号　初七日　清明,早祭祖,午到李宅。

六号　初八日　早到李宅。

七号　初九日　早到校。

八号　初十日　在校。

九号　十一日　在校。

十号　十二日　在校。

十一号　十三日　在校,晚回,到李宅。

十二号　十四日　午到校,观运动会,晚到李宅。

十三号　十五日　早到李宅。

十四号　十六日　早到大马路。

十五号　十七日　早到校。

十六号　十八日　在校,接达挚甫覆函。

十七号　十九日　在校,晚回。

十八号　二十日　学校自本日起放假十天,寄薛太太一函,晚到李宅。

十九号　二十一日　早到大马路,午后到李宅。

二十号　二十二日　早到李宅,教授两月已满,不再续矣。

二十一号　二十三日　午偕内子、媳、女等到大马路,晚到兰室。

二十二号　二十四日　早到盐业银行,代内子、媳存款。

二十三号　二十五日　晚李宝鉴、叶玉良昆仲到寓一叙,接海秋函。

二十四号　二十六日　早寄曾思远一函,又覆海秋,午后志美到谈。

二十五号　二十七日　早寄汝侄一片。

二十六号　二十八日　午后偕志美到宋王台。

二十七号　二十九日　午后到大马路。

二十八号　三十日　学校上课到校。

二十九号　四月初一日　在校。

三十号　初二日　在校。

五月一号　初三日　在校。

二号　初四日　在校,晚回。

三号　初五日　早到德辅道,接小村、仰山来函。

四号　初六日　早到大马路。

五号　初七日　到校,覆小村。

六号　初八日　在校,晚回。

七号　初九日　放假,早到盐业银行,托换北平中南银行存单。

八号　初十日　到校。

九号　十一日　在校,晚回。

十号　十二日　早林温伯到谈。

十一号　十三日　星期,午到德辅道。

十二号　十四日　到校。

十三号　十五日　在校。

十四号　十六日　在校。

十五号　十七日　在校。

十六号　十八日　在校,晚回,琨女出疹。

十七号　十九日　早到盐业银行取款。

十八号　二十日　星期。

十九号　二十一日　到校,晚回,琨女疹愈。

二十号　二十二日　早到校。

二十一号　二十三日　在校。

二十二号　二十四日　在校,接曾表弟、薛太太覆函。

二十三号　二十五日　在校,晚回。

二十四号　二十六日　早寄夏履平一函。

二十五号　二十七日

二十六号　二十八日　到校。

二十七号　二十九日　在校。

二十八号　五月初一日　在校。

二十九号　初二日　在校。

三十号　初三日　在校,晚回。

三十一号　初四日　早寄小村一函,午到德辅道镶牙。

六月一号　初五日

二号　初六日　到校。

三号　初七日　在校。

四号　初八日　在校。

五号　初九日　在校。

六号　初十日　在校,晚回,接夏履平覆函。

七号　十一日　寄海秋、柳小川函。

八号　十二日　午后偕琛、琨两女到德辅道。

九号　十三日　放假一日。

十号　十四日　到校。

十一号　十五日　在校。

十二号　十六日　在校。

十三号　十七日　在校,晚回,接小川、李思贤函。

十四号　十八日　覆李思贤函。

十五号　十九日　早到上环市,购买食物。

十六号　二十日　到校,家人预祝生日。

十七号　二十一日　在校,本日为五十五岁生辰。

十八号　二十二日　在校。

十九号　二十三日　在校。

二十号　二十四日　在校。

二十一号　二十五日　早到盐业银行,取回存单,并晤李宝鎏。

二十二号　二十六日　星期,致陈敦甫一函,唁其丧偶。

二十三号　二十七日　到校,考国文。

二十四号　二十八日　在校,接柳江公司来函,举董事。

二十五号　二十九日　在校,晚回,明日考西文。

二十六号　六月初一日　寄柳小川一函,又覆柳江公司,接陈敦甫函。

二十七号　初二日　到校,晚回。

二十八号　初三日　早到德辅道。

二十九号　初四日　星期。

三十号　初五日　到校，晚回，赴赖区同年约。

七月一号　初六日

二号　初七日　到校。

三号　初八日　在校，晚回，接小川、云亭覆函。

四号　初九日　寄海秋、小川各一函。

五号　初十日

六号　十一日　星期。

七号　十二日　本日学校放暑假，到盐业银行，托换中国银行存单，寄小村一函。

八号　十三日　早占七律一首，祝商云亭六旬大庆：

矫矫风姿重上京，黄钟毁弃瓦雷鸣。时逢多难真才出，运值奇穷国士生。花滂澄清原有志，横渠胞与总关情。研精道术身常健，无量行年绝老彭。

九号　十四日

十号　十五日

十一号　十六日

十二号　十七日　寄海秋一函。

十三号　十八日　星期，接海秋函。

十四号　十九日　接柳小川一函，代订《申报》三月，即覆。

十五号　二十日

十六号　二十一日

十七号　二十二日　先室刘氏忌辰。

十八号　二十三日

十九号　二十四日　到盐业银行，托购六厘债票。

二十号　二十五日　早到德辅道。

二十一号　二十六日　晚赴陈敦甫约。

二十二号　二十七日　早寄柳小川一函，托取柳江公司利息。

二十三号　二十八日　晚偕琛女到德辅道。

二十四号　二十九日　竟日雨。

二十五号　三十日

二十六号　闰六月初一日　谭长谖到谈。

二十七号　初二日

二十八号　初三日　早到德辅道。

二十九号　初四日

三十号　初五日　早寄柳小川一函。

三十一号　初六日　早到德辅道。

八月一号　初七日

二号　初八日　早到盐业银行,取回中国银行存折。

三号　初九日　接海秋函,即覆,访谭长谖。

四号　初十日

五号　十一日

六号　十二日　早到德辅道。

七号　十三日

八号　十四日　接达挚甫函,到盐业银行收取六厘债票。

九号　十五日　午后偕内子、贞媳、诸女、振孙到德辅道。

十号　十六日　寄达挚甫一函。

十一号　十七日

十二号　十八日　午后李宝鎏、陈彝颂,又李君到谈。

十三号　十九日　早到上环。

十四号　二十日　午售去大理石四屏,价银六拾元,又大理石十二块,交友带去一看,收回原价二十元。

十五号　二十一日　早到盐业银行。

十六号　二十二日　午到嘉评酒楼,李宝鎏、叶玉良约,寄商云亭、文伯英一函。

十七号　二十三日　星期,寄海秋一函。

十八号　二十四日　早到德辅道,购雨伞一柄。

十九号　二十五日　晚到林蕴伯处一谈。

二十号　二十六日　早写联一对。

二十一号　二十七日　早到德辅道。

二十二号　二十八日

二十三号　二十九日　早到德辅道,接海秋函。

二十四号　七月初一日　星期,午写屏,寄海秋一函。

二十五号　初二日　午到上环裱字画,晚陈敦甫到谈。

二十六号　初三日

二十七号　初四日　早到大马路。

二十八号　初五日　晚到林蕴伯处一谈。

二十九号　初六日

三十号　初七日　早到德辅道,寄海秋一函,并字数幅。

三十一号　初八日

九月一号　初九日　学校开课到校。

二号　初十日　在校。

三号　十一日　在校。

四号　十二日　在校。

五号　十三日　在校,晚回。

六号　十四日　早到德辅道。

七号　十五日　星期。

八号　十六日　到校。

九号　十七日　在校。

十号　十八日　在校。

十一号　十九日　在校。

十二号　二十日　在校,晚回,接云亭、汝侄函,志美十五弟到谈。

十三号　二十一日　覆汝侄,并寄三姊。

十四号　二十二日　星期。

十五号　二十三日　到校。

十六号　二十四日　在校。

十七号　二十五日　在校。

十八号　二十六日　在校。

十九号　二十七日　在校,晚回,内子生日。

二十号　二十八日　早寄海秋并小村各一函,午偕内子、琨女、振孙到南华游泳会,看男女泅水。

二十一号　二十九日

二十二号　八月初一日　到校。

二十三号　初二日　在校。

二十四号　初三日　在校。

二十五号　初四日　在校。

二十六号　初五日　在校,晚回。

二十七号　初六日

二十八号　初七日　星期。

二十九号　初八日

三十号　初九日　在校。

十月一号　初十日　在校。

二号　十一日　在校。

三号　十二日　在校,晚回。

四号　十三日　早写联屏等件,到华商会所。

五号　十四日　星期。

六号　十五日　到校。

七号　十六日　在校。

八号　十七日　在校。

九号　十八日　在校,晚回,接汝侄函。

十号　十九日　放假,寄海秋、汝侄各一函。

十一号　二十日

十二号　二十一日　星期。

十三号　二十二日　到校。

十四号　二十三日　在校。

十五号　二十四日　在校。

十六号　二十五日　在校。

十七号　二十六日　在校,晚回,接海秋函。

十八号　二十七日　早偕琼、瑢、琨女到大世界看电影。

十九号　二十八日　早到德辅道。

二十号　二十九日　到校。

二十一号　三十日　在校。

二十二号　九月初一日　在校。

二十三号　初二日　在校,介绍志美入圣士提反书院读书。

二十四号　初三日　在校,晚回。

二十五号　初四日　早访李宝鎏、叶玉良。

二十六号　初五日　星期,致海秋函,购镜架。

二十七号　初六日　到校。

二十八号　初七日　在校,晚回,内子发热、身痛、患痢。

二十九号　初八日　到校。

三十号　初九日　在校,内子病愈。

三十一号　初十日　在校,晚回。

十一月一号　十一日　到大马路。

二号　十二日　星期,早写字,午后到陈宅行礼。

三号　十三日　到校。

四号　十四日　在校。

五号　十五日　在校。

六号　十六日　在校。

七号　十七日　在校,晚回。

八号　十八日　早到盐业银行,托转中南银行存单。

九号　十九日

十号　二十日　到校,寄海秋一函。

十一号　二十一日　在校,晚回,接甥女、静霞函。

十二号　二十二日　放假一日,寄云亭一函,又覆甥女。

十三号　二十三日　到校,晚回,赴圣校茶会。

十四号　二十四日　到校,晚回。

十五号　二十五日　午后到大马路。

十六号　二十六日　早书大字,午后到大马路。

十七号　二十七日　到校。

十八号　二十八日　在校。

十九号　二十九日　在校。

二十号　十月初一日　在校。

二十一号　初二日　在校,晚回,接潘小村函。

二十二号　初三日　早阅卷,午到大马路,覆潘小村。

二十三号　初四日

二十四号　初五日　马小进到谈,早寄铭弟一函。

二十五号　初六日　午金子才到访,午后回候马小进、金子才。

二十六号　初七日　寄海秋一函。

二十七号　初八日　午到德辅道。

二十八号　初九日　早到大马路。

二十九号　初十日

三十号　十一日

十二月一号　十二日　到校。

二号　十三日　在校。

三号　十四日　在校。

四号　十五日　在校，接志美函。

五号　十六日　在校，晚回复志美。

六号　十七日　早到德辅道修表，潘采到坐。

七号　十八日

八号　十九日　到校。

九号　二十日　在校。

十号　二十一日　在校。

十一号　二十二日　在校。

十二号　二十三日　在校，晚回，接仲美函。

十三号　二十四日　早媳玉贞偕振孙回省，到盐业银行取回存单，覆仲美。

十四号　二十五日

十五号　二十六日　到校。

十六号　二十七日　在校。

十七号　二十八日　在校。

十八号　二十九日　在校。

十九号　三十日　在校，晚回，接玉贞媳、志美弟函。

二十号　十一月初一日　早书联，覆玉贞媳、志美弟一函，又接柳小川表弟来函。

二十一号　初二日　星期，叶玉良到谈。

二十二号　初三日　到校。

二十三号　初四日　在校，晚回。

二十四号　初五日　早赴省，三点到，晤三太、三姊、玉贞、黄表姊、侄女等。

二十五号　初六日　在省,游五层楼、诃林各地,晚同志美回港,顾侄女到候。

二十六号　初七日　早候顾同年之女,并覆仰山函,又覆上海九裕堂陆梦平。

二十七号　初八日　早到大马路,午同李宝鎏、叶玉良赴澳门,晚六时到。

二十八号　初九日　早游唐家湾,午后四点搭船回港。

二十九号　初十日　到校。

三十号　十一日　在校。

三十一号　十二日　在校。

民国二十年一月一号　十三日　放假,早阅诗卷。

二号　十四日　到校。

三号　十五日　早到盐业银行,托转中国银行存款,并晤李宝鎏。

四号　十六日　星期,寄柳小川一函。

五号　十七日　到校。

六号　十八日　在校。

七号　十九日　在校,晚回,寄省博雅斋一函。

八号　二十日　到校,接潘小村、仲美弟、曾思远函。

九号　二十一日　在校,晚回,寄海秋一函。

十号　二十二日　早到中国银行取款,改存盐业银行,寄仲美、小村、思远各一函。

十一号　二十三日　午后到德辅道。

十二号　二十四日　到校。

十三号　二十五日　在校,晚回,到飞利学校,送诸女入学。

十四号　二十六日　到校。

十五号　二十七日　在校,接汕电,知海秋病故。

十六号　二十八日　在校,晚回。

十七号　二十九日　午到校,观颁奖。

十八号　三十日　早送内子赴汕。

十九号　十二月初一日　学校放假一日,寄潘舅母一函。

二十号　初二日　到校,晚回。

二十一号　初三日　到校。

二十二号　初四日　在校,晚回。

二十三号　初五日　在校,晚回。

二十四号　初六日　早到盐业银行取定期存款,接仲美函,五哥病故,即覆。

二十五号　初七日　内子由汕返港。

二十六号　初八日　到校。

二十七号　初九日　在校。

二十八号　初十日　在校。

二十九号　十一日　在校。

三十号　十二日　在校,晚回。

三十一号　十三日　早到中国银行取息票,午后偕琼、玮、琛、琨四女买鞋,寄潘舅母一函,寄李锡之、商云亭一函。

二月一号　十四日　寄上海陆梦平一函,又寄顾仰山、潘小村一函。

二号　十五日　到校。

三号　十六日　在校。

四号　十七日　在校。

五号　十八日　在校。

六号　十九日　在校,晚回。

七号　二十日　早到德辅道,学校自本日起放寒假三星期。

八号　二十一日

九号　二十二日　早到大马路。

十号　二十三日　接漱芬函,即覆,又致潘舅妇一函,接回中国银行存款折。

十一号　二十四日　寄小川一函。

十二号　二十五日　早到德辅道。

十三号　二十六日　早到大马路。

十四号　二十七日　午后到摩罗街。

十五号　二十八日　早到德辅道,托志美弟带回一函与仲美。

十六号　二十九日　早到中环,寄汤永福一函。

民国二十年(1931)辛未日记

　　十七号　辛未正月初一日　卯刻,拜神祭祖毕,往巴丙顿道一行,午后到各同年熟友处。

　　十八号　初二日

　　十九号　初三日　午后到油麻地。

　　二十号　初四日

　　二十一号　初五日　晚赴冯香泉约。

　　二十二号　初六日　午到德辅道,叶玉良偕子孔超到谈。

　　二十三号　初七日

　　二十四号　初八日　午访李宝鎏、叶玉良,晚到高升看戏。

　　二十五号　初九日　早到德辅道,接漱芬佺女函。

　　二十六号　初十日　晚赴敦甫约。

　　二十七号　十一日　到德辅道,晤叶玉良,接潘小村函,即覆。三姊偕二侄女、汝侄夫妇等到港。

　　二十八号　十二日

　　三月一号　十三日　星期。

　　二号　十四日　早到协德洋行。

　　三号　十五日　到校。

　　四号　十六日　在校。

　　五号　十七日　在校。

　　六号　十八日　在校,晚回。

　　七号　十九日　寄漱芬一函。

　　八号　二十日　星期。

九号　二十一日　到校,三姊等回省。

十号　二十二日　在校,接黄荫普、汝侄各一函。

十一号　二十三日　在校,晚回。

十二号　二十四日　早到德辅道,覆黄荫普、汝侄各一函,是日放假。

十三号　二十五日　到校,晚回。

十四号　二十六日

十五号　二十七日　星期。

十六号　二十八日　到校。

十七号　二十九日　在校。

十八号　三十日　在校,晚回。

十九号　二月初一日　到校。

二十号　初二日　在校,晚回。

二十一号　初三日　午后偕内子、贞媳、振孙到圣士提反学校。

二十二号　初四日　星期。

二十三号　初五日　学校,因运动会放假一日。

二十四号　初六日　到校。

二十五号　初七日　在校。

二十六号　初八日　在校,晚回。

二十七号　初九日　早寄仲美一函。

二十八号　初十日　午后偕内子、琛女到铜锣环、湾仔各地。

二十九号　十一日　到大马路。

三十号　十二日　接汝侄函。

三十一号　十三日　到校。

四月一号　十四日　在校,晚回。

二号　十五日　早到大马路。

三号　十六日　扈静波到谈,覆汝侄。

四号　十七日　早偕内子、贞媳、玮、琨两女、振孙到大马路买鞋。

五号　十八日

六号　十九日　清明,早祭祖。

七号　二十日

八号　二十一日　午到大马路。

九号　二十二日　早到德辅道,寄顾仰山一函。

十号　二十三日　早到大马路。

十一号　二十四日　午到盐业银行,托购六厘债票。

十二号　二十五日　星期。

十三号　二十六日　到校。

十四号　二十七日　在校。

十五号　二十八日　在校。

十六号　二十九日　在校。

十七号　三十日　在校,晚回,接曾思远函。

十八号　三月初一日　覆思远函。

十九号　初二日

二十号　初三日　到校。

二十一号　初四日　在校。

二十二号　初五日　在校。

二十三号　初六日　在校。

二十四号　初七日　在校,晚回。

二十五号　初八日　早到盐业银行,取买六厘公债。

二十六号　初九日　寄汕头潘汉典一函。

二十七号　初十日　到校。

二十八号　十一日　在校。

二十九号　十二日　在校,晚回。

三十号　十三日　到校。

五月一号　十四日　在校,晚回。

二号　十五日

三号　十六日　发热腹泻。

四号　十七日　早出汗,热退,腹泻午后亦愈,接柳小川函,请假一日。

五号　十八日　到校,晚回。

六号　十九日　到校,晚回。

七号　二十日　到校。

八号　二十一日　在校,晚回。

九号　二十二日　午到盐业银行,托转中南银行单。

十号　二十三日　早写扇,寄柳小川一函。

十一号　二十四日　到校。

十二号　二十五日　在校。

十三号　二十六日　在校。

十四号　二十七日　在校。

十五号　二十八日　在校,晚回。

十六号　二十九日　早书联对,午到德辅道。

十七号　四月初一日

十八号　初二日　到校。

十九号　初三日　在校。

二十号　初四日　在校。

二十一号　初五日　在校。

二十二号　初六日　在校,晚回。

二十三号　初七日　早寄漱芬侄女一函,写联一付。

二十四号　初八日　星期。

二十五号　初九日　学校放假,寄柳小川一函。

二十六号　初十日　到校。

二十七号　十一日　在校。

二十八号　十二日　在校。

二十九号　十三日　在校，晚回，接潘汉典、线星垣函。

三十号　十四日　早阅卷，覆潘汉典、线星垣。

三十一号　十五日　早到中环。

六月一号　十六日　到校。

二号　十七日　在校，晚回，接溥伒函。

三号　十八日　放假。

四号　十九日　到校。

五号　二十日　在校，晚回。

六号　二十一日　接潄芬函，即覆。

七号　二十二日　星期，撰仲卓李公灵旐题辞：

维公之神，报璞守真。寿由德致，福自天申。如花怒发，如时逢春。贻谋燕翼，佑启发人。

八号　二十三日　早到李宅题旐，后到校。

九号　二十四日　在校。

十号　二十五日　在校。

十一号　二十六日　在校。

十二号　二十七日　在校，晚回。

十三号　二十八日　早到盐业银行，取回换单，接线星垣函，并访静波。

十四号　二十九日　星期。

十五号　三十日　到校。

十六号　初一日　在校。

十七号　初二日　在校。

十八号　初三日　在校。

十九号　初四日　在校,晚回。

二十号　初五日　端节,书扇一持。

二十一号　初六日　星期。

二十二号　初七日　到校,考试。

二十三号　初八日　在校。

二十四号　初九日　在校,晚回。

二十五号　初十日　到德辅道。

二十六号　十一日　到校,晚回。

二十七号　十二日　访李宝鎏、叶玉良。

二十八号　十三日　星期。

二十九号　十四日　到校,晚回。

三十号　十五日　早到大马路。

七月一号　十六日　到校。

二号　十七日　在校,晚回。

三号　十八日　早到德辅道盐业银行,托转中国银行存款。

四号　十九日　午到校,即回,学校由本日起放暑假两月。

五号　二十日

六号　二十一日　余五十六岁生辰,家人庆祝后,学生李宪麟、李宪衡兄弟来舍,作暑假补习国文。

七号　二十二日　讲书后,到德辅道。

八号　二十三日　讲书后写碑一道。

九号　二十四日　讲书,到花园一游。

十号　二十五日　讲书。

十一号　二十六日　早讲书,访叶玉良。

十二号　二十七日　星期,到德辅道。

十三号　二十八日　早讲书,李宪麟姊来听讲。

十四号　二十九日　早讲书。

十五号　六月初一日　早讲书。

十六号　初二日　早讲书。

十七号　初三日　讲书,午到李宅点主,其题词云:

笔点东方,紫气满堂。神之灵爽,得主有常。既安且固,俾炽而昌。世世勿替,永荐馨香。

十八号　初四日　讲书。

十九号　初五日　星期,到德辅道。

二十号　初六日　讲书。

二十一号　初七日　讲书。

二十二号　初八日　讲书,早访李宝鎏。

二十三号　初九日　讲书。

二十四号　初十日　讲书。

二十五号　十一日　讲书。

二十六号　十二日　星期。

二十七号　十三日　讲书,寄柳小川表弟一函。

二十八号　十四日　讲书。

二十九号　十五日　讲书。

三十号　十六日　讲书。

三十一号　十七日　讲书,接汤焕章函。

八月一号　十八日　讲书,到德辅道。

二号　十九日　星期,覆汤焕章。

三号　二十日　讲书。

四号　二十一日　讲书,瑢女生日,到德辅道盐业银行,取回北平中国银行新换存折。

五号　二十二日　讲书。

六号　二十三日　讲书。

七号　二十四日　讲书,到德辅道。

八号　二十五日　讲书,午后写联一付,又为潘汉典兄弟写中堂格言一条。

　　九号　二十六日　星期。

　　十号　二十七日　讲书。

　　十一号　二十八日　讲书。

　　十二号　二十九日　讲书,到码头接潘舅母到住。

　　十三号　三十日　讲书,写挽联一付,文曰:"械朴作人襄雅化,箕裘绍业慰英灵。"

　　十四号　七月初一日　讲书。

　　十五号　初二日　讲书,接柳小川函,并覆。

　　十六号　初三日　星期。

　　十七号　初四日　讲书,晚赴敦甫约。

　　十八号　初五日　讲书,接溥侄函,即复。

　　十九号　初六日　讲书,晚书联一付。

　　二十号　初七日　讲书,到德辅道。

　　二十一号　初八日　讲书。

　　二十二号　初九日　讲书,内子偕潘舅母到省。

　　二十三号　初十日　星期,内子夜船回港。

　　二十四号　十一日　讲书,寄柳小川一函。

　　二十五号　十二日　讲书,寄李柳溪唁函,并祭幛一轴。

　　二十六号　十三日　讲书。

　　二十七号　十四日　讲书。

　　二十八号　十五日　讲书,写碑一方,又撰陈母象赞曰:

　　　　卓哉贤母,蕴德在躬。谦和敬恕,远迩皆同。相夫能俭,教子必忠。遗徽永播,景仰无穷。

　　二十九号　十六日　讲书。

　　三十号　十七日　星期。

　　三十一号　十八日　讲书,潘舅母回汕。

九月一号　十九日　讲书。

二号　二十日　讲书。

三号　二十一日　讲书,暑假补习国文本日完毕。

四号　二十二日　学校本日开课,回校,晚回。

五号　二十三日　侄孙威偕室过港来见。

六号　二十四日　星期。

七号　二十五日　到校。

八号　二十六日　在校。

九号　二十七日　在校,内子生日。

十号　二十八日　在校。

十一号　二十九日　在校,晚回。

十二号　八月初一日　写联。

十三号　初二日　星期,早题回文画一首:

　　　回文画法最称新,四面玲珑妙绝伦。写到骨神相似处,几疑和靖是前身。

十四号　初三日　到校。

十五号　初四日　在校。

十六号　初五日　在校。

十七号　初六日　在校。

十八号　初七日　在校,晚回。

十九号　初八日　写回文画梅一首。

二十一号　初十日　到校,阅报知日本出兵,占沈阳、吉林。

二十二号　十一日　在校。

二十三号　十二日　在校。

二十四号　十三日　在校。

二十五号　十四日　在校,晚回。

二十六号　十五日　中秋节,早祭祖,本港抗日青年会演讲。

二十七号　十六日

二十八号　十七日　到校,捐汉口水灾洋四元。

二十九号　十八日　在校。

三十号　十九日　在校。

十月一号　二十日　在校,接大侄孙康函。

二号　二十一日　在校,晚回汝侄函,又畯侄函。

三号　二十二日　覆汝侄、康侄孙、畯侄一函,又致柳小川函。

四号　二十三日　星期。

五号　二十四日　到校。

六号　二十五日　在校。

七号　二十六日　在校。

八号　二十七日　在校。

九号　二十八日　在校,晚回,接汝侄、潘舅母函。

十号　二十九日　早写联对,寄仲美弟、汝侄各一函,又覆潘舅母。

十一号　九月初一日　星期。

十二号　初二日　学校补放假一日,早访李宝鎏,午写联屏各一件。

十三号　初三日　到校。

十四号　初四日　在校。

十五号　初五日　在校。

十六号　初六日　在校,晚回。

十七号　初七日　早到中国银行取公债利息,国联会因调停中日事件,允美国加入会员。写册页二张。

十八号　初八日

十九号　初九日　到校。

二十号　初十日　在校。

二十一号　十一日　在校。

二十二号　十二日　在校。

二十三号　十三日　在校闻,国联会限日本十一月十六日撤兵。

二十四号　十四日　午到湾仔。

二十五号　十五日　星期。

二十六号　十六日　到校。

二十七号　十七日　在校。

二十八号　十八日　在校。

二十九号　十九日　在校。

三十号　二十日　在校,晚回,接溥侄函。

三十一号　二十一日　早覆溥侄。

十一月一号　二十二日　星期,早偕琨女、振孙到德辅道,午后到谭雪友家题主。

二号　二十三日　到校。

三号　二十四日　在校。

四号　二十五日　在校。

五号　二十六日　在校。

六号　二十七日　在校,晚回。

七号　二十八日　午到盐业银行,托转北平四行储蓄会存款。

八号　二十九日　星期。

九号　三十日　到校。

十号　十月初一日　在校。

十一号　初二日　在校。

十二号　初三日　放假,早回。

十三号　初四日　到校,晚回。

十四号　初五日　寄溥侄一函。

十五号　初六日　星期,接潘小村函。

十六号　初七日　到校,儿媳接潘三太由津来港,未上岸。

十七号　初八日　在校。

十八号　初九日　在校。

十九号　初十日　在校。

二十号　十一日　在校,晚回,接汝侄函。

二十一号　十二日　早到德辅道,覆汝侄小村。

二十二号　十三日　星期。

二十三号　十四日　到校。

二十四号　十五日　在校。

二十五号　十六日　在校。

二十六号　十七日　在校,接顾仰山、溥侄函。

二十七号　十八日　在校,晚回,日本到期又未撤兵,国联开会设调查团。

二十八号　十九日　早偕琨女到德辅道,晚先父忌辰,寄溥侄一函。

二十九号　二十日　星期,寄顾仰山一函。

三十号　二十一日　到校,晚回。

十二月一号　二十二日　早访余砺吾,并到德辅道。

二号　二十三日　早偕琨女到德辅道,晚先母忌辰,致潘三姥一函。

三号　二十四日

四号　二十五日　早到校,晚回。

五号　二十六日　学校由本日起放假。

六号　二十七日

七号　二十八日　早候谭完伯,晚赴陈敦甫约。

八号　二十九日

九号　十一月初一日　致商云汀一函。

十号　初二日　早到德辅道,午到盐业银行,取回北平盐业银行代理四行储蓄会存款证,晚赴徽五约。

十一号　初三日

十二号　初四日

十三号　初五日　接溥侄函。

十四号　初六日　覆溥侄。

十五号　初七日　早到德辅道,购英文地理一本。

十六号　初八日

十七号　初九日

十八号　初十日

十九号　十一日　午偕内子、琨女到大马路。

二十号　十二日　星期,写横额一张。

二十一号　十三日　早到德辅道。

二十二号　十四日　接柳存仁函。

二十三号　十五日　早到大马路,覆柳存仁。

二十四号　十六日　早偕琼女到德辅道,晚到圣士提反校。

二十五号　十七日　午候陈敦甫。

二十六号　十八日

二十七号　十九日

二十八号　二十日

二十九号　二十一日　午到德辅道,日本有攻击锦州之说。

三十号　二十二日　早到圣士提反校开会。

三十一号　二十三日　早到盐业银行,托代取北平中国银行存款。午后赴区徽五约,覆汝侄并致溥侄、容仲生一函。

民国二十一年一月一号　二十四日　午到德辅道,晚陈敦甫约到兰室。

二号　二十五日　早偕琛、琨两女、振孙到德辅道。

三号　二十六日

四号　二十七日　到校。

五号　二十八日　在校。

六号　二十九日　在校。

七号　三十日　在校。

八号　初一日　在校,晚回。

九号　初二日　早阅香港学生比赛文,晤李宝鎏、叶玉良。

十号　初三日　星期。

十一号　初四日　到校。

十二号　初五日　在校。

十三号　初六日　在校。

十四号　初七日　在校。

十五号　初八日　在校,午回。

十六号　初九日　写联屏册页,晤李宝鎏,取公债利息。

十七号　初十日　寄上海九裕堂书件,又致李锡之、商云亭各一函。

十八号　十一日　到校。

十九号　十二日　在校。

二十号　十三日　在校。

二十一号　十四日　在校,潘三姥由省过港到舍。

二十二号　十五日　在校,晚回。

二十三号　十六日　到德辅道,午赴叶玉良约。

二十四号　十七日　星期,偕玮、琨女、振孙到大马路。

二十五号　十八日　到校。

二十六号　十九日　在校。

二十七号　二十日　在校。

二十八号　二十一日　在校。

二十九号　二十二日　在校,晚回。

三十号 二十三日 早到盐业银行,取回北平中国银行存款。午约叶玉良、李宝鎏吃便饭,晚赴策群学校游艺会。

三十一号 二十四日 午偕琨女到大马路买鞋,致柳小川、汤永福、潘舅母一函。

二月一号 二十五日 到校。

二号 二十六日 在校。

三号 二十七日 在校,闻日本攻上海闸北,被十九路军击败。

四号 二十八日 在校,晚回。

五号 二十九日 早到叶玉良处存款。

民国二十一年(1932)壬申日记

六号　壬申年正月初一日　早拜祖先,后到各友处,晚到兰室。

七号　初二日　午到油麻地。

八号　初三日　早到大马路。

九号　初四日　到校。

十号　初五日　在校。

十一号　初六日　在校。

十二号　初七日　在校,晚回。

十三号　初八日　早访叶玉良、李宝銮,午候李海东、刘浚亭,致窦斗权唁函。

十四号　初九日

十五号　初十日　到校。

十六号　十一日　在校。

十七号　十二日　在校。

十八号　十三日　在校,闻日本在上海又败,植田再来援。

十九号　十四日　在校,晚回。

二十号　十五日　早到潘内亲宅,与扈静波晤,午后画绘,晚到兰室。

二十一号　十六日　星期,晚赴敦甫约,闻植田有战败之信。

二十二号　十七日　到校。

二十三号　十八日　在校。

二十四号　十九日　在校。

二十五号　二十日　在校,晚回。

二十六号　二十一日　午到校,观颁奖,晚回。

二十七号　二十二日　马思奭、思洵、思姒约到家补习国文。

二十八号　二十三日　星期,午后到德辅道购书。

二十九号　二十四日　学校放假一天。

三月一号　二十五日　到校。

二号　二十六日　在校。

三号　二十七日　在校。

四号　二十八日　在校,晚回,到马宅。

五号　二十九日　早访叶玉良、李宝銮,晚到马宅。

六号　三十日　早写横幅,偕琛女出门。

七号　二月初一日　到校。

八号　初二日　在校。

九号　初三日　在校。

十号　初四日　在校。

十一号　初五日　在校,晚回,到马宅。

十二号　初六日　早到大马路,到马宅。

十三号　初七日　星期。

十四号　初八日　早到校。

十五号　初九日　在校。

十六号　初十日　在校。

十七号　十一日　在校。

十八号　十二日　在校,晚回,到马宅。

十九号　十三日　早写字,午到校,晚回到马宅。

二十号　十四日　早到德辅道。

二十一号　十五日　到校。

二十二号　十六日　在校。

二十三号　十七日　在校。

二十四号　十八日　在校,晚回。

二十五号　十九日　早到德辅道,午后写字。

二十六号　二十日　早到大马路。

二十七号　二十一日　星期,早写画,寄缪弟一函。

二十八号　二十二日　早偕内子,琛女到大马路。

二十九号　二十三日　到校。

三十号　二十四日　在校。

三十一号　二十五日　在校。

四月一号　二十六日　在校,晚回,到马宅。

二号　二十七日　学校自本日起放假十日,晚到马宅。

三号　二十八日　早到铜锣湾,并到潘宅,寄柳小川一函。

四号　二十九日

五号　三十日　清明,晚祭祖。

六号　三月初一日

七号　初二日

八号　初三日　早到大马路,晚到马宅。

九号　初四日　早写画,午到中环,晚到马宅。

十号　初五日　星期。

十一号　初六日　到校。

十二号　初七日　在校。

十三号　初八日　在校。

十四号　初九日　在校。

十五号　初十日　在校,晚回,到马宅。

十六号　十一日　晚到马宅。

十七号　十二日　寄云汀一函。

十八号　十三日　到校。

十九号　十四日　在校。

二十号　十五日　在校。

二十一号　十六日　在校。

二十二号　十七日　在校,晚回,到马宅。

二十三号　十八日　早到上环,到马宅。

二十四号　十九日　星期。

二十五号　二十日　到校。

二十六号　二十一日　在校。

二十七号　二十二日　在校。

二十八号　二十三日　在校。

二十九号　二十四日　在校,午回,晚到马宅。

三十号　二十五日　早到大马路,写条幅,午到湾仔,晚到马宅。

五月一号　二十六日　早看作文,到大马路。

二号　二十七日　到校。

三号　二十八日　在校。

四号　二十九日　在校。

五号　三十日　在校。

六号　四月初一日　在校,晚回,到马宅。

七号　初二日　早到德辅道晤叶玉良、李宝鎏,晚到马宅。

八号　初三日　早到大马路。

九号　初四日　到校。

十号　初五日　在校。

十一号　初六日　在校,觉身微热。

十二号　初七日　在校,晚回,身热服发散药。

十三号　初八日　早退热,出门,请假一天。

十四号　初九日　身复热,请三美来诊,谓是感受风寒也。

十五号　初十日

十六号　十一日　学校放假一天,医生劝宜静养,以免反复。

十七号　十二日　请假,热退,尚咳。

十八号　十三日　请假。

十九号　十四日　请假,本日吃回饭。

二十号　十五日　请假。

二十一号　十六日　精神复元。

二十二号　十七日

二十三号　十八日　到校。

二十四号　十九日　在校,晚回,琛女生疮。

二十五号　二十日　在校。

二十六号　二十一日　在校。

二十七号　二十二日　在校,晚回,到马宅。

二十八号　二十三日　晚到马宅。

二十九号　二十四日　早到德辅道,寄北平薛齐一函。

三十号　二十五日　到校。

三十一号　二十六日　在校。

六月一号　二十七日　在校。

二号　二十八日　在校,晚回。

三号　二十九日　学校放假一天,晚到马宅。

四号　五月初一日　晚到马宅。

五号　初二日

六号　初三日　到校。

七号　初四日　在校。

八号　初五日　在校,晚回,端节祭祖。

九号　初六日　到校。

十号　初七日　在校,晚回,到马宅。

十一号　初八日　早到大马路,晚到马宅。

十二号　初九日　星期。

十三号　初十日　到校。

十四号　十一日　在校。

十五号　十二日　在校。

十六号　十三日　在校。

十七号　十四日　在校,晚回,到马宅,接顾仰山函。

十八号　十五日　早晤叶玉良、李宝鎏,晚到马宅。

十九号　十六日　星期。

二十号　十七日　到校。

二十一号　十八日　在校。

二十二号　十九日　在校。

二十三号　二十日　在校,晚回,接商云亭函。

二十四号　二十一日　余五十七岁生辰,晚到马宅。

二十五号　二十二日　早看卷,晚到马宅,覆顾仰山函,写联条。

二十六号　二十三日　早到跑马地、湾仔,午看卷。

二十七号　二十四日　到校。

二十八号　二十五日　在校。

二十九号　二十六日　在校。

三十号　二十七日　在校。

七月一号　二十八日　在校考试,晚到马宅。

二号　二十九日　晚到马宅。

三号　三十日　星期,早到德辅道,覆商云亭、汤焕章,又致潘汉典,看卷。

四号　六月初一日　到校,考试。

五号　初二日　在校。

六号　初三日　在校,晚回。

七号　初四日　到昌隆,代云汀买燕窝。

八号　初五日　早寄商云汀燕窝二罐。

九号　初六日　学校自本日起,放暑假八星期。

十号　初七日　星期。

十一号　初八日　早看书。

十二号　初九日　早到德辅道。

十三号　初十日

十四号　十一日　早到德辅道。

十五号　十二日　晚到马宅。

十六号　十三日　早到大马路,晚到马宅。

十七号　十四日　星期,早访区桂海。

十八号　十五日　早到大马路。

十九号　十六日　早到德辅道。

二十号　十七日　早到大马路。

二十一号　十八日

二十二号　十九日　晚到马宅。

二十三号　二十日　晚到马宅。

二十四号　二十一日　早写屏条,星期。

二十五号　二十二日　早写联一付,寄周洛叔。

二十六号　二十三日　早到大马路,区桂海到谈。

二十七号　二十四日

二十八号　二十五日　早到德辅道。

二十九号　二十六日　午后访陈彝颂,同赴谭长谖茶会,晚到马宅。

三十号　二十七日　晚到马宅。

三十一号　二十八日　星期,早到大马路。

八月一号　二十九日　叶玉良到谈。

二号　七月初一日　早陈娓、谭慧哲、杨国媛、石锦华、招壶安女生六人来补习汉文。晤叶玉良,取存款半年利息,与李宝銮同在南唐用饭。

三号　初二日　早讲书。

四号　初三日　早撰潘君象赞。

五号　初四日　早讲书,晚到马宅。

六号　初五日　早到大马路,午张云飞到谈,晚到马宅。

七号　初六日　星期。

八号　初七日　早讲书。

九号　初八日　早到邮局收信,写扇页共三件。

十号　初九日　早讲书,腹泻多次,午后愈。寄九裕堂扇页。

十一号　初十日

十二号　十一日　早讲书,晚到马宅。

十三号　十二日　晚到,马宅。

十四号　十三日　星期,早到大马路。

十五号　十四日　早讲书。

十六号　十五日　早到大马路,午后到陈彝颂处。

阳历八月　阴历七月

十七号　十六日　早讲书。

十八号　十七日　早到大马路,午后写大字。

十九号　十八日　早讲书,晚到马宅。

二十号　十九日　午到德辅道,晚到马宅。

二十一号　二十日　星期,午到陈彝颂处。

二十二号　二十一日　早讲书,到李祖佑医士处验身体,因前卢鸿典君谓余肺经有疾,亟宜调养,据李医士云,则仍健康无恙也,其所验之相差如此。

二十三号　二十二日　早偕琨女到大马路。

二十四号　二十三日　早讲书,晚到谭完伯处。

二十五号　二十四日　早到大马路。

二十六号　二十五日　早讲书,晚到马宅。

二十七号　二十六日　晚到马宅。

二十八号　二十七日　星期,内子生辰,早到上环。

二十九号　二十八日　早讲书,晚候陈敦甫。

三十号　二十九日　早候李宝鎏,叶玉良。

三十一号　三十日　早讲书,午到大马路,购琴谱一本,候陈敦甫。

九月一号　八月初一日　早到德辅道,晚到兰室。

二号　初二日　早讲书,晚到马宅。

三号　初三日　午写联扇,晚到马宅,程祖彝偕女到谈。

四号　初四日　星期,写联一付。

五号　初五日　早讲书。

六号　初六日　学校开课到校。

七号　初七日　在校。

八号　初八日　在校。

九号　初九日　在校,晚回,到马宅。

十号　初十日　午讲书,晚到马宅。

十一号　十一日　星期,早讲书。

十二号　十二日　到校。

十三号　十三日　在校。

十四号　十四日　在校。

十五号　十五日　在校。

十六号　十六日　在校,晚回,到马宅。

十七号　十七日　早写联寄博雅斋,午偕振孙到思豪酒店,观黄荣德与黎女士结婚。晚到马宅。

十八号　十八日　到德辅道,午讲书。

十九号　十九日　早玉贞媳与振孙回省,到校。

二十号　二十日　在校。

二十一号　二十一日　在校。

二十二号　二十二日　在校。

二十三号　二十三日　在校，晚回，讲书，晚到马宅。

二十四号　二十四日　早看课，午讲书，晚到马宅。

二十五号　二十五日　早讲书。

二十六号　二十六日　早到校。

二十七号　二十七日　在校，晚回，内子生疮在背后，幸地位尚不要紧。

二十八号　二十八日　到校。

二十九号　二十九日　在校，晚回，内子请外科医生赵子云来诊，敷生草药。

三十号　九月初一日　到校，晚回讲书，晚到马宅，再请赵医生。

十月一号　初二日　早讲书，晚到马宅，内子退烧，食饭如常矣。

二号　初三日　内子疮出脓渐多，惟疮口颇大，再请赵医生诊，早讲书。

三号　初四日　到校。

四号　初五日　在校，晚回，请赵医。

五号　初六日　到校。

六号　初七日　在校，请赵医。

七号　初八日　在校，晚回讲书，到马宅。

八号　初九日　早到中环，买上海纸币千元，请赵医，晚到马宅。

九号　初十日　星期，早讲书，晚到马宅。

十号　十一日　本日放假，早到德辅道请赵医，内子疮渐好，但尚未平复也。

十一号　十二日　到校。

十二号　十三日　在校。

十三号　十四日　在校，晚回。

十四号　十五日　到校，晚回讲书，晚到马宅。

十五号　十六日　早访李宝鎏、叶玉良，讲书，晚到马宅。

十六号　十七日　星期,讲书。

十七号　十八日　早到校。

十八号　十九日　在校,晚回。

十九号　二十日　到校,晚回。

二十号　二十一日　到校。

二十一号　二十二日　在校,晚回讲书,到叶玉良宅吃便饭,接溥良函,生一侄孙。

二十二号　二十三日　早覆溥侄,代赐名曰健,讲书,写联二付,晚到马宅。

二十三号　二十四日　星期。

二十四号　二十五日　到校。

二十五号　二十六日　在校,晚回。

二十六号　二十七日　到校。

二十七号　二十八日　在校,晚回。

二十八号　二十九日　到校,晚回讲书,晚到马宅。

二十九号　十月初一日　午讲书,写联一付,晚到马宅。

三十号　初二日　早讲书,女士补习已满,午后到补牙医生处补牙。

三十一号　初三日　到校。

十一月一号　初四日　在校。

二号　初五日　在校。

三号　初六日　在校。

四号　初七日　在校,晚回,到马宅。

五号　初八日　早访叶玉良、李宝鎏,并吃便饭,晚到兰室。

六号　初九日　星期,早到三美医士处检察身体,据云肺部无病,惟血压一百七十度,稍高,宜少食肉,行路不宜快云。

七号　初十日　到校。

八号　十一日　在校。

九号　十二日　在校。

十号　十三日　在校,晚回。

十一号　十四日　学校放假,写碑文题额,晚到马宅。

十二号　十五日　早到协德洋行,晤叶玉良,承代购中华百货公司股份百股,共壹仟元。并在大同酒家吃午饭。叶秀之作主人,偕二子与李宝銮同坐,晚到马宅。

十三号　十六日　星期。

十四号　十七日　到校,卢鸿典偕李淑智到港,暂住本寓。

十五号　十八日　在校。

十六号　十九日　在校,晚回,先考祭辰。

十七号　二十日　到校。

十八号　二十一日　在校,晚回,到兰室。

十九号　二十二日　早到大马路,晚先妣祭辰。

二十号　二十三日　星期,写联屏条数件。

二十一号　二十四日　到校。

二十二号　二十五日　在校。

二十三号　二十六日　在校。

二十四号　二十七日　在校。

二十五号　二十八日　在校,晚回。

二十六号　二十九日　晚到叶秀之处会宴。

二十七号　三十日　星期。

二十八号　十一月初一日　到校。

二十九号　初二日　在校,晚回。

三十号　初三日

十二月一号　初四日　早到德辅道。

二号　初五日　早偕振孙到大马路,还叶玉良代购百货公司款。

三号　初六日　学校自本日起放年假一月。

四号　初七日　早到大马路。

五号　初八日　书联条各件。

六号　初九日　早书秀之联,偕振孙到大马路,晤玉良、宝鎏。

七号　初十日　早到大马路。

八号　十一日　早到圣士提反学校会议,午后回。

九号　十二日　早访陈彝颂,午接柳江公司函。

十号　十三日　早寄柳小川保险信一函,请代收柳江公司利息。

十一号　十四日　星期,午后偕琛、琨两女与振孙到薄扶林道。

十二号　十五日　午到中环。

十三号　十六日　早到上环,晚到大马路。

十四号　十七日　早到德辅道,琨女作呕,晚赴陈启钤喜宴。

十五号　十八日　午到大马路,晤卢鸿典,购泻盐等。

十六号　十九日　琨女呕愈,午到中环。

十七号　二十日　早到大马路。

十八号　二十一日　午后到大马路。

十九号　二十二日

二十号　二十三日　午到德辅道,接李宝鎏。

二十号一　二十四日　早访李宝鎏,午后谭长谖、陈彝颂等到寓畅叙。

二十二号　二十五日　午后到旅行社,交李宝鎏公债息票。

二十三号　二十六日　午后到校赴会,晚回接柳小川覆函。

二十四号　二十七日　早到大马路。

二十五号　二十八日　早到中环,晚到兰室。

二十六号　二十九日　早到大马路。

二十七号　十二月初一日

二十八号　初二日　早到中环。

二十九号　初三日　午写联。

三十号　初四日　早到大马路。

三十一号　初五日　午到大马路。

廿一年一月一号　初六日　早到大马路,晚到兰室。

二号　初七日　早到中环。

三号　初八日　学校假满,本日到校。

四号　初九日　在校。

五号　初十日　在校。

六号　十一日　在校,晚回。

七号　十二日　早到大马路。

八号　十三日　星期。

九号　十四日　到校。

十号　十五日　在校。

十一号　十六日　在校。

十二号　十七日　在校。

十三号　十八日　在校。

十四号　十九日　寄商云亭、李锡之、顾仰山各一函。

十五号　二十日　星期。

十六号　二十一日　到校。

十七号　二十二日　在校。

十八号　二十三日　在校。

十九号　二十四日　在校,撰陈任国寿屏文。

二十号　二十五日　在校,晚回。

二十一号　二十六日　到德辅道。

二十二号　二十七日　星期。

二十三号　二十八日　早到校。

二十四号　二十九日　在校,晚回。

二十五号　三十日　晚祭祖。

民国二十二年(1933)癸酉日记

二十六号　癸酉年正月初一日　拜祖,家人贺年,到各亲友处。

二十七号　初二日

二十八号　初三日　晚到兰室。

二十九号　初四日　星期。

三十号　初五日　早到校。

三十一号　初六日　在校。

二月一号　初七日　在校。

二号　初八日　在校。

三号　初九日　在校,晚回,接李锡之函。

四号　初十日　午后偕内子、振孙到校观颁奖,早写联。

五号　十一日　星期,早到惠灵顿街,买镜架二个。

六号　十二日　到校,补假一日。

七号　十三日　在校。

八号　十四日　在校。

九号　十五日　在校。

十号　十六日　在校,晚回,写屏。

十一号　十七日　写屏,晚到马宅。

十二号　十八日　三姑来寓,晚到马宅。

十三号　十九日　到校。

十四号　二十日　在校。

十五号　二十一日　在校。

十六号　二十二日　在校。

十七号　二十三日　在校,晚回,到马宅并到陈宅寿宴。

十八号　二十四日　早到大马路,晚到马宅。

十九号　二十五日　星期,晚到兰室。

二十号　二十六日　到校。

二十一号　二十七日　在校。

二十二号　二十八日　在校,三姊回省。

二十三号　二十九日　在校。

二十四号　二月初一日　早由校回,到德辅道,晚到马宅。

二十五号　初二日　晚到马宅,接仰山函,又云亭函。

二十六号　初三日　早到大马路。

二十七号　初四日　到校。

二十八号　初五日　在校。

二月一号　初六日　在校。

二号　初七日　在校。

三号　初八日　在校,晚回,到马宅。

四号　初九日　早写条幅、中堂,头晕一分钟。

五号　初十日　早写条幅。

六号　十一日　到校。

七号　十二日　在校。

八号　十三日　在校。

九号　十四日　在校,晚回。

十号　十五日　到校,晚回,到马宅。

十一号　十六日　早访叶玉良,承叶秀之约,食便饭。

十二号　十七日　星期。

十三号　十八日　到校。

十四号　十九日　在校。

十五号　二十日　在校。

十六号　二十一日　在校。

十七号　二十二日　在校,晚回。

十八号　二十三日　午到校观运动会,回到马宅。

十九号　二十四日　星期,早到马宅。

二十号　二十五日　学校放假一日。

二十一号　二十六日　到校。

二十二号　二十七日　在校。

二十三号　二十八日　在校。

二十四号　二十九日　在校,晚回,王世铨到谈,渠赴英过港来晤。

二十五号　三十日　早到德辅道,晚到马宅。

二十六号　三月初一日　星期,早到马宅,寄云亭一函。

二十七号　初二日　到校。

二十八号　初三日　在校。

二十九号　初四日　在校。

三十号　初五日　在校。

三十一号　初六日　在校,晚回。

四月一号　初七日　早到大马路,晚到马宅。

二号　初八日　早到马宅。

三号　初九日　到校,考试。

四号　初十日　在校。

五号　十一日　在校,晚回。

六号　十二日　早写屏条,往上环。

七号　十三日

八号　十四日　晚到马宅。

九号　十五日　早到马宅。

十号　十六日　学校放假八日。

十一号　十七日

十二号　十八日　早到上环。

十三号　十九日　早到上环。

十四号　二十日

十五号　二十一日

十六号　二十二日　星期。

十七号　二十三日

十八号　二十四日　到校。

十九号　二十五日　在校。

二十号　二十六日　在校。

二十一号　二十七日　在校,晚回,到兰室。

二十二号　二十八日　早到上环,买帆布床一张,晚到马宅。

二十三号　二十九日　星期,到马宅。

二十四号　三十日　到校。

二十五号　四月初一日　在校。

二十六号　初二日　在校。

二十七号　初三日　在校。

二十八号　初四日　在校,晚回,到兰室。

二十九号　初五日　早到中环。

三十号　初六日　星期。

五月一号　初七日　早到校。

二号　初八日　在校。

三号　初九日　在校。

四号　初十日　在校。

五号　十一日　在校,晚回。

六号　十二日　早到大马路。

七号　十三日　星期。

八号　十四日　到校。

九号　十五日　在校,晚回。

十号　十六日　到校。

十一号　十七日　在校。

十二号　十八日　在校,晚回。

十三号　十九日　早偕内子到大马路。

十四号　二十日　星期。

十五号　二十一日　到校。

十六号　二十二日　在校。

十七号　二十三日　在校。

十八号　二十四日　在校。

十九号　二十五日　在校,晚回。

二十号　二十六日　早到大马路,写联条。

二十一号　二十七日　星期。

二十二号　二十八日　到校。

二十三号　二十九日　在校。

二十四号　五月初一日　在校。

二十五号　初二日　在校。

二十六号　初三日　在校,晚回。

二十七号　初四日　早写屏条。

二十八号　初五日　星期。

二十九号　初六日　到校。

三十号　初七日　在校。

三十一号　初八日　在校。

六月一号　初九日　在校。

二号　初十日　在校,晚回。

三号　十一日　午到大马路,写屏条。

四号 十二日 星期。

五号 十三日 放假一日,寄思远一函。

六号 十四日 到校。

七号 十五日 在校。

八号 十六日 在校。

九号 十七日 在校,晚回。

十号 十八日 早到大马路。

十一号 十九日 星期。

十二号 二十日 到校,寄北平中国银行一函。

十三号 二十一日 在校,晚回,接李锡之函,余五十八岁生辰。

十四号 二十二日 到校。

十五号 二十三日 在校。

十六号 二十四日 在校,晚回,到兰室。

十七号 二十五日 早到大马路。

十八号 二十六日 星期。

十九号 二十七日 到校,晚为岑宅点主。

二十号 二十八日 在校。

二十一号 二十九日 在校。

二十二号 三十日 在校。

二十三号 闰五月初一日 在校,晚回,接柳小川函。

二十四号 初二日 晚到音乐会。

二十五号 初三日 早偕振孙到中环。

二十六号 初四日 放假一日。

二十七号 初五日 早到校。

二十八号 初六日 在校。

二十九号 初七日 在校。

三十号 初八日 在校,晚回。

七月一号　初九日

二号　初十日　星期。

三号　十一日　到校。

四号　十二日　在校。

五号　十三日　在校。

六号　十四日　在校。

七号　十五日　在校,晚回。

八号　十六日　早写联对,到德辅道。

九号　十七日　星期。

十号　十八日　到校。

十一号　十九日　在校。

十二号　二十日　在校。

十三号　二十一日　余系闰五月生,本日仍作寿辰,溥佺且由省来祝。

十四号　二十二日　学校由今日起放暑假五十日,早到大马路。

十五号　二十三日　接学校函,知改钟点、减薪水,遂定辞职,早到协德洋行,晤叶玉良、李宝鎏,又晤卢鸿典,赴娱乐饭店早餐,午晤李海东、李景康,晚晤区大典。

十六号　二十四日　早晤区大原。

十七号　二十五日　早邵伟才来读书,寄陈敦甫一函。

十八号　二十六日　早教书。

十九号　二十七日　早教书。

二十号　二十八日　早教书,午访李海东,接廖欣圃函。

二十一号　二十九日　早教书,到上环,陈敦甫到谈。

二十二号　六月初一日　早教书,午后候敦甫。

二十三号　初二日　星期。

二十四号　初三日　早教书。

二十五号　初四日　早教书。

二十六号　初五日　早教书。

二十七号　初六日　早教书,午到铜锣环。

二十八号　初七日　早教书。

二十九号　初八日　早教书,午到大马路。

三十号　初九日　星期。

三十一号　初十日　早教书。

八月一号　十一日　早教书,张书云过港,到谈,午回候。

二号　十二日　早教书,接柳存仁函。

三号　十三日　早教书,寄九裕堂树声款联。

四号　十四日　早教书。

五号　十五日　早寄柳存仁函,教书,贞媳、振孙回省。

六号　十六日　星期,早访巢坤霖,寄商云汀一函。

七号　十七日　教书。

八号　十八日　教书,午后晒叶秀之。

九号　十九日　教书,写联扇,午后晒区大典。

十号　二十日　教书,寄上海九裕堂联扇。

十一号　二十一日　教书。

十二号　二十二日　教书,陈彝颂、谭长谖、邓应霖到谈。

十三号　二十三日　星期。

十四号　二十四日　教书。

十五号　二十五日　教书,候程祖彝,寄九裕堂联扇屏条,接云汀函。

十六号　二十六日　教书。

十七号　二十七日　教书。

十八号　二十八日　教书。

十九号　二十九日　教书,寄九裕堂屏条,午后到陈彝颂处。

二十号　三十日　星期。

二十一号　七月初一日　教书,到叶玉良处取息。

二十二号　初二日　教书,午后到中环。

二十三号　初三日　教书。

二十四号　初四日　教书。

二十五号　初五日　教书,寄九裕堂春圃联,又一函。

二十六号　初六日　教书,到大马路。

二十七号　初七日　星期。

二十八号　初八日　教书。

二十九号　初九日　教书。

三十号　初十日　教书。

三十一号　十一日　教书。

九月一号　十二日　教书,到叶玉良处。

二号　十三日　教书,本日期满。午后到谭长谡处。

三号　十四日　星期。

四号　十五日

五号　十六日　学校挽留,照常授课,本日到校。

六号　十七日　在校。

七号　十八日　在校。

八号　十九日　在校,晚回,接顾仰山寄火腿一支。

九号　二十日　早到盐业银行,托领公债息票,午作诗。

十号　二十一日　星期,寄仰山一函。

十一号　二十二日　到校。

十二号　二十三日　在校。

十三号　二十四日　在校。

十四号　二十五日　在校。

十五号　二十六日　在校,晚回。

十六号　二十七日　早到德辅道,内子生辰,中华百货公司开幕,余曾入股一千元。

十七号　二十八日　午到大马路,寄北平中国银行一函。

十八号　二十九日　到校。

十九号　三十日　在校。

二十号　八月初一日　在校。

二十一号　初二日　在校。

二十二号　初三日　在校,晚回。

二十三号　初四日　早到德辅道,写联屏。

二十四号　初五日　星期。

二十五号　初六日　到校。

二十六号　初七日　在校。

二十七号　初八日　在校。

二十八号　初九日　在校。

二十九号　初十日　在校,晚回。

三十号　十一日　早到盐业银行,取回公债利息票。

十月一号　十二日　星期。

二号　十三日　到校。

三号　十四日　在校。

四号　十五日　在校。

五号　十六日　在校。

六号　十七日　在校,晚回。

七号　十八日　早到李宝鎏处取款。

八号　十九日　星期。

九号　二十日　学校放假二日。

十号　二十一日

十一号　二十二日　到校。

十二号　二十三日　在校。

十三号　二十四日　在校,晚回。

十四号　二十五日　早写屏条,午后偕振孙到大马路。

十五号　二十六日　星期。

十六号　二十七日　孔子诞,放假一日。

十七号　二十八日　到校。

十八号　二十九日　在校。

十九号　九月初一日　在校。

二十号　初二日　在校,晚回。

二十一号　初三日　早到中环。

二十二号　初四日　午到中环。

二十三号　初五日

二十四号　初六日

二十五号　初七日

二十六号　初八日

二十七号　初九日　在校,午回,晚与琼、琨两女赴省。

二十八号　初十日　访本家各位,晚寓敦甫处。

二十九号　十一日　星期,早偕溥侄、骏侄拜山。

三十号　十二日　午后由省乘车回港。

三十一号　十三日　早到中环,写屏条一,午到校。

十一月一号　十四日　在校。

二号　十五日　在校。

三号　十六日　在校,晚回。

四号　十七日　早写屏条,偕士琼女到中环拔牙。

五号　十八日

六号　十九日　到校。

七号　二十日　在校。

八号　二十一日　在校。

九号　二十二日　在校。

十号　二十三日　在校,晚回。

十一号　二十四日　早偕家人,游太平山顶。

十二号　二十五日　星期,午后偕内子、女、媳到油麻地。

十三号　二十六日　放假,到盐业银行。

十四号　二十七日　到校。

十五号　二十八日　在校。

十六号　二十九日　在校。

十七号　三十日　在校,晚回。

十八号　十月初一日　早写屏条册页,到中环。

十九号　初二日

二十号　初三日　到校。

二十一号　初四日　在校,闻闽省十九路军另组政府,中国内乱又生矣,为之一叹。

二十二号　初五日　在校。

二十三号　初六日　在校。

二十四号　初七日　在校,晚回。

二十五号　初八日　早到中环。

二十六号　初九日　星期,致仲美弟一函。

二十七号　初十日　到校。

二十八号　十一日　在校。

二十九号　十二日　在校。

三十号　十三日　在校。

十二月一号　十四日　在校,晚回。

二号　十五日　早到盐业银行,本日起学校放年假。

三号　十六日

四号　十七日　到中环,寄李锡之一函。

五号　十八日　早到盐业银行,存四行储蓄会款,两年期满,本息收回。

六号　十九日　早到中环,先君忌辰,晚祭祖先。

七号　二十日　到大马路。

八号　二十一日

九号　二十二日

十号　二十三日　早到中环,晚先母忌辰。

十一号　二十四日

十二号　二十五日　早到中环,接黄荫普函。

十三号　二十六日

十四号　二十七日

十五号　二十八日　接云亭、溥俓函,到中环。

十六号　二十九日

十七号　十一月初一日　晚到乐观,即旧兰室改并也。

十八号　初二日　覆溥俓。

十九号　初三日

二十号　初四日　早到中环,晚到陈敦甫处。

二十一号　初五日　早偕内子、贞媳、振孙、玮、琛、琨各女到九龙。

二十二号　初六日　冬节,早到大马路。

二十三号　初七日　早访李宝鎏,交息票,晚到校,赴餐会。

二十四号　初八日

二十五号　初九日　早到中环,写屏条。

二十六号　初十日　早到大马路。

二十七号　十一日

二十八号　十二日

二十九号　十三日　早到盐业银行,托代取柳江公司利息。

三十号　十四日　早偕内子、玮、璿、琨女暨振孙到中环。

三十一号　十五日

二十二年一月一号　十六日

二号　十七日　假满回校。

三号　十八日　在校。

四号　十九日　在校。

五号　二十日　在校,晚回。

六号　二十一日　贞媳生日,早到中环。

七号　二十二日

八号　二十三日　到校。

九号　二十四日　在校。

十号　二十五日　在校。

十一号　二十六日　在校。

十二号　二十七日　在校,晚回。

十三号　二十八日　早到大马路,题《黄荫普秋镫课子图》一首:

秋分初起月色凉,桐树萧疏夜漏长。一灯萤萤似星光,慈母携书到北堂。口讲指画牵心肠,勖儿立志姓名扬。儿大发奋涉重洋,学成环里培胶庠。朝夕祖膳敬酒浆,母慈子孝画伦常。人生至乐孰能忘。

十四号　二十九日

十五号　十二月初一日　到校。

十六号　初二日　在校。

十七号　初三日　在校。

十八号　初四日　在校。

十九号　初五日　在校,晚回。

二十号　初六日　午到中环。

二十一号　初七日

二十二号　初八日　到校。

二十三号　初九日　在校。

二十四号　初十日　在校。

二十五号　十一日　在校。

二十六号　十二日　在校,晚回。①

---

① 以下缺至民国二十三年甲戌全年。

民国二十四年(1935)乙亥日记

阳历二月四号① 乙亥正月初一日 早祭祖,午往各亲友处。

初二日 到中环。

初三日

初四日 到学校。

初五日 晚由校回。

初六日

初七日 （原文缺损）

初八日 到学校。

初九日

初十日

十一日

十二日 晚由校回。

十三日 写屏条,仲美由省来港。

十四日 午偕振孙去仲美寓所。

十五日 到学校。

十六日

十七日

十八日 （原文缺损）

十九日 （缺损）校回,顾仰山来函。

---

① 民国二十四年(1935)起日记日期以农历为主,除少数特殊日期标公历,原文如此。

二十日　早到盐业银行,托转期单,午到学校,观运动会,复仰山一函。

二十一日　午,到中环。

二十二日　学校放假。

二十三日　早到校。

二十四日

二十五日

三月一号　二十六日　晚由校回。

二十七日　早到中环,写联扇。

二十八日

二十九日　早到校。

二月初一日

初二日

初三日

初四日　晚由校回。

初五日　早写屏条,到盐业银行,取回上海中国银行转期单,并柳江公司取息股券。午后偕振孙到中环。

初六日

初七日　早到校。

初八日

初九日

初十日　(原文缺损)

十一日　晚由校回。

十二日　早写屏条。

十三日

十四日　早到校。

十五日

十六日

十七日

十八日　晚由校回，寄溥伄一函。

十九日　早到中环。

二十日

二十一日　早到校。

二十二日

二十三日

二十四日

二十五日　早由校回，接溥伄函。

二十六日

二十七日

四月一号　二十八日　到校。

二十九日　早由校回。

三月初一日　学校放假。

初二日

初三日

初四日　清明祭祖。

初五日

初六日

初七日

初八日

初九日　早到校。

初十日　晚由校回。

十一日

十二日

十三日　早到校。

十四日

十五日

十六日　晚回校。

十七日　学校放假。

十八日

十九日　午到大马路,写屏条。

二十日　早到中环。

二十一日

二十二日　到校。

二十三日

二十四日　晚由校回。

二十五日　佛陀四十八岁寿辰,作律诗一首曰:

　　丽风和景色鲜,嘉宾咸集肆华筵。精研奇字通科斗,静悟虚斋学老禅。沧海无常观世变,瀛洲总得会群贤。寿瞻佛相遥倾祝,盛事人间处处传。

二十六日

二十七日　到校。

二十八日

二十九日

三十日

四月初一日　晚由校回,接柳存仁函。

初二日

初三日　覆柳存仁,并致顾仰山一函。

初四日　学校放假两天。

初五日

初六日　到校。

初七日

初八日　晚由校回。

初九日

初十日

十一日　到校。

十二日

十三日

十四日

十五日　晚由校回，接柳小川函。

十六日　早书联扇。

十七日

十八日　到校。

十九日

二十日

二十一日　晚由校回。

二十二日　覆柳小川一函。

二十三日

二十四日

二十五日　到校。

二十六日

二十七日

二十八日

二十九日　晚由校回。

六月一号　五月初一日

初二日

初三日　到校。

初四日

初五日

初六日

初七日　晚由校回,赴学生公局。

初八日　早书联。

初九日

初十日　到陈敦甫宅,学校放假。

十一日　到校。

十二日

十三日

十四日

十五日　接柳小川函。

十六日

十七日　到校。

十八日

十九日

二十日

二十一日　余六十生辰,晚由校回。

二十二日　写屏条折扇。

二十三日

二十四日　到校。

二十五日

二十六日

二十七日

二十八日　晚由校回。

二十九日

三十日

七月一号　六月初一日　到校。

初二日

初三日

初四日 晚由校回。

初五日 学校自本日起放暑假。

初六日 到校会议,晚回。

初七日

初八日

初九日

初十日

十一日

十二日

十三日

十四日

十五日 往凌鸿铭宅送行。

十六日

十七日

十八日

十九日

二十日

二十一日

二十二日

二十三日 媳孙回省。

二十四日 晚到慎余女书院发证书。

二十五日

二十六日 苏次严八旬大庆,重游泮水,撰句以贺之:

筹添海算近期颐,兰桂花香发满枝。六十年前留盛事,童军得胜在儿时。

占得功名自不虚,至今荣笼耀乡间。鹿鸣他日重登宴,还拟新辞祝九如。

二十七日　接振孙函。

二十八日

二十九日

七月初一日

初二日

八月一号　初三日

初四日

初五日

初六日

初七日

初八日

初九日

初十日　接汤焕章函。

十一日

十二日

十三日　接曾光宇函。

十四日　覆光宇,并致曾思远。

十五日

十六日

十七日

十八日

十九日

二十日

二十一日

二十二日

二十三日　到校议事。

二十四日

二十五日

二十六日

二十七日　内子生辰。

二十八日

二十九日

三十日

八月初一日

初二日

初三日

九月一号　初四日

初五日　到校。

初六日

初七日

初八日　到校会议。

初九日　接曾思远函。

初十日

十一日

十二日　学校假满,开课,早到校。

十三日

十四日

十五日

十六日　晚由校回。

十七日

十八日

十九日　早到校。

二十日

二十一日

二十二日

二十三日　晚由校回。

二十四日

二十五日　到校。

二十六日

二十七日

二十八日

二十九日

三十日　晚由校回。

九月初一日　写屏条,寄上海九华堂厚记。

初二日

初三日　到校。

十月一号　**初四日**

初五日

初六日

初七日　晚由校回。

初八日　到盐业银行,托转北平中国银行期单。

初九日

初十日　到校。

十一日

十二日　晚由校回。

十月十号　**十三日**　放假。

十四日　到校晚回。

十五日

十六日　早写屏条。

十七日　到校。

十八日

十九日

二十日

二十一日　晚由校回。

二十二日

二十三日

二十四日　到校。

二十五日

二十六日

二十七日

二十八日　晚由校回。

二十九日

十月初一日

初二日　到校。

初三日

初四日

初五日

十一月一号　初六日　晚由校回，接学校函，明年一号解约。

初七日　寄李锡之一函。

初八日　晚到校。

初九日

初十日

十一日

十二日

十三日　晚由校回。

十四日　午访区桂海。

十五日　寄陈敦甫、柳小川各一函。

十六日　放假。

十七日　到校。

十八日

十九日

二十日　晚由校回。

二十一日　写屏条,作挽联悼黄宣庭前辈:"年齿冠同侪,讵期鹤驭归真,岭岛迢遥成隔世;词垣居后进,回忆蛟腾驰誉,云山暗淡倍伤怀。"

二十二日

二十三日　到校。

二十四日

二十五日

二十六日

二十七日　晚由校回,接李锡之函。

二十八日　写屏条。

二十九日　致李凤坡、商云汀一函。

三十日

十一月初一日

初二日

初三日

初四日

初五日

十二月一号　初六日

初七日　到校。

初八日

初九日

初十日

十一日　晚由校回,接云亭函,即转。

十二日　晚到校茶会饯行,送银杯、银盾、牙筒各物。

十三日

十四日　到校,挽潘玉田一联:"情谊本葭莩,回忆杯酒联欢,卅载音容犹在目;居恒邻咫尺,那知人琴俱杳,一朝诀别倍伤怀。"

十五日

十六日

十七日

十八日　午由校回,离校,瞬在校七年矣。

十九日　写屏条。

二十日

二十一日

二十二日

二十三日

二十四日

二十六日　寄云汀一函。

二十七日

二十八日　接溥侄函,即覆。

二十九日

三十日

十二月初一日

初二日

初三日

初四日

初五日

初六日

二十五年一月一号

初七日

初八日

初九日

初十日

十一日

十二日

十三日

十四日

十五日

十六日

十七日　至顾仰山一函。

十八日　晚搭夜船返省。

十九日　午乘车回港。

二十日

二十一日

二十二日

二十三日　寄李锡之一函。

二十四日

二十五日

二十六日

二十七日

二十八日

二十九日　到盐业银行托购公债。

民国二十五年(1936)丙子日记

阳历一月二十四号　丙子年正月初一日

初二日

初三日

初四日

初五日

初六日　寄绍荣侄一函。

初七日　寄溥侄一函。

初八日　接顾仰山函。

二月一号[①]　初九日

初十日　阅报知公债改总名称为统一公债,寄柳小川一函。

十一日

十二日

十三日　早到盐业银行取公债。

十四日

十五日

十六日

十七日

十八日

十九日

---

　　①　左需日记中,用××日者,指农历;用××号者,指公历。原稿"二月一号"旁书于"初九日"右方,意为该年公历二月一号为农历正月初九,下同此。

二十日　早罗君钰到谈。

二十一日　回候罗君,本港夜师范约充教员。

二十二日

二十三日

二十四日

二十五日　晚到师范。

二十六日

二十七日　晚到师范。

二十八日

二十九日　晚到师范。

三十日　寄柳小川一函。

二月初一日　早写中堂一幅。

初二日　晚到师范。

初三日

初四日　寄上海中国银行一函,晚到师范。

初五日

初六日　晚到师范。

初七日　晚赴师范公局。

三月一号　初八日

初九日　晚到师范,到交通银行取公债息。

初十日

十一日　晚到师范。

十二日

十三日　晚到师范。

十四日

十五日

十六日　到盐业银行,取回上海中国银行存单,晚到师范。

十七日

十八日　晚到师范。

十九日

二十日　接柳小川一函,随复并致李锡之一函,晚到师范。

二十一日　寄蓝云屏一函,并附姬佛陀寿诗。

二十二日

二十三日　早到交通银行存款,晚到师范。

二十四日

二十五日　晚到师范,并到陈敦甫处。

二十六日

二十七日　晚到师范。

二十八日

二十九日

三月初一日　寄溥任一函,晚到师范。

初二日

初三日　仲美由省来谈,晚到师范。

初四日

初五日　晚到师范。

初六日　接溥任函。

初七日　覆溥任。

初八日　晚到师范。

初九日

四月一号　初十日　师范放假两星期。

十一日

十二日　写屏条。

十三日　写斗方,寄李锡之一函。

十四日　清明,早祭祖。

十五日　接溥侄函。

十六日

十七日

十八日　写斗方。

十九日

二十日　写屏条。

二十一日

二十二日

二十三日

二十四日　师范开课,夜赴讲。

二十五日

二十六日　晚到师范。

二十七日

二十八日

二十九日　晚到师范。

闰三月初一日

初二日　早到交通银行,请换统一戊种公债,晚到师范。

初三日

初四日　晚到师范。

初五日

初六日

初七日　接蓝云屏函,晚到师范。

初八日

初九日　晚到师范。

初十日　早到上海银行,晚偕内子、贞媳、琼女、振孙看影戏。

五月一号　十一日　晚到师范。

十二日

十三日

十四日　晚到师范。

十五日

十六日　晚到师范。

十七日

十八日　晚到师范。

十九日

二十日

二十一日　晚到师范。

二十二日

二十三日　晚到师范。

二十四日

二十五日　晚到师范。

二十六日

二十七日

二十八日　晚到师范。

二十九日

三十日　晚到师范。

四月初一日

初二日　到交通银行取回换得戊种公债,晚到师范,自下星期起放暑假。

初三日

初四日

初五日

初六日

初七日

初八日

初九日　早到上海银行。

初十日

十一日

六月一号　十二日　致柳小川、顾仰山各一函。

十三日

十四日　阅报,西南执行部于冬日,电中央请领导抗日。

十五日

十六日　阅报,知两广军人出兵抗日,并请全国一致抵抗等语。

十七日

十八日　偕内子、媳、女等到湾仔王宅。

十九日

二十日　政府拟开二中全会,商议对外和战问题。

二十一日

二十二日　偕内子、媳、女到王宅。

二十三日　写联一付,接刘辅宸函。

二十四日　覆刘辅宸,闻粤、桂兵停止前进,患背痛。

二十五日　接柳小川覆函。

二十六日

二十七日

二十八日

二十九日　到那丹素医院诊视。

五月初一日　背及右臂出水痘,夜间醒时发燥,口渴,服药后未减。

初二日　改服中药,亦未得效。

初三日　再到那丹素诊视,王世铨到谈。

初四日　水痘仍有发作,夜间不甚好睡。

初五日　往外科赵子云处诊视,用药粉外敷之。

初六日　痘似渐隐,再往赵君处一诊。

初七日　痘已收水,想可痊愈。

初八日　寄王世铨一片。

初九日

初十日　张卿五同年过港到谈。

十一日　回候张卿五。

十二日　到上海银行。

七月一号　十三日

十四日　接上海蓝云屏同年函。

十五日　写金刚经一则。

十六日

十七日

十八日　覆蓝云屏,附寄《金刚经》。

十九日

二十日

二十一日　余六十一岁生辰。

二十二日

二十三日

二十四日

二十五日

二十六日

二十七日　写联条,寄王孝眉、溥侄。

二十八日

二十九日

六月初一日

初二日　粤绥靖主任陈济棠下野,粤事解决。

初三日

初四日

初五日

初六日

初七日

初八日

初九日

初十日

十一日

十二日

十三日

十四日

八月一号　十五日

十六日

十七日

十八日　到交通银行,取公债息银。

十九日

二十日

二十一日

二十二日

二十三日

二十四日　检点书籍字画。

二十五日

二十六日

二十七日

二十八日

二十九日

三十日

七月初一日

初二日　早到罗便神道程任宇家,为其先人题主,词曰:

明神得主,黍稷馨香。子孙万代,长发其祥。

初三日

初四日　致蓝云屏一函,潘汉规由省来港。

初五日

初六日

初七日

初八日　早访马小进。

初九日

初十日

十一日

十二日

十三日

十四日

十五日

九月一号　**十六日**　写屏条中堂册页各件。

十七日　寄上海九裕堂,北平马绍宸。

十八日　接柳小川函,即覆。

十九日

二十日

二十一日

二十二日

二十三日

二十四日

二十五日　写联寄上海九华堂宝记。

二十六日

二十七日　内子生辰,汪健治夫妇到谈。

二十八日

二十九日　早到交通银行,取款,午写屏条中堂。

三十日　玮、琛、琨女考入庇理罗士书院肄业。

八月初一日　早偕各女到校,寄上海九裕堂函。

初二日

初三日

初四日

初五日　内子往蔡渊若处诊视。

初六日

初七日　午后访陈敦甫。

初八日　内子再往蔡君处诊。

初九日

初十日　内子往蔡君处诊。

十一日

十二日　内子往蔡君处诊。

十三日

十四日

十五日　中秋节。

十六日

十七日

十八日　十五弟来谈。

十九日

二十日

二十一日

二十二日　早到盐业银行,托转北平中国银行存单。

二十三日

二十四日

二十五日　溥侄由省到港,翌日即回。

二十六日

二十七日　孔子圣诞。

二十八日

二十九日

九月初一日　早到邮局取银,中华百货公司购花旗椅四张,价银十三元。

初二日　接溥侄函。

初三日　覆溥侄。

初四日

初五日　夜师范开课,午后五时到讲。

初六日

初七日　早到交通银行,午后到师范。

初八日

初九日　晚到师范。

初十日　早乘车赴省。

十一日　拜扫先茔。

十二日　早乘车返港,夜到师范。

十三日　早写屏条。

十四日　夜到师范。

十五日

十六日　夜到师范。

十七日

十一月一号　**十八日**　早写中堂。

十九日　早寄溥侄一函,写屏条,夜到师范。

二十日　早写屏条。

二十一日

二十二日　午到雅丽氏医院。

二十三日　晚到师范。

二十四日

二十五日

二十六日　晚到师范。

二十七日

二十八日　午偕内子、媳、女、振孙等登太平山顶。

二十九日

三十日　晚到师范。

十四号　十月初一日

初二日

初三日　晚到师范。

初四日

初五日　晚到师范。

初六日

初七日　晚到师范。

初八日

初九日　接曾光宇由琼州来函。

初十日　晚到师范。

十一日　早写屏条,寄上海九裕堂。

十二日　晚到师范。

十三日

十四日　晚到师范。

十五日　周洛叔同年到访。

十六日

十七日　晚到师范。

十八日

十九日　午到学海书楼,癸卯甲辰两科同年宴会,晚到师范,寄汝侄一函。

二十日　午到熊少豪家开学,晚宴周洛叔同年。

二十一日　晚到师范。

二十二日

二十三日

二十四日　晚到师范。

二十五日　因咳嗽往见旧生郑斯恩医士。

二十六日　早到国家医院照亚克士光镜,晚到师范。

二十七日日　早写屏条。

二十八日　午见郑斯恩,晚到师范。

二十九日

三十日　寄蓝云屏一函,写屏条。

十一月初一日

初二日

初三日　晚到师范。

初四日

初五日　晚到师范。

初六日

初七日

初八日　晚到师范。

初九日　冬节,接顾仰山来函。

初十日　晚到师范。

十一日

十二日　缪顾慰安,与后晋修由云南到港会晤。

十三日　覆顾仰山,又致汝侄一函。

十四日

十五日　晚到师范。

十六日

十七日　晚到师范。

十八日　题《陈文忠公讳子壮遗集》二首：

　　　　黄鹄冲天意气豪，文章结主直声高。词连钩党沈冤狱，坐贬江湖罪不逃。

　　　　铜驼兆变敌人狂，国事艰难只手当。可恨天倾终莫补，长留正气满穹苍。

十九日

二十日

二十一日　晚到师范。

二十二日

二十三日　晚到师范。

二十四日　寄上海蓝云屏、九裕堂、九华堂宝记各一函。

二十五日

二十六日　晚到师范。

二十七日

二十八日

二十九日　晚到师范。

三十日

十二月初一日　晚到师范。

初二日

初三日　晚到师范。

初四日

初五日

初六日　晚到师范。

初七日

初八日　晚到师范监考。

初九日　晚到师范。

初十日　顾象乾由云南到港晤谈。

十一日　回候顾君,并致函其父仰山同年,珍女赴省。

十二日

十三日　珍女由省回。

十四日

十五日

十六日

十七日　到上海银行。

十八日

十九日

二月一号　**二十日**　师范放寒假一月。

二十一日

二十二日　写屏条致李锡之、柳小川各一函。

二十三日

二十四日　写联二付。

二十五日　寄上海中国、中央银行各一函。

二十六日

二十七日

二十八日

二十九日　除夕。

《中国近现代稀见史料丛刊》已出书目

第一辑

莫友芝日记　　　　　　　　　徐兆玮杂著七种
汪荣宝日记　　　　　　　　　白雨斋诗话
翁曾翰日记　　　　　　　　　俞樾函札辑证
邓华熙日记　　　　　　　　　清民两代金石书画史
贺葆真日记　　　　　　　　　扶桑十旬记（外三种）

第二辑

翁斌孙日记　　　　　　　　　翁同爵家书系年考
张佩纶日记　　　　　　　　　张祥河奏折
吴兔床日记　　　　　　　　　爱日精庐文稿
赵元成日记（外一种）　　　　沈信卿先生文集
1934—1935中缅边界调查日记　联语粹编
十八国游历日记　　　　　　　近代珍稀集句诗文集
潘德舆家书与日记（外四种）

第三辑

孟宪彝日记　　　　　　　　　吴大澂书信四种
潘道根日记　　　　　　　　　赵尊岳集
蟫庐日记（外五种）　　　　　贺培新集
壬癸避难日志　辛卯年日记　　珠泉草庐师友录　珠泉草庐文录
嘉业堂藏书日记抄　　　　　　校辑民权素诗话廿一种

第四辑

江瀚日记　　　　　　　　　　王承传日记
英轺日记两种　　　　　　　　唐烜日记
胡嗣瑗日记　　　　　　　　　王锺霖日记（外一种）
王振声日记　　　　　　　　　翁同龢家书诠释
黄秉义日记　　　　　　　　　甲午日本汉诗选录
粟奉之日记　　　　　　　　　达亭老人遗稿